Until
I Say
Good-Bye

이 도서의 국립중앙도서관 출판시도서목록(CIP)은
서지정보유통지원시스템 홈페이지(http://seoji.nl.go.kr)와
국가자료공동목록시스템(http://www.nl.go.kr/kolisnet)에서 이용하실 수 있습니다.
(CIP제어번호: CIP2014012201)

안녕이라고 말할 때까지

Until
I Say
Good-Bye

기쁘게 살아낸 나의 일 년

수전 스펜서-웬델·브렛 위터 지음

정연희 옮김

문학동네

일러두기

1. 주석은 모두 옮긴이주이다.
2. 본문 중 고딕체는 원서에서 이탤릭체로 표기한 부분이다.

신이 나의 언니로 정해준
스테퍼니에게 바칩니다.

행복하여라, 그런 사람은

행복하여라, 그런 사람은, 오직 그만이 행복하여라.
오늘을 제 것이라 부를 수 있는 사람은.
오늘을 살았으니 내일 가장 못한 삶을 살아도
괜찮다고 자신 있게 말할 수 있는 사람은.
맑거나 궂거나, 비가 오거나 햇살이 비치거나
어떤 운명이 주어져도, 내가 소유한 기쁨은 나의 것.
과거 위에 세워진 천국은 아무 힘이 없고
이미 일어난 일은 일어난 일, 나는 내 시간을 누렸으니.

존 드라이든

차례

돌고래와 키스를

내 아들 웨슬리의 바람은 돌고래와 같이 수영하는 것이었다. 웨슬리는 아홉번째 달의 아홉번째 날—2012년 9월 9일—에 아홉 살이 되었는데, 그것이 아이의 특별한 바람이었다.

나는 여름 동안 세 아이와 따로따로 여행을 떠나기로 약속했고, 여행지도 각자 고르게 했다. 함께하는 시간을 만들기 위해. 훗날 아이들의 가슴속에서 꽃필 추억을 심는 시간을 갖기 위해.

그것은 아이들에게 주는 선물이자, 또한 나에게 주는 선물이었다.

7월에는 십대인 딸 머리나와 뉴욕에 다녀왔다. 8월에는 열한 살인 아들 오브리의 바람대로 플로리다 서쪽 해안과 가까운 사니벨 섬에서 가족과 함께 일주일을 보냈다.

이 여행들은 더 큰 계획의 일부였다. 일 년 동안 기쁘게 살아가겠다는 내 굳은 결심. 그 일 년 동안 나는 내 삶의 중심이었던 일곱 명과 일곱 번의 여행을 떠났다. 유콘으로, 헝가리로, 바하마로, 키프로스로.

그 일 년은 또한 내 안으로 여행을 떠난 시간이었다. 지금까지 찍은 사진을 모아 스크랩북을 꾸미고, 글을 쓰고, 뒷마당에 천국 같은 곳을 만들었다. 사면이 틔어 있고 종려나무 잎사귀로 지붕을 엮은 치키오두막에 편안한 의자를 놓고 앉아 기억을 끄집어내고 친구들을 불러모았다.

여행은 꿈꿀 때보다 떠났을 때 더 완벽했다.

웨슬리와의 여행은 가장 소박했고 맨 마지막이었다. 플로리다 남부에 위치한 우리집에서 가족 차 미니밴을 타고 세 시간을 달려 올랜도의 디스커버리 코브 테마파크로 떠났다.

"길이 참 아름답네." 플로리다 중부의 단조롭게 펼쳐진 습지를 통과할 때 언니 스테퍼니가 여느 때와 다름없이 명랑하게 말했다.

디스커버리 코브의 테마는 어마어마하게 큰 인공 석호潟湖다. 한쪽에는 호숫가가 원을 그리듯 펼쳐져 있고 맞은편에는 바위가 있다. 창창한 풍경 속에 종려나무가 드높다. 종려나무 잎사귀는 곧 있을 행사를 예고하는 불꽃놀이 같다.

우리는 흩뿌리는 비를 맞으며 호숫가로 가서 돌고래 지느러미가 석호 반대편 놀이 공간을 가르는 것을 지켜보았다.

"어떤 돌고래가 우리 거예요?" 웨슬리가 물었다. "어떤 게 우리

거예요?"

조련사가 우리를 물속으로 안내했다. 그 순간 우리 앞에 녀석이 나타났다. 반들반들한 회색 얼굴에 반짝이는 새까만 눈동자, 미소를 지을 때처럼 입꼬리가 올라간 채로 길게 찢어지는 입. 병 모양의 코가 깐닥거리며 "놀고 싶어요!" 하는 신호를 보내왔다.

웨슬리는 기뻐서 날뛰었다. 어찌나 흥분했는지 얌전히 서 있지도 못하고 조잘대며 폴짝거렸다. 긴 금발에 파란 눈동자, 고무 옷을 입은 웨슬리의 모습은 내가 젊었을 때 넋을 잃고 바라보던 청년 서퍼들 같았다.

생일 축하해, 아들.

오브리와 머리나도 똑같이 즐거워하며 웨슬리 옆에 서 있었다.

"돌고래를 저기 가둬두는 건 너무하지 않아요?" 머리나가 누구에게랄 것 없이 물었다. 하지만 그 순간 옆에서 돌고래가 나타나자 돌고래의 분수공을 보며 깔깔거렸다. 열다섯 살이 다 된 머리나의 머릿속은 아이의 생각과 어른의 생각으로 뒤죽박죽이었다.

조련사가 우리를 소개했다. 이름은 신디. 조련사 이름이 아니라 돌고래 이름이다. 신디는 천천히 헤엄치면서 우리가 제 몸을 쓰다듬을 수 있게 해주었다. 나는 신디의 크기에 깜짝 놀랐다. 2.5미터 길이에 돌처럼 딴딴한 230킬로그램의 근육.

"어떤 느낌인가요?" 조련사가 물었다.

"코치 가방 같은데요." 남편 존이 재치 있게 대답했다.

"난 신디가 정말 좋아요!" 웨슬리가 꽥꽥거렸다.

신디는 마흔 살이 넘었다. 나는 신디에게도 자식이 있는지 물었다.

"아니요. 신디는 커리어우먼이에요." 조련사가 말했다.

평생 기자로 살았던 나처럼. 하지만 나는 자식들이 있다. 나는 아이들과 함께 허리까지 오는 물속에 서서 경이로운 수중 동물의 피부를 만져보며 즐거워한다.

조련사가 우리에게 손으로 신디에게 신호를 보내라고 했다. 우리가 낚싯줄을 끌어당기는 동작을 하면 신디가 소리를 낸다.

웨슬리는 놀라서 입이 헤벌어졌다. "난 신디가 정말 좋아요!" 아이가 말했다.

웨슬리는 조련사의 도움을 받아 신디의 등지느러미를 붙잡았다. 아이는 신디 등에 납작하게 엎드렸고, 신디는 그렇게 반시간 동안 우리를 한 명씩 태워주었다. 먼저 아이들을, 그리고 스테퍼니와 존을.

내 차례가 왔을 때 나는 사양했다. "나 대신 웨슬리를 태워줘." 그날은 웨슬리의 날이었으니까. 신디가 물속을 가를 때 웨슬리의 얼굴에 감탄하는 표정이 또렷이 떠올랐다.

그날 우리는 사진을 많이 찍었다. 웨슬리의 사진도 찍고, 오브리와 머리나의 사진도 찍고. 빗속에서 호숫가에 모여 함께 웃는 가족사진도 찍었다.

내가 정말 좋아하는 사진이 한 장 있다. 존이 내 몸의 절반이 물 밖으로 나오게 나를 안고 있고 내가 신디의 웃는 코에 키스하는 사진.

그 순간 나는 그저 내 앞에 있는 착한 자이언트만, 입을 맞출 때 보드랍고 시원한 병 모양의 코만 생각했다. 추억이 만들어졌다.

나는 그 사진을 보면서 내 뒤에서 나를 안아올린, 날마다 그러듯 나를 안아올린 착한 자이언트를 생각한다. 그리고 내 아이들을 생각한다. 아이들의 행복이 내 영혼을 풍요롭게 한다. 또한 나를 웃음 짓게 하는 내 언니와 친구들도 생각한다.

그리고 그 아홉번째 생일이 내가 함께할 마지막 생일이 될, 웨슬리를 생각한다.

나는 걷지 못한다. 석호로 갈 때는 휠체어를 탔다.

심지어 물속에서도 내 몸의 무게를 지탱할 수 없다. 존이 나를 휠체어에서 들어올려 물속으로 데려갔고, 내가 물에 빠지지 않게 안고 있었다.

나는 음식을 집어먹고 싶어도, 아이들을 안아주고 싶어도 팔을 들지 못한다. 내 근육은 죽어갈 뿐 되살아오지 않는다. "사랑해" 하고 분명하게 말해주고 싶어도 다시는 혀를 그렇게 움직일 수 없다.

나는 빠른 속도로 죽어가고 있고, 내 죽음은 확실하다.

하지만 오늘 나는 살아 있다.

나는 돌고래에게 키스하는 내 사진을 보며 울지 않았다. 내가 잃은 것에 대해 가슴 아파하지 않았다. 오히려 웃고, 기쁘게 살아왔다.

그리고 휠체어에 앉은 채 최선을 다해 존을 돌아보고 그에게도 키스해주었다.

발사

7월~9월

July

August

September

그래도 운이 좋다

얼마 전까지만 해도 자동조종장치처럼 살았는데, 이제는 그런 삶을 떠올리려니 기분이 묘하다.

나는 한 주에 마흔 시간 넘게 지역 형사법원에서 일어나는 일에 대한 기사를 써서 〈팜비치 포스트〉에 실었고, 그것은 내가 사랑하는 일이었다. 또 마흔 시간은 아이들의 다툼, 숙제, 병원 예약―소아과, 치과, 교정 전문 치과, 정신과―등 이런저런 치다꺼리를 하며 정신없이 돌아다녔다(놀라지는 않았겠죠?).

아이들에게 음악 레슨을 받게 하는 데, 그 사이사이 이 학원 저 학원 차를 태워 데리고 다니는 데 몇 시간이 걸린다.

식탁에 올려놓은 세탁물을 개다보면 저녁 시간이 날아간다.

이따금 아랫동네에 사는 친구들이나 언니 스테퍼니와 함께 저녁을 먹는다.

하루가 끝나갈 무렵에는 뒷마당 수영장에서 남편과 몇 분이라도 조용히 떠 있고 싶지만, 아이들이 TV 채널을 놓고 싸우거나 여섯 살인 웨슬리가 난데없이 숟가락에 그림을 그리게 해달라고 조르며 방해한다.

"좋아. 플라스틱 숟가락에 그려. 은 숟가락은 안 돼!"

나는 운이 좋은 것 같았다.

나는 행복했다.

여느 사람처럼 내게도 이 행복이 순탄하게 이어질 거라고 생각했다. 고등학교 댄스파티에 가고, 졸업을 하고, 결혼을 하고, 손주를 보고, 은퇴를 하고, 몇십 년에 걸쳐 서서히 노화의 과정을 거쳐갈 거라고.

그러다 2009년 여름 어느 밤, 침대에 누우려고 옷을 벗다가 내 왼손을 내려다보았다.

"젠장, 이를 어쩌지." 내가 소리를 꽥 질렀다.

나는 남편 존을 돌아보았다. "여기 좀 봐."

그러고는 왼손을 들어올렸다. 앙상하고 파리했다. 손바닥에는 힘줄이 선명했고 뼈가 불거져 있었다.

오른손을 들어올렸다. 그 손은 정상이었다.

"당신, 병원에 가봐야겠어." 존이 말했다.

"그래야겠어."

나는 너무 놀라 아무 말도 할 수 없었다. 내 손이 죽어가는 것 같았다. 하지만 걱정은 하지 않았다. 그저 병원에 가는 것을 하루 중 어디에 끼워넣을지 그 생각뿐이었다.

나는 가족 주치의를 찾아갔다. 그 친절한 여의사는 내게 왼손이나 왼팔에 통증이 있는지 다섯 가지 방식으로 질문했다.

"전혀 없어요." 내가 대답했다.

"그렇다면 수근관증후군은 아닌 것 같네요. 신경과에 가보는 게 좋겠어요."

의사들을 전전하는 일 년 동안의 긴 오디세이가 그렇게 시작되었다. 내 손이 시들어가는 원인을 찾기 위해. 혼자 알아보고 있던 존이 내가 처음 신경과를 찾은 날 진료 말미에 의사에게 물어본 ALS가 아닌 다른 답을 찾기 위해.

그의 말에 나는 이렇게 대꾸했다. "그게 어떤 병이야?"

ALS, 흔히 루게릭병으로 알려진 이 병은 근육에 붙은 신경이 죽으면서 근육까지 죽게 만드는 신경근 질환이다. 진행성 질환인데, 그 말은 곧 계속 퍼져나간다는 뜻이다. 근육에서 근육으로. 밝혀진 원인은 없다. 치료법도 없다. 치료약도 없다.

ALS에 걸렸다는 말은 왼손의 죽음이 팔로 전이된다는 뜻이다. 이어서 몸 전체로 옮겨간다. 내 몸은 한 부분씩 약해져 결국 전혀 움직일 수 없게 된다.

대개 처음 증상이 나타난 뒤 삼 년에서 오 년 안에 죽는다. 나도 죽게 될 것이다.

안 돼, 그런 일이 일어날 수는 없어. 안 돼, 다른 설명이 있어야 해.

혹시 부상 때문일까? 몇 달 전에 롤러블레이드를 타고 부모님 집에 가다가 크게 넘어져서 왼손에 콘크리트 자국이 한 시간이나 남아 있었는데.

아니나 다를까, 등이 원반처럼 부었었는데…… 하지만 그것 때문에 왼손이 영향을 받았을 것 같지는 않았다.

처음 찾아간 신경과 의사 호세 수니가는 히라야마병을 의심했다. 그 병에 걸리면 알 수 없는 이유로 근육 기능이 상실된다고 했다. 증상은 잘 들어맞았는데 한 가지만 달랐다. 대부분 일본인이 걸리는 병이라는 것이었다.

"수전은 일본인이 아니잖아요." 의사가 말했다.

나는 그 병으로 해야겠다고 생각했다. 곧장 식료품가게로 가서 초밥을 샀다. 짝퉁 같은 캘리포니아롤은 건너뛰고 장어초밥을 골랐다.

히라야마병은 아니었다.

ALS 전문의 람 아야르는 다초점신경병인 것 같다고 했다. 그 병은 흔히 손에서 시작되는 진행성 근육질환이다.

다초점신경병은 ALS와 달리 검사를 받아야 했다. 삼천 달러의 비용이 들었다. 고생고생해서 알아낸 바로, 그 검사는 내 보험으로는 처리할 수 없었다. 검사 결과보다 그 과정에서 더 속이 상했고 좌절감도 더 느꼈다. 결과는 다초점신경병에 대한 음성 반응.

나는 여섯 달 동안 전문의 네 명을 찾아갔다. 혹시라도 유전병일까봐 키프로스까지 갔다.

더 밝힐 것이 없어지자 검사는 그만 받기로 했다. 일 년 동안은 내 상황을 거부했다. 하늘은 초록색이라는 식의 거부 말이다. 미련하고 근시안적인 거부라 지금은 인정하기도 부끄럽지만.

2010년 봄 요가를 시작해 어렵사리 배워갈 때 한 친구가 스물여섯 가지 비크람 자세를 하는 내 사진을 찍어주었다. 하지만 지금은 그런 것은 꿈도 꿀 수 없고 당연히 계속할 수도 없다.

11월에 있었던 부모님의 결혼 오십 주년 기념행사에서는 존이 내가 먹을 프라임립을 썰어주어야 했다. 먹는 것은 가능했지만 나이프와 포크의 화려한 탱고는 이제 불가능했다.

일할 때 들고 다니던 서류가방도 들 수 없을 만큼 근육이 약해져서 가방도 바퀴 달린 것으로 바꾸어야 했다. 한 동료 기자는 나더러 "변호사처럼 보이고 싶은가봐요" 하고 말했다.

나는 대꾸하지 않았다.

2011년 1월 이를 닦는데 혀가 경련을 일으켰다. 아무리 애를 써도 멈추지 않았다.

몇 주 뒤 스테퍼니의 집에 가서 저녁을 먹는데 언니의 눈이 갑자기 커다래졌다. 존이 내게 음식을 먹이려고 포크를 들고 기다리고 있었던 것이다. 잠깐, 언제부터 그게 우리 일상이 되었지?

"됐어, 존." 내가 쏘아붙였다. "혼자 먹을 수 있어."

스테퍼니가 디저트로 피넛버터파이를 내왔다. 내 혀가 말을 듣지 않았다. "날 죽일 참이야?" 나는 입가에 묻은 끈적거리는 것을 핥다가 포기하고 농담을 던졌다.

나는 굴복하지 않으려고 완강히 버텼다. 적어도 의식적으로는.

하지만 우리는 무의식의 존재다. 나는 참선을 하고 마음을 잔잔하게 가라앉히려고 『누구나 따라잡는 불교』*를 샀다.

우리 부부와 나의 가장 친한 친구인 낸시 부부가 함께 뉴올리언스에 가서 주말 연휴를 보낸 적이 있다. 2011년 마디그라 축제가 열린 직후였다. 정말 '직후'여서 거리는 아직 색색의 종이테이프와 구슬, 쓰레기 천지였다.

낸시는 허리케인 카트리나가 휩쓸고 지나간 지역을 둘러보고 싶어 했다. 나는 노는 것에 더 흥미가 있어서 낸시와 함께 가지 않았다. 어느 밤 남편과 나는 버번 스트리트의 한 스트립클럽 앞에 멈춰 섰다.

그렇다고 스트립클럽이 내 취향은 아니었다. 평생 딱 두 번 가봤는데, 두 번 다 기자로서였다.

처음 간 것은 클럽 단골손님이 스트립댄서를 고소했을 때였다. 그 댄서가 춤을 추다가 커다란 스트립슈즈로 그의 얼굴을 쳤다고 했다. 그 남자는 망막박리와 안와뼈 골절을 진단받았다.

정말이다.

---

* 『Buddhism for Dummies』. 미국에서 '~for Dummies' 시리즈로 나오는 책 중 한 권.

두번째는 행방불명자에 대한 기사를 썼을 때였다. 그 사람의 여자 친척이 키튼 클럽이라는 곳에서 일했다. 내가 클럽으로 슬며시 들어갔을 때 그 여자는 90킬로그램이 나가는 몸으로 무대 주변을 빙글빙글 돌고 있었다. 그녀의 젖가슴은 레슬링을 하는 쌍둥이 같았다.

"들어가!" 버번 스트리트에서 내가 존에게 말했다. "우리, 정말로 마음을 가볍게 비워보자."

실내는 북적거렸다. 우리가 돈을 펑펑 쓸 것처럼 보였는지 입구에 있던 남자가 우리를 무대 바로 앞에 앉혀주었다.

무대에는 여자 셋과 지저분해 보이는 매트리스가 있었고, 여자들은 4인치 길이의 격자무늬 여학생 스커트만 입은 채 홀랑 다 벗고 있었다.

한 여자는 몸이 탄탄했지만 최근에 아이를 낳았는지 뱃살이 늘어졌고 살이 튼 자국이 줄줄이 나 있었다. 방금 젖이 나오기 시작한 것 같았다. 어떻게든 젖가슴 사이로 돈을 집어넣게 만들려고 우리 앞에서 무진 애를 썼다.

"이봐요, 허니! 긴장을 풀어요!" 그녀가 내게 말했다.

"제발," 나는 존에게 말했다. "아기를 위해 돈을 주고 여기서 나가자."

우리는 덜 불쾌한 장소를 찾아냈다. 무대가 넓고, 낮고 푹신한 안락의자가 있는 곳이었다. 우리는 무대에서 아주 멀찍이 떨어져 앉았다.

여자들이 봉을 잡고 춤을 추었다. 그들은 똑바로 선 자세로 몸을 끌어올렸다가 끌어내리고 다리를 벌린 채 서고 몸을 동그랗게 말았다. 몸을 옆으로 기울이고 거꾸로 매달렸다. 순록이 풀쩍 뛰어오르는 듯한 자세를 취했다. 정신을 쏙 빼놓을 동작이 많았지만 내 시선은 그들의 손에 머물렀다.

붙잡은 손.

움켜잡은 손.

강인한 손.

나는 다시는 저렇게 움켜잡을 수 없다는 사실을 깨달으며 쓸모없는 내 왼손을 내려다보았다. 그런 춤을 출 수 있는 나날은 시작도 되기 전에 끝나버렸다.

다음날, 아침을 먹으며 나는 낸시에게 버번 스트리트에서 요즘 유행하는 탐탁지 않은 패션에 대해 전해주었다. "레그워머가 돌아오고 있어."

우리는 내 손에 대해서는 다 잊고 깔깔거렸다.

낸시와 나는 둘이 함께 있을 때면 늘 웃는다.

하지만 우리가 공항에서 끌어안고 작별 인사를 나눌 때 나는 낸시의 눈빛에서 진심을 보았다. 걱정. 슬픔. 그녀는 내가 ALS에 걸린 것을 알았다. 물론 나도 알았다.

나는 바로 그곳 뉴올리언스 공항에서 울음을 터뜨렸다.

"울지 마." 낸시가 말했다. "제발 울지 마."

낸시는 팔십 줄로 보이던 공항 셔틀 운전기사를 흉내냈다. 그는 휴대전화에 대고 십 분 동안 쩌렁쩌렁 소리를 지른 뒤에야 이렇게 말했다. "아, 가만있어보게, 자네는 내 사촌 윌리로군!"

우리는 눈물을 훔치고 웃으며 헤어졌다.

집에 돌아오자 나는 걷잡을 수 없이 우울해졌다.

나는 두려움이 들이닥치지 않게 일 년 넘게 막아왔다. 내 병은 확산되었지만 그래도 내 건강을 믿었다. 엄마 역할, 직장생활, 결혼생활, 사랑하는 친구들에게 마음을 쏟았다.

그해 봄 나는 어느새 그래서는 안 된다고 다짐했던 일을 하고 있었다. 지금 이 순간을 살아가는 대신, ALS 환자로 살아가는 내 미래에 대한 두려움에 빠져든 것이다.

나는 걷지도, 먹지도 못하는 내 모습을 그려보았다. 내 자식들을 안아줄 수도, 사랑한다는 말을 해줄 수도 없게 될 것이다. 몸을 움직일 수도 없고 정상적인 생활도 불가능해지겠지만 마음은 그대로일 것이다. 마음은 몸에 나타나는 상실을 낱낱이 알고 일일이 경험할 것이다. 그러다 어느 순간이 되면 어린 자식들을 남겨두고 죽게 될 것이다.

나는 그런 미래에서 살기 시작했다. 식사를 하려고 식탁에 앉아도 음식물을 씹지 못하게 될 것이다. 밤이면 누워서 말똥말똥 천장을 바라보며 생각했다. "언젠가는 누워 있는 것이 네가 할 수 있는 전부가 되겠지, 수전. 머지않아 그렇게 될 거야."

내가 가장 두려워한 건 죽음이 아니었다. 그것은 타인에게 전적으로 의존해야 한다는 사실이었다. 내가 가족에게, 사랑하는 사람들에게 짐이 된다는 사실.

한번은 성공한 변호사 친구에게 내 병 때문에 생긴 두려움에 대해 털어놓았다. "어머, ALS가 사형선고보다 더 안 좋은 거구나." 농담이 지나쳤다. 그뒤로 나는 그 친구와 다시는 말하지 않았다.

오랫동안 나는 ALS에 대한 말은 아예 꺼내지도 않았다. 내 미래가 죽음보다 못하다는 사실을 나 또한 믿었기 때문이다.

지금 끝내야 한다, 그런 생각이 들었다. 품위 있게, 내가 선택한 방식에 따라.

나는 나비를 보는 것만큼이나 자주 자살에 대해 생각했다. 나비가 내 마음속으로 팔랑팔랑 날아들어오면 골똘히 나비를 쳐다보며 그 대칭에 감탄한다. 나비는 어느새 날아가고 나는 금세 잊어버린다. 나비는 그저 지나가는 것이니까.

다음날, 또 다음날 나비가 다시 돌아올 때까지. 내 마음은 정원이니까. 가꾸고 일구지만 가장자리는 돌보지 않는다. 나비에게 완벽한 장소다.

살인청부업자를 고용하겠다는 생각도 했다. 시내 저쪽 어두컴컴한 골목에서 '살해'되는 것이다. 나는 법정에서 수차례 살인청부업자와 한자리에 있었다. 이 정도면 계획된 살해—나 자신의 살해—를 해볼 만한 특별한 자격이 있었다.

하지만 그 생각은 얼마 뒤에 접었다. 바보 같은 생각. 경솔했다. 끔찍했다.

나는 친구들에게 도와달라고 했다. 하지만 그렇게 하면 친구들이 체포되는 위험한 상황이 벌어질 거라는 생각이 들었다. 그래서 다른 부탁을 했다. 내가 움직일 수 없게 되면 와서 책을 읽어달라고. 제발, 꼭.

나비는 다시 돌아왔다. 황홀한 자태로.

나는 아마존에서 검색한 자살에 관한 책 수십 권 중에서 두 권을 주문했다. 그리고 인간으로서 우리는 죽는 방법을 선택할 수 있어야 한다는 내 개인적인 신념에 대해 깊이 생각해보았다.

스위스에 있는 '디그니타스'라는 단체를 발견했다. 죽을병에 걸린 사람들이 그들의 의지대로 죽는 곳이었다. 즉시, 평화롭게, 합법적으로.

완벽하다.

하지만 이런 글귀에 부딪혔다. "자살 도움 서비스를 원하는 사람은…… 신체를 움직일 최소한의 능력(혼자서 투약할 수 있을 만큼)이 있어야 한다."

나는 ALS에 걸렸으니 잔을 들어올릴 능력은커녕 죽음의 칵테일을 삼킬 능력도 없을 것이었다. 식도도 결국 근육으로 움직인다. 식도도 죽는다.

나는 디그니타스에 등록하지 않았다.

주문한 책을 읽지도 않았다.

주변에 두통이 생길 때마다 앓는 소리를 하는 사람이 있는가? 재채기를 할 때마다 꿍얼거리는 사람은?

나는 그런 사람들과 다르다.

나는 입을 굳게 다물었다. 일을 쉬지도 않았다. 자식들을 키웠다. 살아나갔다. 존도 나의 생각을 몰랐다. 그러던 어느 날 존이 우표를 찾다가 내 책상 서랍에서 자살과 관련된 책들을 발견했다.

"훑어만 봤어." 내가 솔직히 말했다. "자살을 할까 하는 생각도 했어. 하지만 계획을 세운 적은 없어."

"수전, 제발……"

"안 할 거야. 당신한테 못할 짓이야." 나는 잠시 말을 멈추었다. "우리 아이들한테 못할 짓이야."

나는 내 죽음이 내 가족의 삶을 망쳐놓을 거라고는 생각하지 않는다. 하지만 내가 깨달은 것은, 내가 죽는 방식이 내 가족이 즐겁게 살아가는 능력에 영향을 미칠 수도 있다는 사실이었다. 기쁘게 살아가는 그들의 능력에.

자살은 자식들에게 내 나약함을 알려줄 것이다.

하지만 나는 강한 사람이다.

신경과에 예약을 했다. 2011년 6월 22일, 오브리의 열번째 생일 나흘 뒤였다.

일 년 동안 병원에 가지 않았지만 더 미루는 것도 이제 지쳤다. 머리통을 후려 맞는 순간을 기다리는 긴장감이 지긋지긋했다.

누구와도 말하고 싶지 않아서 병원에 가기 전날 마이애미에서 혼자 저녁 시간을 보내겠다고 했다. 존이 내 소원을 들어주었다. 사랑은 이해할 수 없어도 동의해주는 것이다.

나는 마이애미비치에서 낸시의 남동생이 쓰는 원룸 아파트에 머물렀다. 그의 집은 해변에 인접한 오래된 아르데코 양식의 건물에 있었다. 2층이었다. 나는 작은 여행가방을 끌고 2층으로 올라가느라 애를 먹었다.

그는 열쇠를 매트 밑에 놓고 갔다. 나는 이웃에게 열쇠를 돌려 문을 열어달라고 부탁했다.

냉장고는 텅 비어 있었다. 창문은 시트로 가려져 있었다. 그와 낸시의 가족사진들이 고풍스러운 가구 위에 놓여 있었다. 그들이 어렸을 때 살던 집에서 그 가구를 본 기억이 났다.

낸시의 남동생은 영화 제작자라서 수집해둔 영화와 책이 엄청나게 많았는데, 그중에는 세계 각지의 여행안내서도 있었다. 나는 내가 돌아다닌 광범위한 여행지들을, 사진 속 얼굴들과의 우정을 생각했다.

그리고 내가 평생 경험해온 사랑에 대해 생각했다. 더없이 완벽하고 이타적인 사랑을 하면 달빛 속에서 내 아이를 안아줄 때와 같은 느낌이 들었다. 그렇게 설레고 낭만적인 사랑을 하면 달빛 속에서도 그저 상대방을 즐겁게 해주고 싶은 마음만 들 뿐이다.

나는 운이 좋다고 생각했다. 멋진 사랑을 경험했으니까.

내일 어떤 일이 생겨도 나는 만족한다.

낸시가 문자메시지를 보냈다. "마이애미에 간다는 말을 들었어. 네 생각중이야."

"네가 걱정할까봐 말하지 않았어." 내가 답을 보냈다.

아파트 발코니로 나가는 문을 여는 데도 애를 먹었다. 나는 바깥에 앉아 담배를 피웠는데, 그 습관은 내게 위로를 주었다.

나는 다른 어떤 것보다 혼자 있는 것을 연습했다. 혼자는 내게 편안한 상태가 아니었다. 우리는 혼자 태어나 혼자 죽지만, 내가 살면서 좋아했던 순간들은 다른 누구와 함께 있을 때였다.

십 년 동안 법정 기자로서 봐왔던 희생자들과 가족들을 생각했다. 얼마나 많은 사람들이 비극을 견디며 버텼는지, 다시 일어서지 못한 사람들은 또 얼마나 많았는지를 생각했다.

나는 내일 닥칠 비극을 준비하며 마음을 다잡았다.

이런 생각을 했다. ALS라는 말을 듣는 순간 즉시 마음을 강철처럼 단련시켜야 한다고. 울면 안 된다. 무너져서도 안 된다. 출발부터 강인해야 한다.

나는 그것을 수영 시합에서 배웠다. 코치는 우리에게 강인하게 출발하는 것을 훈련시켰다. 머리를 숙인 채 출발대에서 잽싸게 몸을 날릴 준비를 한다.

꾸준한 사람이 시합에서 이긴다. 그렇지 않은가? 사람들이 늘 하는 말이다. 꾸준한 사람이 이긴다고.

이제 생각은 할 만큼 했다. 나는 선반에서 가장 충격적인 영화를 골랐다. 〈블로우〉. 코카인! 폭력! 오락거리! 완벽하다! 나는 수면제를 삼킨 뒤 옷을 다 입은 채 침대로 갔다.

아침이 되자 택시를 불러 마이애미 시내에 있는 평범한 건물로 갔다. 수술복 차림의 의사들이 청진기를 목에 건 채 머리를 기울여 아이폰으로 통화하면서 돌아다니고 있었다. 나는 내 삶을 바꾸어놓을 의사가 누구인지 궁금했다.

존이 왔다. 늘 그렇듯 지각이었다.

존은 내 장례식에도 지각할 것이다. 그 생각을 하자 웃음이 나왔다. 변하지 마, 존. 제발 절대 변하지 마.

대기실에서는 근육위축증협회의 친절한 회장이 돌아다니며 환자들과 오랜 친구처럼 인사를 나누고 있었다. 간호사가 활력징후를 검사했다. 혈압은 정상보다 낮아 90/60이었다. 나는 천천히 깊은숨을 내쉬었다.

간호사가 우리를 진찰실로 데려갔다.

아쇼크 버마라는 이름의 의사가 들어왔는데, 내가 아주 좋아하는 믿음직스러운 영국식 인도 억양을 쓰는 키가 크고 훤칠한 남자였다. 버마는 마이애미 대학교 ALS 클리닉 과장이었다.

의사가 내 기록을 살폈다.

그는 몇 가지 질문을 하고 이것저것 근력검사를 하더니 책상에서 약간 물러나 유쾌하게 말했다. "ALS가 확실한 것 같군요."

꼭 나를 생일파티에 초대라도 하는 것처럼 들렸다. 그리고 그는 미소를 짓고 있었다. 그것이 배려의 미소였는지, 긴장한 미소였는지는 모르지만, 나는 그 미소를 잊지 않을 것이다.

나는 그 말을 들을 때 보일 반응을 미리 계획해두었다. 나 자신을 무쇠처럼 단련시켜두었다. 강인하게. 출발대에서 잽싸게 몸을 날린다. 분출하는 에너지로 경주에 힘껏 뛰어든다.

나는 출발하기 위해 머리를 숙였고…… 그리고 울음을 터뜨렸다.

멈출 수가 없었다. 호흡을, 심장박동을 멈출 수 없는 것처럼, 울음을 멈출 수가 없었다. 나는 하염없이 울었다.

닥터 버마는 계속 유쾌하게 그의 ALS 클리닉에 대해, 여기로 찾아와야 하는 이유에 대해 지껄여댔다. "그 병을 심각하게 대하는 태도부터 버려야 합니다."

누가 봐도 존은 심기가 불편해 보였다. "좀 기다려보세요. 시간을 주자고요."

그날 흘린 콧물이 기억난다. 콧물이 콧속에 가득 고여 줄줄 흘러내렸다. 한 남자가 자동차 사고를 내 여섯 명을 죽인 것에 대해 비통

하게 울면서 콧물을 흘리며 진술할 때 동료 기자가 얼마나 잔인하게 그를 비웃었는지 생각했다.

참 신기하다. 그렇지 않은가? 마음이 언제 어떤 것을 기억해내는지.

닥터 버마가 크리넥스 상자를 내밀었다. 존이 내 얼굴을 닦아주었다. 나는 말을 할 수 있을 만큼 겨우 마음을 가라앉히고 내 비장의 카드를 꺼냈다.

줄기세포, 내가 보관해둔 것.

전 세계 연구자들이 퇴행성 질환을 치료하려고 줄기세포를 연구하고 있었다. ALS에 걸린 지역 경찰에 대한 이야기가 떠올랐다. 그의 친구들이 그를 해외로 보내 줄기세포 치료를 받게 하려고 기금을 모았다고 했다.

내게는 생명의 원천에서 직접 채취한 나 자신의 줄기세포가 있었다. 아들들이 태어났을 때 탯줄 혈액을 보관해두었는데, 훗날 내가 질병과 싸울 때 사용할 세포들의 보물상자였다.

"어쩌면 그 줄기세포를 나한테 사용할 연구자가 있지 않을까요?" 내가 물었다.

"문제는 말입니다." 의사가 천천히 입을 열었다. "연구자들이 줄기세포를 적재적소에 쓰는 법을 아직 모른다는 겁니다."

그는 줄기세포 치료를 받게 하려고 ALS 환자 마흔다섯 명을 해외로 보냈다고 했다. 그들 중 치유된 사람도, 생명을 연장시킨 사람도 없었다. 모두 더 가난해졌다. "호주머니가 텅 비어버렸어요." 닥터 버마가 그의 호주머니를 툭툭 쳤다.

어떤 일이 있어도 치료법을 찾아다니느라 가족을 빈털터리로 만들지 않겠다는 결심은 오래전부터 하고 있었다. 야단스러운 임상실험의 일부가 되어 위약僞藥이나 받아먹는 일 따위도 하지 않을 작정이었다. 그릇된 희망을 주는 누군가를 만나기 위해 의사를 찾아다니지도, 구글 검색에 미쳐 지내지도 않을 작정이었다.

그걸로 됐어, 존이 내 콧물을 다시 닦아줄 때 나는 생각했다.

우리는 묵묵히 밖으로 나갔다.

차를 타고 가면서도 침묵을 지켰다.

"배가 고픈데." 존이 내가 이미 잘 아는 사실을 다시금 확인시켜주었다. 남자는 아무때라도 먹을 수 있다는 것.

우리는 버거킹으로 갔다. 나는 주차장 방벽에 앉아 담배를 피웠고, 존은 안으로 들어가 먹을 것을 샀다.

나는 1939년 루 게릭의 작별 연설을 보고 또 보았다. "불운이 찾아왔지만" 자신은 지구상에서 최고로 운이 좋은 사람이었다고 선언한 연설. 그의 재능을 빼앗고, 끝내 목숨을 빼앗을 병에 걸렸다는 진단을 받은 뒤에도.

그것이 진심이었는지, 나는 늘 궁금했다. 정말로 그렇게 느꼈을까? 아니면 그에게 박수를 보내는 수만 명의 팬들에게 둘러싸였을 때 문득 찾아온 웅대한 생각이었을까?

그런데 버거킹 주차장 방벽에 걸터앉은 내게도 그 생각이 찾아왔다. 멍하니 흐릿한 순간이 아니라, 내 삶에 흔들림 없이 초점을 맞추고 있을 때.

마흔네 해 동안 더없이 건강했다. 코감기에 걸린 적도, 충치가 생긴 적도 좀처럼 없었다.

마흔네 해 동안 내가 가장 아팠던 때는 남미에서 상한 치킨 샌드위치를 먹었을 때였다.

세 번의 임신 기간은 수월하게 지나갔고, 나는 매번 포동포동하고 발그레한 아기를 낳았다.

세 번 다 깔끔히 제왕절개를 했고 다음날 바로 걸어다녔다.

나는 한결같은 사랑을 알았고 세계를 돌아다녔다. 훌륭한 배우자와 결혼했고 내가 정말 사랑하는 일을 했다.

나는 내가 어디서 왔는지 알았다. 갓난아기 때 책임감 있는 부모님에게 입양되었고, 마흔 살에 생모를 만났고, 그러고 얼마 있다 생부의 가족도 만났다. ALS가 그들에게서 유전되지 않았다는 사실도 알았다. 포동포동하고 발그레한 내 아이들이 나와 같은 운명을 두려워하지 않아도 된다는 것을 알았다.

나는 살아 있었다. 내게는 일 년이 있었다. 어쩌면 더 오래 살 수도 있지만 최소한의 건강을 유지하며 사는 것은 앞으로 일 년이다.

바로 그 자리, 버거킹 주차장에서 나는 남은 일 년을 지혜롭게 살기로 결심했다.

떠나고 싶었던 곳으로 여행을 가고 내가 갈망했던 모든 즐거움을 누린다.

남겨두고 가야 하는 것을 정리한다.

훗날 가족들의 마음속에서 꽃피울 추억의 정원을 가꾼다.

루 게릭은 운동선수였다. ALS가 그의 재능을 대번에 빼앗았다.

하지만 나는 글을 쓰는 사람이다. ALS가 내 손을 곱아들게 만들고 내 몸을 쇠약하게 만들겠지만, 내 재능을 빼앗지는 못한다.

내게는 나 자신을 표현할 시간이 있었다. 편안한 의자가 있는 나만의 장소를 만들어 그곳에서 생각하고 글을 쓰고 친구들과 시간을 보낼 수 있었다. 그곳에서 추억의 정원을 거닐며 그 추억에 대해 쓸 수 있었다.

그렇게 거닐던 발걸음이 나만의 환상으로 머물지 않고 이 책이 되었다.

이 책은 질병과 절망에 대한 책이 아니다. 내 멋진 마지막 한 해의 기록이다.

내 자식들에게 내가 어떤 사람이었는지 알려주고, 비극을 맞닥뜨리고도 살아가는 법을 가르쳐주는 선물이다.

기쁘게.

두려움 없이.

루 게릭이 운이 좋다고 느꼈다면 나도 그럴 수 있다.

나도 그래야 했다.

나는 경주에 뛰어들기 위해 마음을 단단히 먹고 다시 한번 출발대에 서서 머리를 숙였다.

"이제 다 끝나서 좋아." 존이 내게 줄 커피와 자기가 먹을 와퍼를 사서 돌아왔을 때 내가 말했다. "그래도 나는 굉장히 운이 좋은 것 같아."

클리닉

클리닉.

아, 내가 이 단어를 얼마나 좋아하는지.

친절한 간호사, 침대, 얼음과자, 학교에서 집으로 돌아가 엄마와 함께 드라마를 볼 수 있는 기회. 클리닉 하면 떠오르는 것들이다.

하지만 닥터 버마 클리닉, 그곳은 노스마이애미비치의 세인트캐서린 재활병원에 위치한 마이애미 대학교 다학제 협진 ALS 종합 클리닉이다. 그 이름에서 눈치챘어야 했다.

존과 나는 오후 한시 무렵 그곳에 도착했다. 닥터 버마를 만난 지 세 시간, ALS 진단을 받은 지 두 시간, 존이 와퍼를 우적거리는 동안 내가 기쁘게 살겠노라고 맹세한 지 한 시간 만이었다.

클리닉은 본질적으로 병원이다. 그곳에는 접수대, 여러 방들, 의학 잡지 따위가 있는 대기실이 있었다. 환자들은 정상으로 보였다. 나이들어 보이는 남자와 그의 아내, 나이들어 보이는 여자와 배가 산만큼 나온 그녀의 딸이 앉아 있었다. 우리는 그 딸의 태어날 아기에 대해 담소를 나누었다.

그녀가 우리에게 자식이 있는지 물었다.

그날 처음으로 나는 존의 눈에서 눈물이 글썽거리는 것을 보았다.

문이 열리고 의료진이 '치료를 시작'하려고 줄지어 나타났다. 모두 총총거리며 급해 보였는데, 그 중심에 간호학 박사인 지나라는 여자가 있었다. 내가 예견한 대로, 그 닥터 너스가 예컨대 항공교통 관제 책임자 같은 거였다.

그녀가 우리를 진찰실로 안내했다. 먼저 물리치료사가 들어왔다. 밧줄을 몸에 감고 절벽을 타는 것처럼 허리에 마구같이 생긴 물건을 두르고 실용적인 구두를 신은 자그마한 체구의 여자였다.

물리치료사는 유쾌하게 질문을 쏟아냈다. "언제 진단을 받았어요?"

"오늘이오."

"아."

그녀가 몇 가지 근력검사를 했다. "좋아요." 그녀가 말했다. "기분은 어떠세요?"

"괜찮아요."

"건강한 상태를 유지하려면 꾸준히 물리치료를 받아야 해요. 증상은 언제 시작됐나요?"

"이 년 전에요."

"아주 좋은데요! 다음에 또 봐요."

다음에는 호흡치료사가 들어와 숨을 힘껏 쉬어보라고 했다.

"아주 잘했어요!" 그녀가 선언하듯 말했다. "숨을 잘 쉬는데요! 혀와 목 근육이 약해질 테니까 문제가 없는지 계속 모니터링을 할 거예요."

삼십 분이 땡! 지나자 그녀도 앞서 왔던 물리치료사처럼 나가버렸다. 존과 나는 서로 멀뚱히 쳐다보았다. 충격에 빠진 우리는 뭘 하는지 제대로 파악하지 못한 채 시키는 대로만 움직였다.

이어서 땡, 정해진 순서에 따라 언어치료사가 들어왔다.

아, 알겠어. 스피드 데이트 같은 거로군. 닥터 너스가 감독관이고, 정해진 순서에 따라 치료사들을 순환시켰다.

맙소사, 이 병에 걸린 사람들이 얼마나 많은 거지?

"그만 됐어요. 저는 가야겠어요." 내가 말했다.

"하지만 치료가 더 남았는데요." 닥터 너스가 안 된다고 했다.

"오늘은 그만할게요."

그녀가 어떤 환자는 ALS에 걸린 지 삼십 년이 되었지만 칠순이 된 지금도 골프를 친다고 했다. "병이 느리게 진행되면 그런 일이 생길 수도 있어요. 어쩌면요. 사람 일은 알 수 없잖아요."

어쩌면 꽤 오래 살 수 있을 것이다. 어쩌면. 하지만 이 클리닉에 다녔기 때문은 아닐 것이다. 이것은 집단 오디션이지 치료가 아니었다. ALS에 대한 치료법은 없어! 내 머릿속에서 고함소리가 들려왔다. 이 사람들은 죽음으로 추락하는 나를 측정하고 있었다.

"다음에 봐요." 닥터 너스가 다정한 미소를 지으며 말했다.

존이 나를 데리고 문밖으로 나갈 때 나는 속으로 글쎄요, 하고 생각했다.

결국 내가 직접 심리치료사와 물리치료사를 찾아야 할 것이다. 하지만 닥터 버마 클리닉에는 가지 않을 것이다.

내가 공식 ALS 환자가 된 지 하루도 채 지나지 않았지만, 내 병을 어떻게 다루는 것을 싫어하는지는 벌써 깨달았다.

경이로움

자신을 들여다보고 싶지 않을 때 당신은 어떻게 하는가? 바깥을 쳐다볼 것이다. 나는, 더 구체적으로 말해서, 하늘을 올려다본다.

나는 늘 하늘을 사랑했다. 내게 하늘은 영원한 천장 이상이다. 날마다 황홀한 아름다움을 찾아 하늘을 올려다본다. 라벤더 빛깔의 일몰, 눈부신 월출, 어느 저녁 스쳐가는 혜성, 복음성가 앨범 표지에 나올 법한 구름에 깃든 아름다움.

2005년 허리케인 윌마가 지나간 뒤 플로리다 남부는 며칠 동안 전기가 끊겼다. 〈팜비치 포스트〉 편집국은 기자들을 파견해 연료 부족, 대통령의 방문, 발전기를 돌려 운영하는 병원에 대한 기사를 쓰게 했다.

나는 암흑에 빠진 도시를 밝혀주는 별에 대해 쓰겠다고 했다. 편집자들이 독자들에게 구름의 환한 언저리처럼 밝은 희망을 보여주는 것이 중요하다며 동의해주었을 때 나는 기뻤다.

'우주의 전기, 한밤에 펼쳐지는 빛의 쇼'라는 제목의 기사는 이렇게 시작했다.

어둠을 원망하느니 촛불을 켜라.
아니, 촛불은 관두라. 밖으로 나가 하늘을 올려다보고
어둠 속에서 감탄하라.
별들이 빛난다!

내게 허블 망원경으로 찍은 이미지들이 담긴 책이 있다. 우리의 반구형 하늘 너머로 펼쳐진 무한의 이미지. 수백만 광년 떨어진 우주의 이미지.

이미지들은 생생하지만 그것이 무엇이었는지는 떠오르지 않는다. 가장 큰 이유는, 나로서는 그 이미지들을 이해하기 어려웠기 때문이다.

우주가 너무 방대해서 지구 전체가 하나의 점 같았기 때문에 이해하기 어려웠다. 백만 페이지에 달하는 책에서 한 문장 끝에 찍은 마침표처럼.

우와.

우와!

우리에게 그런 사진은 거의 없었다. 우주로 쏘아올린 허블 망원경이 맨 처음 지구에 보내온 이미지들은 흐릿했다. (그야말로 "아, 젠장"의 순간!)

허블 망원경의 렌즈가 잘못 깎여 있었다. 얼마나?

2미크론만큼. 종이 두께의 50분의 1.

NASA는 스토리(참 사랑스러운 이름이다)라는 이름의 우주비행사를 보내 우주에서 유영하며 렌즈를 고치게 했다.

그뒤에 또다른 우주비행사가 가서 작은 나사 서른두 개를 돌려 빼고 배터리 팩을 교체해야 했다. 오븐 장갑과 맞먹는 장갑을 끼고서. 우주복이 살짝만 찢겨도 그의 목숨은 끝이었다. 그는 까마득한 저 아래 지구와 그가 유영하는 암흑의 진공 상태에 대해서는 생각을 닫아버렸다. 그리고 한 번에 나사 하나에만 집중했다.

하나의 과제.

하루라는 시간.

NASA에서 하는 일을 보면 경외심이 든다. 내가 말하는 경외심은 진짜 입이 쩍 벌어지는 경외심으로, 살면서 그런 감동을 받는 순간은 아주 드물다.

그런 의미에서 2011년 7월 8일, 진단을 받은 지 삼 주가 채 지나지 않았을 때 인구에 회자될 NASA의 사건 하나가 벌어지려 한다는 사실은 참으로 세런디피티, 뜻밖의 기쁨이었다. 그날 마지막 우주왕복선이 발사될 예정이었다.

나는 인생의 대부분을 플로리다 남부에서, 발사 기지인 케이프커 내버럴에서 차로 세 시간밖에 떨어지지 않은 곳에서 살았다. 발사 시간만 되면 우주왕복선—내가 있는 곳에서는 별처럼 작게 보인다— 이 불길을 뿜으며 북쪽 하늘로 날아가는 것을 볼 수 있기를 바라면서 하던 일을 멈추고 뛰쳐나가거나 웨스트팜비치에 있는 내 사무실 창문으로 달려갔다.

하지만 그 광경을 가까이에서 본 적은 없었다.

가, 내 안의 목소리가 말했다. 자신을 안타깝게 여기지 마. 왼쪽 팔목 근육 타령만 하고 살 수는 없잖아. 꿈을 이뤄, 정말로. 가서 애틀랜티스호의 이륙을 지켜봐.

나는 작별 인사, 회고담, 삼십 년간의 우주비행 역사에서 발견한 것들, 최후에 발생한 경제적 난관 등 우주왕복선 발사에 대해 알아낼 수 있는 모든 것을 찾아 읽으면서 그 경험을 느껴보았다.

NASA의 한 간부는 전체를 보는 눈을 유지하기 위해 자신의 사무실에 닥터 수스의 책에 나오는 문구를 걸어놓았다고 했다. "그 일이 끝났다고 울지 마라. 그 일이 일어났음에 웃어라."

나도 그 말을 늘 간직하고 살 것이다.

발사 여부는 확실하지 않았다. 이미 한 번 취소되었다. 'Space. com'의 어느 천체물리학자는 지구상의 다른 네 곳의 날씨는 "무수히 많은 다른 요소들과 교차상관관계가 있고, 우발사고, 경계조건, 제약으로 구성된 복잡한 그물을 통해 생성되는 것"이라고 설명한다.

7월 8일의 일기예보는 좋지 않았다. 발사 확률은 30퍼센트에 불과했다.

어쨌거나 나는 출발했고, 경험하는 방법은 그것, 가보는 것뿐이었다. 일곱 살인 아들 웨슬리를 데려갔다. 나머지 두 아이 오브리와 머리나는 펜실베이니아에 사는 존의 부모님 댁에 가 있었다.

웨슬리와 나는 전날 저녁에 차를 몰아 올랜도에 사는 친구 낸시의 집으로 갔다. 차가 엄청 막힐 것 같아서 우리는 날이 밝기 전에 낸시와 낸시의 아이들을 데리고 길을 나섰다. 두 차에 나눠 타고 코코아 비치의 주차장 건물 꼭대기 층으로 올라갔다. 우주왕복선이 발사된다면 한눈에 내려다볼 수 있고 하늘을 끝없이 올려다볼 수 있는 장소를 찾았다.

라디오를 NPR 실황방송에 맞추었다. 구름이 잔뜩 끼어 발사를 장담할 수 없었다. 우리는 기다렸다. 대화를 나누었다. 불확실함을 즐겼다.

시인 라이너 마리아 릴케가 썼다. "지금 구할 수 없는 답을 찾지 마라. 그 답대로 살 수 없을 테니까. 핵심은 전부를 사는 것. 지금 그 질문대로 사는 것. 그렇게 한다면, 먼 훗날 언젠가, 알아채지 못한 사이에 당신은 어느새 그 답대로 살고 있을 것이다."

나는 내게 닥친 새로운 불확실함에 대해 생각했다. ALS에 걸렸으니 얼마나 오래 살 수 있을까?

그리고 생각했다. "답을 찾지 마라. 질문대로 살아라."

불확실하다고 삶을 덜 즐기지 말고 더 많이 즐겨라.

주차장에는 벌써 차가 가득했다. 우리는 빈자리를 찾아 빙빙 돌면서 미국 각지에서 온 사람들을 만났다. 어떤 사람들은 여기 온 것이 버킷리스트라고 했다. 누구는 음악을 틀어놓았다. 돌아다니면서 캔맥주를 파는 남자도 있었다.

우리는 아이들에게 상어가 헤엄치는 커다란 소금물 탱크를 보여주려고 근처 서핑숍으로 갔다. 낸시의 친구가 두 아이를 데리고 합류했다. 다섯 아이가 정신을 쏙 빼놓는 사이 웨슬리가 어디론가 사라졌다. 몇 분 후 에스컬레이터에서 놀고 있는 아이를 찾았다. 웨슬리는 움직이는 계단에 완전히 홀려 있었다.

오전이 중반으로 넘어갔을 때 애틀랜티스호는 연료를 채우고 이륙할 준비를 끝냈다. 우리는 내 미니밴의 지붕으로 올라갔다. 웨슬리는 놀라워했다. 우리가 차의 지붕에 있어요!

"차가 찌그러지겠어요." 누가 나를 올려다보며 소리를 질렀다.

"뭐 어때요? 역사적인 순간인걸요!" 내가 대꾸했다.

우리는 찬사와 회고의 말을 들으며 기다렸다. 발사할까? 하지 않을까? 불확실함이 곧 기쁨이었다.

카운트다운이 시작되었다. 이제 일 분 남았다.

카운트다운은 이륙을 이십구 초 남기고 멈추었다.

몇 분이 더 흐른 뒤 우주왕복선이 예고 없이 구름 속에 나타났다.

"보인다! 보여!" 내가 소리를 질렀다.

우리는 찌그러진 지붕에 올라서서 환호성을 질러댔다.

발사될 때 지반이 흔들리는 것은 느끼지 못했다. 우주왕복선이 우주로 날아갈 때 뒤따르는 오렌지색 폭발도 보지 못했다.

하지만 경이로웠다.

그 일이 끝났지만, 웃었다.

그 일이 일어났기에, 웃었다.

우리는 경이로움에 흠뻑 취해 바닷가를 거닐며 차들이 빠져나가기를 기다렸다. 하지만 허사였다. 저녁이 되어도 도로는 혼잡했다. 나는 시속 5마일로 달리면서 우주왕복선에 대해 생각했다. 그리고 NASA의 중심 메시지, 그 존재 자체를 설명하는 메시지에 대해 생각했다. 뻗어나가라. 탐험하라. 크게 꿈꾸라. 떠나라.

지금 떠나라.

큰 질문들이 내 앞에 나타났다. 나는 어디로 떠나고 싶은가? 나는 어떻게 살고 싶은가? 내 삶의 중심 메시지는 무엇인가?

작은 질문들도 나타났다. 내 사진들은 어디에 뒀더라? 혀가 움직이지 않으면 어떻게 먹지? 이렇게 오줌통이 꽉 차면 어떻게 하지?

으악. 나는 오줌을 눠야 했다.

이렇게 차가 꽉 막히면 잠시 차를 댈 틈도 없었다. 더욱이 약해진 팔과 손가락으로는 공중화장실도 예전처럼 쉽게 이용할 수 없었다.

나는 생각했다. 내 오줌통은 낙타 오줌통이야. 낸시의 집에 갈 때까지 참을 수 있어.

해냈다. 나는 낸시의 집으로 돌아가는 세 시간 내내 오줌을 참았다.

낸시는 아직 도착하지 않았다. 웨슬리와 내가 탄 차가 길 어디쯤에서 낸시의 차를 앞질렀다.

문을 열려고 해보았다. 잠겨 있었다.

나는 주위를 둘러보며 기다릴까 하다가…… 어깨를 으쓱했다.

반시간 뒤 낸시와 그녀의 식구들이 도착했을 때 웨슬리와 나는 옷을 입은 채 수영장에서 놀고 있었다. 얼굴에는 환한 미소를 지은 채.

웨슬리

그날 이후 웨슬리에게 수영할 때는 평상복을 입지 않는다는 것을 다시 가르치는 데 시간이 좀 걸렸다. 이전에 수영복을 처음 입게 하는 데 걸린 시간만큼은 아니었지만.

설명을 먼저 해야 할 것 같다.

웨슬리는 셋째 아이다. 그 아이를 가졌을 때 나는 서른여섯 살이었고, 그 아이가 마지막이라는 것도 알았다. 제왕절개수술을 받는 동안 의사가 난소관을 묶어버리자고 제안했지만 나는 거부했다. 내 삶에서 그런 기간이 끝나는 것은 싫었다.

나는 경험이 있는 엄마로서 아기의 존재가 고마웠고, 심지어 밤잠을 잘 수 없어도 그랬다. 웨슬리는 내게 꼭 붙어 있었는데, 나는 그것이 정말 좋았다. 아이가 내 가슴에서 잠들면 나는 한 시간이 지나도

록 가만히 쳐다보곤 했다. 이 모습을 기억해! 나는 몇 번씩 되뇌었다.

아이는 머리나와 오브리와 달리 많이 기어다니지는 않았지만 말이 빨랐다. 돌이 되자 한 문장을 통째로 말했다. "오늘 하마 보러 가자."

"천재야!" 존이 말했다.

나중에 안 사실인데, 그때 웨슬리는 소리를 모방하고 있었다. 자기가 무슨 말을 하는지, 심지어 어떤 단어를 썼는지도 전혀 몰랐다.

아이의 행동에 문제가 생긴 건 세 살 때부터였다. 자꾸 문을 쾅쾅 닫았다. 강박적으로 전기 스위치를 껐다 켰다 했다. 존과 내가 무슨 말을 해도 듣지 않았다. 아이가 우리 목소리에 반응이 없어서 나는 청각에 문제가 있는지 알아보려고 뒤에서 냄비를 탕 쳤다. 아이는 번번이 펄쩍펄쩍 놀랐다.

그해 크리스마스에 아이들에게 산타를 보여주려고 화려한 쇼핑몰에 갔을 때 상황은 극에 달했다. 크리스마스 전등, 크리스마스트리, 줄에 매달려 반짝거리는 거대한 눈송이. 쇼핑몰은 꼬마들과 쇼핑객들로 미어터졌고, 적어도 두 곡의 크리스마스캐럴이 경쟁하듯 울려 퍼지는 가운데…… 웨슬리에게 문제가 생겼다.

길게 늘어선 산타 줄에 서서 기다리는데 웨슬리가 가만히 있지 못하고 빽빽 소리를 질러댔다. 존과 내가 웨슬리를 이 가게 저 가게로 데리고 다녔다. 소용없었다. 웨슬리는 분수로 기어들어가려고 했다.

우리는 단념하고 아이들을 다시 미니밴으로 끌고 갔지만 이제는 세 아이가 모두 찡얼거렸다. 나는 흡연자지만 하루에 몇 개비만 태울

뿐이고, 그나마 아이들 앞에서는 좀처럼 피우지 않았다. 하지만 웨슬리의 그런 상태가 한 시간이나 지속되자 나도 신경이 곤두섰다.

"엄마, 뭐 해요?" 여덟 살 된 머리나가 미니밴 안에서 밖을 내다보다가 내가 담배 피우는 모습을 보더니 소리를 질렀다.

"엄마!! 쓰레기 버리면 안 돼요!" 머리나가 바락 소리를 질렀다.

나는 꽁초를 집어 밴 안에 휙 던져넣었다. 웨슬리가 빽빽 고함을 지르며 심하게 버둥거리기에 아이를 달래려고 아이의 발치께 바닥에 앉았다.

우리가 좀더 차분한 분위기의 다음 쇼핑몰로 절반쯤 이동했을 때 타는 냄새가 났다. 담배꽁초에서 불이 옮겨붙어 존의 회사 차 카펫이 까맣게 타들어가고 있었다.

우리는 끽 소리를 내며 팜비치몰에 도착했다. 나는 연기가 피어오르는 카펫을 툭툭 밟고 성질이 난 존은 욕을 쏟아내면서. 머리나는 찡얼거리며, 동그마니 앉은 오브리에게 "산타 같은 건 없어, 바보"라고 쏘아붙였다. 웨슬리는 날뛰었다.

우리는 썰렁한 분위기의 몰을 가로질러 산타의 '원더랜드'로 터덜터덜 걸어갔다. 줄은 없었고, 산타는 휴식을 취하려던 참이었다. 요정이 우리를 멈춰 세우려 했지만 산타가 우리 가족을 슬쩍 보더니 말했다. "괜찮아, 괜찮아. 이 가족까지 하지 뭐."

존과 나는 한 손으로 오브리를 떠밀고 다른 손으로는 웨슬리를 붙잡았다. 오브리는 다섯 살, 수줍음을 조금 탔고 혀 짧은 소리를 했다.

오브리는 가다 말고 어리둥절한 표정으로 존을 돌아보았다. "아빠, 산타가 왜 갈쩍이에요?"

갈쩍 산타가 빙그레 웃었다. 그는 우리 가족 모두를 합친 것보다 더 크리스마스 기분을 즐기고 있었다.

그런 휴일들(재앙의 연속)이 이어지자 나는 웨슬리가 검사를 받아야 한다고 주장했다. 그때 심리치료사가 한 말이 기억난다. "아이가 엄마는 쳐다보네요. 다행이에요." 나는 속으로 생각했다. 젠장!

일주일 뒤 심리치료사가 우리를 다시 불렀다. 조명은 부드러웠고 소파 옆에는 크리넥스가 있었다. "아스퍼거가 틀림없는 것 같아요." 그녀가 말했다.

나는 그게 뭔지 알 수 없었다. "아스퍼거가 뭐예요?"

"자폐증과 비슷한 건데요."

눈물부터 나서 크리넥스로 손을 뻗었다. 그날은 내 평생 최악의 날이었고 앞으로도 그럴 것이다. 나는 웨슬리가 진단을 받은 그 건물 앞은 아직도 지나가지 못한다.

이 년 뒤 웨슬리는 굉장히 좋아졌다. 이런저런 서류 작성과 계획, 숱한 긴 밤과 무수한 전화 끝에 웨슬리를 메도파크 초등학교의 특수 아동을 위해 개설된 유치원 이전 과정에 발 빠르게 집어넣을 수 있었다. 교사들이 기적을 만들어냈다. 웨슬리의 해괴한 행동이 수그러들었고 아이는 공부에 관심을 돌렸다.

웨슬리는 2009년에 그 학교의 일반 유치원 과정에 들어갔다. 도서관에서 오리엔테이션이 있었다. 내 시든 손을 알아챈 지 한 달, 내가 처음 ALS라는 세 글자를 들은 지 일주일 만이었다.

교사들이 말할 때 아이들은 대부분 부모 옆에서 조용히 색칠을 했다. 한 아이는 심지어 필기도 하는 것 같았다. 웨슬리는 요리조리 돌아다니며 서가에서 책을 뽑고 자기를 쫓아오게 하려고 다른 아이를 집적거렸다.

내 다리 근육이 떨리기 시작했다. 발목을 무릎에 올려놓았는데 종아리가 움씰거리는 것이 보였다. ALS의 초기 증상. ALS로 사망한 〈뉴욕 타임스〉의 기자 더들리 클렌디넌은 이 경련을 더없이 아름다운 말로 묘사했다. "피부 밑에서 팔랑이는 나비같이."

나는 경련을 멈추려고 근육에 꽉 힘을 주었다. 하지만 힘을 풀자 나비가 돌아왔다.

"엄마." 웨슬리가 목청껏 나를 불렀다. 웨슬리는 말할 때 늘 목청껏 소리를 지른다. "엄마! 엄마!"

빙그레 웃음이 나왔다. 물론 그 순간 웨슬리는 유치원 오리엔테이션중에 서가에서 책을 뽑고 있었다. 그뿐 아니라 다른 아이에게 같이 놀자는 말을 하고 있었다. 그랬다. 그래서는 안 되는 상황에서, 그래서는 안 되는 시간에, 아주 시끄럽게. 하지만 웨슬리가 놀자는 말을 하고 있었다. 그 순간 나는 웨슬리 덕분에 기뻤고 아주 낙천적이 되어, 이 세상 어느 것도 나를 낙담시킬 수 없을 것 같았다. 움씰거리는 종아리마저.

"그거, 구글에서 말하는 경련이야." 그날 밤 존이 말했다. "당신도 인터넷에 올라온 ALS 증상에 대해 읽었잖아. 지금 그 경련이 일어난 것 같아."

괜찮아질 거야, 나는 혼잣말을 했다. 웨슬리도 괜찮아질 거야.

동물과 기대

2010년 8월 우리는 개를 입양했다. 어느 모로 보나 필요 없는 책임을 자진해서 떠맡는 꼴이었다. 근육 증상은 확산되었지만, 나는 활기 넘치는 세 아이를 키우며 여전히 풀타임으로 일하고 있었다.

머리나와 오브리는 우리는 왜 개를 키우지 않느냐면서 계속 징징거렸다. 처음에는 개를 키우지 않는다고, 그다음엔 케이블 TV를 보지 않는다고. 지긋지긋했다!

"이건 정상적이지 않아요, 엄마." 머리나가 투덜거렸다.

"물고기를 기르기는 하지만요, 엄마." 오브리가 한숨을 쉬며 말했다. "진짜 애완동물은 아니잖아요."

그리고 웨슬리, 가여운 웨슬리. 웨슬리의 행동은 좋아졌지만 그어린 녀석은 혼자 떨어져 겉돌았다. 쉴새없이 지껄여댔지만 대화를 나누는 건 아니었다. 자기가 좋아하는 〈꾸러기 상상여행〉*을 보고 또 보았지만, 작은 피글렛 인형 말고는 어떤 것에도 사랑이든 애정이든 감정을 표현하는 일이 드물었다.

그 아이를 끌어안으면 나무를 끌어안는 것 같았다.

"아이의 세계로 들어가는 방법을 찾아야 할 거예요." 진단을 내린 의사가 말했었다.

우리집 근처에 작은 동물원이 있다. 웨슬리는 그곳에 놀러가는 것을 좋아했다. 동물은 웨슬리에게 눈을 쳐다보라고 요구하지 않았고 이래라저래라 시키지도 않았다. 웨슬리에게 사람을 그리라고 하면 풍선 머리를 한 막대를 그렸지만, 여섯 살밖에 되지 않았는데 돌고래나 강아지, 곰은 놀라운 솜씨로 그려냈다. 동물이 웨슬리를 편안하게 해준다는 것을 나는 알았다.

개는 웨슬리에게 주는 선물이라고, 나는 혼잣말을 했다.

내게 다른 관심거리가 얼마나 필요한지를 나는 인정하지 않았다. 혹은 내가 동물의 관심을 얼마나 갈구하는지도. 그저 아이들, 특히 웨슬리 옆에 더 많은 사랑이 있을수록 좋다고만 생각했다.

인간의 가장 좋은 친구 입장!

내가 마지막으로 개를 키운 것은 십 년 전이었다. 몸무게가 23킬

---

* 캐나다와 미국 합작으로 만든 3D CGI 애니메이션으로, 집 뒷마당이 모험의 장소라고 상상하는 아기 동물 다섯의 이야기.

로그램인 로트와일러종 앨바. 앨바는 낸시와 내가 대학원에 다닐 때 데려다 키운 떠돌이 개였는데, 떠돌이 생활에서 생긴 별난 습관이 많았다. 쓰레기, 구두, 마커펜 등 뭐든 가리지 않고 먹어댔고, 집에 깔아놓은 1제곱야드 카펫에 김이 모락모락 나는 배설물을 상습적으로 싸갈겼다.

앨바는 암에 걸려 다리를 절단해야 했다. 그래도 세상에서 앨바보다 더 행복한 세 다리 개는 볼 수 없었다.

하지만 지금 내 처지에 앨바처럼 아무 개나 길에서 덥석 데려올 수는 없었다. 하물며 강아지는. 그것들은 아기나 다름없다. 그렇지 않은가? 아기를 또 키울 수는 없는 노릇이었다.

그래서 집이 필요한 개, 하지만 집에서 행동하는 법을 이미 알고 있는 개를 찾아 나섰다. 머리나와 오브리에게는 진짜 애완동물이, 웨슬리에게는 친구가 되어줄 개.

힘겨운 상황에 처한 엄마에게는 위로가 되어줄 개.

그런 조건에 맞는 개를 어디에서 찾았을까? 내 어린 아들의 삶을 따뜻하게 만들어줄 그런 개를?

그 어디보다 추운 곳, 바로 교도소에서였다.

어느 아침, 플로리다 주 교정본부 웹사이트에서 한 살인자에 대해 조사하고 있었다. 맞다. 나는 그 웹사이트를 자주 이용했다. 기자로서 하는 일의 일부니까. '지명수배자' 공고, 사건 기록, 폭동 진압복을 입은 경찰관들의 사진을 훑어나가는데 뭔가가 시선을 붙들었다.

'나를 입양할래요?'라는 글귀와 플로리다 교도소에서 훈련 과정을 마친 개들의 사진.

동물보호소에서 구조되어, 수감중인 조련사들과 팔 주 동안 같이 지낸 개들이었다. 개들은 얌전히 있기, 눕기, 목줄 풀고 있기, 목줄 매고 걷기, 지시 없이는 문을 통과해 나가거나 들어오지 않기를 배웠다. 개집에 들어가는 훈련과 화장실 훈련도 받았고 예방접종도 끝냈다.

그 개들은…… 완벽했다!

오 분도 지나지 않아 교도소의 '사회성 좋은 입양견 양성' 부서의 부장인 샌디 크리스티와 통화를 했다.

크리스티는 지금 훈련중인 개를 추천했다. 그레이시는 몸무게가 27킬로그램이었지만 유순하고 순종적이며 지시를 잘 따랐다. "그 반에서 스타예요." 크리스티가 말했다.

그녀가 그레이시의 사진을 보내왔다. 앉은 모습, 누운 모습, 일어선 모습, 혀를 쑥 내민 모습. 그레이시는 근육이 발달했고, 몸 색깔은 흰색, 코는 분홍색, 눈은 금색이었다. 생긴 것은 꼭 러브버그* 같았다.

하지만 그레이시는 500마일 떨어진 플로리다 팬핸들 지역**에 속한 타운인 화이트시티 근처 교도소에 있었다.

---

* 미국 멕시코만 연안에 서식하는 흑색 곤충.
** 플로리다 북부를 가리키는 비공식적인 명칭으로 팬의 손잡이처럼 생긴 데서 유래했다.

나는 그레이시의 사진을 보았다. 아이들이 그레이시 근처에 모여 있는 장면을 상상했다. 그레이시가 내 페라가모 구두를 씹는 장면을, 수영장에서 헤엄을 치고 이튼알렌 소파에 팔자 좋게 벌렁 누워 있는 장면을 상상했다. 밤에 아이들 옆에 누워 간식으로 이불을 잘근거리는 장면을 상상했다. 어린 웨슬리가 우리와 떨어져 동그마니 있을 때 그레이시가 그 아이를 따라다니는 장면을 상상했다.

나는 아버지에게 말했다. 아버지는 이미 날마다 아이들을 실어 나르고 돌봤으며 집의 보수나 개조를 도맡고 있었다. 필요하면 개 시중까지 떠맡아줄까?

"아주 좋은 생각 같구나." 아버지가 말했다. "같이 가서 개를 데려오자."

와일드카드는 존이었다. 어느 날은 단호하게 개는 안 된다고 하다가—"수전, 개까지는 정말 벅차"—다음날은 동물보호소에서 귀엽기 그지없는 작은 불도그를 봤다고 신이 나서 떠들어댔다.

"미친 짓일까? 500마일이나 떨어진 곳에 있는, 직접 보지도 못한 개를 입양하는 게?" 내가 존에게 물었다.

"직접 보지도 못한 당신을 입양한 사람도 있다는 걸 잊지 마."

왕복 1000마일을 달려 교도소에 갔다가 다시 돌아오니 머리나와 오브리가 문을 열고 뛰어나왔다.

"그레이시! 그레이시!" 아이들이 꽥꽥거렸다.

웨슬리는 나오기 싫다며 집안에 있었다. 하지만 개가 안으로 들어오자 웨슬리도 꽥꽥거리는 축제에 가담했다. 그레이시, 불쌍한 것. 그만 카펫에 오줌을 싸버렸다.

그런 것쯤이야.

글쎄, 웨슬리는 사람을 만나면 보자마자 끌어안지는 않을 것이다. 절대 그럴 일은 없다. 하지만 그날 밤 웨슬리는 그레이시와 함께 개집에 기어들어가 옆에 앉아 쓰다듬어주고 (이따금 때리는 게 아닌가 싶을 만큼) 커다란 목소리로 말을 걸었다.

툭, 툭, 툭, 그레이시의 꼬리가 바닥을 때렸다.

"이것 보세요, 엄마. 이빨이 뾰족해요!" 웨슬리가 그레이시의 입을 벌리며 말했다. 그레이시는 아이의 뺨을 크게 쓱 핥아주었다.

"그레이시랑 같이 자도 돼요?" 웨슬리가 물었다.

바로 그렇게, 그레이시는 우리 가족의 일부가 되었다. 도마뱀을 쫓는 개. 땅 파기 전문가(우리는 농담으로 수감자들한테 배웠을 거라고 말했다). 아이들이 아침에 일어나자마자 반갑게 인사하고 잠들기 전에 마지막으로 키스하는 개.

며칠 지나지 않아 웨슬리와 그레이시는 변치 않는 친구가 되었다. 그레이시가 배를 긁어달라고 드러누우면 웨슬리가 긁어주었다.

웨슬리는 이제 프렌치토스트 스틱을 먹은 뒤에도 그레이시가 시럽을 핥아먹길 바라면서 손을 씻지 않았다.

웨슬리는 그레이시에게 그림책을 읽어주고, 그레이시가 핼러윈 의상(오리)을 입도록 도와주고, 목욕할 때 그레이시를 욕실로 데려가고 싶어했다.

웨슬리는 그레이시가 얼굴을 핥아주는 것을 아주 좋아했고, 핥다가 서로 입이 부딪치면 몹시 즐거워했다.

"우웩." 나는 한숨이 나왔다.

하지만 웨슬리가 이전에는 신체 접촉을 전혀 좋아하지 않았던 것을 생각하면 놀라웠다.

나는 밤마다 노래를 불러주며 아이들을 재우곤 했다. 웨슬리가 새근새근 잠들 때까지 나직이 고요하게, 허밍하듯 노래를 불러주었다.

지금 존은 그때를 생각하며 울먹인다. 그는 몇 해 동안 내가 노래할 때 웨슬리의 방 밖에 서서 그 소리를 들었다고 했다. 존이 내게 부탁한 몇 안 되는 것 중 하나가 그것이다. 그 능력이 사라지기 전에 그 노래를 부르는 내 목소리를 녹음하는 것.

이제 그레이시가 내 노래를 대신하게 되었다.

"가서 누워, 웨슬리." 내가 아이에게 말한다. "얌전히 있어."

"그러면 그레이시가 와요?"

"그럼 오지."

아이는 침대에 잽싸게 누워 토머스 기차 담요를 덮고 야간등 불빛 속에서 눈을 동그랗게 뜨고 기다린다.

나는 걸을 수 없게 될 때까지 그레이시를 웨슬리의 방에 데려갔다. 그레이시가 웨슬리의 침대로 풀쩍 뛰어올라 마지막으로 얼굴을 핥은 뒤 내가 다가갈 수 있는 것보다 더 가까이 웨슬리 옆에 웅크린 채

잠드는 것을 지켜보았다.

웨슬리의 여덟번째 생일은 2011년 9월 9일이었다. 6월에 ALS 진단을 받은 후 맨 처음 있는 중요한 가족행사였지만 나는 조용히 보내고 싶었다. 웨슬리도 그랬다. 웨슬리는 그레이시와 둘이 있을 때 가장 편안해했다. 벅적거리는 파티 손님들과 소음은 불쾌할 것이다.

내게 완벽한 계획이 있었다. 존과 웨슬리 그리고 내가 집에서 한 시간 반 거리에 있는 플로리다 마이애미에서 가장 좋은 메트로 동물원으로 가서 생일을 보내는 것이었다.

"큰 동물원에는 코끼리도 있어. 마이애미에 코끼리 구경하러 갈까?" 내가 웨슬리에게 말했다.

"좋아요! 유어애미에 가고 싶어요!" 아이가 말했다.

나는 가기 전에 미리 존과 규칙을 정했다. "웨슬리가 원하는 동물을 구경하자. 다가올 왕국은 웨슬리에게 맡기자."

메트로 동물원에는 햇빛을 가리는 레몬색 차양이 달린 근사한 네발자전거가 있었다. 우리는 한 대를 빌렸고, 존이 페달을 밟아 우리를 아시아코끼리에게로 데려갔다.

그리고 동물원을 가로질러 아프리카코끼리에게로.

귀를 살펴보려고 다시 아시아코끼리에게로. 둘의 차이를 보려고 다시 아프리카코끼리에게로.

머리를 살펴보려고 다시 이리로 왔다가 저리로 갔다가.

크기를 비교하려고 다시 이리로 저리로.

우리는 하루종일 자전거로 돌아다니면서 레모네이드를 마시고 솜사탕을 먹고 코끼리를 구경했다. 웨슬리에게는 천국이 따로 없었다.

나도 마찬가지였다.

내게는 기쁘게 사는 것 말고는 이 한 해에 어떤 계획도 없었다. 기회가 생길 때 붙잡으면 된다. 우주왕복선의 경이로움처럼. 동물원에서의 소박한 하루처럼. 그레이시와 함께 누워 있는 평화로움처럼.

그런 경험이 값지다는 것이 웨슬리 덕분임을 나는 깨달았다. 그레이시가 우리집 뒷마당을 파헤쳐도 웨슬리 덕분에 나는 그레이시에게 고마워할 수 있었다. 웨슬리는 아프리카코끼리의 귀는 아프리카 모양이라는 것도 가르쳐주었다.

웨슬리 덕분에 나는 노란색 4인용 자전거가 이탈리아에서 만들어졌고 중산층 가족이 구입하기에는 엄청나게 비싸다는 사실도 알게 되었다(확실하다. 찾아봤다).

웨슬리가 아니었다면 우주왕복선이 발사되던 날 미니밴 지붕에 올라서는 것이 얼마나 짜릿한 일인지 몰랐을 것이다.

그런 기억들은 내게 수정처럼 또렷하게 남아 있다. 그때를 떠올릴 때마다 내 얼굴에는 빙그레 미소가 떠오른다. 내 몸이 움직이지 않게 되었을 때 그런 추억이 나를 위로하고 내게 힘을 줄 것이다.

하지만 웨슬리는 무엇을 기억할까? 그것이 문제였다.

죽음과 맞닥뜨리면 뭔가 남기고 싶은 마음이 간절해진다. 나는 추억을 심어주고 싶었지만 웨슬리의 기억 속에 무엇이 남을지는 짐작도 할 수 없었다. 그것이 아스퍼거의 기이한 증상 중 하나다. 아이가 아무것도 기억하지 못하는 것처럼 보일 때도 더러 있었다.

2012년 8월 말, 우주왕복선을 보고 온 지 일 년도 더 지났을 때, 나는 그때의 모험을 되살려 글을 쓰기 시작했다. 차의 찌그러진 지붕, 불확실함, 우주왕복선이 하늘 높이 올라갔을 때 느꼈던 경이로움.

궁금해진 나는 웨슬리에게 우리의 모험이 기억나는지 자연스럽게 물어보았다.

아이는 손가락으로 긴 금발 머리를 비비 꼬았다. "넵." 아이는 늘 그러듯 마지막 소리를 팝콘 튀기듯 터뜨리며 대답했다. "넵. 기억나요."

내가 물었다. "누가 같이 갔어?"

아이가 낸시 가족의 이름을 줄줄이 말했다. 나는 아이가 종종 그러는 것처럼 이름을 기계적으로 외워서 말하는 거라고 생각했다. 그때 아이가 이름 두 개를 더 보탰다. 서맨사와 브룩. 낸시 친구의 아이들이었다. 그애들을 만난 건 그날 하루뿐이었다.

"어디서 구경했어?" 내가 물었다.

"우리 밴 지붕에서."

웨슬리가 방긋 웃었다. 나도 웃었다. 기뻐서.

몇 주 뒤 아이는 검은색 매직펜으로 돌고래 신디의 그림을 멋지게 그려냈다. 지금 그 그림은 액자에 넣어 식탁 위쪽에 걸어놓았다.

미션 완수, 그것을 보며 생각한다.

웨슬리의 정원은 벌써 자라고 있다.

유콘

10월

October

오로라

당신이 곧 죽게 된다면 무엇을 하겠는가? 무엇을 보겠는가? 마지막 한 해를 누구와 함께 보내겠는가?

나는 진작부터 내가 여행을 원한다는 것을 알고 있었다. 내게 여행은 언제나 마법 같은 것, 삶의 본질이었다. 행복했던 많은 시간은 곧 내가 다녀온 장소였다.

아이들이 태어난 뒤로는, 지금은 너무 바빠, 아이들이 더 크면, 일이 좀 한가해지면…… 이렇게 생각하면서 특별한 여행을 미루어야 했다.

핑계는 이제 사라졌다. 기다림은 이제 없다. 세상은 열려 있었고, 나는 어디든 갈 수 있었다.

어-디-든.

하지만 어디로? 멀리서라도 내가 경이롭게 느꼈던 곳 중 가보지 않은 곳이 어디일까? 중국의 만리장성? 인도의 타지마할?

아니면 칠레의 아타카마 사막? 아타카마 사막에 가면 달의 표면에 있는 것 같다고 했다. 천문학자들은 그곳에서 인간이 가진 것과 똑같은 아미노산을 함유한 소행성 입자를 발견했다. 아! 아타카마 사막은 마음의 마술 같을 것이다.

아니면 내가 상상할 수 있는 가장 로맨틱한 여행을 떠나야 한다. 스페인, 지금은 호화 호텔로 바뀐, 바다가 내려다보이는 절벽 위에 세워진 수도원 같은 곳으로. 아직 가능할 때 벨벳 위에서 열정적이고 관능적인 전율을 느끼며 사랑을 나눌 장소로.

내 생각을 한곳으로 모아준 사람은 나의 가장 친한 친구 낸시 마스 키널리였다. 내가 처음으로 내 병을 받아들였던 그때 뉴올리언스 여행 이후 낸시는 우리 두 사람이 함께 떠날 이국적인 여행을 계획하고 있었다. 일생의 여행을.

낸시와 나는 이 주 간격으로 태어나 3마일 떨어진 곳에서 자랐다. 우리는 열한 살 때 팜비치 공립 중학교에서 처음 만나 그때부터 줄곧 친구로 지냈다. 노스캐롤라이나 대학교에 같이 다녔고, 플로리다 대학교에서 대학원도 같이 다녔다.

낸시는 늘 미즈 파이베타카파*였고, 나는 미즈 아이타파케가**였다.

---

* Ms. Phi Beta Kappa. 미국 대학의 우등생 친목 단체.

우리는 서로를 보완하는 사이였다. 대체로 죽이 잘 맞았는데, 정확히 같은 것을 보고 웃었고 필요할 때는 서로 입을 다물게 할 수도 있었다.

둘 다 모험을 사랑했고 헝가리와 페루 등으로 해외여행도 같이 다녔다. 1997년 하지에 마추픽추로 갔다가 캘리포니아 뉴에이지 신봉자들에게 둘러싸이기도 했다. (뭐랄까, 그때는 태양이 멈춘 느낌이었다.) 그 캘리포니아 사람들은 음식이 유기농이 아니라며 계속 구시렁거렸다.

우리는 그들을 피해 평화와 고요를 찾아, 그리고 고대 잉카제국의 통치자들이 살았던 집을 전망하려고 반대편 정상인 와이나픽추로 올라갔다.

나는 임신 5개월이었다. 올라가다 미끄러져 넘어질 뻔했다.

그래도 우리는 내내 웃었고, 웃음은 멈추지 않았다.

그 순간―서른네 해, 둘이 합쳐 아이 다섯, 앞으로 닥칠 무수한 개인적인 위기들―낸시와 나는 남자나 신체기능에 대해 시시덕거리고 농담을 던지는 바보 같은 7학년 학생들이었다.

우리가 이미 함께 나눈 경험을 능가하기는 쉽지 않을 것이다. 하지만 낸시는 그런 경험이 가능할 거라고 확신했다.

낸시가 자신의 남자 형제에게 연락했고, 그는 부에노스아이레스

** Ms. I Tappa Kegga. 파이베타카파에 들어가지 못한 학생을 일컫는 말.

에 있는 호화 아파트를 빌려주겠다고 제안했다. 남미의 유럽풍 도시, 부러울 것 없는 피에타테르*. 남미를 탐험하는 기지.

아니다. 부에노스아이레스가 아름다운 곳임에는 틀림없지만 거기에는 아는 사람이 없었다.

인도 고아에 사는 친구가 우리를 초대했다. 중학교 때 친구 하나도 인도로 가서 여승女僧이 되었다. 인도에 가면 그 친구가 있는 사원에도 가볼 수 있겠지? 그리고 명상법을 배운다?

낸시는 정말로 인도에 가고 싶어했다.

"진심이야?" 내가 물었다. "불교 사원에 있는 내 모습이 그려져? '나는 지금 명상은 못해. 지금은 칵테일을 즐길 시간이거든!'"

9월 하순의 어느 오후 그 생각이 번쩍 떠올랐다. 바람이 산들산들 불었지만 그래도 여기는 플로리다였다. 불꽃처럼 뜨거운 날씨. 낸시와 나는 웨스트팜비치의 부선거浮船渠에 서서 보트를 탄 친구들을 기다리고 있었다.

나는 벌써 테라피르마**에서 걷는 데 어려움을 느끼고 있었다. 조금씩 흔들리는 부선거가 내 미래를 깨닫게 해주었다. 서 있는 것조차 힘들어질 것이다. 하늘에 초점을 맞추고—균형을 잡아, 수전, 균형을—오로라를 생각했다.

---

* 도심지에 있는 임시 숙소용 작은 아파트.
** terra firma. 물위나 공중과 대조되는 의미의 육지.

자연이 만들어낸 가장 아름다운 장관 중 하나, 지구의 극지방에서만 보이는 현상, 녹색과 흰색, 때로는 붉은색, 분홍색, 자주색, 푸른색으로 펼쳐지는 천광天光의 쇼.

밤하늘의 무지개.

리처드 버드 제독이 남극의 암흑 속에서 몇 달을 보낸 기록이자 그의 무딘 감각이 더없이 아름다운 감수성으로 확장된 경험을 묘사한 책 『홀로』에서 나는 오로라에 대해 처음 읽고 완전히 마음을 빼앗겼다.

버드는 거대한 타원형의 녹색 오로라를 목격한 순간에 대해 썼다.

남극 위로 드리워진 찬란한 광선 휘장 같은 것이 하늘에서 불꽃을 일으키고……

머리 위에서 오로라가 모양을 바꾸어 광채가 도는 거대한 뱀이 되고, 남극 위로 드리워진 커튼의 주름은 천상의 존재가 흔들어놓은 것처럼 물결쳤다. 꿈틀거리는 주름이 하늘을 뒤덮자 별들이 하나둘씩 사라졌다.

필멸의 다른 인간들은 볼 수 없는 장면을 목격하자 온몸에 찌릿찌릿한 감각이 느껴졌다.

나는 영적인 사람이다. 신을 믿는다. 우주에 우리를 능가하는 힘이 존재함을 믿고, 미미한 인간인 우리의 이해를 넘어서는 경이로움이 있다고 믿는다.

오로라 같은 현상에서 우리는 그런 경이로움을 조금이나마 엿볼 수 있다. 그런 현상이 나타날 때 우리는 잠시나마 그것을 감지하고 느끼고 본다.

"유콘에? 겨울에?" 내가 소망을 말하자 낸시의 입이 쩍 벌어졌다. 나는 이전에는 오로라에 매료되었다는 말을 한 적이 없었다. 더욱이 낸시는 추위를 싫어한다.

"인도는 어쩌고? 어째서 인도는 네 버킷리스트에 없는 거야?" (반쯤은 농담으로 말했을 것이다. 아마도.)

"당연히 가야지." 낸시가 말했다. "네가 원하는 건 뭐든 할 거야."

바로 그때 친구들인 리사와 아나톨이 우리를 보트에 태워가려고 왔다. 이전에는 지미 버핏*의 소유였던, 티크나무에 장식을 한 작은 보트였다.

그날 우리는 플로리다에서 누릴 수 있는 최고의 것들을 즐겼다. 햇볕을 쐬고, 수영을 하고, 근처 섬에서 시끌벅적한 보트들 틈에 끼어 음악을 틀거나 캔맥주를 따거나 끈 비키니를 입고 문신을 드러낸 사람들을 구경했다.

리사는 한 주 내내 무거운 사건을 저울질하는 판사다. 우리가 눈앞에 펼쳐진 맨살의 행렬을 구경하는 동안 긴장을 풀고 휴식을 취하

---

* 미국의 컨트리 및 포크 가수.

는 그녀를 보니 즐거웠다.

사실 정신없이 즐기다보니 우리는 눈앞에 닥친 거대한 폭풍우를 알아채지 못했다. 친구들이 재빨리 보트를 해안으로 옮겼고, 거기서 폭풍이 지나가기를 기다렸다. 도울 수 없는 나는 보트의 금속 차양 근처에 앉아 있었다. 공기 속에서 전류가 느껴지자 내가 번개에 맞으면 얼마나 완벽할까 하는 생각이 들었다.

나는 보트에 있겠다고 했다.

하지만 낸시와 리사는 내 부탁을 들어주지 않았다. 그들은 나를 부축해 해안으로 데려갔다. 찬비가 후드득 떨어지고 근처에서 번개가 번쩍일 때 우리는 방금 인사를 나눈 지나칠 만큼 친절한 한 남자와 서로 팔을 두른 채 해변에 옹송그리고 있었다.

나는 번개에 후려 맞을 확률에 대해서는 전혀 모른다.

ALS에 후려 맞을 확률에 대해서도.

그런 것은 중요하지 않다. 누구에게나 일어날 수 있다. 번개는 천국의 한복판에서도 친다. ALS는 유명한 야구선수도 쓰러뜨리고, 노인도, 아들도, 딸도, 삶의 절정에 있는 엄마도 쓰러뜨린다.

나는 이미 받아들였다. 나는 계속 나아갈 것이다.

유콘으로. 오로라를 보러.

보트에서 내려, 친구들의 품속으로.

고맙습니다

유콘으로 가기 전에 해야 할 일이 있었다. 가슴이 찢어지는 일, 내가 이루 말할 수 없이 사랑하는 기자생활을 그만두는 일이었다.

나는 자꾸만 나빠지는 내 몸에 대한 해법을 궁리하면서 일 년 넘게 애를 쓰며 버텼다.

노트북도 들 수 없게 되자 다른 사람들에게 노트북을 가방에서 꺼내 내 무릎에 올리고 뚜껑을 열어달라고 부탁했다.

글자판을 정확하게 두드리며 춤추던 손가락이 삐거덕거렸고, 새끼손가락은 p까지도 올라가지 않았다. 나는 새처럼 글자를 사냥하며 쪼기 시작했다.

그리고 마감일을 자꾸 놓쳤다. 고쳐 말하면, 마감일을 놓치는 일이 더 잦아졌다.

그러자 불안해졌다. 움직일 수 있는 대략 여섯 개의 손가락을 두드려 최선을 다해 기사를 업데이트했고, 법정에서 트위터도 했다. 〈팜비치 포스트〉는 나를 믿고 있었다. 불경기였다. 특히 신문사가 불경기였는데, 두 손으로 일하는 사람에게 갔어야 할 자리를 내가 차지하고 있었다.

나는 맡은 일을 해내지 못하면 어쩌나 걱정이 되어 뜬눈으로 밤을 지새우기 시작했다. 이제 더는 최고의 기자가 아니었다. 내가 사랑하는 일을 하러 가는 것이 차츰 두려워졌다.

하지만 어떻게 그만둘 수 있겠는가? 내가 기자라는 사실은 내 정체성이었다. 그 일을 잃는 것은 나 자신의 일부를 잃는 것과 같았다.

게다가 돈은 어쩌고? 내게는 큰 계획들이 있었지만 그 비용을 감당할 수 있을지 확실하지 않았다. 사실 내가 일을 그만두면 매달 들어가는 비용을 감당할 수 있을지조차 확실하지 않았다.

늘 그렇듯 낸시가 도움을 주었다. 중요한 내용이니까 먼저 이 사실부터 알아주면 좋겠다. 날마다 내가 뭔가 필요할 때는 존이 도와준다. 절망의 순간마다 아이들을 생각하면 위로가 된다. 그리고 생의 전환기마다 누군가가 선뜻 나서서 도와주었는데 그 사람은 줄곧 낸시였다.

낸시는 올랜도에 있는 플로리다변호사재단의 커뮤니케이션 부서에서 일했다. 내가 ALS 진단을 받자 낸시는 나처럼 아픈 사람을 도와주는 법적 지원이 있을 거라 생각하고 그 문제를 알아봐줄 변호사 몇 명을 소개해주었다.

법률 자문을 해준 존과 스테퍼니는 미국 장애인법에 대해 설명해주었다. 그들은 내게 질병으로 의한 휴직에 대해 알려주었다.

변호사 존이 내 서류를 샅샅이 훑어보고 뭔가를 찾아냈다. 서랍 속에 넣어두고 두 번 다시 쳐다보지 않은 직장 인적자원 서류에서였다. 내가 회사를 통해 가입한 생명보험이었다. 액수가 제법 컸다. 내가 치명적인 병에 걸리면—불행히도 그런 경우에—내 보험 수령액의 70퍼센트를 앞당겨 받을 수 있었다. 앞당기는 정도가 아니라 당장에. 유콘아, 내가 간다!

그 절차가 세 달 가까이 걸렸다. 그 여름 동안 나는 웨슬리와 우주왕복선을 보러 갔고, 내 미래를 끌어안은 채 웨슬리의 생일에 동물원에 가는 계획을 세웠다. 그 시간 내내 동료들에게는 아무 말도 하지 않았다. 그저 일만 계속했다.

나는 여태 해온 것처럼 일하기로 단단히 마음먹고 그 어느 때보다 더 열심히 일했다. 한동안은 그랬다. 매우 능률적으로, 아주 기쁘게 일했다. 이런 마음이 들기 시작했다. 어쩌면 계속할 수 있지 않을까?

그러다 계단에서 굴러떨어졌다.

나는 나약함에 굴복하지 않으려고 스스로를 다그치고 있었다. 하지만 너무 몰아붙였는지 검찰청 바깥 계단에서 다리에 힘이 풀려버렸다.

나는 사정없이 굴렀다. 구르는 것을 멈출 팔의 힘도 없어 바닥까지 굴렀다.

누군가의 부축을 받아 일어섰을 때 왼쪽 다리에서 피가 흐르고 있었다. "병원에 가봐야 할 것 같은데요." 그 사람이 말했다.

"괜찮아요. 인터뷰에 늦었어요." 내가 대답했다.

검사장과의 인터뷰가 예정되어 있었다. 그는 내 보도 기사를 전혀 좋아하지 않았다. 내가 사무실로 들어가자 그는 평소처럼 냉담한 표정을 지어 보였다. 해야 하니까 어쩔 수 없이 하는 거지 좋아서 하는 것은 아니라는 눈빛.

그가 내 다리를 쳐다보았다.

"다쳤어요? 다쳤군요. 인터뷰는 나중에 하지요."

바로 그때 나는 깨달았다. 나중은 없다는 것을. 오늘보다 더 건강한 날은 없다는 것을.

"괜찮아요. 지금 해요." 내가 말했다.

그로부터 얼마 지나지 않아 편집자가 내게 전화를 걸어왔다. "도대체 뭐가 문제죠?" 그녀가 말했다.

"내 변호사한테 전화해보세요." 내가 말했다.

무례하게 행동하려던 건 아니었다. ALS에 걸렸어요, 라는 말이 맴돌았지만 뱉어지지 않았다. 울음을 터뜨리지 않고서는 그 말을 할 수 없었다. 그리고 우는 것은 내가 할 수 없는 일이었다.

며칠 뒤 판사 배리 코언과 담배를 피우며 휴식을 취했다. 나는 그가 맡은 사건에 대한 기사를 여러 해 동안 써왔다. 우리는 종종 법원 카페테리아에서 내가 존경하는 다른 판사들이나 변호사들과 함께 점심을 먹었다.

내가 그 말을 왜 했는지 모르겠다. 계획에 전혀 없던 말이었다. 나는 불쑥 그를 돌아보며 말했다. "여기 다시 오지 못할 것 같아요."

그리고 돌아서서 내 품위가 손상되지 않을 만큼 빠른 걸음으로 그 자리를 떠났다.

그때 나는 울었다. 그 일을 좋아했기에, 그 순간 그 일이 끝났음을 받아들였기에.

8월 중순 나는 건강상의 이유로 휴직했다. 두 주 뒤 플로리다변호사회에서 트위터와 웹 업데이트에 대한 공로를 인정하여 내게 상을 주었다. 플로리다 주 전체에서 알아주는 상이었고, 나 같은 법원 담당 기자로서는 대단한 성취였다.

그 상은 만찬석상에서 수여되었는데, 기자, 변호사, 플로리다 대법원 판사 들이 모두 참석하는 자리였다. 〈팜비치 포스트〉의 내 직장 상사 닉 모셸라는 내가 직접 가기를 바랐다. 그렇게 하는 것이 신문사에도, 내게도 좋을 거라고 판단했다.

하지만 그 행사는 플로리다 반대편 끝에 있는 주도主都 탤러해시에서 열렸다. 여기서 500마일이나 떨어진 곳이었는데 내 상태로 운전해서 가는 것은 불가능했다. 더구나 그사이 내 직장 이메일을 아무도 확인하지 않았기 때문에 행사 직전에야 그 일정에 대해 알게 되었다. 비행기표는 칠백 달러였다.

나는 도저히 회사에서 그 비용을 받을 수 없었다. 다시는 직장으로 돌아가지 못하는 것을 아는 이상 그럴 수는 없었다.

"그 돈은 지금 임무 수행중인 기자에게 보내세요. 탤러해시까지 가는 비용은 제가 알아서 할게요." 내가 닉에게 말했다.

나는 버스를 타기로 했다.

다른 나라에서는 종종 버스를 타고 다녔다. 하지만 미국에서 그레이하운드 버스를 타본 적은 없었다. 해보자, 수전, 나는 혼잣말을 했다. 모험을 즐기는 거야.

길은 멀었고, 지겨웠고, 끔찍했다. 여덟 시간은 족히 걸렸을 것이다. 그 시간의 절반 동안 나는 헤비메탈 밴드의 맞은편에 앉아 있었다. 그들은 가는 내내 휴대전화로 매니저에게 구린 버스를 탄다며 시끄럽게 불평을 늘어놓았다.

그들의 말은 그야말로 구린 냄새가 난다는 것이었다.

버스가 쉬어갈 때 나는 버스 계단을 내려가려고 애를 쓰다가 그만 넘어지고 말았다. "저것 봐, 저 여자 약 먹었나봐." 헤비메탈 머저리들이 수런거리는 소리가 들렸다.

나는 시상식이 있는 날 도착했다. 후줄근한 모습으로, 얼이 빠진 채. 버스라니! 이런 꼴로. 내가 대체 무슨 생각을 했던 걸까?

낸시가 자신의 호텔방에서 눈을 붙이게 해주었다. 목욕과 낮잠과 친구. 덕분에 나는 기력을 되찾았다. 그날 오후 우리는 "떠나자"고 소리를 지르며 유콘으로 떠나는 방법을 구글에서 검색했고 표를 예약했다.

북극 오로라야, 우리가 간다!

그날 저녁 나는 멋진 드레스를 입고 멋을 부렸다. 화장을 하고 성 안드레아스 메달로 만든 아끼는 목걸이를 걸었다. 하지만 굽 낮은 구두를 신어야 한다니 안타깝기 짝이 없었다. 건강상의 이유로 휴직을 하기 직전에 나는 집에서 나오다 넘어져 쇄골에 골절상을 입었다. 내 하이힐을 신기엔 다리가 너무 약하다는 것을 깨달은 것이 그때였다.

시상식은 주의회의사당 꼭대기 층에서 열렸다. 사면이 유리창이어서 360도 전망이 가능했다. 해질녘, 하루 중 내가 가장 좋아하는 시간대였다. 주 대법원 판사들을 포함하여 업계 거물들이 모두 와 있었다.

그때까지는 괜찮았는데 내 친구 닐 스킨이 내가 여기까지 버스를 타고 온 것을 포함해 지난 일 년간의 이야기를 꺼내자 가슴이 먹먹해졌다. 상을 받으러 나가는데 박수가 쏟아졌다. 고개를 돌려 사람들을 쳐다보자 모두 일어서 있었다.

나는 그 상이 트위터 때문에 주는 것이 아니라는 걸 알았다. 그 상은 내 이십 년에 대해 주는 것이었다.

나는 울컥했다.

내가 뭐라고 수상 소감을 말했는지는 기억나지 않지만 이 말은 했을 것이다. "고맙습니다."

다음날 아침 나는 다시 버스를 타고 집으로 돌아왔다. 그리고 한 달 후 낸시와 함께 유콘으로 가는 길에 올랐다.

북극광

우리는 캐나다 유콘 지방에서 북극권 한계선 아래로 다섯 시간 거리에 있는 화이트호스라는 타운을 골랐다. 여행사로는 노던 테일스 트래블 서비스를 찾아냈는데, 오로라를 보려는 사람들에게 그 꿈을 이루어주는 일을 전문적으로 하는 곳이었다.

나는 그 서비스를 아는 사람에게 들은 것이 아니라 구글에서 찾아냈다. 그곳 웹사이트에 올라와 있는 황홀한 오로라와 아늑한 오두막 사진이 내 마음을 끌었다.

리처드 버드가 썼듯 "필멸의 다른 인간들은 볼 수 없는 장면"에 꼭 맞는 장소로 보였다. "무딘 감각이 더없이 아름다운 감수성으로 확장되는 곳."

낸시와 나는 거창한 계획을 세웠다. 먼저 샌프란시스코로 갔다가 밴쿠버로 이동하는데, 따뜻한 날씨에 입을 옷은 호텔에 맡겨둔다. 화이트호스는 밴쿠버에서 비행기를 타면 북쪽으로 두 시간 반 거리에 있었다.

우리는 에어노스 항공사 카운터에 장식해놓은 실크로 만든 열대꽃을 보고 웃음을 터뜨렸다. 내가 직원에게 화이트호스의 날씨를 물었다. "기온은 영하 20도, 눈이 내리고 있습니다."

그야말로 숨이 멎을 만한 추위였다. 화이트호스에 도착해 밖으로 나가자 내 안의 공기가 밖으로 나가려 하지 않았다. 콧속이 얼어붙은 건 아닐까 하는 생각마저 들었다.

그나마 우리에게는 우리를 따뜻하게 해줄 노던 테일스 여행사에서 나온 직원 스테판 바커하겐이 있었다. 스테판은 개썰매를 몰고 야외 스포츠를 즐기는 독일인으로 CNN의 앵커 앤더슨 쿠퍼처럼 생겼고 다부졌다. "아싸." 낸시와 나는 서로 속마음을 전달했다.

그는 우리를 베스트 웨스턴 골드러시 인 호텔로 데려갔고 우리가 대여해둔 빨간색 더플백 두 개를 건넸다. 그 안에 필요한 모든 겨울 장비가 들어 있었다. 우리는 방으로 가서 오로라를 볼 수 있는 사흘 중 첫번째 밤을 보낼 옷으로 갈아입었다.

아니, 차라리 낸시가 그랬다고 말해야겠다. 나는 손이 약해져서 지퍼를 여닫거나, 옷을 끌어당기거나, 끈을 묶거나, 단추를 잠그는 것은 꿈도 꿀 수 없었다. 낸시는 지퍼를 잠그고 옷을 끌어당기며 자기 옷을 다 입은 뒤에 나와 씨름하며 몸에 붙는 운동복 바지, 청바지,

양모 양말, 거위털 오버올, 몸에 붙는 나일론 속옷 상의, 면 소재 터틀넥, 캐시미어 스웨터, 거위털 파카, 끈을 묶어 신는 무거운 겨울부츠로 나를 중무장해주었다.

"유콘에서 여자를 꼬드길 때 하는 최고의 말이 뭐게?" 내가 물었다. "넌 그 파카를 입으니 실제보다 확실히 살이 안 쪄 보여."

낸시는 그 여행에서 내게 옷을 입히고 벗겨주기를 반복하다 나일론 속옷이 "유독성 폐기물"이라고 선언하기도 했다.

나는 그것을 낸시가 계속 내게 발라주는 싸구려 데오도런트 탓으로 돌렸다.

밤 열시 무렵 가이드가 우리를 차에 태우고 알래스카 고속도로를 달려 화이트호스에서 반시간 떨어진 곳으로 데려갔다. 칠흑 같은 어둠 속에서 차가 속도를 내자 헤드라이트 불빛 앞으로 가루 같은 눈발이 날아다녔다. 차는 아무도 밟지 않은, 눈으로 뒤덮인 숲길로 들어서더니 동그마니 서 있는 작은 오두막 옆에 섰다.

북쪽으로는 탁 트인 하얀 벌판이 펼쳐졌고 한쪽 옆에는 벤치가 놓여 있었다.

머리 위로는 어머니 자연이 색칠을 할 수 있게 방대하게 펼쳐진 하늘.

첫번째 밤에는 윙윙 몰아치는 거센 바람 때문에 모닥불을 피울 수 없어, 오두막 안에서 검은색 장작난로가 오렌지색으로 이글거리는 것을 지켜보며 시간을 보냈다.

벽에는 여우와 곰의 털가죽이 걸려 있었는데, 곰은 그 땅에서 쏘아 잡은 것이었다(재미있는 일화였지만 정말이지 듣고 싶은 마음은 없었다).

또다른 벽에는 세계지도가 걸려 있었다. 북극광을 찾아온 사람들이 자신들의 고향이 있는 자리에 핀을 꽂아놓은 지도였다. 타히티, 남아프리카, 뉴질랜드처럼 먼 곳에서 온 사람들도 있었다. 오두막을 빙 둘러 베개가 놓인 나무 벤치가 있었다. 열 가지 종류의 뜨거운 차, 커피, 핫초콜릿, 쿠키, 칩, 마시멜로가 있는 스낵바도 있었다.

하지만 북극광은 보이지 않았다. 방대한 하늘에 구름이 잔뜩 끼어 있었다.

한밤중에 벌판에 서서 기다리는 게 아니라면 유콘에선 겨울에 무엇을 하면 될까?

노던 테일스에서 당일 여행을 제안했다. 야생동물 보호구역에 가거나 개썰매를 타거나 온천에 가는 것이다. 그래서 낸시는 다음날 내게 옷을 한 겹 더 입혔다. 바로 수영복을.

타키니 온천은 땅속 깊이 들어갔다가 미네랄을 함유한 채 다시 지면으로 솟아오르는 40도의 물을 사용하는 노천 오아시스다.

그날 오후 온천에는 낸시와 나밖에 없었다. 나는 노천탕으로 들어가는 계단을 쳐다보았다. 손잡이용 난간은 왼쪽에 있었는데, 나는 왼손이 더 약했다.

갑자기 이것은 좋은 아이디어가 아니라는 생각이 들었다. 따뜻한 날씨라면 모르겠지만 영하 10도에 젖은 수영복을 입고 꾸무럭거리는 것은 안 될 말이었다. 나는 쩍쩍 얼어붙은 비키니를 입고 꽁꽁 언 바닥에서 나를 일으키려고 쩔쩔매는 낸시의 모습을 그려보았다.

"난 안 들어갈래."

"뭐? 수전! 들어가자!"

그렇게 몇 번 실랑이를 하다가 낸시가 안내데스크의 잘생긴 남자에게 도움을 청하러 갔다. 저만치에서 그가 관절염에 걸린 여든 살 할머니를 탕에서 나오게 도와주었다고 말하는 소리가 들렸다. 나는 몸을 가누지 못하는 나를 안아올리는 그의 모습을 그려보았다.

그럴 수는 없어, 나는 생각했다.

그 순간 낸시가 그에게 한 말이 내 마음을 움직였다. "저 친구가 저러는 건 처음 봐요."

"알았어, 알았어. 들어간다고." 나는 탈의실에서 소리를 질렀다.

낸시가 내 옷을 벗기는 데 시간이 한참 걸렸다. 파카, 오버올, 셔츠 세 벌, 바지 두 벌. 우리는 수영복 차림으로 춥고 삐걱거리는 통로를 걸어갔고, 성에가 낀 난간에 수건을 걸쳤다.

낸시가 계단을 내려가 물속으로 들어가더니 말했다. "이런, 살이 익을 것 같은데!"

그러고는 나를 도와주려고 돌아섰다. 우리는 잔물결도 거의 일으키지 않고 조용히 미끄러지듯 들어갔다.

나는 숨을 헉 내쉬며 이를 꽉 물었지만 살이 익을 만큼 물이 뜨겁지는 않았다. 온도는 딱 적당했고, 얼어붙을 것 같은 공기 속으로 수증기가 피어올랐다. 우리는 온천수가 탕으로 쏟아져들어오는 곳을 찾아 그 옆에 자리를 잡고, 온천수가 흐르는 겨울 윈더랜드에서 목까지 몸을 잠근 채 앉아 있었다.

온천탕이 반원형이라, 어안렌즈로 보는 것처럼 주변을 전망할 수 있었다. 서리 내린 전나무 숲. 하늘을 덮은 움직임 없는 구름. 주위는 더없이 고요해서 눈의 무게에 낑낑거리는 나뭇가지 소리까지 다 들린다.

머리카락에 맺힌 물방울이 하나씩 얼어붙었다. 낸시의 머리카락이 조금씩 하얗게 변하더니 자그마한 할머니처럼 보였다.

먼 훗날 병원에서 낸시의 첫 손주가 태어나길 기다리며 그녀 옆에 앉아 있는 내 모습을 상상해보았다. 다가올 졸업식과 결혼식과 장례식에서 낸시의 옆을 지키는 내 모습을.

진단을 받은 이후 나는 죽음을 준비하느라 진이 빠져 있었다. 내 아이들에게 남길 목소리를 녹음하고, 여행 계획을 세우고, 경제적인 고민에 시달리고, 나 없이도 가족이 기쁘게 살아갈 수 있게 하려고 애썼다. 하지만 그 순간 나는 친구의 얼굴에 떠오른 미래를 보았고, 나도 그 일부였다.

구름이 열리고 저무는 햇살 속에 파란 하늘이 붉게 타오르자 내 안에 희망의 느낌이 되살아났다.

오로라를 보는 두번째 밤은 유리처럼 맑고 고요했다. 가이드는 쿠바 태생의 신사로 이름은 레안드로 폰트였다. 새로 파트타임으로 일하게 됐는데, 그도 아직 오두막 바깥에서 오로라를 보지는 못했다고 했다.

그래서 플로리다 출신 두 명과 쿠바 출신 한 명이 그곳에서 함께 오로라를 기다렸다. 어둠 속을 뚫어져라 바라보면서, 아북극亞北極의 기적을 점치면서.

지평선에서 빛이 보였다. 빛은 나무들 뒤에서 움직였다. 우리는 우리의 우주적 시야를 그쪽으로 돌리고 숨을 참았다. 지나가는 차였다.

"저건 북극 헤드라이트인가본데요." 폰트가 농담을 했다.

몇 시간이 지난 뒤 나는 오두막 안으로 들어가 이글거리는 난로 옆에 누웠다. 까무룩 잠이 들었다가 폰트가 외치는 소리에 잠에서 깼다. "보일 건가봐요! 보일 건가봐요!"

나는 휘청휘청 벌판으로 달려나갔고 낸시는 고함을 질러댔다. "저기! 저기! 저기 좀 봐!"

보였다. 대략 30도 높이의 밤하늘에 수평으로 드리운 띠. 천국의 정령. 녹색인가, 흰색인가? 그 생각을 하다가 그만 발이 걸려 나는 눈밭에 머리를 찧으며 꽈당 넘어졌다.

낸시와 레안드로가 나를 일으켜세웠을 때 빛은 사라지고 없었다.

화이트호스에서의 마지막날 스테판이 우리를 백이십 마리쯤 되는 알래스카 허스키들의 본거지인 먹턱 케널스로 데려가 개썰매를 태워주었다. 우리가 방한복을 입고 부츠를 신은 채 편안히 자리를 잡자 스테판이 말했다. "그 부츠는 그다지 따뜻하지 않을 텐데요. 버니부츠를 가져올게요."

버니부츠는 미국 군대에서 영하 40도 날씨에 맞추어 개발한, 끈을 묶어 신는 흰색 고무부츠다. 버니부츠를 신자 양발에 벽돌을 두 개씩 묶은 느낌이었지만 그만큼 편안했다.

"신체적으로 문제는 없습니까?" 우리가 무장을 마치자 먹턱의 자상한 가이드 토리가 낸시에게 물었다.

"아, 있어요." 낸시가 말했다. "추운 날씨에는 운동 유발성 천식이 도지는데요."

우리는 웃었고, 밖으로 나와 영하 10도의 날씨 속으로 들어갔다. 토리와 낸시가 개 여덟 마리를 썰매에 매고 나를 태운 뒤 중무장을 해주었다. 등에는 쿠션을, 앞에는 뜨거운 물주머니를 대주었고, 내 몸 전체에 침낭을 씌웠다. 그리고 캔버스 덮개의 지퍼를 올린 뒤 내 양모 터틀넥 스웨터를 끌어올려 눈만 빠끔 남기고 입과 코를 가렸다.

토리가 낸시에게 개썰매를 모는 법에 대해 개략적인 설명을 해주었다. 브레이크 걸기, 스노 후크, 개들만 알아듣는 음성 지시법 등 나로서는 도통 모를 지침들이었다. 내가 알아들은 것은 오직 이 말뿐이었다. "무슨 일이 있어도 손잡이를 놓으면 안 돼요."

낸시에게 토리가 마지막으로 한 말은 이것이었다. "썰매에서 내려 뛰어야 하는 언덕이 하나 있어요. 개들이 썰매 무게 전체를 버틸 수가 없거든요."

"잠깐…… 뭐라고요?!?"

이미 늦었다. 우리는 출발했다.

그가 말한 언덕은 곧 나타났다. "이런. 체력을 보강했어야 하는데." 낸시가 꿍얼거렸다.

낸시가 썰매 옆으로 가서 눈 쌓인 언덕을 벽돌 같은 버니부츠를 신고 뛰어올라갔다. 호흡이 점점 거칠어지고 가빠졌다.

반쯤 올라갔을 때 낸시의 목소리가 들렸다. "병원이." 헉헉. "여기서." 헉헉. "얼마나." 헉헉. "멀지."

낸시는 썰매 손잡이를 절대 놓지 않았다. 썰매에 끌려갈지 모른다는 위기감이 들자 더 단단히 붙잡았다. 그리고 천식의 경계에 있는 소리를 냈다. 드디어 언덕 꼭대기에 이르렀고 그녀는 호흡을 가다듬을 수 있었다.

"나한테 저녁 안 사주기만 해봐." 낸시가 간신히 말을 쥐어짰다.

우리는 나머지 시간 동안 평지를 달리며 웃음을 멈추지 않았고, 개들은 우리를 끌고 하얀 전나무 숲속을 달렸다. 소나무와 가문비나무가 우리를 둘러싸고 묵묵히 서 있었다. 들리는 소리는 서른두 개의 발이 눈밭을 툭, 툭, 툭 디디며 달리는 소리뿐이었다.

나는 하늘에서 고요하게 펼쳐지는 경이로움을 보러 왔다. 그리고 나를 둘러싼 바로 그 고요 속에서 경이로움을 발견했다.

이건 꿈이야, 나는 생각했다. 이건 꿈이야.

우리가 오로라를 보는 마지막 밤은 금요일이었다. 주말이어서 열두어 명이 더 합류했다. 중국인 가족, 잭 런던의 소설에서 영감을 받은 일본인 패션 디자이너가 있었다. 토론토에서 온 부부는 오로라를 보는 것이 버킷리스트 여행이라고 했다.

나는 그들에게 이유를 묻지 않았고, 다른 누구에게 내 이유를 설명하지도 않았다.

나는 가져온 헤네시를 돌렸고, 핫초콜릿과 뜨거운 차를 넉넉히 마셨다. 스테판이 기념사진을 찍는 연습을 하고 있었다. 우리가 꼼짝하지 않고 서 있을 자리에 카메라를 고정시키고 노출 시간을 길게 하여 우리 뒤에서 너울거리는 빛의 장막을 포착하는 것이다.

오로라를 볼 수 있다면.

전날 나는 오로라 때문에 일기예보를 확인하는 일은 이제 하지 않기로 했다. 내가 바꿀 수 없는 일이었다. 걱정을 왜 하는가? 예정된 일은 예정된 대로 된다.

내 심리치료사는 아이들이 물어보면 이렇게 답하라고 조언해주었다. 아이들이 물어본다. "엄마는 죽어요?" 내가 대답한다. "어떤 일이 예정되었는지는 엄마도 몰라."

하지만 나는 당연히 오로라를 볼 수 있기를 희망했다.

오두막에 걸린 황홀한 녹색 오로라 사진들을 보았다. 우리가 만난 캐나다 사람들 모두의 유쾌함과 특별한 친절에 대해 생각했다. 사랑하는 친구가 얼큰하게 취한 앤더슨 쿠퍼 같은 그 남자와 발랄하게 이야기를 나누는 것을 지켜보았다.

흥미는커녕 오로라를 볼 확률이 거의 제로에 가까운데도, 얼어붙을 듯 추운 곳까지 수천 달러를 써서 8000마일을 따라온 내 친구.

우리는 새벽 세시까지 기다렸다.

하지만 오로라는 예정된 일이 아니었다.

"오로라는 봤지만 이 사람들을 만나지 못하고 이런 경험을 하지 못했다면 그건 어때?" 낸시가 물었다.

"안 되지." 내가 대답했다.

그러자 낸시가 일깨워주었다. "그게 여행이야. 목적지가 없는 것. 맞지?"

"맞아. 좀 진부한 말이긴 해도 정말로 맞는 말이야."

낸시가 숨을 내쉬었다. 나는 빙긋 웃었다.

"잘 자, 예쁜 친구야."

렉비치

　유콘에서 나는 추위 때문에 체력이 바닥났다. 무거운 부츠를 질질 끌고 바들바들 떨었던 탓에 녹초가 되었다. 그저 그것 때문이었기를, 매서운 추위 때문이었기를 바랐다.

　하지만 밴쿠버에서, 그리고 집으로 돌아가는 길에 나는 추위 때문이 아니었음을 깨달았다. 상대적으로 따뜻한 날씨 속에서 옷도 덜 껴입고 부츠 대신 아담한 플랫슈즈를 신어도 내 몸 상태는 여전히 나아지지 않았다.

　우리는 밴쿠버에서 하루를 묵으며─안녕, 포시즌스 호텔아!─내 친구 닉과 그의 여자친구 준민을 만나 함께 오후를 보냈다. 닉은 실제 범죄 사건에 대한 TV 프로그램을 만드는 프로듀서였다. 그는 최근에 내가 좋아하는 한 피해자─총에 맞았지만 목숨을 건져 사지마비 환자로 살아가는 헤더 그로스먼인데, 나도 그의 감동적인 이야기를 여러 번 써서 신문에 실었다―에 대한 특집 방송을 제작하고 있었는데, 또렷하지 않은 내 발음에도 불구하고 나도 그 방송에 참여해야 한다고 고집을 부렸다.

닉은 밴쿠버 만이 내려다보이고 나지막이 둘러싼 산들의 전망이 아름다운 해변의 어느 장소에 가자고 제안했다. 햇살은 좋았지만 공기는 쌀쌀했다. 그곳에서는 모닥불을 피우고 해가 지는 것을 구경할 수 있다고 했다.

완벽하다!

렉비치로 내려가는 가파른 계단이 숲속으로 나 있었다. 계단은 50피트 아래까지 꺾어지며 내려갔다. 계단의 끝이 어딘지 보이지 않았다.

우리는 내려가기 시작했다. 첫번째 층계참에 이르자 삼나무와 전나무의 바늘잎과 덤불―전깃불을 켠 듯한 초록 빛깔―이 하늘을 가리고 있었다. 계단에 눈이 조금 쌓여 있었다. 녹음이 우거진 공기 속에 나뭇잎들이 가만가만 떨어졌다. 여기저기 햇살이 흩어져 아롱거렸다.

사랑에 빠지기에 완벽한 장소야, 나는 생각했다.

우리는 다시 천천히 내려갔고, 계단에는 가을의 선물인 금빛과 진홍빛 카펫이 미끄럽게 깔려 있었다.

방향을 틀어 월귤나무와 단풍나무를 지나 더 미끄러운 계단을 내려갔다. 내려갈수록 기후가 달라졌고, 자라는 식물도 달라졌다. 전나무가 더 많아졌다. 더 눅눅해졌다. 눈은 없었다.

약한 왼쪽 다리를 먼저 내밀고 오른쪽은 그다음에 따라가라던 물리치료사의 말이 떠올랐다.

나는 걸음걸음을 분석하며 걸었다. 왼쪽에 힘을 주고, 다음에 오른쪽. 한 발, 또 한 발. 미끄러지면 낸시를 잡을 수 있게 걸음을 옮길 때마다 낸시가 따라오기를 기다리며.

피로감이 밀려왔다. 나는 낸시와 함께 벤치에서 숨을 돌렸다.

"돌아갈래?" 그녀가 물었다.

"아니."

백 개의 계단이 더 있었고, 나는 한 발, 또 한 발 모든 걸음을 분석하며 걸었다.

해변에 다다랐다.

닉이 말한 대로 그곳은 거룩할 만큼 아름다웠다. 밴쿠버 만, 나지막한 산들, 밴쿠버 전체가 우리 앞에 펼쳐졌다.

닉이 불을 피웠다.

나는 몹시 지쳤다. 너무 피곤해서 반들반들한 돌멩이가 깔린 해안선을 비틀거리며 걷는 것조차 힘겨웠다. 떠내려온 통나무 위에 앉았다. 바람이 쌀쌀했다. 나를 계단 위로 다시 끌어올리려면 소방서에 전화를 해야 하지 않을까 걱정이 되었다. 낸시도 같은 걱정을 했다.

낸시가 담요로 내 다리를 덮어주었다. 결국 그들이 나를 부축해 불가로 데려갔다.

닉과 준민이 그들이 처음 만난 이야기를 해주었다. 준민은 닉이 자주 들르던 꽃집의 플로리스트였다.

사람들이 어떻게 사랑에 빠지는지 우리가 기억한다는 것은 의미 있는 일이다. 그렇지 않은가?

우리는 휴식을 취했다. 해질녘이었다. 낸시가 금빛 햇살 속에 섰고, 닉이 낸시의 사진을 찍었다. 내가 좋아하는 낸시 사진 중 한 장.

나는 너무 피곤해서 선 채로는 사진을 찍을 수 없었다.

"준비됐어?" 낸시가 물었다.

"항상 준비돼 있지." 내가 말했다.

우리는 다시 계단을 올라가기 시작했다. 계단은 대략 사백 개. 낸시가 내 팔꿈치를 잡고 한 계단 올라갈 때마다 힘을 실었다. 몇 분 지나지 않아 나는 숨을 헐떡였다. 우리는 수시로 걸음을 멈추고 숨을 돌렸다.

한 번에 한 번의 휴식.

한 번에 한 계단.

한 번에 하루.

우리는 기어이 그 계단을 모두 올라갔다. 한 시간이 넘게 걸렸다. 다 올라가자 나는 너무 지쳐 차까지 걸어갈 힘도 없었다. 닉이 차를 몰고 와서 나를 안아 차에 태웠다.

그때 이후로 나는 제대로 걷지 못한다. 휘청거린다. 다리를 들어올릴 수도 없다. 건강한 사람은 근섬유가 망가지면 더 강하게 회복된다. 생물학에서는 운동이 그런 것이라고 한다. 하지만 ALS 환자는 근섬유가 망가지면 영원히 회복하지 못한다. 영영 끝이다.

나는 그 계단에서 내 근육을 많이 썼다.

"후회해?" 최근에 낸시가 내게 물었다.

"아니." 내가 대답했다.

진심이었다. 나는 렉비치에서의 일을 단 일 초도 후회하지 않는다. 아름다웠기에. 무엇과도 바꾸지 않을 소중한 순간이었기에.

나는 돌아와 물리치료를 받으러 가서 물리치료사 캐시에게 유콘과 렉비치 여행에 대해 말했다. 캐시는 여행을 다녀온 사이 내가 아주 많이 쇠약해졌다고 했다.

"그만둬야 해요." 캐시가 말했다. "여행에 쏟는 노력 때문에 더 아프게 돼요."

너무 늦었다. 낸시와의 여행 이후 나는 일 년 동안의 여행 계획을 세웠다. 돌아오고 일주일도 지나지 않아 존과 함께 헝가리로 가는 여행을 예약했다. 키프로스에도 다시 가기로 결심했다. 아이들에게 주는 선물로 내 시간보다 더 소중한 것은 없다는 것을 알기에, 세 아이와 따로따로 여행을 약속했다.

캐시는 여행이 끝날 때마다 같은 말을 반복했다. "더 약해졌어요. 그만둬야 해요."

그럴 때마다 나는 똑같은 대답을 했다. "그럴 수는 없어요."

캘리포니아

10월

October

과거 속으로

낸시와의 우정은 내 인생에서 더없이 소중한 몇 안 되는 인간관계 중 하나다. 물론 우리는 다투기도 했는데, 삼십 년 동안 최악은 대학 시절 낸시가 파티에 가면서 내가 입은 옷을 따라 입었을 때였다.

낸시와 여행할 때 우리가 모텔에 묵었더라도 여행은 여전히 특별했을 것이다.

다른 사람들과는 그렇게 쉽지 않았으리란 것을 나도 잘 안다. 존과 내 아이들이었다 해도 그렇다. 물론 내 어머니 시어도러 '티' 스펜서와는 쉬웠을 리가 없다.

샤워를 하고 나왔을 때 귀에 물이 들어간 경험이 있는가? 고통스럽지는 않다. 그냥 짜증스러운 정도다. 하지만 신경을 쓸수록 더 짜증스러워진다.

그것이 내가 자라면서 종종 가졌던 느낌이다. 귀에 물이 들어간 느낌. 불편한 마음. 주로 어머니와의 관계 때문이었다.

어머니는 그리스 미인이었다. 광대뼈가 불거지고 까마귀 같은 머릿결에 눈은 아몬드 모양이다. 허리는 아주 잘록해서 그 안에 내장이 다 들어가는 것이 신기할 정도다. 사람들은 종종 어머니가 소피아 로렌과 닮았다고 했다.

외할아버지는 어머니를 몹시 아꼈고, 내 아버지도 그랬다. "네 엄마는 내가 본 여자들 중에 가장 이국적이고 아름다웠어." 아버지는 어머니를 만난 순간에 대해 그렇게 말했다.

어머니는 결혼하고 얼마 되지 않아 유산을 했는데 그때 목숨을 잃을 뻔했다. 게다가 어머니와 아버지 모두 혈우병 유전자를 가지고 있어서 부모님은 아이를 낳는 대신 입양을 결심했다.

그들은 1964년에 예쁘장한 갈색 머리 아기였던 내 언니 스테퍼니를 입양했다.

이 년 뒤 또 한 아이를 입양하면서 어머니는 그리스 혈통을 요구했다. 또 생부모가 대학 교육을 받은 사람들이어야 한다고 구체적인 조건을 제시했다. 빨간 머리는 안 되고 주근깨도 없어야 했다.

어머니는 자기가 생각하는 이상적인 아기를 맞춤 주문했다. 꼭 자기 같은 아기.

그리고 내가 왔다. 포동포동한 금발에, 작고 똥그란 파란 눈의 아기. 눈부시게 아름다운 여자의 눈부시지 않은 평범한 딸.

대체로는 이것이 큰 문제가 되지는 않았다. 학교 성적이 좋은 한은—나는 성적이 아주 좋았다—어머니도 좋아했다. 하지만 티가 어떤 일로 짜증이 났을 때는 조심해야 한다! 어머니의 잔인한 면이 터져나올 때면 어머니는 씩씩거리며 절대 잊지 못할 말을 내뱉었다.

"내 배로 낳은 아이라면 절대 그런 짓은 안 할 거야!"

"내 배로 낳은 아이라면 너처럼 생기지 않았을 거야!"

"게을러터진 뚱뚱보!" 종종 어머니는 나를 그렇게 불렀다. 볼에 바람을 잔뜩 넣고는 "네가 꼭 이렇게 생겼어. 눈이 똥그란 소같이"라고 말했다.

나는 아마 몸무게가 평균보다 5킬로그램은 더 나갔을 것이다.

나는 누가 봐도 그리스 혈통은 아니었으므로, 나에 대한 어머니의 실망에 대해 종종 스테퍼니와 함께 "입양기관에 있는 사람들이 엄마에게 사기를 친 것"이라며 키득거렸다.

아버지도 파란 눈이어서 사람들이 나더러 아버지를 닮았다고 할 때는 기분이 찢어지게 좋았던 기억이 난다. 나는 정말로 누군가를 닮고 싶었다. 그래서 정말 아버지와 친하고 싶었다.

어머니와의 관계는 내가 커서 말대꾸를 하면서 달라졌다. "엄마나 잘해요!"라고 쏘아붙이면서도 조금도 무섭지 않았다. 혹은 "다시 나한테 손을 대면 아빠에게 이를 거예요!"라고 말하면서도.

이제 그런 일은 날마다 일어나기는커녕 일주일에 한 번 일어날까 말까 했다. 어머니와 한바탕 싸우지 않고 몇 달이 지나가기도 했다. 하지만 그런 일이 생기면—특히 어머니가 내 외모를 걸고넘어지면—나는 발끈했다. 나는 내 집에 살면서도 외국인 교환학생이 된 듯한 기분이 들었다.

어머니와 나는 외모만큼 성격도 달랐다. 티는 주목받는 것을 싫어해서 사람들 앞에서는 늘 가식적으로 예의를 차렸다. 항상 미소를 띤 채 모든 것이 훌륭하다고, 심지어 훌륭하지 않을 때도 훌륭하다고 칭찬했다. 티는 솔직한 것을 불안해했다. 사람들이 어떻게 생각할까?

나는 거의 구제불능이었다. 중학교 때는 점심을 빨리 먹으려고 교실 시계를 더 빠르게 돌려놓았다. 선생님의 총애를 받는 아이의 포니테일 끝을 싹둑 잘라버렸다. 열네 살 때는 아버지의 카마로를 불법으로 몰다가 차고 옆면을 받아버렸다.

모들뜨기 눈을 하고 볼에 바람을 잔뜩 넣은 채 내가 좋아하는 광대 자세로 찍은 사진은 수도 없이 많다. 어머니는 그것을 싫어했을 것이다.

카마로 사건이 있긴 하지만 나는 불량아는 아니었다.

전 과목에서 A를 받는 우등생이었고, '가장 성공할 것 같은 학생'으로 뽑히기도 했다. 고적대 지휘자, 학급 위원, 홈커밍 준비위원까지 맡았다.

내가 고등학교 때 반했던 데이비드 흐루다는 "넌 나 같은 남자와 사귀기에는 너무 괜찮은 아이야"라고 해서 내 가슴을 찢어놓았다. 그가 옳았다.

하지만 어머니는 내가 문제라고 굳게 믿었다. 어머니가 직접 낳은 아이라면 그러지 않았을 테니까.

그리고 종교 문제가 있었다.

부모님은 평생 거대한 남부 침례교회의 신자였다. 그 교회에 다니는 일부 신자들은 그렇게 자상할 수가 없었다. 그 사람들은 내게 친절 말고는 보여준 적이 없었다.

하지만 고등학교 때 나는 천국으로 가는 길은 하나뿐이라는 침례교 교리에 의문을 품게 되었다. 개종한 유대인들이 회중 앞으로 씩씩하게 나아가 구원에 이르는 유일한 길을 찾았다면서 "예수그리스도를 주님이자 구세주로 받아들이십시오"라고 말하면 나는 거부감이 들었다.

예수를 모르는 그 많은 사람들은요? 내가 물었다. 예수를 섬기지 않는 사람은? 불교도는? 이슬람교도는? 도교 신봉자는? 힌두교도는? 기독교가 생기기 천 년도 더 전의 신앙을 가진 유대교도는?

예수와는 상관없는 고대 신앙을 따르는 사람도 아주 많다. "그 사람들은 어떻게 하죠?" 내가 물었다.

"지옥에 갑니다. 그러므로 우리는 그들을 구원해야 합니다." 이것이 침례교의 답이었다.

내 가슴은 아니라고 말했다. 그래서 나는 나이가 웬만큼 들자 나중에 소나무 관에 들어가서나 다시 교회를 찾겠다고 농담처럼 말하며 침례교회를 떠났다.

진실은 날마다 더 세게 나를 두드린다.

고등학교를 마치자 나는 집에서 멀리 떨어진 노스캐롤라이나 대학교 채플힐 캠퍼스로 미련 없이 달아났다. 스위스로 가서 공부도 했다. 국제학 전공이어서 유엔에서 인턴도 했다.

부모님은 먼 곳으로 떠나는 이동 경비를 포함하여 모든 비용을 대주었다. 비록 두 분은 여행 같은 건 다니지 않았고 내 욕망도 이해하지 못했지만.

나는 응석받이가 되어갔다. 대학을 마치고는 아버지를 찾아가 세계 일주 비용을 대주면 나중에 직장을 구해 갚겠다고 제안했다. "수전," 아버지가 말했다. "거꾸로 생각하는 것 같구나. 여행은 열심히 일하고 받는 보상이야."

그리하여 나는 여행을 떠나고 외국에서 살 방법을 궁리하며 이십대를 보냈다. 모든 비용을 내가 감당했다. 부모님으로부터 육체적으로 멀리 떨어졌을 뿐 아니라 정신적으로도 점점 멀어졌다.

존과 내가 아이를 낳고 플로리다 남부에 정착한 뒤에도 부모님과 우리 사이의 거리는 부모님의 집과 우리집 사이보다 더 멀었다.

내가 ALS 증상을 보이기 이 년 전인 2007년에 나는 어머니 몰래 이모들인 수와 러모나와 함께 마이애미로 가서 일주일을 보냈다. 어머니가 알면 자기 이야기를 할까봐 하얗게 질려 펄쩍 뛸 것이 분명했으므로 우리는 그 여행을 비밀로 붙였다. 다미아노 자매들은—아무튼 그들은 정말 똑같이 생겼다—평생 별것 아닌 일로 티격태격했다. 이따금 이런저런 문제로 삐쳐서 서로 말 한마디 하지 않고 몇 년을 보내기도 했다.

마이애미에 도착해서 내가 처음 한 말은 이거였다. "엄마에 대한 이야기는 안 할 거예요. 이모들도 하지 마세요." 아무렴 그렇지, 얼마 지나지 않아 이모들이 티의 이야기를 끄집어냈다. 전에도 숱하게 생각한 것이지만, 나는 새삼 다시 생각했다. 맨날 티격태격하는 이 집안에서 나는 결국 어떤 처지가 될까?

집으로 돌아오니 우편함에 편지가 한 통 와 있었다. 플로리다 아동가정단체의 사회복지사가 보낸 것이었다. 내용은 이랬다. "귀하가 1966년 12월 28일에 출생한 수전 스펜서가 맞으면 연락 주십시오. 귀하에게 중요한 정보가 있습니다."

나는 그것이 무엇인지 정확히 알았다.

다음날 전화를 걸었다. "네. 제가 맞아요. 그 기관을 통해 입양됐어요."

"생모가 연락을 하고 싶어해요." 사회복지사가 말했다.

나는 내가 입양아라는 사실을 몰랐던 적이 없었다. 십대였을 때, 티와의 긴장이 고조되자 한번은 돈을 내고 부모와 자녀가 기입한 정보가 서로 일치하면 만나게 해주는 주립 등록소에 등록했다.

티는 그 사실을 알자 기겁했다.

하지만 십대가 끝나자 생부모 찾기는 우선순위에서 완전히 밀려났다. 그 편지를 받은 그날, 정말로, 나는 십 년 만에 입양된 사실을 다시 떠올렸다.

나는 마흔 살이었고 세 아이의 엄마였다. 행복했다.

그 순간 나는 세게 얻어맞은 것 같았다.

한 방 크게 맞아 주춤 물러섰다. 기자의 모자를 쓰고, 감정의 옷을 벗고, 생모에 대한 정보를 그저 받아만 적었다. 그녀는 은퇴한 간호사라고 했다. 그렇군. 정원사. 그렇군. 라켓볼선수. 여행을 좋아하고. (그러다 나를 가졌나보군!) 유방암 연구를 위한 사흘간의 걷기 행사에 참여했다가 방금 돌아왔다고 했다. 딸이 하나 있는데 그녀가 나를 찾아보라고 설득했다고 했다.

존경해도 좋을 사람 같은데. 나는 안심이 되었다.

"그런데 왜 아기를 입양 보냈대요?" 내가 나라는 단어를 피해 물어보았다.

"그건 그분이 가장 잘 설명할 거예요. 그분이 보낸 편지를 받아보겠어요?"

"네."

전화를 끊고 받아 적은 내용을 물끄러미 내려다보았다. 나는 울지 않았다. 기분이 좋지도 않았다. 당장 누군가에게 전화를 걸어 털어놓지도 않았다. 그저 생각만 했다. 제길!

그뒤로 몇 주 동안 나는 다른 때라면 어떻게 대응했을지 생각하면서 내 삶을 파노라마처럼 돌이켜보았다. 열다섯 살 때 생모가 찾아왔다면 나는 이렇게 말했을 것이다. "여기서 날 데리고 가줘요!"

스물다섯에는 이렇게 말했을 것이다. "왜 그랬어요? 왜 나를 좋아하지 않았어요?"

하지만 내 자식이 있는 마흔이 되니 설익은 분노는 사라지고 없었다. 나에 대해 알지도 못한 채 나를 떠나보냈으니 내 문제는 아니었다.

나는 방금 낳은 아기를 낯선 사람에게 떠나보내고 그뒤로 아기가 어떻게 될지 평생 궁금해하는 것을 상상했다. 입양을 보내는 어머니가 짊어지는 마음의 짐이 입양되는 자식의 그것보다 더 무겁다는 것을 깨달았다.

그녀를 만나고 싶었다. 그 여인에게 고맙다는 말을 하고 싶었다. 결국 모든 것이 잘되었다고 안심시켜주고 싶었다.

살면서 처음으로 다른 어른의 얼굴에서 내 얼굴을 보고 싶었다.

아동가정단체에서 보낸 편지는 누런색 서류봉투에 담겨 도착했다. 나는 봉투 안의 윤곽을 만져보았다. 냄새도 맡아보았다. 그리고 그것을 봉투째 운전석 바로 옆에 끼워넣고 몇 주 동안 그냥 돌아다녔다.

불안했다. 내가 그녀를 좋아할까? 그녀는 나를 좋아할까?

부모님에게는 내가 그들을 배신하는 것처럼 미안한 마음이 들었다. 더 착한 딸이라면 이렇게 말할 것 같았다. "고맙지만 됐어요. 제게는 부모님이 있어요. 당신과는 어떻게 해보고 싶은 생각이 없어요."

역시 입양아였던 언니 스테퍼니에게는 더욱 미안했다. 이번 일이 언니에게 상처를 줄 수 있다고 생각했다. 자기 생모는 왜 자기를 찾지 않는지 궁금할 것 같았다.

나는 지구상에서 오로지 내 어머니 티 스펜서만을 '엄마'라고 부르겠다고 결심했다. 그리고 어느 일요일 오후 혼자 그 편지를 펴보았다.

깔끔하고 유려한 필기체로 쓴 그녀의 이름을 읽었다. 엘런 스웬슨. 1966년에 그녀는 메이오 클리닉의 간호사였다. 그는 의사였다. 두 사람은 잠시 가벼운 사랑을 즐겼고 그녀는 아기를 가졌다. 그녀는 멀리 이사 갔고 그에게는 아무 말도 하지 않았다. 아기가 태어나자마자 입양기관에 보냈다.

봉투에는 사진도 있었다. 한 장은 어깨까지 나온 얼굴 사진이었다. 엘런은 금발에 눈은 작고 파랬으며 밝고 환한 미소를 짓고 있었다. 나는 욕실로 달려가 거울 앞에서 내 얼굴 옆에 그 사진을 들었다. 숨이 막혔다. 그녀를 닮았다!

나는 시선을 돌렸다. 그 순간은 마치 태양을 쳐다보는 것 같았다. 너무 강렬해서 고개를 돌릴 수밖에 없었다. 마음을 가라앉히고 눈을 적응시켜야 했다.

몇 달 후 나는 엘런에게 그녀가 내 생모임을 믿는다는 내용의 편지를 보냈다.

"지금까지 기나긴 길을 걸어오면서 무척 만나보고 싶었어요. 정착을 하고 내 아이들을 낳아 키우면서 정신없이 사느라 그 마음을 잊어버린 지금에서야 나타나셨군요. 삶이란 그렇게 재미있는 것이로군요. 그렇게 완벽한 것이로군요."

처음에는 기자로서 답장을 보냈다. 기자라면 누가 당신에게 믿기 어려운 이야기를 해줄 때 어이쿠, 하며 조사를 시작한다. 누가 그 사람이 당신의 생모라고 말하면 당연히 진위를 확인해볼 것이다. 나도 그렇게 했다. 편지를 써서 내 출생에 대한 사실을 자세히 알려달라고 했다. 그녀와 나만이 알 만한 병원 이름 같은 것.

그녀가 써 보낸 내용은 모두 정답이었다.

나는 한 주 동안 멍하니 돌아다니며 진짜 큰 사건이 일어났는데, 하고 생각했다. 이건 진짜 큰 사건이야. 진짜 큰 사건.

나는 지진을 경험한 적이 없다. 하지만 그것과 비슷할 거라고 생각한다.

갑작스러운 충격이 당신의 영혼을 뒤흔든다. 지반이 들썩거린다. 지진은 몇 분이면 끝나지만 몸의 중심을 되찾으려면 시간이 한참 걸린다.

그래서 나는 진심으로 답장할 수 있을 때까지 기다리고 또 기다렸다.

급할 것 없어, 혼잣말을 했다. 그 사람은 사십 년을 기다렸는걸. 더 기다려도 돼.

나는 일부러 바쁘게 지냈다. 어린 자식이 셋에, 일주일에 오십 시간 일을 했고, 나를 필요로 하는 친구들이 있었다. 오, 과거는 미뤄두어야 한다고 나는 생각했다. 그녀가 이렇게 불쑥 끼어드는 것이 지금 내게 정말로 필요한 일인가?

갈피를 못 잡고 있던 어느 날 급하게 점심을 먹어치우는데 어머니가 내게 전화를 했다. 내 '진짜' 어머니, 나를 키운 여자, 티 스펜서가.

미들이스트 베이커리의 주차장에 앉아, 정말 아무렇지 않게, 집에 들러 엄마 아빠에게 할말이 있다고 말했던 그 순간을 절대 잊지 못한다.

"무슨 일 있어?" 어머니가 말했다.

"찾아가서 말씀 드릴게요." 나는 그저 전화를 끊고 얼른 팔라펠을 먹어치우고 싶은 마음뿐이었다.

"어디 아프니?" 어머니가 물었다.

"아니요. 나중에요, 엄마. 나중에 이야기해요."

"지금 말해봐!"

"생모에게 연락이 왔어요. 생모가 맞아요."

침묵.

침묵.

이윽고 어머니가 떨리는 목소리로 말했다. "이런 날이 올 줄 알았어. 언젠가는 이런 날이 올 줄 알았지."

이 일로 감정상의 정체성 위기에 같이 빠질 사람이 있다면 티 스펜서는 분명 아니다. 이유는? 티 스펜서는 불안정하니까. 그녀를 이상하게 쳐다보면 그녀는 감정에 상처를 입는다.

"우리를 여전히 사랑하니?" 그녀가 물었다.

맙소사, 악몽 같은 일이 벌어지겠구나.

며칠 뒤 나는 생모 엘런과 주고받은 편지의 복사본을 누런색 서류봉투에 넣어 부모님 집으로 가져갔다. 솔직히 그때 무슨 말이 오갔는지 기억나지 않는다. 유명한 사람들을 인터뷰했을 때와 비슷했을 것이다. 녹음기를 틀고, 자동장치처럼 지껄이고, 구름에서 들려오듯 아득한 말소리를 듣는다. 다만 그날은 녹음기는 없었다.

아버지는 질문을 별로 하지 않았지만 첫 질문은 기억난다. "어디 산대?"

"캘리포니아요."

"그렇구나. 멀리 떨어진 곳이네. 너는 생모가 여기 오는 건 원하지 않는다는 거지." 아버지가 말했다.

어머니가 나를 집으로 데려올 때 입혔던 귀여운 핑크색 아기 드레스를 꺼내온 것은 기억난다. 어머니는 스테퍼니를 데려올 때 입혔던 귀여운 노란색 드레스도 가져왔다.

아니, 무슨 말을 했는지는 기억나지 않는다. 하지만 그때의 느낌은 기억난다. 그것이야말로 정말로 중요한 것 아니겠는가? 우리에게 어떤 느낌이 남는지가?

나는 부모님에게 미안했다. 어머니가 간직한 귀여운 핑크색 드레스. 아버지의 마비된 듯한 감정.

죄의식도 들었다. 내 가슴은 내가 원하는 대로 하리라는 것을 알았고, 부모님도 그 사실을 알았다. 늘 그랬으니까. 죄의식도, 위험도, 두려움도 내가 원하는 것을 하지 못하게 설득할 수는 없었다.

그것이 변함없는 나였다. 그들이 통제할 수 없는 아이. 그리고 그들은, 종종 간담이 서늘해지는 부모였다.

그날 이후 나는 대답을 미루었고, 한동안 시간만 흘려보냈다. 나는 행동하지 않았다. 엘런에게 답장을 보내지 않은 채 몇 주 또 몇 주가 지나갔다.

어머니가 이따금 엘런과는 더 주고받은 연락이 없는지 물었다.

"없어요."

그러던 어느 날 어머니가 건넨 말에 나는 감동받았다. 나라는 인간은 쉽게 감동받지 않는 딱딱한 사람임에도. 어머니—확신하건대 움츠러들어 자기 자신만 쳐다보았을 것이다—는 이렇게 말했다. "그 사람을 그렇게 내버려두지 마, 수전. 그 사람도 마음이 아플 거야. 그래도 엄마잖아."

그래도 나는 기다렸다.

살아오면서 나는 종종 보이지 않는 신호의 안내를 받았다. 내가

"신들이 알려줄 거야"라고 말하면 있을 법하지 않았던 일이 가능해졌다.

수년 동안 시도한 끝에 그해 여름 로스앤젤레스에 있는 로욜라 로스쿨에서 개설한 저널리스트를 위한 과정에 입학 허가를 받았을 때처럼.

신들이 완벽한 커버스토리를 제공했다.

"있잖아요, 엄마. 내가 캘리포니아에 있다면 당연히 생모를 만나겠죠." 내가 티에게 말했다.

"네가 원하는 대로 해. 우리는 네 편이야. 부디 네 자식들한테만은 말하지 말아줘."

"좋아요, 엄마. 말하지 않을게요."

그래서 나는 엘런에게 편지를 보냈다. 맞아요, 당신이 내 생모고, 내가 캘리포니아로 갈 거예요, 라고.

삶은, 가장 기대하지 않은 순간에, 그렇게 완벽하다.

나는 2008년 6월에 캘리포니아로 갔다. 그때가 ALS에 걸리기 일년 전이었다고 말하고 싶지만 맞는지는 모르겠다. ALS는 내가 알아채지 못한 채로 이미 내 몸에 있었을 테니까. 태어난 순간부터 줄곧 내 몸에 있었을지도 모른다.

나는 의심조차 하지 않았다고 말하는 것으로 충분할 것 같다. 나는 일주일 동안 로욜라 로스쿨 워크숍에 참가했다. 기조 연설자는 법정 싸움에서 방금 이긴 변호사로, 동성 간 결혼 금지를 뒤엎은 사람이었다. "세상은 바뀌고 있습니다." 나는 그 말을 계속 들었다. "세상은 바뀌고 있습니다."

그리고 미래는 정말이지 알 수 없었다.

워크숍이 끝난 후에는 로스앤젤레스에 사는 사랑하는 대학 친구 캐시를 찾아갔다. 스위스에서 공부할 때 방도 같이 쓰고 여행도 같이 다녔던 친구였다. 우리는 옛 시절을 추억했고, 알프스와 호프브로이하우스와 베니스 가면축제에서 찍은 사진도 꺼내 보았다.

나는 부모님이 베풀어준 모든 것을 생각했다. 두 분은 스테퍼니와 나를 대학에 보내려고 희생을 아끼지 않았다. 그리고 엘런을 생각했다. 내 생각은 핑핑 제멋대로 날아다녔다.

난 지금까지 아주 행복하게 살아왔어. 내가 지금 왜 이래야 하지?

이건 너의 일부야.

엘런은 어떤 사람일까? 내가 엘런을 좋아하지 않으면 어쩌지?

엘런을 좋아하면 어쩔 건데?

오, 바라건대, 나를 곰처럼 부둥켜안고 눈물을 쏟지만 않으면 좋겠어.

너와 비슷한 사람이라면 그러지 않을 거야.

엘런은 로스앤젤레스에서 북쪽으로 다섯 시간 거리에 있는 소노마 카운티에 살았다. 와인을 사랑하는 나는 이 지리학적 행운에 감탄했다. 나는 술은 입에도 대지 않는 부모님 손에서 자랐지만 늘 와인을 즐겨 마셨다.

한 친구가 나를 소노마로 데려갈 운전기사를 구해주었다. 낸시는 같이 가주겠다며 비행기를 타고 내게로 오겠다고 했다. 낸시와 나는 어디든 같이 갔고, 서로 모든 것을 털어놓았고, 살면서 중요한 일이 생길 때마다 서로의 편이 되어주었다. 하지만 이번에는 내가 거절했다. 다른 것에 신경쓰고 싶지 않았다. 이번만큼은 혼자 하고 싶었다.

그저 나, 내 생각, 엘런, 이렇게만. 딱 한 번 만난다. 사연을 듣는다. 고맙다고 말한다. 그녀를 두고 떠난다. 그것이 내 계획이었다.

결국 나는 붐비는 버스를 선택했다. 막상 그곳으로 가니 혼자 있고 싶지 않았다. 아이팟 이어폰을 꽂고 한 곡만 계속 들었다. 케이트 보에기레가 부른 〈Lift Me Up〉. 그녀의 참새 같은 목소리가 내 심장과 함께 오르내렸다.

이 길은
결코 단순하지 않아.
수수께끼처럼 꼬여 있지.
난 인생도 보고 사랑도 봤어.
우리의 미친 의심들이 내지르는 목소리들이
내게 크게 외치지.

짐을 꾸려 여기를 떠나라고.

나는 세바스토폴에 도착해 엘런의 집에서 몇 마일 떨어진 곳에 호텔을 잡았다. 만나기 전에는 대화하지 말자고 그녀에게 부탁해놓았다. 다음날 아침 약속한 시간에 내가 집으로 그냥 찾아가면 된다.

거리를 가늠하고 불안한 마음을 떨쳐내며 그녀의 집까지 절반쯤 걸어갔다. 그리고 긴 머리에 홀치기염색을 한 셔츠를 입은 맨발의 여자들이 제 자식들에게 젖을 먹이는 것과 긴 머리 남자들이 마리화나를 피우는 것을 쳐다보며 세바스토폴 타운 광장을 배회했다.

홀푸드 마켓에서 저녁 끼니를 샀다. 가게에서는 농익은 사람 냄새, 혹은 농익은 음식 냄새가 났다. 두부 루벤 샌드위치(두부!?)를 사서 광장으로 돌아왔다. 고무 같은 루벤 샌드위치를 베어 물다가 퍼뜩 이런 생각이 들었다. 엘런은 히피구나!

멋진데.

나는 이번에는 맛이 좀더 낫기를 기대하며 고무 같은 루벤 샌드위치를 또 한입 베어 물었다. 맛은 없었다.

히피라. 얼마나…… 멋져?

어느 노인이 1970년대 이후로 한 번도 옷을 갈아입지 않고 목욕도 하지 않은 것 같은 냄새를 풍기며 내게 다가왔다. 그는 내게 담배가 있으면 달라고 했다.

맙소사, 저런 사람은 아니기를.

그렇다고 나에 대해 오해하면 안 된다. 나는 히피 정신을 사랑한다. 대학 시절 마우이 와우이*를 조금 피웠는데, 4피트 길이의 물파이프와 용량이 20갤런은 될 폐를 가진 잘생긴 노스캐롤라이나 대학 수영선수에게 반해 있던 그 학기 내내 몽롱한 상태로 지냈다.

그러니 맞다. 나는 히피의 심장과 영혼을 지녔다고 할 수 있다. 하지만 팜비치에서 날아온 이 여자의 취향을 말하자면, BCBG, 하이힐, 멋진 보석, 위생적인 환경을 좋아한다. 버켄스탁 샌들을 신은 모습이나 털이 북슬북슬한 겨드랑이를 보여줄 생각은 추호도 없다.

나는 시간여행자 노인에게 담배와 함께 사우전드아일랜드 드레싱이 줄줄 흐르는 두부 루벤 샌드위치도 주었다. "저보다 훨씬 맛있게 드실 것 같아서요." 그렇게 말하고 다시 호텔로 돌아왔다.

불안할 때 나는 침착해진다. 맞다, 나도 안다. 말이 안 되는 것 같지만 사실이 그렇다. 예컨대 전국으로 나가는 TV 생방송에 출연할 때 나는 의식적으로 호흡과 심장박동을 늦춘다. 숨을 쉬어, 수전, 숨을 쉬어, 이렇게 되뇌며 호흡을 늦춘다.

생모를 만나기로 한 아침에 커피는 건너뛰고 그런 식으로 호흡을 늦추었다. 샤워를 하고, 마음을 가다듬고, 아주 수수한 의상을 골랐다. 청바지에 검은 셔츠, 액세서리는 생략.

히피는 금목걸이는 좋아하지 않지, 나는 생각했다.

---

* 마리화나의 종류.

하지만 오, 나는 좋아한다!

굽 높은 웨지힐을 가방에 넣었다. 플랫슈즈를 신고 생모를 만날 수는 없었다. 그건 내가 아니니까.

어머니가 엘런에게 줄 작은 사진첩을 만들어주었는데, 갓난아기 때부터 대학 졸업 때까지 내 어린 시절의 사진을 연도별로 차곡차곡 모은 것이었다. 티는 자기가 그토록 두려워하는 알지도 못하는 사람을 위해 시간을 들여가며 이 특별한 사진들을 찾아낸 것이다.

엘런에게 귀중한 선물이었고, 내게는 더욱 그랬다. 사진첩은 어머니가 지금껏 내게 해준 것 중에서 가장 소중하고 가장 놀라운 것이었다. 그 깊은 이해심과 정성은 정말 감동적이어서 나는 그것으로 어머니의 지난날의 실수를 모두 덮었다.

그 사진첩을 한참 바라보다 그것에 키스했다. 그리고 호흡했다. 사진첩을 가방에 넣었다. 그리고 엘런의 집으로 걸어갔다.

대번에 외로움이 밀려왔다.

낸시에게 전화를 걸어 펑펑 울었다. "네가 왔으면 좋았을걸 그랬어."

"내 마음은 네 옆에 있어." 낸시도 울면서 말했다.

나는 걷고 또 걸었다. 가파른 비탈을 올라갔고, 사과나무 과수원과 나란히 있는 고속도로까지 나갔다. 그때 거리를 잘못 계산했다는 것을 깨달았다. 생각했던 것보다 한참 더 멀었다.

제길, 제길! 늦겠어. 내가 오지 않는다고 걱정할 텐데.

그때 다시 펑, 엘런을 비난하는 생각이 지나갔다. 사십 년이나 기다렸잖아. 조금 더 기다려도 괜찮아.

나는 걸음을 늦추고 참선하는 마음으로 과수원을 물끄러미 쳐다보았다. 나무들이 병사들처럼 줄을 서서 나를 보호하는 것 같았다. 초록색 포도넝쿨이 우거진 갈색 언덕이 보였다. 머리 위로 흰 구름이 뭉게뭉게 떠 있었다. 아름다웠다.

엘런의 집으로 가는 그늘진 도로의 오르막 끝에 이르자 나는 걸음을 멈추고 현재에서 빠져나왔다. 감정은 밀어두고 내 삶의 관찰자가 되었다. 짧은 거리를 걸어가며 신문 기사에 쓸 메모를 하듯 마음속으로 녹음을 하기 시작했다. 관목, 우편함, 나무, 하늘. 엘런의 집으로 이르는 진입로에 서서 그녀의 작은 집을 가만히 내려다보았다. 진홍색을 칠했고 헛간처럼 보였다. 작은 초록색 풀밭 언저리로 드넓은 장미 정원이 깔끔하게 펼쳐져 있었다.

나는 하이힐을 꺼내 신고 플랫슈즈는 가방에 쩔러넣었다. 정원 문의 빗장을 풀려고 다가서는데 손이 후들거려 깜짝 놀랐다.

문은 열려 있었고 방충문은 닫혀 있었다. 여왕이 사는 곳, 문에 이런 글귀가 붙어 있었다.

오, 이런.

풍경이 댕댕거렸다.

"계세요?" 내가 소리쳤다.

잠시 기척이 없다가, 어느 순간 그녀가 방충문 맞은편에 나타났다. 건강하게. 미소를 지으며. 아무렇지 않게. 따뜻한 표정으로.

"안녕하세요. 수전이에요."

"어서 와. 내가 엘런이야."

"늦어서 죄송해요. 걸어왔거든요. 생각했던 것보다 시간이 더 걸렸어요."

"그 구두를 신고 여기까지 걸어왔어?" 그녀가 내 하이힐을 가리키며 말했다.

"아니요, 플랫슈즈로요."

엘런이 나중에 말해주길, 그녀는 내가 신발을 바꿔 신은 이야기를 듣고 내가 자기 딸인 줄 알았다고 했다.

엘런이 방충문을 열어주었고 나는 안으로 들어갔다. 그녀는 나를 끌어안지 않았다. 나도 그러지 않았다. 우리는 그저 서로 쳐다보았고, 시간은 슬로모션으로 흘러갔다.

그녀의 눈. 그녀의 작고 파란 눈동자. 내 것과 같았지만 더 파랬다.

그녀의 종아리. 그녀의 발목. 어렸을 때부터 사람들은 내 종아리와 발목이 예쁘다고 칭찬했는데, 그녀가 바로 그랬다.

그녀의 셔츠에는 잔이 세 개 그려져 있었다. 화이트 와인 잔, 레드 와인 잔, 샴페인 잔. 셔츠에 '집단치료'라고 쓰여 있었다. 꼭 나같이 느껴졌다.

엘런이 내게 앉으라고 했다. 소파는 격자무늬였고, 등받이에 담요를 접어 걸쳐두었다. 벽은 밝은 노란색이었다. 침실에서 볼 법한 램

프의 전등갓 테두리에는 핑크색 술 장식이 달려 있었다. 현대적인 감각의 올망졸망한 유리 장식품도 보였고, 아시아풍의 장식품들도 있었다. 그리고 책, 책, 책. 창문을 통해 내다보이는 바깥에는 눈부시게 아름다운 장미 정원이 있었다.

"어머니가 이걸 만들어주셨어요." 내가 울먹이며 사진첩을 건넸다.

시작은 바로 그렇게였다. 나를 풀어놓기. 나라는 사람을 더 잘 이해할 수 있는 방법. 내 별난 취향을. 내 직설적인 성격을. 약간 히피적인 스타일의 내 감각을.

일 년 후 2009년 여름 하와이로 가는 길에 존과 나는 엘런과 함께 어느 오후를 보냈다. 고맙다고 말한 뒤 생모를 두고 떠나려던 애초의 계획과 달리 아주 많은 것을 했다. 그녀는 지금 내 삶의 일부가 되었다. 나는 존이 그녀를 만나보기 바랐다. 나도 그녀를 더 잘 알고 싶었다.

우리는 어느 해변의 공원으로 갔다. 그리고 신발을 벗었다. 존이 나란히 놓인 우리 발을 보더니 웃었다. 똑같이 건막류로 툭 불거진 엄지발가락과 감자튀김 같은 발가락. "이제 보니 같은 핏줄이라는 걸 알겠네요." 존이 카메라로 엘런과 내 발을 찍었다.

나는 존과 엘런에게 책을 쓰고 싶다고 했다. "제목은 '모래밭의 엄지발가락 건막류'라고 붙여야겠어." 존이 말했다.

내 왼손이 약해졌다는 것을 알아챈 지 몇 주 되지 않았을 때였다. 그때 엘런에게 그 말을 하지는 않았지만, 다음 여섯 달 동안 의학적인 해답을 찾으면서 엘런이 그때 나타난 것은 정말로 세런디피티, 뜻밖의 기쁨이었음을 깨달았다.

그해 추수감사절에 엘런이 플로리다로 왔다. 포트로더데일에서 요트 승무원으로 일하는 딸을 만나러 온 것이다. (나는 나보다 열 살 넘게 어린 엘런의 딸을 몇 번 만났다. 시애틀로 가서 그녀의 결혼식에도 참석했다. 하지만 그 이후로는 서로 연락이 없었다.)

그때 엘런은 우리집 근처 호텔에서 며칠을 묵었다. 나는 부모님의 뜻을 존중해서 아이들에게 엘런의 존재를 알리지는 않았지만, 그녀가 보고 싶어한다는 것을 알고 호텔로 아이들을 데려갔다. 우리는 함께 수영했다. 함께 점심을 먹었다. 사진도 많이 찍었다. 머리나가 물었다. "엄마랑 친척 같은 거예요?"

"아니, 난 그냥 엘런이야." 그녀가 말했다.

나는 엘런에게 내 손을 보여주었다. 그녀의 병력에 대해 물었다. 그녀도, 그녀의 가족 중 누구도 비슷한 병에 걸린 사람은 없었다.

내가, 특히 지금에 와서, 엘런이 준 어떤 선물보다 더 소중히 생각하는 것이 이것이다. 내가 걸린 병 ALS가 유전이 아니라는 사실을 알고 갖게 된 마음의 평화. 내 아이들은 내게서 많은 것을 물려받겠지만, 내 운명을 물려받지는 않을 것이다.

가족 모임

어머니는 엘런에 대한 말은 한 번도 꺼내지 않았다. 우리가 만난 것에 대해 특별히 질문도 하지 않았다. 엘런이 내게 소중한 존재라는 사실을 이해하지 못했고, 우리의 관계는 어머니에게 상처가 되었다. 티는 그 상처에 대해 시종일관 침묵했다. 말보다 더 많은 것을 말하는 침묵.

티의 감정은 내가 자리를 비웠을 때 티가 낸시에게 물어본 질문들로 요약될 수 있는데, 몇 달 전에 내게 한 것과 같은 질문들이었다. "수전이 여전히 우리를 사랑하는 거지?"

내 감정은 2011년 2월 어머니와 짧은 크루즈 여행을 했을 때 확고해졌다. 진단을 받기 네 달 전이었고, 내가 ALS에 걸렸을 가능성을 처음 의식적으로 인정한 때였던 낸시와의 뉴올리언스 여행 몇 주 전이었다.

여전히 마음속 깊이 부인하며 나는 여행 기간 동안 크루즈의 수영장 덱에서 차가운 맥주가 담긴 통을 옆에 놓고 허벅지에 오일을 바른 채 태양 숭배자들 사이에 앉아 있었다. 국제 배치기 다이빙 대회가 진행되고 있었다. 오하이오에서 온 체격 좋고 털 많은 남자들이 높이 뛰어 수영장으로 풍덩풍덩 몸을 날렸고, 나는 옆에서 점수를 불렀다. "10점!" 물을 가장 많이 튀긴 사람에게 큰 소리로 점수를 불러주었다.

어머니는 휴식을 취하려고 애쓰면서 우리 선실에서 시간을 보냈다. 북적거리는 사람들, 더위, 시끌벅적한 소음, 어머니가 감당하기에는 무리였다. 어머니는 자신이 모든 것을 통제할 수 있는 편안한 안전지대에서 멀리멀리 떨어진 곳에 있었다.

그래서 어머니는 문제점들을 찾아냈다. 객실 관리 직원이 목욕수건을 동물 모양으로 개어놓았다. 머리나는 그 귀여운 원숭이 모양을 아주 좋아했다. 하지만 티는 즉시 원숭이를 펴서 다음날 아침에 그녀가 쓰기 좋게 만들었다.

티가 나를 찾아 수영장에 두 번 왔다. 한 번은 내 주변에 있던 남자들과 여자들에게 내가 결혼한 사실을 알리려고. 또 한번은 내가 수건을 돌려주지 않으면 이십 달러를 물어야 하는데 자기는 그 돈을 내지 않겠다고 통보하려고.

나소에서 어머니의 가족 모임이 있어 그곳에 참석하려고 크루즈로 바하마에 가는 길이었다. 어머니가 나와 머리나의 크루즈 비용을 댔다. 너그러운 선물이었다. 하지만 수건에 대해서만큼은 선을 그었다.

이번 가족 모임은 공원에서 바비큐를 구워 먹는 그렇고 그런 파티가 아니라 대규모 행사였다. 다음날 우리는 우리 집안이 살던 옛터와 묘지를 걸어다녔다. 내 다리는 아직 튼튼했다. 친척의 무덤 중 두 곳에는 아무 표시가 없었다. 우리가 꽃을 놓았다. 부모님은 무덤에 표시를 하기 위해 석공을 고용하는 것에 대해 이야기를 나누었다.

그리스정교회 사제가 그 섬의 신앙에 대한 역사를 말해주었다. 티의 아버지의 가족은 그리스에서 바하마와 플로리다로 이주했다. 다미아노 문중은 그 지역에서 큰 영향력을 가진 대단한 그리스정교회 가문 중 하나였다. 티의 어머니는 티를 남부 침례교 신자로 키웠지만 티는 그리스 유산을 결코 잃지 않았다. 내가 좋아하는 어린 시절 기억 하나는 어머니가 나를 간질이며 내 눈가에 그녀의 뾰족한 코를 대고 비비던 것이었다. 그리스 코, 어머니는 그렇게 말했다. 내 어린 시절의 기억에는 코마저 그리스 코였다.

우리는 공식 만찬이 있기 전에 휴식을 취하려고 크루즈로 돌아갔다. 그날 하루가 무사히 흘러갔다. 우리는 같이 있는 시간을 즐겼다.

그런데 티가 저녁을 먹으러 가지 않겠다고 했다. 이유는 모르겠다. 아마 피곤했을 것이다. 그보다는 누가 그녀의 심기를 건드리는 말을 했을지 몰랐다. 아버지도 가지 않겠다고 했다. 수 이모도 가지 않겠다고 했다. 수의 딸과 손자도 가지 않겠다고 했다.

나소 요트클럽에서 테이블에 앉아 즐기는 만찬이었는데, 준비한 사람들이 많은 노력과 비용을 들인 자리였다. 정식 뷔페와 바, 가족 단위로 사진을 찍어줄 사진사까지 와 있었다.

"가지 않는 건 결례예요." 내가 티에게 쏘아붙였다.

상관없다.

머리나도 사촌과 놀겠다며 남았다. 나 혼자 나섰다.

어머니의 언니 러모나가 딸 모나와 사위 마이크를 데리고 와 있었다. 러모나는 이 집안의 수장이자 열성적인 치어리더 역할을 하는 사람이었다. 그녀는 가깝거나 멀거나 모든 사촌과 연락하고 지냈다. 그녀에게 가족은 모든 것을 의미한다. 그런데 그런 러모나가, 축제처럼 야단스럽게 장식된 큰 테이블에, 사실상 혼자 앉아 있었다.

뷔페에서 나는 접시를 들고 있기가 몹시 힘들었다. 왼손이 거의 쓸모없어져 음식을 썰어 먹는 것조차 힘들었다. 나는 식기를 내려놓고 실내를 둘러보았다. 다른 테이블에서는 가족들이 우글우글 모여 웃고 떠들고 있었다.

나는 칵테일 몇 잔을 마셨는데 그러지 말았어야 했다. 그것 때문에 그렇지 않아도 썰렁한 가족 테이블이 더욱 쓸쓸하게 느껴졌다.

발표자가 우리 가문의 그리스 유산에 대해 설명했다. 그러자 사회자가 사람들에게 마이크 앞으로 나와 각자의 추억을 나누어달라고 요청했다.

나는 최근에 알게 된 내 출생에 대한 이야기를 나누고 싶었고, 그

이야기에는 진짜 그리스 혈통에 대한 이야기도 포함되어 있었다. 내가 다미아노 가문의 한 사람인 것을 얼마나 자랑스러워하는지 말해주고 싶었다. 그들의 지지와 가족 연대감이 내게 얼마나 중요한지에 대해서도.

나는 마이크 앞으로 가서 사람들의 얼굴을 둘러보고, 우리 가족의 쓸쓸한 테이블을 쳐다보고, 그만 울음을 터뜨리고 말았다. 사람들 앞에서 목놓아 서럽게 울었다.

수의 사위 마이크가 러모나를 내 옆으로 보냈다. 사촌 플로라도 내 옆에 와서 섰다. 그들이 내 어깨를 감쌌다. 나는 사람들 앞에서 평평 운 것이 민망해서 간신히 뭔가를 말한 뒤 자리로 돌아가 앉았다.

"그리스인이든 아니든 우리가 수전을 지켜줄 거예요." 러모나가 사람들을 향해 말했다.

몇 분이 지나자, 감사하게도, 호루라기, 드럼, 트럼펫, 카우벨의 불협화음이 침묵을 채웠다. 그날 저녁의 서프라이즈는 바하마 정카누* 밴드!

공연하는 사람들은 깃털과 스팽글 장식을 달았고, 머리 장식이 우리 위로 우뚝 솟아 있었다. 그들은 엉덩이와 어깨를 흔들며 들썩들썩 춤추었고, 베이스드럼은 둥둥 울렸다. 리더의 빽빽거리는 호루라기 소리에 따라 그들은 가고 서기를 반복하며 테이블 주변을 행진했다.

---

* 바하마에서 열리는 거리 축제.

암팡진 한 소녀가 골반을 돌리며 내가 '부티 댄스'*라고 이름 붙인 춤을 추었다.

티가 여기 오지 않은 것이 결국 최선이었을 거라는 생각이 들었다.

소음과 구경거리를 피해 밖으로 나왔다. 어머니에게 소음과 구경거리―특히 자기 딸이 울고불고한 광경―는 견디기 힘들었을 것이다. 어머니는 내가 얼마나 힘겹게 싸우는지 이해하지 못했다.

다음날 아침 어머니가 내게 어제 저녁은 어땠냐고 물었다.

"아주 좋았어요." 나는 그렇게만 대답했다.

나는 내 병이 우리 사이의 거리를 좁혀줄 거라고 기대했던 것 같다. 내가 곧 죽게 되었으니 어머니와 대화하게 될 거라고. 우리 관계에 독으로 작용했던 내 어린 시절 문제들을 해결하고 싶었다.

엘런 때문에 바뀐 것은 전혀 없다는 말을 하고 싶었다. 티는 여전히 내 어머니고, 나는 변함없이 어머니를 사랑한다고.

어머니는 오히려 벽을 세웠다. 6월에 내가 진단을 받은 이후 내게 다가와 어떤지 물어보지도, 위로를 해주지도 않았다. 우리집에 오더라도 잠시 머물 뿐 늘 몇 분 있지도 않고 가버렸다. 대화가 많아지기

---

* booty는 성적으로 이성을 유혹한다는 의미.

는커녕 더 줄었다. 어머니가 나를 제대로 쳐다보지 않을 때도 종종 있었다.

이해의 문은 닫혀버렸다.

9월, 낸시와 유콘 여행을 계획하고 일주일 뒤 존과 나는 작은 파티를 열었다. 〈데이트라인〉*에서 살인청부업자를 고용해 남편을 없애려 했던 섹시녀 달리아 디폴리토에 대한 내용을 방송하고 있었다. 봄에 나도 그 여자의 재판 과정을 광범위하게 취재했던 터라 전문가로서 방송에 출연했다. 〈데이트라인〉에서 내 분량을 찍은 것은 내가 ALS 진단을 받은 바로 다음날이었다.

"내가 방송에 나가면 분량 걱정은 안 해도 되겠어요." 나는 프로듀서에게 내 느려진 말투에 대해 농담을 했다.

어머니는 흥분했다. 내가 TV에 나오자 어머니는 신이 나서 친구들에게 전화를 돌렸다. 우리가 준비한 파티에 참석하지는 않겠지만 올리브, 페타치즈, 특별 드레싱으로 그리스식 샐러드를 만들어주겠다고 했다.

그날 오후 어머니가 샐러드를 가져왔는데, 어머니의 눈 흰자위가 노란 것 같았다. 내가 뭐라고 말을 하려는 찰나 누가 내게 말을 시켰던 것 같다. 누가 우리집에 오는 방법을 물으려고 전화를 했거나, 머리나가 어른들이 있는 데서 노는 대신 친구 집에 가도 좋은지 물어

---

* 미국 NBC 방송의 뉴스 쇼.

봤거나, 웨슬리가 난데없이 "엄마는 〈릴로와 스티치〉에서 누가 제일 좋아요?" 하고 물어봤거나.

내가 돌아오자 어머니는 가고 없었다.

이틀 뒤 아버지가 전화를 했다. "응급실이야. 엄마가 황달에 걸려 자꾸 토하는구나."

나는 쏜살같이 달려갔다. 어머니는 작은 토사물 그릇을 옆에 놓고 진찰실에 누워 있었다. 빨간색 셔츠에 청바지를 입었고…… 노랬다.

눈, 얼굴, 심지어 손까지 노랬다.

먼저, 일주일 전만 해도 어머니는 더할 나위 없이 건강해 보였다는 것을 알아주면 좋겠다. 일흔한 살이었지만 어머니는 날마다 일정한 거리를 걸었다. 어머니가 걷기 시작한 것은 오래전이었고 꾸준히 해와서 지나다니는 길목에 사는 주민 대부분을 알 정도였다. 교회에서는 강습을 열어 운동 지도도 했다. 건강식을 먹었고 술은 마시지 않았다. 담배는 당연히 피우지 않았다.

어머니는 누구보다 깨끗하게 살아가는 사람이었다. 두통약 타이레놀도 구슬려서 먹여야 했다. 아주 건강한 사람이라 사실 주치의도 없었다.

황달은 대체로 간에 문제가 있을 때 걸린다. 어머니는 술은 입에도 대지 않았고 조금이라도 위험한 행동과는 담을 쌓고 살았으니 병은 심각하지 않을 것이다. 안 그렇겠는가?

"뭔가가 담관을 누른다는구나. 췌장에 뭔가 있대. 그래서 황달에 걸렸다는데." 아버지가 말했다.

"췌장암이래요?" 내가 불쑥 물었다.

"나도 몰라. 아니길 바라지만." 아버지가 늘 그렇듯 강철같이 말했다.

의사들은 암인지 아닌지 알아내려면 즉시 종양을 제거하는 방법밖에 없다고 했다. 어머니는 수술을 받다가 죽을 고비를 넘겼다. 두 번이나. 그날부터 네 달 동안 어머니는 병원과 의료시설을 떠나지 못했다.

집중치료실에 있을 때 어머니의 증세가 위독해지면 우리는 한밤중에도 허둥지둥 달려갔다. 내가 어머니의 귓가에 아이폰을 대고 어머니가 좋아하는 찬송가 〈거룩한 땅에〉를 들려주던 순간들은 어머니가 돌아가실 거라고 생각한 날들이었다.

한번은 스테퍼니와 아버지, 내가 추모식에 대해 의논했다. "나는 장례식이 아니라 '생애 기념식'을 했으면 좋겠어." 아버지가 말했다.

아직도 스테퍼니는 어머니가 피를 흘리다 숨질까봐 내가 허약한 다리로 병원 복도를 휘청휘청 달려가던 모습이 세상에서 가장 슬펐다고 말한다.

어머니는 살아났다. 혼자 힘으로는 숨조차 쉴 수 없어 산소호흡기를 달아야 했던 어머니를 옆에서 지켜본 나 같은 몇 사람에게는 기적 같은 일이었다.

가혹한 시간이었다. 스트레스와 걱정으로 가득한 시간. 최악의 상황을 두려워하던 시간. 나는 몇 주 동안 잠을 전혀 못 잤고 며칠 동안 먹지도 못했다.

그 시간은 또한 생각하는 시간이었다. 나 자신이 큰 병에 걸렸을 때 내가 사랑하는 사람 또한 큰 병에 걸려 누워 있으니 머릿속이 어지러웠다. 나는 그 침대에 누운 나 자신을 보았다. 튜브를 주렁주렁 꽂고 나 대신 숨을 쉬어주는 산소호흡기를 단 채 어쩔 줄 몰라하는 사랑하는 사람들을 옆에 둔 내 모습을. 우리가 힘든 결정을 내려야 했던 순간 아버지는 어머니가 무엇을 원하는지 전혀 몰랐다. 어머니가 스테퍼니나 내게 그런 문제를 의논한 적도 당연히 없었다.

나는 내 가족을 그런 상황으로 내몰지 않겠다고 결심했다. 모든 것을 구체적으로 정해두어야 한다. 의료 처치에 대한 사항. 호스피스. 존엄사 유언. "난 영양주사를 꽂고 있긴 싫어." 어머니의 상황을 보고 겪은 뒤 내가 존에게 말했다. "의사들이 인도적으로 할 수 있는 일은 보내주는 것뿐이라고 말할 때까지 살아 있고 싶지는 않아."

그 시간은 또한 헌신의 시간이었다. 변함없이 어머니의 곁을 지킨 아버지와 스테퍼니와 함께한 시간이었다. 슬픔에 빠진 아버지는 어느 때보다 스테퍼니와 내게 많은 이야기를 쏟아놓았다. 우리는 바로 그곳, 어머니 곁에서 우리만의 가족 모임을 했다.

그런 날들이 있기에 나는 가족이 있어 얼마나 행복한지 다시금 느낀다. 가족의 사랑을 느끼며 그 사랑에서 힘을 얻었다. 가족은 늘 내 곁을 지켜준 사람들이었다.

티 또한 그 일부였다. 티는 내 어머니였다. 어머니의 침대 옆에서 나는 어머니에게 오랫동안 느끼지 못했던 친밀감을 느꼈다. 고통스러워하는 어머니를 보며 몹시 슬펐고, 나는 그때 어머니가 내게 얼마나 소중한 존재인지 깨달았다.

유르트

낸시와 유콘으로 떠나기로 한 10월은 어머니가 입원하고 한 달쯤 뒤였다. 평생 할까 말까 한 여행이었지만 하마터면 못 갈 뻔했다. 여행 날짜가 다가오면서 어머니의 상태가 위독해졌기 때문이다. 어머니를 두고 떠날 수는 없었다.

그런데 어머니의 병세가 호전되었다. 어머니는 안정을 되찾았고 내게 여행을 가도 좋다고 했다. 내가 북극광의 경이를 체험하기를 바랐고, 낸시가 내게 얼마나 소중한 존재인지 알고 있었다.

나는 가는 길에 다른 곳에 들를 거라는 말은 어머니에게 절대 하지 않았다. 플로리다 남부에서 밴쿠버까지는 직항이 없었다. 북극으로 가는 비행기는 밴쿠버에서 갈아타야 했다. 그 사실을 깨닫자 나는 샌프란시스코에서 묵어가기로 했다. 낸시와 함께 엘런을 찾아갔다가 캐나다로 이동하는 것이다.

그 부분만큼은 부모님에게 비밀로 했다. 설명하기가 아주 복잡했고, 어머니에게 상처를 주고 싶지 않았다.

낸시와 나는 이번 여행에서 돈을 아껴 쓰지 않기로 결정했다. "싸구려 호텔에서 묵기에는 인생이 너무 짧아." 내가 말했다. 우리는 밴쿠버에 있는 포시즌스 호텔을 예약했다. 운전기사가 딸린 차를 빌려 먼저 샌프란시스코 관광을 한 뒤 거기서 한 시간 떨어진 엘런의 집으로 간다.

운전기사의 이름은 어빙이었다. 검은색 양복을 입고 검은색 운전기사 모자를 썼는데, 운전을 하기에는 어려 보였다. 하지만 그는 베이에어리어를 돌아다닌 것이 여러 해라며 우리를 안심시켰다. 그리고 차에는 GPS가 장착되어 있었다.

우리 셋은 샌프란시스코를 신나게 돌아다녔다. 베이에어리어를 관광했고, 부에나비스타 카페에서 아이리시 커피를 마셨고, 차이나타운에 갔다.

모퉁이를 돌자 새파란 만灣에 떠 있는 바위섬의 풍경이 시야에 들어왔다. "와우! 앨커트래즈 아니에요?" 낸시가 물었다.

"모르겠는데요." 어빙이 대답했다.

이런 부류에 대해 들은 적이 있다. GPS와 함께 자라나 그것이 없으면 장소나 방향에 대한 감각이 전혀 없는 젊은이들. 세상을 눈으로 보지 않고 화면으로만 본 사람들. 하지만 샌프란시스코에서 여러 해를 살고도 앨커트래즈를 알아보지 못한다? 어처구니없다!

낸시는 한 친구가 추천한 곳이라며 저녁은 차이나타운의 어느 레스토랑에서 먹겠다고 못박아두었다. 미스 구글의 시야를 가진 내 친구는 끼니에 대한 경험을 좀처럼 잊지 않는다(혹은 그리워한다). 몇 년이 지나도 낸시는 버터 샐비어 소스로 맛을 낸 리코타와 시금치 라비올리에 흩뿌린 아삭아삭한 파스닙을 기억한다. 그녀가 날마다 즐기는 미식가의 파드되*를 방해하는 사람이 있다면 그에게 재난이 있으라.

차이나타운에서 가장 최근에 먹은 음식을 떠올렸다. 하얀색 리넨을 깔아놓은 테이블에 빈틈없이 내려놓은 음식, 격식을 갖춰 내오는 딤섬, 바구니에 담은 찜 요리들, 한입 크기의 산해진미 요리들.

샘워는 그런 장소가 아니었다.

우선 식당 입구는 지지대로 받쳐 열어놓은 주방 문이었다. 들어가자마자 내장을 올려놓고 물을 빼는 소쿠리가 보였다.

요리사들이 김이 나는 웍** 옆으로 손짓을 해서 우리를 어두컴컴한 층계참으로 올려 보냈다. 낸시가 나를 부축하며 계단을 올라가 식당으로 들어갔다. 꼭 배에 있는 식당 같았다. 바이킹 배. 천장은 낮았고 테이블이라고 해야 실용적인 사각형 판때기에 의자는 벤치였다. 신

---

* 발레에서 두 사람이 추는 춤.
** 중국 음식을 요리할 때 쓰는 우묵한 냄비.

문지를 깐 승강장치가 주방에서 위층으로 음식을 실어 날랐다.

"뭔가 재미있는 걸 주문하자."* 내가 말했다.

우리는 그렇게 했다. 싱가포르 스타일 차우마이펀. 5.25달러. 낸시의 친구가 우리를 차이나타운에서도 가장 싸구려 쓰레기장으로 보낸 것이다.

샘위의 음식이 맛이 있었는지, 없었는지, 아니면 어땠는지 기억나지 않는다. 아니, 나는 샘위의 화장실을 사용한 직후 거기서 식사를 했다는 사실 자체를 깨끗이 지워버렸다. 낸시는 정말 지저분하다며 사진까지 찍었다. 환풍기에 눌러붙은 먼지가 하도 두꺼워 그것을 돌돌 말아도 될 정도였다. 비눗물이 떨어지는 흰색 세면대만 때가 묻지 않았다.

"대단한 모험이었어!" 테이블로 돌아가면서 내가 말했다.

우리는 샘위에서의 경험에 대해 틈만 나면 킥킥거렸다. 몇 달 뒤 위생국에서 수많은 소방법과 위생법 위반, 그리고 주방에 떨어진 설치류 배설물을 문제 삼아 식당 문을 닫게 했다는 소식을 듣고도 우리는 전혀 놀라지 않았다.

운전기사 어빙이 우리를 데리러 주방 문 앞으로 왔다. 우리는 해질녘에 골든게이트 다리를 건너다가 사진을 찍으려고 잠시 차에서 내렸다. 결혼하는 신부가 끈 없는 드레스만 입고 바들바들 떨면서 사

---

* '쌀국수'를 뜻하는 fun과 '재미있는'이라는 뜻의 fun으로 하는 말장난.

진을 찍고 있었다.

나는 가벼운 여행이 되도록 이번에는 기내용 가방 하나만 꾸리자고 낸시에게 제안했었다. 낸시는 내 말을 따랐다. 그런데 나는 발까지 내려오는 긴 캐시미어 코트와 여행 날짜보다 더 많은 스웨터를 쑤셔넣은 여행가방 두 개를 끌고 왔다.

약해진 내 팔로는 도저히 무거운 가방을 끌 수가 없어서 낸시가 대신 끌었다. "대체 여기 뭘 넣어 왔어? 피아노라도 들었어?"

"아니. 부츠 두 켤레. 코트 두 벌. 캐시미어 스웨터 여섯 벌."

그래서 우리가 운전기사가 모는 검은색 차 안에서 캐시미어를 입은 채 우아하게 앉아 있는 사이 어느새 차는 히피 본거지인 세바스토폴 타운 광장에 도착했다.

시간이 일러서 시간을 때우느라 차를 세우고 엘런에게 가져갈 독일식 초콜릿케이크와 광장에서 마실 뜨거운 차를 샀다.

그때 그곳에서는 '(도시 이름)을 점령하라'는 주제로 시위가 진행되고 있었다. 사회경제적 불평등에 대한 국제적인 항의 운동으로 전세계 도시에서 진을 치고 하는 시위였다.

거기에서는 '세바스토폴을 점령하라'는 시위가 진행중이었다. 우리는 근처에 앉아 사회운동의 현장을 열중해서 바라보았고, 우리도 조금만 더 젊었다면 참여했을 거라며 아쉬워했다. 우리 자신의 처지를 보고 키득거리면서. 근처 남자들은 우리가 그들을 보고 키득거렸다고 생각했을 것이다.

"이런! 우리가 자본주의 돼지처럼 보이겠다. 가자. 어빙은 어디 있어?"

엘런의 집은 여든다섯 종의 장미가 자라는 더없이 아름다운 정원에 둘러싸여 있었다. 외떨어진 시원한 장소라 산들바람이 집을 통과해 불면서 풍경 소리를 사방으로 퍼뜨렸다. 엘런은 바람이 잘 통하는 방을 내주면서 벽에 걸어둔 가족 퀼트*가 바래지 않도록 낮에는 덧창을 닫아달라고만 부탁했다.

엘런은 아이오와 농장에서 보낸 어린 시절을 그리워했는데, 집안에 수도를 놓은 것은 일곱 살 때, 전기가 들어온 것은 열네 살 때였다고 했다. "목가적인 곳이야." 그녀가 말했다. 집 곳곳에 퀼트 같은 추억의 물건이 있었다.

그녀는 모험을 찾아 농장을 떠났다. 미네소타로 가서 간호사가 되는 공부를 했다. 임신을 하자 버스를 타고 캘리포니아로 옮겨갔고, 다시 대륙을 횡단해 플로리다로 갔다. 나를 입양시킨 뒤 간호사 공부를 계속했고, 그러는 와중에 헤이트애슈베리로 가서 살거나 그 주변에서 서성거렸다. 헤이트애슈베리는 샌프란시스코에서 마약 문화와 사이키델릭 록이 활발했던 지역이다.

엘런은 진짜 히피였지만 "그렇게 취급된 적"은 결코 없었다. 늘

---

* 가족의 추억이나 기념이 될 만한 퀼트. 가족들이 직접 이름, 사진 등을 활용해 만들기도 한다.

직업이 있었다. 한동안 간호학과 학생들에게 정신과 환자를 다루는 법을 교육하다가 지금은 은퇴했다.

낸시가 말한 것처럼 할리우드라도 엘런과 어머니처럼 극과 극인 사람들에 대한 대본은 쓸 수 없을 것이다.

히피와 침례교 신자.

모험심 많은 실험가와 헌신적인 가정주부. 어머니가 마약에 대해 아는 것이 있었을 것 같지는 않다.

어머니는 스테퍼니와 내가 가정주부 이상이 되기를 원했다. 우리가 삶을 선택할 수 있기를 바랐고, 우리를 성공의 길로 몰아붙였다. 우리의 학업을 감독하며 성적이 떨어질 때마다 불안해했다. 전 과목에서 A를 받아오라고 요구했다.

어머니는 우리에게 설거지도 시키지 않았다. "공부가 더 중요해." 어머니가 직접 설거지를 하면서 말했다.

성과는 있었다. 스테퍼니와 나는 고등학교 때 우등생이었고 좋은 대학에 들어갔다.

대학교 1학년 첫 학기―어머니와 처음 떨어져 지낸 시간―에 나는 완전히 제멋대로였다. 첫번째 날에는 밤에 알코올을 넣은 과일 펀치를 잔뜩 마셨고 몇 시간 동안 벌건 물을 게워냈다. 그리고 노스캐롤라이나 대학교 수영선수와 그가 피우는 4피트 길이 물담뱃대에 반했다. 학점은 깡그리 C로 말아먹었다.

두번째 해에는 낸시와 같이 살았다. 낸시는 훌륭한 학생이었다.

과제는 제출일 몇 달 전에 끝냈고 학점은 줄곧 A였다. 낸시는 내게 남학생 사교클럽 파티에 가지 말고 도서관에 가자고 했고 내가 바른 길로 갈 수 있게 도왔다. 낸시의 도움으로 나는 어머니를 떠난 뒤로 가장 좋은 성적을 받았다.

나는 항상 그렇게, 제멋대로 가려는 내 기질을 누르고 고삐를 잡아줄 사람이 필요했다.

엘런은 그렇게 해줄 수 없었을 거라는 사실이 대번에 분명해졌다.

어느 밤 우리는 내가 가져온 입양 서류를 두고 이야기를 나눴다. 엘런이 페이지마다 쓰여 있는 내용을 읽었는데 "이 일에 대한 평가를 받지 않는다, 평가를 받지 않는다"라는 내용을 계속 언급했다. 놀라웠다. 고마웠다. 엘런은 자기가 한 일에 대한 평가가 두려웠던 것이다.

무거운 주제였다. 긴장감이 감돌았다. 감정적이 되었다. 나는 담배를 피우고 싶었지만 다 떨어지고 없었다. 그래서 엘런에게 담배가 있는지 물었다.

"없는데."

분위기를 가볍게 하려고 미즈 파이베타카파가 농담을 했다. "마리화나는요?"

엘런은 생기가 돌았다. "없어. 하지만 친구한테 있어."

엘런이 친구에게 전화를 걸었고, 우리는 차를 타고 마리화나를 가지러 갔다. 나는 값을 지불해야 하는지 물었다. "아니, 괜찮아. 내가 그 친구의 사정을 크게 봐준 게 있거든. 그 친구가 내게 빚을 졌어."

집으로 돌아오자 엘런은 마리화나 용품함을 꺼냈다. 마리화나를 마는 종이. 파이프. 원히트원더* 약간.

"이중에는 내 딸 것도 있어." 엘런이 말했다.

낸시가 '티와 함께 이걸 하는 장면을 상상이나 할 수 있겠어?' 하는 표정으로 나를 흘끗 쳐다보았다.

우리는 마리화나를 피웠다. 웃음이 그칠 줄 몰랐다. 엘런이 구닥다리 코트들을 정리하는 것을 나와 낸시가 도왔다. 그녀가 우리 앞에서 한 벌씩 입어보았고, 우리는 그 옷의 유행이 끝난 시기를 부드럽게 일깨워주었다.

그날 밤 침대에 누워 나는 비로소 깨달았다. 어머니의 강한 손이 지금의 성공한 나를 만들었다는 것을. 일에 대한 윤리의식과 자립적인 태도, 그것이 티가 내게 준 선물이었다.

"있잖아. 엘런이 나를 키우지 않아서 다행이야. 마리화나를 피우는 엄마와 함께 지내는 내가 상상이 되니? 난 아마 유르트** 같은 곳에서 맨발로 해롱해롱 살다가 인생을 끝냈을 거야." 내가 낸시에게 말했다.

'유르트 같은 곳에서 살다가.' 그때 이후로 낸시와 나는 그 표현을

---

* 캘리포니아 남부에서 자라는 효과가 센 마리화나.
** 몽골, 시베리아 유목민이 치는 텐트.

떠올리며 웃곤 한다.

다음날 엘런이 소노마 해안선을 달려 고트록비치로 우리를 데려갔다. 태평양이 내려다보이는 높은 언덕으로. 해안 가까이 거대한 노두露頭가 드러나 있었다. 한때 그곳에 염소가 살아서 그런 이름이 붙었다고 했다.

바위투성이 해안선과 드넓은 해변이 멀리까지 보이는 놀라운 장관이 눈앞에 나타난다. 우리는 풍경이 내려다보이는 곳을 걸었다. 사진도 찍었다.

캘리포니아는 단층선 위에 자리잡아 지구의 텍토닉 플레이트*들이 끊임없이 충돌한다. 그 작용이 이런 바위와 절벽을 밀어올리고 전체 대륙의 형태를 한 번에 1밀리미터씩 바꾼다. 캘리포니아 대학교 버클리 캠퍼스의 축구 경기장도 단층선 바로 위에 자리잡아 그 은밀한 힘의 작용에 의해 지금도 얼마씩 벌어지고 있다. 1922년에 세워진 뒤로 정확히 14인치 벌어졌다.

한때 나는 엘런에게 그녀를 찾은 것이 지진 같았다고 말했다. 충격을 떨쳐내고 균형감을 되찾는 데 시간이 걸릴 거라고.

_____

* tectonic plate. 판상을 이루어 움직이는 지구의 표층.

나는 그날 해롱해롱한 정신으로 깨달음을 얻은 이후 그곳 해안선에서 균형감을 되찾았다. 내 육체와 영혼을 만들어준 활동적인 여자와 나를 키우고 통제하고 형성해준 헌신적인 어머니 사이에서.

　고트록비치를 떠나면서 고속도로를 따라 늘어선 나무들을 바라보았다. 바람에 휩쓸린 사이프러스나무, 그 가지들은 보이지 않는 힘의 채찍질에 의해 모두 한 방향을 가리켰다.

　그 힘은 오늘도 쉬지 않는다. 대륙을 형성한다. 해안선을 형성한다. 인간의 영혼을 형성한다.

앙금 없애기

캘리포니아에서 엘런은 나를 임신한 일에 대해 간단히 설명했다. 잠시 욕망에 빠져 일어난 일이고 그 이상은 아니라고. 그 남자 파노스 켈라리스는 바람둥이여서 그와의 미래를 그릴 수는 없었다고. 그는 고국 키프로스로 돌아가려는 생각이 확고해서 아기를 입양시키는 것이 유일한 출구였다고.

엘런은 어떻게 임신 기간을 담담히 버텼는지 말해주었다. 어떻게 가족에게 털어놓지 않을 수 있었는지도. 도망치듯 플로리다로 갔고 환자가 깨어나 그녀에게 아기 안부를 묻는 것을 피하려고 수술 간호사로 일했다는 말까지.

나를 출산할 때 병원에서 그녀를 마취시켰기 때문에 나를 낳은 기억도 없다고 했다. 그녀는 입양기관 직원들의 충고를 어기고 영아실에 있는 아기를 보겠다고—나를 보겠다고—했지만 자신이 어떤 감정적 반응도 일으키지 않으리라는 것을 알았다고 했다.

역시 그녀는 아무 감정을 느끼지 않았다.

와, 정말 냉정하다! 그 이야기를 처음 들었을 때는 그렇게 생각했다.

와, 정말 강하다! 지금은 이런 생각이 든다.

엘런은 자신이 간호사였으니 낙태에 대해 알았고 수술을 해줄 동료도 있었을 거라는 사실을 인정했다. 사실 그녀는 이후 계획에 없었던 두번째 임신 때는 낙태수술을 받았다. "그때 내가 왜 그 방법을 아예 고려하지 않았는지 모르겠어." 그녀가 말했다.

나는 엘런에게 그녀의 결정을 이해한다고 말했다.

아기를 낳은 것.

나를 버린 것.

만약 내가 조금도 연관성이 없는 남자의 아기를 가져 내가 알지도 못하고 살고 싶지도 않은 장소로 옮겨가 살아야 했다면…… 가령 노스다코타에 있는 교통신호가 하나뿐인 농장 마을에 가서 살아야 했다면…… 글쎄, 나라도 가지 않았을 것이다.

나라도 똑같은 방법을 고려할 수 있다는 말이다.

생각해보면 그렇다. 하지만 엘런은 나라면 하지 않았을 한 가지를 했다. 생부에게 알리지 않은 것이다.

파노스는 자신에게 딸이 있다는 사실을 까맣게 몰랐다.

나라면 아버지가 될 사람에게 말했을 것이다. 그것이 아버지와 아이에게 공평하다고 여겼을 테니까. 나를 키워준 훌륭한 두 분이 내게 양심에 대한 깊은 인식을 가르쳤으니까. 내 어머니와 내 아버지가.

아버지는 여러 해 동안 탁아시설에서 자원봉사자로 일하며 에이즈에 걸린 아기들을 돌보았다. 아버지가 다니는 제약회사의 약품을 기부했고 수요일 저녁마다 그리로 가서 아기들을 보듬고 흔들어주었다. 아버지는 에티오피아에서 이 년 동안 살면서 선교 활동을 했다. 아이들과 함께 예수그리스도의 이야기를 나누려고 재봉틀로 꼭두각시 인형 팔백 개를 만들어 꼭두각시 인형 선교를 하기도 했다.

병에 걸린 뒤로 나는 아버지의 따뜻함을 느끼지 못해 속상했다. 아버지는 훌륭한 사람이고 자상한 성격이지만 내 ALS에 대해서는 한마디도 언급하지 않았다. 내가 최근에 호스피스에 등록했다고 말하자 아버지는 그저 "그랬니"라고 말한 뒤 금세 화제를 바꾸었다.

아버지의 마음이 아프다는 건 안다. 내가 듣고 있지 않다고 생각한 아버지가 이렇게 말하는 것을 들은 적이 있다. "난 울지 않아. 한번 울면 멈출 수 없을 테니까."

나는 속으로 그 말을 되새기며 생각했다. 아버지가 그 말을 왜 내게 직접 할 수 없었는지.

아버지의 행동은 훨씬 많은 것을 말해준다.

우리의 모든 행동이 우리가 아는 것보다 더 많은 것을 말해준다.

문득 아버지가 내게는 한마디도 안 했지만 내가 쓴 특집기사 열 편을 줄줄 읊었던 사실이 떠올랐다. 십 년, 십오 년이 지났을 때에도 아버지는 그 제목을 기억하고 있었다. 세세한 내용까지 알고 있었다. 아버지는 내가 정보를 어떻게 모았는지에 대해 말했다. 내가 어떤 방법을 사용했는지까지 기억했다.

나는 이 마지막 해에 부모님과 나 사이에 존재하는 앙금을 없애고 싶었다. 생부모를 만나게 되면서 생긴 골을 치유하고 싶었다. 그 일 때문에 부모님에 대한 내 사랑이 줄어들지 않았음을 알리고 싶었다.

이제는 그런 순간은 오지 않을 것임을 안다. 우리는 이야기를 통해서는 이해의 길로 나아가지 못할 것이다. 부모님의 천성은 그렇지 않다.

그리고 ALS가 날마다 일깨워주는 것은 천성은 어찌할 수 없다는 사실이다.

나는 차라리 작은 것들을 보듬어 안는다. 내 병과 책의 출간 소식이 담긴 기사가 신문에 실린 뒤 내 부모님과 이야기를 나누었던 친구가 전해준 말 같은 것.

기사에 친구의 이름이 언급되었기 때문에 어머니는 그 친구에게 기사가 실린 신문을 챙겨주었다. 어머니의 캐비닛 안에는 그 신문 열다섯 부가 반듯하게 놓여 있었다.

"어머니한테 갖다드려." 어머니가 그에게 한 부를 건네며 말했다.

아무에게나 주지 말고, 네 어머니에게.

어머니는 당신을 사랑하는 사람이니까. 당신을 한결같이 사랑하는 사람. 그런 감정을 서랍 속에 넣고 잠가두었더라도 당신을 자랑스러워하는 사람.

　나는 그 한 해 동안 사랑하는 사람들과 많은 여행을 떠났다. 하지만 어머니와의 여행은 생각조차 해보지 않았다.

　오히려 캘리포니아로 3000마일을 날아가, 줄곧 멀찍이 떨어져 지냈던 생모와 평화로운 시간을 보냈다.

크리스마스

12월~1월

December

January

다 같이

11월에, 캘리포니아와 유콘에서 돌아온 뒤 나는 〈팜비치 포스트〉
의 직장 상사에게 이메일을 보냈다. 그 내용의 일부다.

신문사와 제가 사랑하는 일을 떠나 [병가를 낸 지] 세 달째입니다.
날마다 출근해서 민주주의를 성장시키고 모두가 꺼리는 이야기
를 캐내고 신뢰 속에서 사실을 전달한 것, 그리고 네, 우리의 독자를
즐겁게 해준 것은 특권이었습니다. 누가 제게 묻습니다. "누가 당신
을 보냈어요?" 그러면 기꺼이 대답합니다. "글쎄요, 토머스 제퍼슨
이 보냈다고 해둘까요." 저는 진심으로 신문사와 더불어 발전하고
싶었고, 신문사를 우리 지역사회의 중심적인 힘으로 만들고 싶었습
니다……

〔하지만 지금은〕 하루가 다르게 건강이 나빠집니다. 발음은 시원 찮고 손은 약해져서 글자판을 빨리 두드릴 수도 없고…… 종종거리 며 돌아다닐 수도 없고, 웹사이트에 신속하게 글을 올릴 수도 없습 니다. 저를 모르는 사람과 대화할 때는 늘 취한 것이 아닌지 의심을 받습니다. 이 말씀을 드리는 것은 이제 저는 법정 관련 특종 부문에 서 신문사가 필요로 하는 튼튼하고 재빠른 말 같은 사람이 될 수 없 음을 알려드리기 위해서입니다. 그러므로 저는 사직서를 제출합니 다. 눈물을 머금고 이 마지막 말을 씁니다.

친절하게도 〈팜비치 포스트〉는 내게 프리랜서로 무슨 글이든 써 보라고 제안했다. 나는 개인적인 이야기를 쓰고 싶다고 했다. 병에 걸려도 삶을 보듬는 방법을 배우는 이야기를 쓰고 싶었다.

글을 쓰는 것은 내가 목적과 기쁨이 있는 삶의 일부로서 줄곧 계 획하고 있던 것이었다. 그러던 차에 어머니가 앓아누웠고 삶은 나를 가만두지 않았다. 하지만 공식적으로 일을 그만두고 어머니의 병세 가 호전되자 나는 자유시간을 만끽하고 계획을 실행하며 크리스마 스 시즌을 보낼 수 있었다. ALS에 걸린 채 살아가는 것에 대해 쓸 것 이다. 이번 크리스마스를 기억에 남는 크리스마스로 만들 것이다.

예전에는 휴가 날짜가 전혀 남지 않아 크리스마스에도 종종 일만 하곤 했다. 바쁜 일정 때문에 이따금 남편과 나는 차고에 큰 통으로 쟁여놓은 크리스마스 장식도 꺼내지 않기로 결정했었다.

오히려 작은 트리를 사서 아이들과 팝콘 화환을 만들고 색종이 사슬 띠를 만들었다.

올해 나는 온 힘을 쏟아부었다. 나흘 동안 아이들과 크리스마스 장식을 보관한 통들을 천천히 살펴보며 수백 개의 장식물을 열어보고 베스 이모가 여러 해에 걸쳐 하나씩 준 크리스마스 마을 전체를 다 꺼냈다.

우리는 빨간색 글자 블록을 선반에 늘어세워 'R-E-J-O-I-C-E기뻐하다'와 'P-E-A-C-E평화'라는 글자를 만들었다. 아이들이 손수 만든 크리스마스 장식을 걸었고 산타란 산타는 모조리, 내 괴짜 사촌 모나가 준 산타 변기 시트까지 꺼냈다. 머리나가 내 어설픈 손을 대신하며 큰 도움을 주었다.

나는 선물을 한아름 안기는 것은 바람직하지 않다고 생각하기 때문에 아이들에게 멋진 선물을 하나씩 해준다. 올해는 각각 노트북을 한 대씩 사주었다. 머리나는 친척들이나 친구들에게 주는 선물뿐 아니라 자기들이 받을 노트북까지 포장했다.

존과 나 자신에게 주는 선물로는 내 생명보험금으로 받은 돈을 들고 둘이 함께 은행에 가서 주택담보대출금을 청산했다. 존은 그 돈을 투자하고 싶어했지만 나는 가족에게 빚을 남기지 않겠다고 고집했다. 어떤 일이 있어도 자식들이 집을 잃는 일은 없기를 바랐다.

은행에서 돌아왔더니 집이 난장판이 되어 있었다. 머리나가 크리스마스 글자 블록을 'P-E-N-I-S'로 바꾸어놓은 것이다.

대체로 아이들은 짓궂은 장난을 잘했다. 4월 만우절에 아이들이 한 장난을 생각하면 지금도 웃음이 난다. 평소처럼 일거리를 잔뜩 들고 아마도 편집자와 전화로 조잘거리면서 집으로 서둘러 돌아왔을 때였다.

"초콜릿 드세요!" 머리나가 초콜릿을 내 입안에 쏙 넣어주며 말했다. 내가 깨물었다. 초콜릿을 입힌 무였다.

"우웩!" 나는 그것을 주방 개수대에 뱉었다.

그리고 입안을 헹구려고 수도 손잡이를 들어올렸다. 머리나와 오브리가 손잡이를 스프레이 쪽으로 돌려놓고 테이프를 붙여 고정시켜놓았다. 물이 내 얼굴로 곧장 튀었고 나는 흠뻑 젖었다.

"하하핫." 나는 키득거리는 아이들을 보며 거짓으로 웃어주었다.

그리고 욕실로 갔다. 아이들이 쫓아오려고 했지만 문을 닫고 변기 시트에 앉았다. 변기에마저 쿠킹 스프레이가 뿌려져 있었다.

"히히히." 문밖에서 아이들이 키득거렸다.

"혼날 줄 알아!" 내가 웃으며 말했다.

나는 구두를 벗어던지고 편안한 가죽 플립플롭을 신었다. 그 안에도 마시멜로 크림이 발라져 있었다.

네 개의 장난을 차례로 당한 것이다.

"누구든 흠씬 두들겨 맞을 거야." 내가 키득거리는 녀석들에게 말했지만 그 말 때문에 우리는 더욱 신나게 웃었다.

하지만 이번 크리스마스 장난은 그리 독창적이지 않았는데 'P-E-

N-I-S' 블록만 그런 건 아니었다. 존과 내가 재정적으로 중요한 일을 해결하고 들뜬 마음으로 문을 열었을 때 거실이 온통 하얀 가루 천지였다. 그야말로 사방에 하얀 가루를 뿌려놓았다. 카펫에도, 가구에도, 벽에도, 책에도.

크리스마스 분위기에 흠뻑 빠진 머리나가 트리에 밀가루와 소금 섞은 것을 뿌리려고 했던 것이다. 그러면 눈처럼 보일 거라고 생각해서.

"인터넷에서 읽었어요!" 우리가 빤히 쳐다보자 머리나가 말했다. 잠시 침묵. "제대로 안 됐지만요."

존은 지금이야 껄껄 웃지만 그때는 화가 머리끝까지 치솟았다. 가루를 청소기로 빨아들이려고 트리를 밖으로 가지고 나가면서 욕설을 내뱉었다.

그 가루를 치우는 것은 꼬박 하루가 걸리는 일이라 일 년 전이었다면 나도 욕을 했을 것이다. 하지만 죽을병에 걸리면 사람이 달라진다.

혹은 우리의 진짜 모습이 드러난다.

나는 그 밀가루 재앙을 웃어넘겼다.

그런 것쯤이야. 크리스마스는 이런 난장판이 벌어져도 함께 있는 시간인 것이다.

어머니가 아직 입원중이라 나는 병실에도 작은 트리를 가져갔다. 아버지는 병원에서 벽에 뭔가 붙이는 것을 좋아하지 않는다며 말렸지만 스테퍼니와 나는 어머니가 받은 회복 기원 카드나 크리스마스

카드 수백 장으로 어머니의 공간을 장식했다. 우리는 어머니에게 태블릿 컴퓨터를 사주면서 끝나지 않을 것 같던 입원 기간 동안 어머니가 책에 흥미를 가지도록 아버지가 도와주기를 바랐다. 하지만 실패로 돌아갔다.

크리스마스 아침 〈팜비치 포스트〉에 ALS에 대한 내 글이 실렸다. 낸시와 다녀온 유콘 여행에 관해 쓴 글이었는데, '북극광 속에서, 평생지기 두 친구가 생애 한 번뿐인 모험을 떠나다'라는 제목이었다.

나는 낸시에게 선물로 주려고 그 글을 전문적인 업체에 맡겨 표구했다. 낸시는 황홀한 녹색 오로라가 담긴 벽걸이 장식품을 내게 주었다. 나는 당장에 그것을 거실 벽 한복판에 걸었다.

작년에 존의 직장 동료가 우리에게 크리스마스 노래가 담긴 CD를 선물했다. 내 왼팔의 상태는 점점 나빠지고 있었지만 그해에 존과 나는 크리스마스 음악에 맞추어 천천히 춤을 추었다. 긴장을 풀고 메링게 음악에 몸을 맡겼다. 높이 울려퍼지는 안드레아 보첼리의 〈어서가 경배하세〉를 음미하며 느리게 움직였다.

그리고 찰스 디킨스의 『크리스마스캐럴』에 나온 것처럼 크리스마스에 거위 요리를 한다는 오랜 소망을 이루었다. 존과 나는 하루종일 곁들여 먹을 요리와 귤껍질 소스를 준비한 뒤 거위고기를 구웠다.

올해 나는 춤을 출 수 있는 근육도, 저며썰기나 깍둑썰기를 하거나 뜨거운 팬을 움직일 힘도 없었다.

그래서 크리스마스이브에 〈팜비치 포스트〉 동료였던 잰 노리스가 크리스마스 음식을 모조리 준비해 가져왔다. 몇 달 뒤 깨달은 사실이지만 잰은 천사의 심장을 가졌다. 그리고 보너스로! 잰은 예전에 〈팜비치 포스트〉의 푸드 에디터였다.

그녀는 애피타이저로 베이컨에 싼 대추야자를 만들었고, 전통적인 크리스마스 칠면조 요리와 온갖 종류의 디저트에 이르기까지 그야말로 모든 것을 푸짐하게 준비해 왔다. 거위 요리도 우리가 맛있게 먹은 크리스마스 요리 중 하나였지만, 내게는 잰이 우리에게 마련해준 음식에 비하면 한참 떨어지는 2위다. 게다가 잰은 한 해의 가장 특별한 저녁에 돌봐야 할 자신의 가족도 있었다.

우리는 고요한 크리스마스 오후에 그 음식을 먹었고 아이들은 찢어진 포장지는 내팽개쳐둔 채 새 노트북을 가지고 노느라 정신이 없었다. 웨슬리가 박스나 포장지보다 선물을 더 좋아한 것은 이때가 처음이었을 것이다.

크리스마스를 기념하지 않는 친구들이 많아서 나는 크리스마스카드를 보내지 않는다. 그 대신 새해 카드를 보내 우리 모두가 함께하는 새로운 시작을 축하한다. 2010년 카드에 쓴 메시지는 우리의 우정을 다지고 더 건강하게 살자는 내용이었다.

올해에는 받아들임에 대해 썼다. 카드에는 여름에 찍은 우리 가족 사진을 넣었는데, 우리집 개 그레이시가 존 옆에 앉았고 웨슬리는 피글렛 인형을 들었다. 내 볼이 쪼그라들고 몸이 시들어 내가 더는 나로 보이지 않게 되기 전에 가족사진을 찍는 것이 내 버킷리스트 중 하나였다. 존의 어깨에 올린 내 왼손만이 ALS의 표시를 뚜렷이 보여주었다.

뒷면에는 칼릴 지브란의 『예언자』에 나온 문장을 인용했다.

그 여인이 말했다. 기쁨과 슬픔에 대해 말씀해주십시오. 그러자 그가 대답했다.

당신의 기쁨은 가면을 벗은 당신의 슬픔입니다.

당신의 웃음이 샘솟는 그 우물은 종종 당신의 눈물로 채워졌습니다.

그것이 다른 무엇일 수 있을까요?

더 깊은 슬픔이 당신을 파고들면 당신은 더 많은 기쁨을 담을 수 있습니다.

당신의 와인을 담는 잔이 옹기장이의 가마에서 구워진 바로 그 잔이 아닙니까?

당신의 영혼을 달래주는 류트가 칼로 속을 파낸 바로 그 나무가 아닙니까?

당신이 기쁨을 느낄 때 가슴속을 깊이 들여다보면 당신에게 슬픔을 준 그것이 당신에게 기쁨을 준 그것과 같은 것임을 알게 될 것입니다.

말하지 않아도 그것은 내가 내 병을 받아들인다는 뜻이었다. 내가 열심히 살아낸 그 한 해에 대한 증언이었다.

"아름다운 글이구나. 하지만 잘 모르겠어. 무슨 뜻이니?" 한 친구
가 물었다.

"힘을 얻으려면 영혼을 살펴봐야 한다는 뜻이야." 내가 대답했다.

파티

1월 초 〈팜비치 포스트〉 동료들이 송별파티를 해주었다. 8월에 병가를 냈을 때 누구에게도 이유를 말하지 않았다. 심지어 동료들에게도 떠난다는 말을 하지 않았다. 사람들 모르게 책상을 치우려고 사무실이 거의 텅 빈 어느 토요일에 회사로 갔다.

마음이 찢어질 듯 아팠다. 결국 모든 것을 원래 자리에 그대로 두고 왔다. 상장들은 서랍 속에, 갈색 스웨터는 의자 등받이에, 천체 지도와 내 아이들의 그림은 커다란 코르크판에.

다섯 달 뒤 옛 동료들을 다시 보자 마음이 아팠지만 그때만큼은 아니었다. 우리는 기자인 제인 머스그레이브의 집에서 모였다. 나는 먹고 말하는 것을 동시에 할 수 없어서 대화를 선택했다. 우리는 연로한 퇴역군인들이 전쟁을 추억하듯 〈팜비치 포스트〉에서 보낸 우리의 시간들을 이야기했다. 힘든 나날이었지만, 우리 삶에서 최고였던 시간들을.

십 년쯤 전에 총을 든 강도를 만났을 때가 생각났다. 이 분 동안 십대 흑인 세 명과 대치했다. 나는 베테랑 범죄 전문 기자로서 용모를 뜯어보고 특징을 잡아내는 방법을 알고 있었다. 하지만 삼십 분뒤 용의자 사진을 봤는데 단 한 명도 집어낼 수 없었다. 결백한 사람을 지목하지 않을 자신이 없었다.

그 사건 이후 곰곰이 생각해보았다. 그리고 목격자의 잘못된 범인 식별이 잘못된 유죄판결의 가장 큰 원인이라는 사실을 깨달았다. DNA검사 이후 무죄로 판명된 수감자의 75퍼센트 가량이 목격자의 잘못된 범인 식별 때문이었다.

2006년에 나는 범인 식별에 대한 기사를 쓰기 시작했다. 단 한 명의 목격자에 의해 길거리 총기 난사의 범인으로 지목되어 사십삼 년형을 선고 받은 남자에 대해 장문의 기사를 썼다. 비슈누 퍼사드는 처음 묘사된 범인과 인종도 달랐고 알리바이도 있었다. 총격 사건이 일어났을 때 그는 맞은편에서 화학 스터디를 하고 있었다.

오 년을 복역했을 때 판결이 뒤집혔다.

나는 술집에서 싸움을 벌여 2급 살인으로 체포된 남자에 대한 사건도 조사했다. 그에게는 술집이 아수라장으로 변했을 때 조지아에서 사냥을 하고 있었다는 명백한 증거가 있었다.

또다른 사건에서는 훌리오 고메스라는 남자가 다섯 카운티만큼 떨어진 거리에 살았음에도 불구하고 살인 혐의로 재판을 기다리며 다섯 달 동안 수감되어 있었다. 그는 진짜 살인범 훌리오 고메스와 동명이인이었고 진범처럼 생기지도 않았다. 하지만 어느 목격자가 일렬로 늘어놓은 사진들 중에서 그를 골라 사진 밑에 서명을 했다. "그 살인 사건에서 제가 목격한 훌리오는 바로 이 사람이에요."

나는 지역 형사변호사 세 명에 대한 기사도 썼는데, 그들 모두 흑인이었고 재판 당시 목격자들에 의해 범인으로 잘못 지목되었다. 각각의 재판에서 목격자들은 범인을 식별해달라는 요구에 변호사의 의뢰인이 아니라 변호사를 지목했다. 재판 결과에 따라 범인들은 교도소에서 아주 오랜 형기를 채워야 할 수도 있었다.

한 변호사는 그런 식으로 두 개의 재판에서 범인으로 지목되었다.

내 목적은 피해자들을 폄하하려는 것이 아니다. 사건 이후에도 오랜 고통의 나날을 보내야 하는 그들을 나는 안타깝게 생각한다. 그들은 비난의 대상이 아니다. 공정함을 위하여 행동하고 좀처럼 실수를 하지 않는 경찰이나 검사도 비난의 대상이 아니다.

하지만 '좀처럼'이 '절대'는 아니다. 제도에는 허점이 있다. 오해를 받았던 한 변호사가 말하기를, 이 세상에서 가장 좋은 제도라도 변화를 이루는 데는 "게으를" 수 있다.

플로리다는 그 부분에서 최악에 속한다. 십 년 전 사법부는 범인 식별 착오를 줄이는 방법에 대한 권고사항을 전국에 전달했다. 증거가 되는 목격자의 기억은 지문처럼 신중하게 채취해야 함에도 불구하고 내가 사는 팜비치 카운티는 물론이고 많은 카운티의 경찰이 그 권고사항을 채택하지 않았다.

목격자의 범인 식별에 대한 내 기사가 마침내 2011년 1월에 발행된 신문의 1면 기사로 실렸다. 내가 ALS에 걸린 것을 인정하기 몇 주 전이었다. 나는 법 집행 기관 서른두 곳의 정책을 꼼꼼히 읽었다. 그중 단 세 곳만이 공정한 사진 배열 방법, 목격자가 숙지할 사항, 식별 내용의 기록에 대한 바람직한 실무 절차를 마련하고 있었다.

한 달 만에 주州 전문위원단의 권고에 따라 팜비치 보안관사무소가 목격자의 범인 식별에 대한 정책을 바꾸는 중이라고 공표했다. 일년 뒤에는 그 정책의 대부분이 주 법률에 포함되었다.

"네가 해냈어. 네가 제도를 더 좋게 바꾼 거야." 얼마 전 낸시가 말했다.

나는 생각이 다르다. 내가 제도를 바꾼 게 아니다. 진지한 법 집행 전문가들이 바꾸었다. 하지만 내가 문제를 부각시켜 논의를 끌어냈고 그로 인해 변화가 일어났다. 저널리즘의 존재 목적이 달리 무엇이 겠는가?

파티에서 동료들이 그런 기사 두 편을 액자에 넣어 내게 주었다. 베테랑 기자인 제인 스미스가 예전에는 장기 근속한 직원들이 은퇴할 때 신문사에서 롤렉스 시계를 주었다고 했다. 지금은 아니었다.

그래서 동료들이 돈을 모아 내게 선물을 사주었다. 최신 32기가 아이패드에 지난날 롤렉스 금시계에 그랬던 것처럼 이 말을 새겨서.

'수전 스펜서-웬델에게 드립니다. 현재와 과거의 신문사 동료들이.'

돈이 많이 걷혔다며 아이튠즈 카드도 사주었다.

"〈멋진 인생〉끝부분의 조지 베일리가 된 기분이었어요."제인 스미스가 카드에 쓴 말인데, 제임스 스튜어트가 맡은 배역인 조지 베일리에게 사람들이 계속 돈을 주는 장면을 말한 것이다. 제인은 동료들이 계속 돈을 내자 결국 그만 받겠다는 말을 해야 했다.

"수전. 당신이 많은 사람들의 마음을 감동시켰기touch 때문에 선물로 터치스크린 아이패드를 샀어요!"그녀는 카드에 이렇게 썼다.

몇 달 동안 그 아이패드는 한결같은 내 친구였다. 12월에, 낸시와 함께한 유콘 여행에 대한 글을 쓰면서 나는 일반적인 키보드를 쓸 수 없게 되었다. 글자 사이의 간격이 너무 멀어 누르기가 어려웠다.

하지만 아이패드 터치스크린으로는 새가 모이를 쪼듯 자판을 찾아 누를 수 있었다. 나는 다시 글을 쓸 수 있었다.

종이 책을 들 수는 없었지만 책도 다시 읽을 수 있게 되었다. 나는 몹시 흥분해서 본디지* 장면을 죄다 읽어치우겠다고 생각하면서 『그레이의 50가지 그림자』 3부작 전권을 당장 다운로드 받았다. 하지만 유치한 오르가슴 묘사를 자꾸 읽자니 금세 싫증이 났다.

아, 뭐, 세부적인 묘사도 종종 실망스러웠다. 그저 웃지요.

하지만 우정은 그런 일이 드물다.

---

* 몸을 묶어놓고 하는 성행위.

내게 주는 선물

파티가 끝난 뒤, 아이들이 학교에서 돌아오고 남편이 퇴근을 하자 나는 나 자신에게 또다른 선물을 주기로 했다. 필요해서라기보다 원해서 주는 선물, 바로 영구화장이었다.

나는 패션을 좋아한다. 언제나 그랬고 앞으로도 그럴 것이다. 미인선발대회에 뽑힐 얼굴은 절대 아니지만 얼굴의 조화로움에 대해서는 늘 자부심이 있었다. 일할 때 입기에 너무 붙거나 너무 짧지 않은, 몸에 잘 맞는 검은색 드레스. 발가락을 덮는 검은색 4인치 하이힐, 굽은 '스트립댄서의 구두가 아니'라는 것을 표시하는 두꺼운 굽으로.

아, 하이힐. 정말 사랑한다. 어른이 된 뒤로 날마다 신었고, 심지어 임신 9개월 때도 신었다. 건막류가 있어도 신었다. 하지만 내 다리는 아주 약해졌다. 하이힐은 이제 끝이다.

화장만큼은 그렇게 내버려두지 않을 것이다.

화장은 내 친구였다. 작은 눈을 또렷하게 해주고, 광대뼈를 도드라져 보이게 만들어주고, 식도로 통하는 문에 불과했던 입을 키스하고 싶은 입술로 바꿔주었다.

화장은 정교한 밀리미터의 예술이다. 눈 주변의 가는 주름을 지우고, 아이섀도는—이따금 세 가지 색으로—눈꺼풀과 눈썹 밑에 바른다. 눈썹 뼈에는 반짝거리는 흰색 점을 찍어 눈을 더 커 보이게 하고 빛나는 느낌을 준다.

많은 여자들처럼 나 또한 내 얼굴에 잘 맞는 화장법을 찾으려고 돈을 제법 들였다. 내가 좋아하는 립스틱 색깔은 레이진레이지Raisin Rage, 자연스러우면서도 멋진 자두 색깔이다. 날마다 그 색깔을 발랐다.

작은 눈이 또렷해 보이게 아이라인을 그렸는데, 중심에 너무 가깝게 그리면 두 눈이 붙어 보이므로 조심했다.

속눈썹에는 마스카라를 여러 번 덧칠했다. 마스카라도 세 가지 색상이 있다. 짙은 검은색, 검은색, 갈색이 도는 검은색. 각각의 색깔에 해당하는 워터프루프 마스카라까지 구비해두었다.

나는 약해진 손으로도 화장을 했다. 손가락이 곱았지만 이로 깨물어서 화장품 튜브를 열었다. 내 매직 튜브들은 죄다 옆에 깨문 자국이 있다.

결국은 뚜껑 닫기를 포기했다. 다시 열기가 너무 힘들어서였다. 덧바를 때를 대비해 차의 콘솔에 뚜껑이 열린 레이진레이지 립스틱 튜브를 놓고 돌아다녔다. 더워지기 전까지는 괜찮았다. 곧 립스틱이 녹아 자두색이 여기저기 묻어 엉망진창이 되었다.

손이 몹시 떨려 아이라인도 그릴 수 없었다. 마스카라 봉도 흔들려 갈색이 도는 검은색은 속눈썹보다 눈꺼풀에 더 많이 묻었다.

실패는 선택의 문제가 아니었다. 화장하지 않은 나도 선택의 문제가 아니었다.

허영, 그대의 이름은 수전일지니.

그러므로 나는 주장한다. 외모에 신경쓴다고 천박한 사람이 되지는 않는다. 자신감은 자기 존중의 엔진과 같다. 지금껏 작은 것에 소홀해서 중요한 것을 이룬 적은 없었다.

게다가 화장을 하지 않으면 나는 십 년 동안 잠을 못 잔 사람처럼 보였다.

존이 내게 화장을 해준다? 꿈도 꾸지 못할 일이다.

그래서 나는 내게 늦은 크리스마스 선물을 주기로 했다. 영구화장. 돌려 말하면 얼굴 문신. 그렇다. 나는 그 정도로 허영심이 강하다. 눈 주위와 입술에 잉크를 주입하려면 바늘을 찔러넣어야 한다는 사실은 두 번도 생각하지 않았다.

당장에 구글에서 검색을 했다. '화장을 한 채 깨어나세요'라는 광고가 내 작은 눈을 사로잡았다. 리사는 자격증을 소지한 국소착색 전문가였다. 그래, 여기가 진짜다. 리사는 성형외과에서 근무했는데, 거기서는 유방절제술 후 얻은 새 젖가슴에 젖꽃판을 새겨주거나 사고 희생자의 얼굴에 눈썹 문신을 해준다.

게다가 그녀는 나처럼 장애가 있는 사람들을 대상으로 일해왔다.

나는 전화를 걸었다. 리사가 당장에 대답을 했는데 그 말이 내게 확신을 주었다. "저는 이상한 문신은 하지 않아요. 그러면 더 안 좋게 보이니까요." 여자들이 이따금 얼굴에 애교점을 문신해달라고 하면 그녀는 그 점이 나중에 희미해져 지저분해 보인다며 거절했다.

리사는 눈썹, 눈, 입술에 문신을 하는 것이 좋겠다고 했다. 나는 그 세 가지를 전부 하겠다고 했다.

"맙소사, 진심이야?" 나처럼 화장 전문가인 스테퍼니가 말했다.

"영구적인 거야. 게다가 아플걸."

"내겐 유일한 선택이야."

고통은 문제되지 않았다. 나는 고통을 아주 잘 참는다. 임신했을 때 하이힐을 신은 사람이 바로 나였다. 심지어 여자들이 선택할 수 있는 가장 고통스러운 미용 관리에도 나를 내맡겼다. 바로 브라질리언 왁싱. 털을 뜯어내는 그 공포의 쇼를 벌인 내게 고통은 문제될 것이 없었다.

"그렇다면 내가 꼭 따라가야겠어. 도구가 깨끗한지, 널 광대로 만들어놓는 건 아닌지 지켜보러." 스테퍼니가 말했다.

얼굴 문신을 하는 데는 몇 시간이 걸린다. 예컨대 눈썹은 고성능 확대경으로 보면서 한 번에 한 올씩 그린다. 입술은 바늘로 수백 번을 찌르는데, 한 번 찌를 때마다 피부에 색소가 한 점씩 스며든다.

오, 그렇다면 무슨 색깔로? 그것이 가장 힘든 부분이었다.

리사는 내 입술에 어울릴 거라고 생각한 색깔을 미리 만들어놓았다. 내 입술에 그 색깔을 조금 발라보았다. 꼭 오렌지색 바셀린처럼 보였다.

"그렇게 오렌지색으로 보이지는 않을 거예요." 리사가 말했다. 영구화장용 잉크는 피부에 스며들면 아주 달라 보인다며 리사가 나를 안심시켰다.

"절대 안 돼요. 오렌지색은 싫어요!" 내가 말했다.

리사가 빨간색을 발라주었다. 나는 빨간색을 좋아하지만 밤에만 좋았다. 나는 리사에게 레이진레이지 색깔을 만들어달라고 부탁했다. 그녀가 여러 색깔을 섞어 자두색을 만들었고, 나는 그제야 색깔이 마음에 들었다. 아이라인과 눈썹에는 갈색을 골랐다.

리사가 내 눈썹을 뽑고 내가 원하는 형태를 그려주었다.

이렇게 좋을 수가! 나는 행복했다. 마침내 아치 모양 눈썹을 갖게 된 것이다! 평생 내 눈썹은 꼬챙이 같은 직선이었다.

리사가 크림을 발라 그 부분을 마취시켰다. 그리고 바늘을 작동시켰다.

지지직…… 지지직…… 지지직, 색소가 주입될 때마다 소리가 났다.

처음 십 분 동안은 숨을 참았다. 스테퍼니는 바늘이 들어가는 것을 지켜보았다. 갈색 눈썹은 자주색으로 보였다. 스테퍼니가 그것이 정상인지 물었다.

"네. 걱정하지 마세요." 리사가 말했다.

한쪽 눈썹에 한 시간씩 지지직 지지직 바늘을 찔러넣었다.

리사가 내 앞에 거울을 들었다. 눈썹이 붓고 피가 맺힌 것 같았지만 그것만 빼면 괜찮았다.

다음은 눈. 촘촘한 속눈썹 부위에 지지직 선을 그리자 눈매가 또렷해졌다.

"나라면 진정제가 필요하겠어." 스테퍼니가 말했다.

움찔거릴 수도 없었다. 바늘이 눈 아주 가까이에 있어서 털끝 하나 움직일 수 없었다. 나는 돌처럼 가만히 누워 있었고 깊은 고요가 나를 찾아왔다.

참선하는 마음으로, 수전.

우리는 눈 바깥쪽 꼬리를 아주 조금 빼서 올려 그리기로 했다. 맨 끝에 두꺼운 속눈썹이 하나 더 있는 것처럼. 눈을 더 크고 또렷하게 만들어주는 화장의 기술.

입술이 마지막이었다. 리사는 입술이 가장 아플 거라고 경고하면서 마취 크림을 잔뜩 발랐다.

나는 윤곽만이 아니라 입술 전체에 문신을 하고 싶었다. 립스틱은 다 지워지고 입술선만 남은 화장은 늘 우스꽝스럽게 보였다.

리사가 지지직 지지직 바늘을 찌르기 시작했다. 나는 움찔했다.

입술은 예민했다. 그렇지 않으면 키스가 왜 황홀하겠는가?

윗입술 중앙에 살짝 들어간 곳을 큐피드의 활이라고 부른다. 리사가 작업하는 동안 큐피드의 활이 나를 찌르는 것 같았다. 내 예민한 피부를 벗어던지고 달아나고 싶었다.

나는 심호흡을 하며 가장 완벽했던 키스를 떠올렸다. 열정이 가득했던, 하지만 지나치게 격렬하지는 않았던 첫키스. 꼭 알맞은 크기의 입술로 내 모든 밀리미터의 감각을 건드리던 키스. 혀끝으로 내 입술 윤곽을 부드럽게 핥아주던 키스.

나는 아주 오래전 그날 밤 그 키스에 대해 생각하고 또 생각했다.

그제야 입술이 끝났다.

거울을 보니 붓고 피가 맺혀 있었다.

"몇 주 뒤면 달라질 거예요." 리사가 스무번째로 강조했다. "진짜 색깔은 피부가 한 꺼풀 벗겨져야 나타나요."

그녀는 피부가 벗겨질 때 문신이 파랗게 보이는 시기, 색깔이 완전히 없어지는 시기, 아물면서 눈썹이 유난히 크고 검어 보이는 시기 등 무엇이 언제 어떻게 되는지에 대해 써놓은 종이를 주었다.

"걱정하지 마세요. 예쁘게 나올 거예요!" 그녀가 말했다.

스테퍼니와 나는 집으로 돌아가려고 차에 탔다. 나는 백미러를 흘끗 쳐다보았다. 그루초 막스*가 나를 마주보았다. 내 이마에 커다랗

---

* 1977년에 사망한 미국의 코미디언이자 영화배우. 눈썹을 두껍고 짙게 그렸다.

고 시커먼 민달팽이 두 마리가 붙어 있었다.

나는 다시 백미러를 쳐다보지 않았다. 그저 결과가 좋기만을 바랐다. 해버린 건 해버린 거야, 걱정해봐야 소용없어.

다음 몇 주 동안 내 얼굴은 사이키델릭하게 변했다. 나는 숨을 참고 엄숙하게 리사가 추천한 연고를 발랐고, 그 종이에 적힌 시기들을 확인하며 기다렸다.

"어때 보여?" 이십 년을 같이 산 남편에게 물었다.

불쌍한 남자.

나는 그루초 막스처럼 보이기만 한 게 아니라 그루초 그 자체였다. 도대체 이십 년을 같이 산 남편이 무슨 말을 하겠는가?

"더 빨리 낫게 연고를 발라줄게." 그가 말했다.

현명한 대답이다.

내 몸이 시들어가고 내 외모가 달라지면서 존은 늘 현명한 대답을 찾아냈다. 심지어 내 얼굴이 얼룩덜룩해도 그는 군소리 없이 내 곁을 지켰다.

영구화장이 살아났다. 괜찮아 보였다. 화장을 전혀 하지 않은 것보다 훨씬 나아 보였다.

이십 년 동안 세상에 보여준 모습 그대로의 나였다. 볼살은 더 빠졌다. 근육을 통제하기가 더 어려워졌다. 하지만 나였다.

아, 화장. 그것은 아직 통제할 수 있는 나의 것이다.

변함없이 영구적으로 남을 내 몸의 일부다.

헝가리

2월

february

청춘

내가 존 웬델을 만난 것은 웨스트팜비치 교외의 레이크 라이틀 수영장에서였다. 나는 대학을 갓 졸업한 안전요원이었다. 존은 고등학교 교사이자 수영 코치였는데, 예전에 대학 수영선수로 활동하며 그 수영장에서 연습을 했다.

나는 긴 팔로 몸을 스치며 유려하게 물을 가르는 그의 모습을 홀린 듯 쳐다보았다. 그는 185센티미터의 청동 조각상 같았다.

존은 정말 잘생겼다. 우리가 서로 놀려대며 사귄 지 이 년이 지났을 때 나는 친구를 시켜 그에게 전화를 걸어서 그가 팜비치 안전요원 수영복 달력 모델로 뽑혔다는 말을 전했다.

존이 그날 밤 내게 전화를 걸어왔다. 그 얼간이가. 나는 그때 대학원에 다녔고, 우리는 장거리 연애를 하고 있었다. "수전, 오늘 나한테 무슨 일이 있었게? 나 수영복 달력 모델을 하게 됐어. 나더러 어느 달로 할지 고르래. 네 생일이 있는 12월로 부탁했어."

"존……"

"응?"

"오늘이 무슨 날이지?"

"화요일."

"아니, 무슨 날이지?"

"4월 1일……"

만우절. 그가 웃음을 터뜨렸다.

그해 만우절의 달력 모델 장난은 전통이 되어 지금까지 이어졌고, 머리나와 오브리의 초콜릿을 입힌 무, 미끈거리는 변기 시트 같은 고전적인 장난을 탄생시켰다. 이십삼 년 동안, 특히 신혼 때 우리는 재치 있는 말들을 많이 쏟아냈다.

어느 해 나는 존의 값비싼 자전거를 숨겨놓고 누가 훔쳐간 것처럼 시치미를 뗐다.

"젠장 빌어먹을!" 존은 속상해서 바닥에 헬멧을 집어던지며 소리를 질렀다.

"만우절이지롱!" 내가 말했다.

다음해에는, 맙소사, 존이 내게 호되게 골탕을 먹였다. 우리가 노닥거리고 있을 때―어둠 속에서 신음하며 뒹군 것을 말한다―존이 이렇게 말한 것이다. "베스! 베스!"

그의 옛날 여자친구 이름.

나는 방을 가로질러 뛰쳐나갔다.

나는 언제나 존의 그런 점이 좋았다. 그는 자신에 대해, 그리고 나에 대해 웃을 수 있는 여유가 있는 사람이다. 나는 그의 아름다운 몸 안에 깃든 영혼을 알아보았다. 겸손하고(정말로 그렇다), 똑똑하고, 한결같으면서도 재미있다.

하지만 존은 나를 만난 이야기를 할 때마다 내가 입고 있던 반바지 이야기를 꺼낸다. "노스캐롤라이나 대학교 운동복 셔츠에 이런 파란색 반바지를 입었지." 그는 늘 그쯤에서 말을 멈추고 내 엉덩이를 떠올리며 고개를 젓는다.

나는 존에게 내 삶을, 그리고 이제 내 자식들의 삶을 맡긴다. 이십년 넘게 같이 살았지만 그가 성급하거나 상식에 어긋나는 결정을 내리는 것은 한 번도 본 적이 없다. (딱 한 번, 8만 마일이나 달린 중고 포드를 구입한 것을 제외하면.)

결혼조차 현실적인 결정이었다. 1992년에 존은 풀브라이트 위원회에서 제공하는 기회를 얻었다. 헝가리 부다페스트에 있는 고등학교의 교사 자리였다. 사실 응시하라고 부추긴 건 나였다. 실제로 풀브라이트 신청서도 내가 대신 작성했다. 그는 애간장이 마를 정도로 꾸물거리는 성격이다.

존이 나더러 같이 가겠느냐고 물었다. 풀브라이트 방침에 따르면 우리가 결혼을 해야 내가 그를 따라갈 수 있었다. 우리 중 하나가 말했다. "그럼 결혼할까?"

그게 누구였는지는 기억나지 않는다.

그러자 우리 중 나머지가 말했다. "좋아."

추수감사절에 우리는 내 어머니에게 별일 아니라는 듯 결혼하겠다고 말했다. 어머니가 교회, 목사님, 음악, 오르간 연주자를 구하는 데는 며칠이 걸리지 않았다. 일이 일사천리로 진행되었다. 사람들은 내가 임신한 게 아닐까 생각했을 것이다. 그러든 말든!

나는 그저 웨딩드레스를 사 입고 결혼식장에 나타나기만 하면 그만이었다. 정말 그것만 했다. 결혼식 내내 방긋방긋 웃었다. 특정 교파가 없는 어느 교회에서 가족과 가까운 친지만 모아놓고 올린 소박한 결혼식이었다.

당연히 낸시는 참석했다.

우리는 그 지역 힐튼 호텔에서 결혼 첫날밤을 보냈다. 침대에 앉아 서로 쳐다보며 말했다. "방금 우리가 뭘 했지?"

다섯 달 뒤 우리는 부다페스트에서 살고 있었다.

나에 대해 조금 아는 사람들은 전혀 나 같지 않은 행동이라고 생각한다. 나는 철두철미한 사람이다. 성급한 결정은 내리지 않는다.

나를 좀더 알면 이렇게 말한다. "정말 수전다운 행동이야." 나는 내가 원하는 것이 뭔지 알면 붙잡는다. 기다리지 않는다. 잘못되면 어쩌지, 하는 생각은 없다. 말은 멈추고, 행동은 이미 시작이다.

나는 존을 원했고 부다페스트에 가고 싶었다. 내 나이 스물다섯이었다. 나는 국제학을 전공했고 내가 가장 원했던, 어디로 가든 일거리가 있는 직종인 저널리즘으로 석사학위도 받았다.

이제 여행과 모험을 떠날 시간이었다.

결과적으로 부다페스트는 지금껏 우리가 살면서 내린 최고의 결정 중 하나가 되었다.

1992년, 베를린 장벽이 무너진 지 얼마 되지 않은 때였다. 베를린은 환호하고 있었다. 사업은 번성했다. 동상은 허물어졌다. 개척시대의 서부 같았다. 뭐든 가능했다. 장사꾼, 젊은이, 막다른 골목에 선 사람, 몽상가, 기회를 원하는 사람, 그 누구든 자석처럼 끌어당겼다.

그리고 작가들이 있었다. 백 명은 만났을 것이다. 그러다 최근에 프린스턴 대학교를 졸업하고 영어 신문 〈부다페스트 포스트〉를 발행하기 시작한 사람을 만났다. 나는 일주일 만에 기사를 쓰고 있었다. 두 달 만에 수석 편집자가 되어 대학을 졸업하고 갓 세상에 나온 저널리즘 전공자들을 가르쳤다.

기자회견에서 나는 엘리자베스 여왕에게 질문했다. 또다른 기자회견에서는 보리스 옐친에게 질문했다. 구호활동을 하러 비행기를 타고 보스니아에 갔을 때는 불가리아 장미 수확에 대한 기사를 썼다.

헝가리 국회가 열릴 때 나는 의원들이 우리 신문을 들고 내 기사를 읽는 것을 보았다. 나는 헝가리어를 할 줄 몰라 인터뷰 내내 통역을 써야 하는 스물다섯 살짜리 기자였지만 그런 내가 입법자들의 의견 형성에 도움을 준 것이다!

그러던 차에 그 프린스턴 졸업생의 자금이 바닥났다. 신문사가 도산했다. 하지만 누군가가 돈이 엄청나게 많은 잡지사 〈포브스〉에서 일하는 사람을 알았다. 우리 신문이 〈부다페스트 선〉으로 거듭났다. 내 월급은 이제 헝가리 현금으로 쌓여갔다. 수표도, 은행계좌도 없었다. 존과 나는 우리 아파트에서 책 속에 지폐 다발을 숨겼다.

돈이 있을 때는 부다페스트 구석구석을 살폈고 헝가리와 이웃 국가들을 돌아다녔다(터키에서는 교통사고로 죽을 뻔했다!). 오페라와 콘서트를 보러 갔다. 한낮에는 부다페스트의 음울한 겨울 정취를 느끼며 집에서 만든 와인을 마셨다.

돈이 바닥나면 다음 월급날까지 허리띠를 졸라매고 살았다. 웃고 대화하고 서로에 대해 알아가면서. 그 신문처럼 하루하루 근근이 버티면서.

그 시절이, 그때 함께한 모험들이 우리를 묶어주었다. 가구에 쓰는 접착제처럼 그런 기억들이 관계가 긴장되거나 이완될 때 우리를 평생 붙들어준 보이지 않는 버팀목이 되었다.

풀브라이트 기간이 끝났다. 우리는 이 년 동안 해외에 있다가 다시 지겨운 직장생활과 과잉된 미국의 삶으로 돌아왔다. 존은 교사가 적성에 맞지 않았다. 부다페스트에서 이 년 동안 편집주간으로 일하고 나니, 나는 〈팜비치 포스트〉에서 불평이나 하며 살고 싶지는 않았다. 식사실 창문에 에어컨이 달려 있는 우리의 작은 아파트조차 공허하게 느껴졌다.

우울증이 플로리다의 뇌우처럼 빠른 속도로 나를 덮쳤다. 우르릉! 쾅!

몸무게가 7킬로그램 빠지고 나서야 내가 정신적으로 아프다는 것을 깨달았다. 수면 부족으로 신경이 곤두섰고 다시 잠들려고 누우면 패닉 상태에 빠졌다.

헝가리에서는 모든 감각이 새로운 풍경, 소리, 맛, 냄새의 마사지를 받는 것 같았다. 평범한 저널리즘 일마저 매력적이었다.

끈 팬티만 입은 채 홀랑 벗은 근육질 남자들이 젊은 여자 수백 명 앞에 몸을 들이대는, 미국 댄스팀 치펜데일스의 동유럽 진출 기사를 써 오라고 파견됐을 때처럼.

"진탕 놀아보고 싶나요?" 옷을 벗은 남자들이 소리를 질렀다.

반응은 절대적인 고요.

기뻤다.

지금 내 상태는 엉망이었고 모든 것이 시큰둥했다. 존 역시 자꾸 기분이 가라앉고 무기력해졌다. 우리는 언쟁을 벌였다. 나는 잠시 동안 스테퍼니와 함께 살았다. 스테퍼니가 나를 당장에 정신과로 데려갔다.

"혹시 TV가 말을 걸어요?" 정신과 의사가 물었다.

"제 증상은 우울증이에요. 정신병이 아니고요!" 내가 대답했다. 의사가 항우울제를 처방했다. 나는 기분이 훨씬, 훨씬 좋아졌다.

나는 자기 마음은 자기가 다스릴 수 있다고 강하게 믿는 사람이다. 그만큼 건강하다면 우리는 우리 기분을 선택할 수 있다. 또한 우리는 우리 마음을 돌보는 유일한 사람이므로 스스로를 건강하게 지켜야 한다. 나는 참선하는 마음으로 느린 호흡을 연습한다. 기쁘게 살아간다.

그때 존과 나는 다시 한번 경이를 느껴보려고 해외에서 다른 일자리를 찾고 있었다.

일 년쯤 지났을 때 우리는 교사들을 구하는 국제 채용 박람회에 갔다. "콜롬비아에 있는 고등학교에서 교사를 구한대." 존이 찾아냈다. "배우자에 대한 혜택은 없지만……학교 앨범을 제작하는 일을 할 수 있대."

나는 심장이 두근거렸다. 그때는 1995년, 콜롬비아는 한창 마약과의 전쟁을 벌이는 중이었다. 한 해 전 월드컵 때 콜롬비아 국가대표 축구팀 선수가 실수로 자기 편 골대에 골을 넣었다. 집으로 돌아가서 그는 살해되었다. 그 당시 콜롬비아는 전 세계에 납치의 대명사로 널리 알려져 있었다.

나는 어쨌거나 가자고 했다. 삶은 모험이다. 그렇지 않은가? 우리는 이 년 계약을 했다.

이 모험에 걱정이 없는 것은 아니었다. 코카인 전쟁이 막바지에 접어들긴 했지만 그곳은 폭력이 난무하는 곳이었다. 모퉁이 가게마다 무장 경비가 있었다. 은행이 아니라 아이스크림가게에. 존과 내가 가르친 학교에도 철대문과 무장 경비가 지키는 망루가 있었다. 교문 밖에는 부실한 치과 치료를 받은 이탈리아식 정장 차림의 남자들이 기관총을 들고 서성거렸다. 학생들의 보디가드였다.

납치는 길거리에서 걸핏하면 일어나는 범죄였다. 사람들은 식료품을 사러 가다가 끌려갔다.

"집에 가고 싶어." 일곱 달이 지났을 때 나는 존에게 말했다.

존경스러운 존은 이 년 계약을 깨고 싶어하지 않았다. 하지만 내가 기어이 그를 설득했다. 우리는 그 학년을 끝내고 떠나기로 했다.

그리고 한 달 후 봄방학 때 우리는 산으로 하이킹을 갔다. 사백 년 동안 정글 속에 숨어 있던 고대 문명의 도시 시우다드 페르디다(잃어버린 도시)로 향했다. 1970년대에야 발견된 곳이었다.

하이킹은 장엄한 경험이었다. 산, 하늘을 가린 울창한 숲, 개울, 산비탈의 층계참을 가로질러 날아가는 큰부리새.

산을 올라가는 데 여러 날이 걸렸다. 게릴라가 득시글거리는 국가였으므로 가이드와 무장 경호원들이 동행했다. 샤워는 불가능했고 화장실도 없었다. 우리 팀은 벽이 없는 오두막 2층에서 해먹을 걸고 잤다. 1층에는 벌레를 쫓기 위해 불을 피워놓았다. 연기 때문에 나는 뜬눈으로 밤을 지새웠다.

여섯번째 날이 되자 더는 참을 수가 없었다. 비가 왔고, 몸이 아팠다. 나는 불쑥 화를 냈다. "그만둘래." 눈물이 쏟아질 것 같았다. "피곤해. 배도 고프고. 몸은 더럽고 속은 메슥거리고 아프단 말이야. 그리고 임신한 것 같아!"

나는 돌아서서 정글을 향해 터덜터덜 걸어가다 오두막을 지탱하는 기둥을 쾅 들이받았다. 그리고 진흙에 나자빠졌다. 철퍼덕.

존은 그렇게 우리의 첫아이에 대해 알게 되었다. 계산을 해보니 우리가 집으로 돌아가기로 결정한 것을 기념한 날 생긴 아이였다.

인생은 그렇게 완벽하다. 그렇지 않았다면 나는 더 많은 여행을 하려고 임신을 자꾸 미루었을 것이다. 그때가 내 나이 서른이었다.

쌍둥이를 임신해서 유산할 가능성이 높았다. 일하지 않고는 건강 보험료를 감당할 수 없어서 우리는 일 년 더 콜롬비아에 머물러야 했다. 납치로 악명 높은 해발 9000피트의 도시에서 유산을 하지 않으려 애쓸 때 오는 불안감은 이루 말로 다할 수 없다.

나는 쌍둥이 중 하나를 유산했다.

그런데 출산일을 일주일 앞두고 살아남은 아기마저 움직이지 않았다. 그때 나는 학교에 있었기 때문에 학교 간호사에게 말했다.

"단 걸 먹어봐요." 그녀가 말했다.

소용없었다. 아기는 움직이지 않았다. 오후가 되자 우리는 패닉 상태에 빠졌다. 택시를 잡아 병원으로 가려고 존이 빗속으로 달려나갔지만 택시는 한 대도 지나가지 않았다. 그러자 그가 차선책으로 다른 차를 세웠다.

"어서." 그가 빗물을 뚝뚝 흘리며 말했다. "차를 잡았어."

유치원 스쿨버스였다. 아이들이 빼곡하게 들어앉아 있었다. 아니나 다를까 그 차는 병원 바로 앞을 지나갔다. 운전사가 치익 소리와 함께 버스 문을 열어 우리를 병원 앞에 내려주었다.

"지난 여섯 시간 동안 뭘 먹었어요?" 마취과 의사가 물었다.

나는 단 걸 먹으라는 간호사의 충고를 따랐다. "코카콜라 두 캔하고 브라우니 세 개요." 내가 대답했다.

의사의 표정이 꼭 이렇게 말하는 것 같았다. 그걸 아는군요. 한심하기는.

한 시간 뒤 나는 수술실에 있었다. 골반위분만*이었고 아기 목에는 탯줄이 칭칭 감겨 있었다. 제왕절개를 해야 했다. 존이 절개하는 장면을 지켜보았다. 그의 얼굴이 납빛으로 변하더니 몸이 후들거리기 시작했다.

"당신 다리에 힘이 풀렸어!" 내가 고함을 질렀다. "기절하면 안 돼!"

그가 정신을 차리고 똑바로 섰다. 아기 울음소리가 들렸고 나는 그에게 아기의 성별을 물었다.

"딸 같아."

"무슨 말이야, 딸 같다니?"

"어, 전체적으로 약간 부었어."

_____

* 엉덩이나 다리부터 나오는 분만.

아기를 보지 않고 이름을 지을 수는 없었다. 몇 시간 뒤 병원 침대에 누워 귀여운 우리 딸을 처음 봤을 때 나는 존에게 어떤 이름이 떠오르는지 물었다.

"브리."* 그가 말했다.

다른 아기들처럼 우리 아기에게도 끈적거리는 흰색 물질이 잔뜩 묻어 있었다.

나는 눈을 흘기고 엘라라고 이름을 지었다.

하지만 공증인이 그 이름은 안 된다고 했다. 스페인어로 '엘라ella'는 '그녀'라는 뜻이다. 안 돼요, 그 이름은 곤란해요. 영어로는 흔한 이름이라고 해도 소용없었다.

그래서 우리는 며칠 동안 아기를 가만히 쳐다보았다. 아기라는 경이로운 존재를. 마침내 우리는 이름을 머리나로 지었다.

한편으로는 스페인어처럼 들려서. 또 한편으로는 내 어머니 이름처럼 그리스어여서. 하지만 가장 큰 이유는 아기의 눈이 파래서. 내가 늘 안전함과 따스함을 느끼는, 햇볕 좋은 날의 드넓은 바다를 연상시키는 잔잔하고 부드러운 파란색.

오, 머리나. 어여쁜 아가. 나는 너를 보듬어 안았을 때를 기억한단다. 그리고 너에게 젖 먹이는 법을 배우던 때를.

퇴원하고 집으로 돌아왔을 때 젖이 콸콸 흘렀다. "당신, 이국적인

---

* 브리 치즈를 의미한다.

댄서 같아." 존이 슈퍼사이즈가 된 나를 쳐다보며 말했다. 내가 아기만 낳으면 곧장 예전 몸매로 되돌아갈 것처럼 끈 팬티와 스키니 청바지를 병원으로 가져온 사람이 바로 이 사람이다.

"유축기를 좀 구해줘!" 내가 애걸했다. "싸구려 말고. 유축기 중에서 캐딜락으로." 젖이 금방이라도 폭발할 것 같았다.

하지만 오, 지금 그 모든 것을 생각하면 즐겁기만 하다. 나는 내 작은 아기가 악마처럼 나를 깨물던 그 고통스러운 밤을 기쁘게 되산다. 내 품에 안긴 그 사랑스러운 생명체. 그 연약한 숨결. 달빛을 받으며 젖을 먹이도록 옆에서 남편이 내게 아기를 안겨준다. 그리고 우리 아기를 다시 아기 침대에 데려가 조심스레 눕힌다.

머리나, 네가 우리의 떠돌이 생활에 마침표를 찍은 거야.

머리나, 네가 우리를 부모로서의 삶에 던져넣은 거야. 하루하루는 끝날 것 같지 않지만 여러 해는 순식간에 끝나버리는 그런 삶으로.

더 길었으면 좋았을 시간. 그 어떤 것을 주고도 바꾸지 않을 시간.

부부

우리는 한동안 아이를 하나 더 낳으려고 노력했고, 마침내 2001년에 아들 오브리가 태어났다. 오브리는 아주 평온하고 사랑스러운 아기여서—부처처럼 포동포동하고 평온했다—우리는 고민 끝에 하나를 더 낳기로 했고 수리수리마하수리! 2003년에 웨슬리가 태어났다.

갑자기 내게 여섯 살도 안 된 아기 셋이 생겼지만 나는 여전히 풀타임으로 일하고 있었다. 당연히 우리의 결혼생활은 힘들어졌다. 존과 나는 서로에게 가구 같은 존재가 되었다.

우리는 신경이 몹시 날카로워져서 별거까지 생각했다.

하지만 낡은 안락의자를 차마 버리지 못하는 것처럼 우리도 서로에게 그랬다.

존의 부모님도, 내 부모님도 오십 년째 결혼생활을 하고 있었다.

우리는 부모님들을 본보기로 생각했다. 순간순간 참아냈다.

우리는 무엇을 하든 혼자 하는 일이 드물었다. 둘이 같이 했다. 존은 교사를 그만두었다. 이유는? 마흔 명의 학생, 스물다섯 개의 책상, 스무 권의 책을 감당해보라. 그는 글락소스미스클라인 제약회사의 영업사원이 되었다. 이따금 그는 회사에서 보내주는 여행에 당첨되었다. 2006년에 우리는 밴쿠버로 여행을 갔다. 십 년 만에 부부가 같이 떠난 여행다운 여행이었다.

그리고 2009년 여름 존은 하와이 여행에 당첨되었다. 내가 손에 힘이 없어진 것을 알아챈 것이 그때 짐을 꾸리고 계획을 세우면서였다. 나는 신경과 후속 진료 예약을 그 여행 이후로 미루었다. 솔직히 내 돈을 한 푼도 쓰지 않고 하와이로 떠날 수 있다면 이 세상에 문제될 게 전혀 없었다.

일시적인 건강 문제는 잊어라. 그해 여름 나의 가장 큰 고민은 루아우*에 입고 갈 내가 좋아하는 파란색 튜브 드레스에 어울리는 (세련된) 실버 뱅글 팔찌에 어울리는 (세련된) 은색 하이힐을 찾는 것이었다.

터키석 색깔로 밀랍염색을 한 사롱**은 수영복과 잘 어울릴까? 오! 지금은 그것이 고민이다.

---

* 하와이식 파티.
** 말레이시아, 인도네시아 등지에서 허리에 두르는 천.

8월에 존과 나는 낸시와 스테퍼니에게 아이들을 맡기고 테크니컬러*의 꿈을 향해 날아갔다. 호놀룰루에 있는 로열하와이안 호텔은 고풍스러운 가구로 꾸며 호화로웠다. 우아한 핑크색을 칠했지만 플로리다 남부의 솜사탕 같은 지나치게 감상적인 느낌은 없었다. 깊은 바다는 바이올렛, 육지와 가까운 쪽은 아쿠아색이었다. 레이**는 진홍색으로 찬란했고, 저녁 하늘은 오렌지색이었다.

글락소스미스클라인에서 보내준 여행은 전체 일정이 일 분 단위로 짜여 있었다. 돼지 구이 루아우. 춤. 존과 나는 서핑 수업을 받았고 바다가 내려다보이는 목장에서 승마도 했다. 벼랑에 나란히 서서 거대한 망고 같은 태양이 바다 속으로 떨어지는 광경도 바라보았다.

추억으로 남을 한순간이었다. 1991년에 존이 수영장에서 미끄러지듯 헤엄쳤을 때처럼. 혹은 부다페스트에서 보낸 첫해에 다뉴브 강에 떠 있던 얼음처럼.

여행의 막바지에 우리는 가이드와 함께 카약을 타고 라니카이비치로 갔다. 세계에서 가장 아름다운 해변 중 하나로 손꼽히는 곳이다. 가루같이 고운 하얀 모래. 하지만 발에 모래가 묻지 않는다. 나는 그것을 '마법의 모래'라고 이름 붙였다.

앞바다에 바로 산호초가 있어서 바닷물이 빠지면 암초가 드러난

---

* 총천연색 영화 제작법의 하나.
** 하와이의 화환.

다. 우리는 산호초 위에서 수영을 하면서 열대어와 말미잘이 물살에 살랑거리는 것을 구경했다. 오렌지색, 노란색, 자주색, 파란색이 황홀하게 일렁였다.

뉴욕에서 온 영업사원이 수염상어 한 쌍을 보고 기겁하면서 평화는 깨졌다. "상어다! 상어다!" 그가 천 세대 동안 보존된 산호를 훼손하지 않았다면 웃어넘겼을지도 모른다.

멍청이, 나는 더없이 깨끗한 물과 상어와 그 모든 것이 존재하는 경이로운 세상으로 뛰어들면서 생각했다.

하와이에서도 걱정스러운 순간들—튜브 드레스를 끌어내릴 수 없었을 때, 약한 왼손으로 새우 꼬치를 잡을 수 없었을 때—이 있었지만 별로 걱정하지 않았다. 웨스트팜비치로 돌아와서 나는 신경과에 예약을 했고, 라니카이비치에서 찍은 내 사진을 물끄러미 쳐다보았다

컴퓨터 화면보호기로 쓰기에 완벽한 사진. 내 삶에서 마지막으로 건강했던 순간.

나는 존에게 신경과 의사 수니가를 찾아갈 때 같이 가주지 않아도 괜찮다고 했다. 존은 그래도 따라가겠다고 고집을 부렸다

"왜?" 내가 물었다.

그때 그는 이유를 말하지 않았지만, 이미 의사 친구들과 내 증상에 대해 의논하고 있었다. 그는 몹시 염려했고, 운전도 못할 만큼 걱정이 심해지면 영업을 하러 다니다가 길가에 차를 세웠다.

닥터 수니가가 나를 진찰하고 내 근육을 검사하고 머리를 긁으며 어리둥절한 표정을 짓는 동안 존은 묵묵히 있었다.

"아내의 병이 ALS가 아닐 수도 있는 거죠?" 존이 불쑥 물었다.

"아, 네." 의사가 황급히 대답했다. "수전은 아주 젊어요. 그리고 지금은 증상이 손에만 나타나고요. ALS는 보통 빨리 퍼지거든요."

존은 다시 의자에 몸을 기댔다. "하느님, 감사합니다." 그가 말했다. "하느님, 감사합니다."

나는 존을, 그리고 닥터 수니가를 쳐다보았다. "ALS가 뭐야?" 내가 물었다.

존은 말하지 않으려고 했다. 나는 구글에서 검색을 해봤다. 딱 한 번. 어찌나 부들거리는지 다시는 검색할 수 없었다.

나는 차라리 부인했다. 존은 그러지 않았다. 이십 년을 같이 산 그는 이 지구상의 그 누구보다 나를 잘 알았다. 2009년 말에 내 말이 약간 어눌해진 것을 그는 누구보다 먼저 알아차렸다. 그러고도 여섯 달 동안 내게 한마디도 하지 않았다.

그가 한밤중에 돌아누워 나를 감싸안고는 뭔가 잘못됐다고 느낀 것은 그보다 더 오래전이었다. 그는 내 몸에 대해 아주 잘 아니까.

내가 임신했을 때도 그는 더 커진 내 몸을 안곤 했다. 그는 몸의 변화를 느끼는 것을 좋아했다.

이제 그는 내가 쇠약해지는 것을 느꼈다.

그는 두려웠다. 하지만 물러서지 않았다. 순간순간, 근육이 하나씩 소실될 때마다 존과 나는 함께 성장했다. 그 모든 선명한 순간들을 같이하며 그는 한결같이 나를 지지해주었다.

그는 줄타기 곡예사처럼 침착했다. 현실이 점점 가혹해져도, 가느다란 줄이 점점 더 높이 올라가 아래가 까마득해 보여도.

2011년 9월이 되자 나는 비쩍 말랐다. 몇 달 동안 식욕이 계속 줄었는데, ALS 때문이기도 했다. 어머니가 병원에서 먹지 못하는 것을 보자 내 식욕은 거의 없어졌다. 어머니는 소화기관이 심하게 손상되어서 입으로 먹은 것은 전혀 소화하지 못했다.

어머니가 얼음 조각을 먹어도 괜찮다는 허락을 받았을 때는 축하 분위기가 되었다.

나는 몹시 긴장해서 아픔이 느껴질 때까지 이를 빠득거렸다. 잠도 오지 않았다. 온종일 먹지 않아도 꼬르륵 소리조차 나지 않았다. 바지 사이즈도 두 치수나 줄었다.

친구들은 각자의 방식으로 도움을 주려 했다.

한 친구에게는 그 방식이 마리화나를 큰 자루째 선물하는 것이었다.

그 친구는 오랫동안 온갖 종류의 중독과 싸웠다. 그는 내 상황을 보고 자기도 깨끗하게 살아야겠다는 생각을 하게 되었다고 했다.

마리화나를 버리는 대신—"그럴 수 없어! 겁나게 좋은 거거든!"—그는 그것을 내게 기부했다. "수전, 나보다 너한테 더 쓸모가 있을 거야. 통증에 도움이 될 거야."

지난 십오 년 동안 내가 마리화나를 피운 횟수는 다섯 손가락에 꼽혔다. 사서 피워본 적은 없었고 누가(예컨대 내 생모가) 줄 때만 아주 가끔 피웠다. 나는 선망받는 직업도 가졌고 자식도 셋이다. 그것이 우선이지 마리화나는 아니다.

게다가 마리화나는 불법이었다.

하지만……

어머니 때문에 나는 이가 마모될 만큼 스트레스를 받았다. 쇄골이 부러져 아팠지만 자연적으로 낫게 두어야 했다. 게다가 죽을병에 걸렸다.

젠장, 나는 휴식이 필요했다.

대학 시절을 돌이켜보면 나는 마리화나를 피웠을 때 미친듯이 웃고 먹었다. 내게는 그 두 가지가 모두 필요했다.

나는 명분에 존도 끼워넣었다. 지난 이 년 동안 온갖 힘든 일을 겪었으니—신체적인 것보다 정신적인 것이었지만 이제 신체적인 시기가 다가오고 있었다—그가 마다할 요구는 아니었다.

이상적인 방법은 집에서 같이 피우고 시솔트 캐러멜 젤라토를 파인트 사이즈로 먹어치운 뒤 해롱해롱한 정신으로 사이언스 채널을 보는 것이다. 하지만 아이들 옆에서는 안 될 일이다.

그래서 존과 나는 어느 밤에 밖으로 나가 마리화나를 피우고 우리가 좋아하는 멕시코 레스토랑에서 배불리 먹을 계획을 세웠다.

그런데 또다른 문제가 생겼다. 마리화나를 피우면 몸의 기능이 떨어질 텐데, 멕시코 레스토랑에 운전해서 가지 않으려면 책임감 있는 성인 둘은 어디서 그것을 피워야 하는가?

멕시코 레스토랑은 웨스트팜비치 시내, 내가 기자로 일할 때 출입하던 법원 근처에 있었다. 법원은 마리화나와 관련된 범죄로 붙잡힌 사람들이 날마다 재판을 받는 곳이다. 우리는 차를 대고 마리화나를 피운 뒤 레스토랑까지 걸어가야 한다는 것을 깨달았다. 차량과 보행자를 피할 수 있으면서 레스토랑에서 가장 가까운 장소는 바로 그 법원이었다.

그래서 그날 밤 우리는 어마어마하게 크고 어두운 법원 옆 인적 없는 거리에 밴을 세웠다. 나쁜 경찰이 나오는 드라마 속 두 명의 범죄자처럼, 정말이지, 슬금슬금 움직였다. 존이 마리화나를 말았는데—아차!—정신이 번쩍 들었다. 그 주변은 보안관 대리들이 순찰을 도는 곳이었다. 좋은 장소가 아니다. 이런 멍청이!

나는 내가 똑똑하다고 생각하며 존에게 한 블록 더 북쪽으로 가서 어둡고 인적 없는 또다른 거리에 차를 대라고 했다. 이제 우리 옆에는 높은 산울타리와 검찰청이 있었는데, 내 기사를 전혀 좋아하지 않는 검사장도 물론 그 건물에서 일했다.

그는 기자들이 "당신의 직위를 위해 패션 컨설턴트를 고용하느라 정확히 납세자 몇 명의 세금을 썼습니까?" 같은 진짜 질문을 하면

분개하는 예민한 정치가였다.

완벽하다. 우리는 불을 붙였다.

연기는 금세 밴 안에 퍼졌다. 나는 창문을 내리고 창밖으로 연기를 뿜었다. 존과 나는 연기 구름 속에 머리만 둥실 떠 있는 우리 모습이 코미디 듀오 치치와 총의 촌극 같다며 웃어댔다.

그 순간 수런거리는 소리가 들려왔다. 산울타리 너머 몇 피트 거리에서 사람들이 다가오고 있었다.

웹사이트 Cannabisconsumer.org에서는 마리화나의 효과를 이렇게 설명한다. "대마초를 피우면 주의하고 집중하는 능력이 증가한다. 기분도 더 좋아지고 감각도 더 생생해지고 경험도 더 강렬해지는 것 같다. 가슴이 두근거리는 것 같고 음악이 황홀하게 들린다. 당신이 먹어본 최고의 디저트라는 느낌이 들 것이고, 와우, 자연이 얼마나 아름다운지에 감탄할 것이다."

페이지를 한참 아래로 내리면 또다른 효과가 나온다. 편집증.

그렇다. 마리화나를 피우면 주의력이 증가한다. 치토스도 정말 맛있고 우주의 웜홀도 정말 멋져 보인다. 그리고 생각이 편집증적으로 변한 것이 오히려 도움이 되는 순간이 온다. 의심이 커지기 때문이다.

산울타리에서 들리는 목소리—솔직히 목소리가 실제보다 더 크게 들려서 바로 밴 안에서 들리는 것 같다—가 머릿속에서 덜거덕거리던 한 가지 생각을 일깨웠다. 마리화나는 불법, 우리가 하는 짓은 불법이라는 생각이었다.

그리고 바보처럼 젠장, 우리는 마리화나 자루를 통째로 가져왔다. 잡히면 체포될 확률이 당연히 커지지 않겠는가?

나는 존에게 얼른 여기를 떠나 목소리를 피하자고 말했다. 아니, 그렇게 빨리는 말고. 그렇지, 아주 느리게. 존이 속도를 줄였고 나는 정말 아무렇지 않은 듯 고개를 돌려 산울타리 너머를 보았다.

거기에 그들이 있었다. 순찰차에 기댄 채 대화를 나누고 있는 보안관 대리 두 사람이. 나는 6피트 거리에서 그들을 향해 마리화나를 뿜어댄 것이다.

갑자기 아주 몽롱해졌다. 아주 편집증적이 되었다.

틀림없이 그들이 냄새를 맡았을 것이다.

틀림없이 그들이 우리를 쫓아왔을 것이다.

틀림없이 우리 밴을 쫓는 추적자가 있을 것이고, 그들이 번호판을 조사해 나라는 것을 알아냈을 것이다.

틀림없이 신문에 내 엉덩이가 실릴 것이다. '〈팜비치 포스트〉 범죄 담당 기자 체포되다: 검사장 기뻐서 전율을 느끼다!'

나는 집으로 돌아가고 싶었다. 하지만 몽롱한 존은 다른 것에 강하게 주의를 집중하고 있었다. 바로 나초에.

다시 말하지만 남자는 아무때고 먹을 수 있다.

우리는 팔짱을 끼고 멕시코 레스토랑으로 걸어갔다. 나는 제대로 먹지도 못했다. 조마조마한 마음으로 내게 수갑을 채우려고 다가오는 보안관 대리가 없는지 사람들을 샅샅이 훑었다. 레스토랑에 있는 모두가 우리를 흘끔거렸다. 여자 종업원은 계속 방글거렸다. 왜? 그녀는 알고 있으니까. 모두 다 알고 있으니까.

존은 그의 몫뿐 아니라 내 몫까지 다 먹었다. 소동을 피우고 난 뒤라, 나는 멕시코 음식을 네 입이나 먹었을까.

우리는 아무 일 없이 나와서 택시를 타고 집으로 돌아갔다.

그날 밤 누웠을 때 내 정신은 여전히 몽롱했다. 그런 멍청한 짓은 다시 하지 않을 거라고 맹세했다.

"다음번에는 집에서 해." 내가 존에게 말했다. "젤라토를 먹고 사이언스 채널을 보는 거야."

대화

내가 병에 걸리고도 어느 정도 평화를 경험할 수 있게 된 크리스마스가 되어서야 나는 비로소 존이 걱정되기 시작했다. 그는 강했지만 내성적이었다. 감정을 밖으로 표현하는 일이 드물었다.

한번은 그가 이런 말을 했다. "내가 제약회사 영업사원이라서 다행이야. 영업을 하러 다니다가 길가에 차를 대고 울 수 있으니까."

오브리가 "엄마가 근육퇴행위축병에 걸렸어요?"라고 묻는 대상이 그였기 때문에 나는 그가 걱정이 되었다.

"아니." 존이 대답했다. "그 비슷한 거야."

어느 역할이 더 힘들지—죽어가는 배우자인지 살아남는 배우자인지—생각해보니 후자일 것 같다는 생각이 들었다. 살아남는 배우자는 죽어가는 배우자와 같은 슬픔을 경험하고, 자식들의 슬픔까지 견뎌내야 한다. 그리고 모든 책임을 떠안은 채 묵묵히 살아가야 한다.

벌써부터 그 책임이 존을 내리눌렀다. 요리와 청소는 물론, 아이들이 다투면 말리고 도와주는 일까지. 아이 셋은 십오 분마다 울리는 자명종 같았다.

존은 내게 옷을 입혀주고 내 몸을 씻겼다. 청구서를 지불했다. 음식을 준비했다. 내가 너무 지쳐 포크도 쥐지 못하면 그가 먹여주었고, 고단한 혀 때문에 말이 또렷하지 않아 알아듣는 사람이 자기밖에 없으면 말도 대신 해주었다.

그가 병원 예약을 챙겼다. 학교 모임에 참석했다. 가족 행사를 챙겼다. 내가 맡았던 가족 관리와 정보 센터의 역할을 떠맡았고, 아이들을 주시하는 부모의 역할도 그의 몫이 되었다.

패션에 관심이 많은 아내에게 옷을 입혀야 하는 것도 그였다. 단추, 지퍼, 똑딱이 단추, 고리, 끈, 장식띠, 벨트, 패드, 버클, 옷에 따라 다르게 입는 속옷.

"그건 못 입어." 어느 날 그가 면 속옷을 가져오자 내가 말했다. "매끄러운 속옷을 입어야 해."

"무슨 말이야?"

"드레스에 달라붙지 않는 속옷."

"뭐?"

"여자 뒷모습을 봤을 때 옷이 엉덩이에 껌처럼 찰싹 붙어 있는 거 본 적 있지? 매끄러운 속옷을 입지 않아서야."

그가 한숨을 쉬었다. "매뉴얼이 있어야겠어."

나도 존이 마음의 상처를 입는 것을 알았지만 그는 우울증 약을 거부했다. 그에게 대화를 나눌 수 있는 친구가 생겼는데 자전거 사고로 남편을 잃은 여자라고 했다. 그들은 어느 쪽이 더 나은지에 대해 이야기했다. 느닷없는 부재를 경험하는 것일까, 쇠약해져가는 피할 수 없는 과정을 경험하는 것일까.

나는 그에게 병원에 가보라고 했다. 그는 늘 차분하고 합리적인 사람이었다. 하지만 이제는 아이들에게 소리를 질렀고 신호등 앞에서 눈물을 글썽였다.

어느 날 오브리가 내게 와서 말했다. "아빠가 트럼펫 연습을 하라고 소리를 질렀어요. 웨슬리한테는 가서 그림을 그리라고 했어요. 엄마, 웨슬리는 하루종일 그림만 그려요. 그것밖에 안 해요."

그 말은 사실이었다. 웨슬리는 아스퍼거 때문에 종종 몇 시간 동안 그림만 그렸다. 웨슬리는 자기가 보는 것을 그대로 그려내는 놀라운 재능이 있었다. 특히 공주들과 그애가 좋아하는 피글렛을 잘 그렸다.

"엄마도 알아, 아가야." 나는 최선을 다해 오브리를 안아주며 말했다. "트럼펫 연습을 해줘. 부탁이야."

어느 날 존은 내게 옷을 입히다가 마침내 자신에게도 도움이 필요하다는 것을 깨달았다. 끈을 묶을 때마다, 고리를 끼울 때마다, 지퍼를 채울 때마다 존은 울었다.

존의 상사는 늘 평온한 표정의 자메이카 사람으로, 존은 그를 존경했다. "가끔은 부딪쳐서 풀어버려야 해." 그가 존에게 말했다.

존은 우울증 약인 웰버트린을 복용하기 시작했다. 그는 덜 울었고, 소리도 덜 질렀다. TV 광고를 보며 더 많이 웃었다.

하지만 그는 여전히 반신반의했다. 기분을 조절하는 약 때문에 남성성이 사라질까봐 의심한 것이 아니라—존은 마초가 아니다—그 약이 일으키는 효과 때문에.

"약을 먹으면 상자 안에 들어가 있는 것 같아." 그가 말했다. "기분이 좋아도 깎아내고 가라앉아도 깎아내거든." 그는 예전 같은 기쁨을 느낄 수 없는 것에 속상해했지만 어쩔 수 없다는 것을 알았다. "기분이 가라앉으면 많이 힘들어. 아주 많이. 그리고 그 기분이 떠나지 않아."

나는 최선을 다해 그를 도왔다. 큰일을 벌이지 않으려고, 불평을 삼가려고, 도와달라는 말을 참으려고 애썼다. "여보, 이제 왼팔을 들 수가 없어." 나는 이렇게 선언하는 것도 삼갔다. 그 말을 내뱉으면 "미안해"라는 말이 끝없는 폭포처럼 쏟아질 테니까.

나는 자궁내막제거수술을 받았다. 자궁 안쪽을 긁어내서 출혈을 줄이는 수술이다. 나는 존이 내 생리까지 처리해야 하는 것은 원치 않았다.

우리는 청소 등 가사일을 도와줄 여자를 고용했다. 이베트라는 이름의 아이티 여자였다. 낸시가 추천했다. 우리 모두 그녀를 아주 좋아한다.

그래도 나는 존이 도와주고 먹여주고 목욕시켜주기를 바랐다. 그의 손길만큼 편안한 손길은 없었다. 내가 걸어야 할 때 그는 나를 꼭 알맞게 일으키고 부축하는 요령을 알았다.

우리는 뭐든 다 이야기했다. 나는 다른 사람들에게는 신중을 기했지만 존과는 어떤 주제에 대해서든 거리낌없이 이야기했다.

하지만 이 말만큼은 하기 어려웠다. "내가 더이상 일어설 수 없게 되면……" "내가 더이상 먹을 수 없게 되면……" "내가 더이상 말할 수 없게 되면……"

이 말을 듣는 것은 존에게 힘든 일이었다.

힘들지만, 필요했다.

나는 내가 죽은 뒤 존에게 바라는 내 생애 마지막 소원과 희망을 분명히 밝혔다. 재혼하라고. 그와 함께 철인삼종경기를 할 수 있는 (나 같지 않은) 멋진 여자를 찾으라고. 그 여자를 우리집으로 데려와도 죄의식을 갖지 말라고.

'우리 아이들이 좋아하고 잘 따를 사람'을 골라야 한다는 말은 굳이 할 필요도 없었다. 그의 판단에 대한 내 믿음은 절대적이니까.

존은 내가 미래에 대해 말할 때 가만히 듣고만 있을 뿐 대답은 거의 하지 않았다. 그는 당장 할 일에 마음이 쏠려 있었다. 그가 나 없는 삶에서 바라는 것에 대해 말한 적은 거의 없었다.

그러던 어느 늦은 밤, 술을 몇 잔 마신 그가 심각한 표정으로 창피하지만 할말이 있다고 했다.

맙소사, 어떤 말일까?

그는 내가 죽으면 다시 공부를 해서 의사보조사가 될 거라고 했다. 그것이 자식이 셋 딸린 아버지로서 더 나은 직업이고, 잘해내고 좋아할 자신이 있다고 했다.

나는 전율이 일어날 만큼 기뻤다! 새 직업이 생기면, 그의 삶에 더 좋은 큰 변화가 일어나면 과거는 더 빨리 묻힐 것이다.

"나 없는 삶에서 당신이 하고 싶은 것을 말하면서 죄책감 갖지 마." 오그라든 손을 그의 손에 얹으며 내가 말했다. "그 말을 들으니까 위로가 돼, 존. 나도 기뻐."

나는 지금 해부학을 공부한다. 그가 긁어주었으면 하는 가려운 부분을 정확히 설명해야 할 때 종종 애를 먹었다. 그래서 전문용어를 익히고 있다. "제2중수골 바로 뒤쪽."

그는 정확한 곳을 찾아 긁어준다. 나는 빙긋 웃는다. 존도 해부학을 공부한다. 그는 진짜 환자를 데리고 의사보조사가 되는 법을 배우는 것이다.

나는 그가 나 없는 삶을 시작할 수 있도록 지금 내가 할 수 있는 일을 한다.

기쁘게.

부다페스트

우리에게 특별한 장소가 있다면 바로 부다페스트다. 존과 나는 종종 옛일을 추억하는데, 그럴 때마다 생각은 우리가 이 년간 신혼을 보낸 이 도시로 늘 되돌아왔다. 우리가 함께하는 삶의 초석이 놓인 곳.

낸시와 유콘에서 경이로운 시간을 보낸 뒤 내가 처음 떠올린 장소가 부다페스트였다. 그해는 우리의 결혼 이십 주년이었다. 나는 그날을 우리의 결혼생활이 시작된 장소에서 존과 함께 보내고 싶었다.

존과 나는 우리 자신에게 말했다. 미래야 어떻든 우리에게는 오늘이 있다고. 우리에게는 다시 불을 지필 옛 추억과 새로 만들어나가야 할 추억이 있다.

헝가리의 겨울은 지독히 추웠다. 플로리다 남부의 겨울에 익숙해져 있던 존과 나는 부다페스트의 2월이 얼마나 으슬으슬 추운지 잊고 있었다. 나는 열대 여자다. 그런데 왜 자꾸 추운 곳으로 여행을 떠나는 거지?

공항에 내려선 우리는 따스하게 울려퍼지는 웃음소리를 들었다. 이십 년 전의 인연.

"세르부스톡!"* 우리의 옛친구 페리 데어가 헝가리어로 우리를 반기며 끌어안고 키스했다. 존이 페리를 만난 것은 우리가 처음 이곳에 왔을 때였다. 그들은 당시 헝가리에서 유행하던 취미활동인 축구를 같이 했다(하지만 그 축구팀에서 규칙을 전부 아는 사람은 존뿐이었다). 헝가리에 사는 페리를 이십 년 동안 만나지 못하고 지냈는데 그가 공항에 나와 있었다.

"세르부스톡, 친구들. 세르부스톡! 이렇게 만나니 정말 반가운데. 차를 가져올게."

우리가 부다페스트를 떠났던 1994년에는 러시아와 동독의 자동차가 거리를 달렸다. 그중 석유와 휘발유 혼합물을 연료로 썼던 트라반트가 공해를 심하게 일으켜 건물들의 앞면이 부식되어 있었다. 페리는 그때 바르카스라는 트럭을 몰았는데, 동독 기술이 만든 고전적인 차로 걸핏하면 고장이 났다.

존이 나를 부축해서 보도로 가는데 하얀색 캐딜락 에스컬레이드가 눈에 띄었다. "이야, 여기서 이걸 보다니." 존이 말했다.

---

* 만나거나 헤어질 때 하는 헝가리어 인사말.

페리가 웃으며 캐딜락에 풀쩍 올라탔다.

공항에서 빠져나오면서 우리는 이십 년이 일으킨 변화를 보았다. 주유소, 독일 식료품점, 광고판, 대형 마트, 게다가 세상에나, 쇼핑 플라자까지 있었다. 한때 컴컴했던 거리에는 네온사인이 넘쳐났다. 르네상스 양식 건물들의 1층에는 새로 생긴 환한 드러그스토어가 즐비했다.

옛것을 그리워하지 마, 나는 혼잣말을 했다. 새것을 끌어안아.

1994년에 페리는 부다페스트 교외의 오두막 비슷한 곳에서 살면서 꿈의 집을 짓고 있었다. 오두막은 야전침대가 있는 합판 상자나 다름없었다. 페리는 힘들게 조금씩 돈을 모았다. 존이 모종삽과 삽으로 한 번에 1피트씩 거의 2피트 두께의 진흙 벽을 쌓아올리는 것을 도와주었다. 어느 날 둘이 숲으로 가서 그 집에 주 기둥으로 세울 큰 나무를 골라왔다.

이제 우리는 그의 완성된 꿈 앞에 캐딜락을 세웠다. 부다페스트 한복판에 사각으로 지은 2층짜리 전통 농가. 소비에트 이후의 세상에 남은 과거 한 조각.

페리가 우리에게 집을 구석구석 보여주었다. 가리비 모양의 지붕 타일, 난방이 되는 바닥, 빵 굽는 맞춤 오븐, 마주보는 다른 집들의 체인 울타리와 비교하면 마음이 푸근해지는, 나뭇가지를 엮어 만든 울타리. 쇠로 된 창문 걸쇠는 페리가 직접 만들었다. 124개 전부!

그의 집에서 가장 매력적인 장소는 지하에 있는 넓은 와인창고였다. 벽은 헝가리 와인 제조 지역에서 가져온 특별한 돌로 만들었다. 그 돌에서 자라는 검은 곰팡이가 와인에 맛을 더했다.

그 와인창고에서 페리는 마술을 부려 레드, 화이트, 스위트한 맛, 드라이한 맛의 와인과 팔린커라는 헝가리 화주를 만들었다. 우리는 곧바로 시음에 들어갔다.

"잔을 채우자!" 그가 소리쳤다. "자네들이 여기 있으니 정말 좋아. 여기서 계속 살았던 것 같아."

우리 주위에 헝가리의 모든 것이 있었다. 우리의 모든 기억. 오페라. 역사적인 건물들. 국회의사당. 전원. 하지만 나는 남편과 우리의 절친한 헝가리 친구와 함께 이 와인창고에 있다는 것이 가장 좋았다.

특별한 날이니만큼 특별한 헝가리 스튜를 먹어야 한다고 페리가 말했다. 불을 피우고 그 위에서 요리한 전통 스튜. "내일은 토끼를 도살할 거야. 존, 자네도 같이 해야 해."

"할 거야?" 다음날 내가 페리의 손님방에서 내 코트 단추를 채워주는 존에게 물었다.

존은 여린 사람이다. 사냥을 해본 적도, 총을 만져본 적도, 총을 쏴보고 싶어한 적도 없다. 토끼 머리를 후려친 적은 물론, 토끼 뒷다리를 들고 목을 가른 적은 더더구나 없다.

"아마 해야겠지." 그가 땅이 꺼지도록 한숨을 쉬었다.

존은 내게 검은색 롱코트를 입혀주었다. 부츠를 신기고 버팀대를 채워주었다. 그리고 내가 구경할 수 있게 나를 바깥 포치에 앉혔다.

팔린커를 몇 잔 들이켠 뒤 페리가 맨 처음 죽음을 맞이할 토끼를 골랐다. 무게가 5킬로그램 나가고 회색과 흰색이 섞인, 가장 큰 놈이었다.

페리가 토끼의 목을 쳐서 부러뜨린 뒤 끈으로 졸라 죽이고는 목을 땄다.

"이제 자네 차례야." 그가 존에게 말했다.

그들은 함께 토끼 세 마리를 죽여 가죽을 벗기고 내장을 꺼낸 뒤 토막을 냈다. 그러는 내내 존은 인상을 찌푸리고 있었다.

나는 그 광경을 지켜보면서 토끼를 죽이는 행위보다 존에 대해 더 많이 생각했다. 그가 예전에 한 번도 하지 않았던 일을 하는 모습을 지켜보려니 기분이 묘했다. 그 느낌은 또한 큰 위로가 되었다. 그가 언젠가는 나 없이 새로운 모험이 가득한 또다른 삶을 살아야 할 테니까.

페리와 동거하는 비키가 스튜 재료를 가져왔다. 양파를 썰어 수북이 담아 왔고 양념 맛이 강한 파프리카크림 튜브와 라드 한 덩이도 가져왔다.

그녀가 손으로 덤플링을 빚었다. 페리가 불 위에 걸어놓은 솥에 토끼를 넣고 와인과 물과 나머지 재료를 넣었다.

그러고는 와인창고에서 가장 좋은 와인을 한 병 가져왔다. 찰랑거리는 벨벳 같은 카베르네. 우리는 눈밭에 잔을 놓고 불가에 옹기종기 둘러앉았다.

나는 여기 온 것이 정말 기뻤다. 살아 있는 것이 정말 기뻤다.

페리는 우리와 며칠을 보내면서 웃고 흥이 나면 아코디언으로 멋지게 연주도 했다. 우리를 약수온천에 데려갔고 그의 차로 도시 관광도 시켜주었다. 내가 겨울옷을 껴입는 것도 도와주었다. 그는 한결같이 우리 옆에 있으면서 우리의 기분을 북돋아주고 때로는 내 몸도 일으켜주었다.

그는 멧돼지고기로, 사슴고기와 다른 짐승 고기로 만든 콜바스* 스모가스보드**로, 그가 러시아에서 일할 때 반한 시큼한 체리 덤플링으로 우리를 배불리 먹여주었다.

"먹어, 먹어. 아직 많이 있어." 그가 말했다.

페리는 에이본의 경영 간부였는데, 에이본은 독창성과 결단력을 발판으로 성공가도를 달리는 기업이었다. 러시아에서 총괄 관리자로 일하면서 그는 매출을 일억 달러나 올렸다.

"러시아 여자들은 아침식사로 립스틱을 먹나봐." 그가 싱긋 웃으며 말했다.

페리는 존과 내게 잘 고쳐지지 않는 자신의 개인적인 문제점에 대해 말했다.

"상황을 바꿀 수 없다면 태도를 바꿔야 해. 자기 마음의 주인은 자

---

* 헝가리 소시지.
** 온갖 음식이 다양하게 나오는 뷔페식 식사.

신이니까." 내가 그에게 말했다.

"아주 미국적인 조언인데." 페리가 눈을 흘겼다.

하지만 그는 변함없이 내게 키스했고 나를 안아주었다.

↵

눈이 펑펑 내렸다. 이번에 부다페스트에 왔을 때 달라진 것 또하나는 펑펑 내리는 눈이었다. 예전에 우리가 부다페스트에 살 때에도 눈은 왔다. 하지만 부다페스트의 회색 거리가 완전히 하얗게 뒤덮인 풍경은 보지 못했다.

내게 눈밭을 걷는 것은 쿠키 반죽 위를 걷는 것과 같았지만 우리는 그런 황홀한 풍경 속으로 들어가고 싶었다.

그런 것쯤이야. 인생은 한 번뿐이다.

존이 옷을 입혀주었다. 코트와 버팀대에 부츠까지. 그러면서 플로리다에 살아서 좋은 점 또 한 가지를 깨달았다. 따뜻한 날씨의 옷이 추운 날씨의 옷보다 더 입기 쉽다는 것. 특히 손을 쓸 수 없을 때는.

이제 추운 날씨에는 영원히 작별의 키스를 했다.

하지만 그날 풍경은 참으로 장엄했다. 하얀색 천지. 발길도 닿지 않은.

우리는 시내의 단골 레스토랑을 찾아 나섰다. 이름은 떠오르지 않았지만 엄청나게 푸짐한 거위고기와 사과를 곁들인 달콤한 양배추

는 기억에 생생했는데 걸음이 느리든 말든 어떻게든 찾아가 먹을 가
치가 있는 곳이었다.

나는 그 위치를 더듬어보았다. 중앙 광장인 넓은 데아크 페렌츠
광장에서 작은 거리로 들어가면 있었다. 우리가 여기 살던 시절에 내
가 만날 지나다니던 곳이었다.

우리는 미끄러지거나 뭔가에 발이 걸리거나 넘어지지 않으려고
조심하면서 얼어붙은 곳을 피해 조약돌이 깔린 길을 느릿느릿 걸어
갔다. 나는 점점 피곤해졌다. 발을 들어올릴 수도 없었다. 존이 벤치
에 쌓인 눈을 치우고 나를 앉힌 뒤 잽싸게 근처를 살펴보러 갔다.

데아크 광장에 가까워졌지만 우리는 방향을 제대로 파악할 수 없
었다. 그 작은 거리도 찾을 수 없었다. 광장에 세워진 광고판과 새로
운 가게들 때문에 도통 알 수가 없었다.

우리는 그 레스토랑을 찾는 걸 단념했다. "아, 뭐, 아마 문을 닫았
을 거야."

어쨌거나 내가 창업에 일조했던 〈부다페스트 선〉도 삼 년 전에 사
업을 접었으니까.

하루는 우연히 〈부다페스트 선〉에서 일했던 이전 직장 동료 스티
브 사라코를 만났다. 우리는 그 레스토랑에 대해 물었다. 그는 우리
와 함께 데아크 광장 지하철역으로 걸어가면서 변함없이 그 자리를
지켜온 레스토랑을 가리켰다.

존과 스티브가 나를 부축해 계단을 내려가 지하철역 입구까지 갔

다. 이십 년 전과 꼭 같은 냄새가 났다. 튀긴 밀가루 반죽 냄새와 연료 냄새. 우리는 예전과 똑같은 조잡한 표를 사서 예전과 똑같은 작은 기계로 구멍을 뚫은 뒤 예전과 똑같이 빠르게 움직이는 지저분한 에스컬레이터에 탔다. 그리고 예전과 똑같은 플랫폼에서, 예전과 똑같은 흉측한 오렌지색 천장 아래에서, 예전과 똑같은 푸른색 열차를 기다렸다.

슬픔이 내 마음을 빼앗았다. 우리는 스티브에게 작별 인사를 했고, 그러자 내 눈에서 걷잡을 수 없이 눈물이 흘렀다.

"왜 울어?" 존이 물었다.

"어떻게 설명해야 할지 모르겠어."

결혼기념일―밸런타인데이―에 존과 나는 단둘이 외출했다. 페리가 겔레르트 호텔 스위트룸을 잡아 마련해준 특별한 밤이었다.

1918년에 완공된 아르누보 양식의 겔레르트 호텔은 아름다운 할머니 같은 느낌을 주었다. 낡고 시대에 뒤떨어졌지만 고전적인 스타일이었다. 소비에트 시절을 연상시키는 흉물스러운 물건이나 형광등 조명, 1970년대에 유행하던 둥글둥글한 간판 글씨가 가득했지만 스테인드글라스와 시선을 끄는 쇠 장식은 바라보기에 즐거웠다.

페리는 리처드 닉슨이 두 번 묵었다고 해서 리처드 닉슨 실로 이름이 붙은 스위트룸을 일찌감치 잡아놓았다.

"알아. 알아. 트리키 딕*에 대한 농담은 사양할게." 존이 내게 말했다.

그 방에 딸린 작은 발코니에서는 다뉴브 강이 내려다보였는데, 강에는 얼음이 둥둥 떠다녔다.

우리는 호텔에 있는 목욕가운을 입었다. 존이 나를 데리고 계단을 내려가 스파로 갔다. 우리는 갈라져서 남녀로 나누어진 수증기 자욱한 실내 욕탕으로 들어갔다.

나는 가급적 미네랄 온천수가 흘러나오는 쪽에 자리를 잡고 38도의 물속에 혼자 앉아 있었다. 머리 위 반구형 천장에는 푸른색과 초록색의 모자이크 타일이 붙어 있었다. 천장의 유리 타일을 통해 벌꿀색 햇살이 수증기 자욱한 동굴 같은 공간으로 빗줄기처럼 떨어졌다.

나는 여자들을 훑어보았다. 젊은 여자, 늙은 여자, 뚱뚱한 여자, 근육질 여자, 옷을 벗은 여자, 수영복을 입은 여자. 나는 그들이 젖은 타일 바닥을 어떻게 가뿐하게 걸어가는지, 계단을 어떻게 내려와 물속으로 우아하게 들어가는지, 근육이 살아 있는 그들의 팔에서 햇살이 어떻게 반짝거리는지 쳐다보았다.

하지만 나는 어떻게 밖으로 나갈지가 걱정이었다.

여행 이후 몸이 더 약해졌다. 렉비치로 가기 전부터 알고는 있었다.

---

* 리처드 닉슨 대통령의 별명.

여행이 근육을 못 쓰게 만들었고 근육은 다시 생기지 않을 것임을.

하지만 여행은 내 마음을 강하게 만들었다. 내 심장을.

공평하지 않은가?

부다페스트로 갔을 즈음 내 걸음은 더욱 불안해졌다. 걸음을 옮기려 왼발을 들 때마다 발 앞쪽이 빨리 떨어져버려서 꼭 내 발가락에 걸려 넘어질 것 같았다.

발목 버팀대 덕분에 넘어지지는 않았다. 하지만 여자들뿐인 욕탕에서 나는 버팀대를 하지 않았다.

몸을 기댈 남편도 없었다.

나는 욕탕 안에 앉아 있었다. 시간은 있었다. 어쨌거나 여기는 내가 사랑하는 부다페스트였다. 이 도시는 미네랄 온천이 그물처럼 방대하게 퍼진 곳이며, 유럽에서 약수온천으로 유명한 곳이다. 수백 년의 역사를 자랑하는 목욕탕, 사우나와 온천, 숱한 질병을 치유하도록 설계된 소금탕과 증기탕. 온천은 치과 치료까지 받을 수 있는 건강종합센터였다.

나는 캐나다 유콘에서 낸시와 함께한 그날을 떠올렸다. 노천탕에 몸을 담갔던 그 마법 같은 순간을. 그곳에서 잠깐 동안 나는 늙은 나를 보았다.

여기서 나는 젊은 나를 느꼈다.

나는 황동 난간을 단단히 잡고 계단을 올라와 욕탕에서 나왔다. 벌꿀색 햇살이 떨어지는 그 공간의 한복판으로 나아가 젖은 타일 위에 섰다. 욕탕에 앉은 여자들이 미끌미끌한 무대에서 스포트라이트를 받으며 간신히 걸음을 떼는 나를 쳐다보았다. 나 자신의 우주적 시야를 한 걸음 한 걸음에 집중해 타일 바닥에 엎어지지 않으려고 애쓰는 나를.

선택의 순간이야, 나는 혼잣말을 했다. 나 자신을 안쓰럽게 여기거나, 그러지 않거나.

나는 후자를 선택했다.

"어땠어?" 우리가 다시 만났을 때 존이 물었다.

"좋았어." 나는 극적인 부분은 싹 잘라버리고 말했다.

우리는 트리키 딕 스위트룸으로 올라가 목욕을 했다. 아주 오랜만에 오직 우리 둘만 있는 평화로운 시간이었다.

그가 내 머리를 감겨줄 때 나는 존에게 지금까지 우리가 내린 결정들이 괜찮았는지 물어보았다. 구글에서 미친듯이 검색해 잘못된 ALS 치료법을 찾지 않은 것, 고작 위약이나 얻으려고 호들갑을 떨며 임상실험에 참여하지 않은 것, 치료약이 나올 거라는 그릇된 희망을 품지 않은 것.

그냥 이렇게 있기로 한 우리의 결정에 대해. 받아들이고, 기쁘게 살아가고, 기쁘게 죽기로 한 것까지.

"나는 당신이 어떻게 그렇게 할 수 있는지 모르겠어." 존이 말했다. "내가 당신이었다면 아마 차를 몰고 나무라도 들이받았을 거야."

"그 생각도 했어." 내가 말했다.

"그건 안 돼, 제발."

"안 해. 아이들이 이해하지 못할 테니까."

"다행이야."

"그것만 아니었다면 당신에게 이런 부담을 지우지 않았을 텐데."

"부담이 아니야. 내가 아무리 잘해준다고 해도 이렇게밖에 못하는걸."

그가 나를 욕조에서 일으키고 수건으로 닦아주었다. 엉킨 머리를 빗겨주고 브래지어를 채워주었다. "가장 헐겁게 차는 브래지어 맞지?"

"실력이 점점 느는데!" 내가 살며시 웃었다.

존이 처음으로 내게 스타킹을 신겨주었다. 검정색 실크 스타킹인데 아주 얇아서 엄지로 구멍을 낼 수도 있었다. "조심해!" 내가 말했다.

그가 내 머리 위로 스웨터 드레스를 입혀 끌어내린 뒤 꿇어앉아 발을 들어 버팀대와 부츠를 신겼다. "발가락이 말리진 않았어?"

내 발가락은 근육이 없었다. 구두를 잘못 신으면 발가락이 발에 깔려 걸을 때 상당히 아팠다.

"괜찮아."

또다시 존이 내게 검은색 롱코트를 조심히 입혀주었다. 둔감한 팔부터 먼저. "엄지가 뒤로 꺾였어!" 내가 말했다. 나는 혼자서는 소매에 팔을 밀어넣을 힘도 없었다.

마침내 검은색 모자를 쓸 차례. "꽃이 정면에 오면 안 돼. 이마에 브로콜리를 꽂은 것처럼 보인단 말이야."

저녁을 먹으러 가는 길에 나는 발이 걸려 넘어지는 바람에 스타킹에 구멍을 냈다.

"방에 가서 바꿔 신을까?" 존이 말했다.

"아니. 그냥 먹고 즐기고 싶어."

우리는 호텔 레스토랑의 조용한 구석 자리에서 먹고 즐겼다.

다섯 가지 코스 요리를 실컷 먹었고 요리마다 다른 와인을 마셨다. 영어로 번역된 메뉴 이름—'주름 버섯'—을 보며 웃었고, 메뉴 설명을 다시 읽으면서 요리에 들어간 모든 재료를 맛봤다.

당근수프에 들어간 호두 폴렌타와 생강.

라비올리에 들어간 녹색 홍합.

일반 돼지보다 맛이 두 배로 강한 헝가리 만갈리차 고기.

디저트로 먹은 마지팬과 라즈베리 젤라틴.

우리는 레드, 화이트, 핑크, 드라이, 스위트 와인을 종류대로 음미했다.

그리고 감사할 일과 고마운 사람들에 대해 이야기했다. 우리가 결혼한 이십 년 전 그날 밤을 생각하며 웃었다. 결혼식이 끝난 뒤 우리는 둘 다 이렇게 말했다. "방금 우리가 뭘 했지?"

해외로 나간 덕분에 우리는 함께하는 삶 속으로 내던져졌고, 여태 좋은 동반자였다는 이야기도 했다.

종업원이 레스토랑을 닫을 시간이 다 되었다며 계산을 먼저 해줄 수 있는지 물었다.

우리는 맛좋은 샴페인을 비우며 식사를 끝냈다.

레스토랑에서 나갈 때 나는 존에게 무거운 몸을 기댔다. 혼자 힘으로는 돌아갈 방법이 없었기에.

방으로 돌아가 그가 내 옷을 하나씩 벗겼고 나를 침대로 데려갔다.

크루즈

3월

March

나의 언니 스테퍼니

크루즈 배는 넘실거리는 파도 위에서 시소를 탔다. 선객들은 균형을 잡으려고 팔을 벌린 채 옆으로 비틀거렸고 휘청휘청 걸어가 난간을 붙잡았다.

나는 나무에 매달린 코알라처럼 스테퍼니를 붙잡았다.

헝가리에 다녀온 지 삼 주도 되지 않았을 때였다. 헝가리 여행 이후 나는 활기를 얻었지만 한편 지치기도 했다. 내 병의 현재 상태로는 육지에서도 혼자 균형을 잡기 힘들었다. 거센 바람이 몰아치는 밤에는 배가 해먹에 걸린 것처럼 춤을 추었다.

"어떤 뇌외과 의사가 크루즈를 생각했겠어?" 스테퍼니가 말했다.

"언니, 사랑하는 언니."

참 좋은 스테퍼니. 스테퍼니는 내가 떠난 다른 여행들을 지켜보며 저건 곤란해, 난 아니야, 하고 결정했을 것이다. 스테퍼니는 집에 붙어 있는 것을 좋아하는 사람이다. 비행기 여행은 좋아하지 않는다.

유콘? 안 되지. 헝가리? 당치도 않아. 내 다음번 여행지가 될 키프로스? 그 여행은 내게 특별했다. 스테퍼니가 언젠가는 내 아이들을 그리로 데려가겠다고 약속했다. 스테퍼니는 하늘에 떠 있는 내내 가슴을 졸이겠지만 나는 그녀가 꼭 그렇게 해줄 거라고 믿는다. 하지만 그것은 내가 가버린 뒤가 될 것이다.

지금으로서는 스테퍼니와 나 사이에 특별한 것이 없다. 적어도 여행에 대해서만큼은. 우리는 꼬마 때부터 사이가 좋았지만 우리의 사회생활이 교차된 적은 드물었다. 그러다 깨닫지도 못한 사이에 나는 세계를 돌아다니고 있었고, 그녀는 결혼해서 두 아이의 엄마가 되었다.

"내가 놓친 것에 대해 생각해봤어." 스테퍼니는 존과 내가 유럽과 남미로 나가서 지내던 시절에 대해 이야기를 꺼낸다. 그때 그녀는 어머니의 집에서 1마일도 떨어지지 않은 거리에 살며 두 아이를 키웠다. "하지만 그렇게 한다면 그건 내가 아니야. 나는 아이를 잘 키워. 엄마로서 살아가는 게 좋아. 잘하기도 하고."

그 말이 맞다. 훌륭하게 자란 스테퍼니의 두 아이 윌리엄과 스티븐에게 물어보면 안다. 그녀의 두번째 남편인 돈은 내가 알기로 세상에서 가장 행복한 사람이다.

그녀의 첫번째 남편 빌 또한 아직 그녀를 아끼고 사랑한다.

내 자식들에게 물어보라. 유콘에서 돌아온 뒤로 내가 걷는 것이 어려워지자 스테퍼니는 지역 대학에서 호흡요법을 가르친 뒤 매일 우리집으로 오기 시작했다.

우리는 뒷마당에 같이 앉아 여자들이 즐기는 술을 홀짝거린다. (홀짝거리기만 한다. 스테퍼니는 술을 조금만 마셔도 취한다.) 내 아이들을 지켜보며. 우리는 어머니에 대한 이야기도 나누는데 그러다 보면 어머니를 더욱 사랑하게 된다. 그것이 우리만의 것이었다.

그래서 스테퍼니는 우리가 함께 떠나는 여행으로 가장 쉬운 것을 골랐다. 그녀는 나를 우리집에서 몇 마일 떨어진 항구에서 출발하는 크루즈 여행에 데려가주었다. 어른이 되어 함께 떠나는 여행은 사실 이번이 처음이었다.

그녀가 크루즈 여행을 해보지 않았다는 사실을 내가 알 턱이 없었다.

"난 햇볕 좋은 날 비치파라솔 아래서 음료수를 마시는 잔잔한 항해를 상상했어." 스테퍼니가 넘어지지 않게 우리 두 사람의 무게를 버티면서 말했다. "이건 소름 끼치는 악몽이야!"

바다가 심하게 요동치자 걷는 걸 최소화하려고 저녁때까지 시간이 남았는데도 식당으로 직행했다. 우리는 바의 나지막한 가죽 의자에 앉았다. "한잔할까. 브랜디로?" 내가 말했다.

"안 돼, 이런!" 그녀가 말했다.

나는 스테퍼니를 쳐다보았다. 그녀는 눈을 꼭 감고 있었고, 의자는 파도와 함께 출렁거렸다.

"간신히 버티는 중이야." 스테퍼니가 말했다. "해먹과 같은 거라고 계속 최면을 걸고 있어. 출렁거리는 걸 견뎌보려고."

"멀미가 나?"

"배를 쳐다보면 토할 것 같아."

우리는 한동안 가만히 앉아 있었다. 엔터테이너가 마이크를 잡더니 기타를 치며 노래했고 관중과 농담을 나누었다.

"방에 가서 저녁식사 카드를 가져올게." 스테퍼니가 불쑥 말했다. 그러고는 갑자기 일어나 비틀거리며 나갔고 나만 혼자 바에 남았다.

그녀는 결국 방으로 돌아가지 못했다. 엘리베이터를 탔다가 속이 메슥거려 얼른 내려야 했다. 속에서 올라오는 것을 누르려고 그녀는 손가락으로 입술을 꼬집었다.

다행스럽게도 그녀는 간신히 엘리베이터 밖으로 나왔다. 그리고 열 걸음 떨어진 재떨이로 가서 토했다.

그녀를 불쌍하게 여긴 어떤 사람이 불똥이 튀는 자리를 피해 그녀의 어깨 너머로 멀미 봉투를 건넸다. 그녀는 봉투를 손에 들고 복도를 아슬아슬하게 달려갔고, 직원은 벌써 진공청소기와 수건을 들고 재떨이로 향하고 있었다.

그녀는 두 객실 떨어진 곳에서 울면서 토하는 남자의 소리를 들었다. "힘내요, 씩씩하게! 네?" 그녀가 중얼거렸다.

그녀는 침대 위로 풀썩 쓰러져 눈을 감았다. 눈을 뜰 때마다 토했다.

그녀는 내가 혼자서는 걸을 수 없고 심지어 의자를 밀어 일어설 수도 없다는 사실을 잘 알았다. 그래서 나 혼자 바에 좌초되어 있다는 생각에 패닉 상태에 빠졌다.

그녀가 문을 향해 기어갔다. 그리고 문을 열고 고함을 질렀다. 부디라는 이름의 인도네시아 남자 승무원이 대답했다.

"내 동생. 수전. 바에 있어요. 도움이 필요해요." 스테퍼니는 토하려는 것을 억지로 참으면서 띄엄띄엄 간신히 말했다. "걷지 못해요. 검은 바지. 판초."

"판초? 판초가 뭐예요?" 부디가 어리둥절해서 물었다.

"망토 같은 거. 슈퍼맨."

부디는 더욱 혼란스러워 보였다.

"머리를 하나로 묶었어요. 얼른요!"

그녀가 내 저녁식사 카드와 멀미약을 들려 부디를 내려보냈다.

그때쯤에는 나도 스테퍼니가 아프다는 것을 알았다. 십오 분 동안 나는 혼자 힘으로 나지막한 의자에서 일어나려고 안간힘을 썼지만 번번이 주저앉고 말았다.

"저 여자분에게 술 주지 마요!" 엔터테이너가 소리쳤다.

내가 가운뎃손가락을 들어올릴 수 없는 것이 다행이었는데, 그럴 수 있었다면 그에게 두 주먹을 날렸을 것이기 때문이다. 내게는 마실 술이 전혀 없었다.

음악 소리가 하도 커서 도와달라고 소리를 질러도 들리지 않았다.

나는 내 운명을 받아들이며 다시 주저앉았다. 어떻게 될까, 어떻게 될까.

마침내 아시아계 승무원이 다가와 내게 알약을 내밀었다. 부디였다.

부디는 토하는 시늉을 했다. 나는 알아들었다. 스테퍼니가 쓰러진 것이다.

이거 재미있게 됐는데, 나는 생각했다.

나는 일어서려면 도움이 필요하다는 것을 알리려고 내 어깨에 부디의 손을 얹었다. 그가 서툴게 나를 부축하다가 손을 내 등 아래쪽에 대고 떠미는 바람에 하마터면 나는 쓰러질 뻔했다.

"휠체어를 가져와!" 다른 승무원이 소리쳤다.

스테퍼니는 초록색 유령 같은 몰골로 구부정하게 객실 문을 열어주었다. "오 하느님, 잘 왔어." 그녀가 말했다.

사다리를 타고 위쪽 침대로 올라갈 수가 없어서 우리는 아래쪽 침대에 나란히 누웠다. 스테퍼니는 다시 토하지 않으려고 눈을 감았지만 다리가 후들거렸다.

"여기 물이 있어. 좀 마셔." 내가 말했다.

"넘길 수가 없어. 구두랑 버팀대를 벗겨줄까?"

"괜찮아. 그냥 쉬어."

우리는 눈을 감고 파도가 배에 부딪히는 소리를 들으며 바다가 움직이는 대로 이리저리 흔들리다 잠이 들었다.

다음날 아침, 잠에서 깨니 바다는 잔잔했다. 배는 바하마의 프리포트에 이미 닻을 내렸다. 웨스트팜비치에서 겨우 68마일 떨어진 곳이었다.

우리는 사람이 거의 없는 갑판으로 나왔다. 그리고 새파란 만이 내려다보이는 테이블에 앉아 흰색 리넨 위에 차려진 아침을 느긋이 먹었다.

스테퍼니는 다시 정상으로 돌아왔다. 부드러운 햇살 속에서 그녀는 아름다웠고, 커다란 담갈색 눈동자는 초롱초롱 빛났다.

나는 쉽게 잡을 수 있는 작은 커피잔을 들고 행복해했다. 종업원이 커피를 더 따라줄 때마다 스테퍼니는 나를 위해 크림과 설탕 통을 열어주었다. 오, 삶의 작은 기쁨들.

스테퍼니가 뷔페에서 와플과 달걀과 과일을 가져다주었다. 입 근육을 점점 못 쓰게 되면서 나는 빙하가 떠내려오는 속도로 천천히 먹었다. 스테퍼니는 참을성 있게 기다렸다.

종업원들이 마침내 우리에게 일어나달라고 했다. 점심식사 테이블을 준비할 시간이었다.

우리는 수영복으로 갈아입고 배 위를 한가로이 돌아다녔다. 갑판 차양 아래에도 앉아 있었다. 수영장에도 갔다.

우리의 이야기는 끝이 없었다. 이전에는 스테퍼니와 나 이렇게 둘이서만 이야기를 나누어본 적이 좀처럼 없었다. 휴대전화로 통화도 하지 않았다. 자식들 이야기도 하지 않았다(우리 둘이 합해 다섯이다). 애완동물 이야기도 하지 않았다(모두 여섯이다). 친구들 이야기도 하지 않았다(백 명은 된다). 같이 다른 활동을 하지도 않았다.

우리는 함께 울었다. 정말로 울었다.

대화가 내 생모에 대한 것으로 옮겨갔다.

지난 이 년에 걸쳐 내가 나 자신의 유산을 한 꺼풀씩 벗겨나가는 동안 스테퍼니는 나를 지지하고 같이 기뻐해주었지만 감정을 드러낸 적은 없었다. 몇 번 지나가는 말로 어쩌면 자기도 생모를 찾아봐야 할지 모르겠다고 말했을 뿐이었다.

"나도 생모가 나를 찾아주면 정말 좋겠어." 스테퍼니의 말에 나는 가슴이 찢어질 듯 아팠다.

이제 이쯤 되면 스테퍼니의 성격을 이해했을 것이다. 알겠지만 스테퍼니는 골수 중독자다. 주스에? 수다에? 그녀를 들뜨고 황홀하게 만들어 내면을 활활 타오르게 하는 것에?

아니, 사람들을 기쁘게 하는 것에.

평생 스테퍼니는 자신의 만족보다 다른 사람들을 기쁘게 하는 것을 더 중요하게 여겼다. 어느 추수감사절에 스테퍼니는 집으로 여자친구 한 명을 초대했는데 그 친구는 스테퍼니를 짜증나게 만들고 놀려대기만 했다.

나는 언니를 보호하려고 하는 편이다. 그 여자가 지껄이는 말 때문에 스테퍼니가 큰 상처를 입는 것이 훤히 보였다. 그래서 내가 사실상 그 여자를 내쫓았다.

"대체 왜 그런 친구를 초대한 거야?" 내가 물었다.

"내가 초대하지 않으면 그애가 기분 나빠할까봐." 스테퍼니가 대답했다.

그 대답에 나는 틀림없이 스테퍼니를 째려보았을 것이다.

다음 추수감사절에 스테퍼니는 머리 모양을 더 대담하게 하고 그녀를 초대하지 않았다. 그 대신 우리 가족 모두에게 그녀의 집 쪽으로 차를 몰지 말아달라고 부탁했다. 우리가 함께 모인 것을 들키지 않도록, 그들이 초대받지 않았다는 사실에 마음 상하지 않도록.

정신 차려, 오늘은 감사를 하는 날이야!

우리 가족끼리는 예민한 감정을 서로 솔직히 말하지 않는 것이 습관처럼 자리잡았다. 상처 입은 감정도. 두려운 감정도. 하지만 그날 배에서 스테퍼니는 그녀의 두려움 하나를 말해주었다. 생모에 대한 말을 꺼내는 것만으로도 어머니와 아버지에게 상처를 줄까봐 두렵다고.

그녀는 또 생모를 찾고 나서 실망하게 될까봐 걱정했다. 생모를 좋아할 수 있을까? 생모가 그녀를 만나고 싶어하기는 할까?

스테퍼니가 아는 것은 생모가 1964년 12월에 굿서매러튼 메디컬 센터에서 자신을 낳았을 때 열일곱 살이었다는 것뿐이었다.

"아기가 아기를 낳은 거야!" 스테퍼니가 생모의 마음을 이해한다는 듯 말했다.

나는 스테퍼니에게 감정의 망치를 때려 내 생각을 말해주고 싶었다. 내가 죽기 전에 그녀의 생모를 찾으면 정말 좋겠다고. 그래야 만

나서 이렇게 말해줄 수 있으니까. "당신은 더없이 훌륭한 존재를 낳았어요. 그리고 신이 그 존재를 내 언니로 정해줬어요. 그거야말로 거룩한 일이에요. 고마워요."

하지만 그 배에서 나는 나 자신을 통제하며 그 망치를 내려치지 않았다. 내겐 흔치 않은 일이었다.

오히려 나는 누가 뭐라고 하건 그것은 오로지 그녀 혼자 결정해야 하며, 결정을 내리려면 시끄러운 마음을 조용히 가라앉혀야 한다는 것을 강조했다.

스테퍼니에게 그것은 개에게 운전을 부탁하는 것과 비슷했다.

왜냐하면 그녀에게는 또하나의 심각한 중독이 있으니까. 바로 전화.

날마다 밝은 빨간색 마쓰다 해치백을 몰고 쏘다니며 블랙베리 전화기로 수다를 늘어놓는 예쁜 금발—볼일을 끝내고 장소를 옮길 때면 머리카락이 축축해진다—여자가 보이면 그 사람이 우리 언니다.

"그 차는 연료로 리튬 배터리를 써야겠어. 차가 달리려면 전화기가 켜져 있어야 하니까." 아버지가 말했다.

감정적으로 힘든 일이 생기면 스테퍼니는 주변 사람들에게 전화를 걸어 털어놓는다. 내가 관찰하기로 그러는 것이 그녀를 더욱 허둥거리게 만든다.

작년에 어머니가 사경을 헤맬 때 스테퍼니는 어쩔 줄 몰라하며 수십 명에게 전화를 걸어 어머니가 수술 이후 출혈이 심해서 살아날 것 같지 않다고 말했다. 어머니는 회복되었고, 스테퍼니는 하루 뒤에 그들 모두에게 다시 전화를 걸어야 했다.

어머니가 또 한번 죽을 고비―장폐쇄―를 넘겼을 때도 스테퍼니는 전화를 돌리느라 정신이 없었고 어머니가 회복되자 또다시 전화를 돌렸다.

"스테퍼니, 그만! 그러다 언니가 미쳐버리겠어. 알릴 필요가 있는 경우에만 행동하자."

그 배에서, 그녀의 생모를 찾는 것에 대해 이야기하면서, 나는 여러 친구들에게 전화해서 생모를 찾는다는 이야기를 하고 또 하는 일은 하지 말라고 충고했다.

"다른 사람들의 생각은 중요하지 않아." 내가 말했다. "좋은 점과 나쁜 점을 혼자 따져봐. 차분히 조용하게. 영혼이 하는 말에 귀를 기울여봐. 주변 사람들이 하는 말이 아니라."

이제 나는 깨닫는다. 그게 바로 우리만의 것이었다고. 우리 둘만의 특별한 것. 그 여행에서 오롯이 이루어낸 것은 그것이었다.

그것은 여행이 아니었다. 모험도 아니었다.

우리가 우리 마음에 있는 짐을 덜 수 있게 서로를 위해 그 자리에 있어주는 것이었다. 우리의 마음에서 사람들을 내려놓아라. 그리고 우리의 영혼이 말하는 소리를 들어라.

그 여행 이후 여섯 달이 지난 지금 스테퍼니와 나는 더욱 가까운 사이가 되었다. 그녀는 몇 달째 나를 입히고 먹이고 칫솔질을 해준다. 나를 앉혀주고 일으켜주고 걷는 걸 도와준다.

그녀는 하늘을 날면 패닉 상태에 빠지므로 여러 해 동안 비행기를 타지 않았지만 최근에 마지못해 세 시간 비행기를 타고 나와 함께 뉴욕에 다녀왔다. 스테퍼니도 내가 그녀 없이는 화장실에도 갈 수 없다는 것을 안다.

나는 다시 두 살이 된 기분이다. 담배를 많이 피우는 두 살. 하느님, 잔소리 없이 담배에 불을 붙여주는 스테퍼니—호흡치료사—를 축복해주시기를.

"내 학생들한테는 말하면 안 돼." 그녀가 늘 다짐을 받는다.

스테퍼니는 내가 아는 사람들 중에 가장 침착한 사람은 절대 아니다. 압박을 느낄 때는 더욱 그렇다. 최근에 그녀가 머리나와 나를 BMW에 태워 약속 장소에 데려다주었다. 열쇠 없이도 차에 탈 수 있고 버튼을 눌러 시동을 걸 수 있어서, 내가 열쇠를 돌려 밴의 시동을 걸 수 없게 되었을 때 구입한 차였다.

지금은 그것조차 할 수 없어서 스테퍼니가 나를 데리고 다닌다. 대체로 문제는 없다. 하지만 이번에는 스테퍼니와 머리나가 차에서 내려 문을 닫은 뒤 전자열쇠를 어디에 뒀는지 잊어버리고 말았다. 차

안에 내가 아직 타고 있는데.

어느 여름날 해가 중천에 떠 있을 때 나는 실내를 검은색으로 꾸민 검은색 차 안에 검은색 옷을 입은 채 갇혀버렸다. 열쇠를 찾기 위해 주머니에 손을 넣을 수도 없었고, 팔을 들어 문을 열 수도 없었다. 아까 말했듯이 나는 두 살짜리 아기였다.

스테퍼니는 어떻게 했을까? 하얗게 질렸다. 잠긴 문을 마법처럼 열려고 애쓰면서 손잡이를 몇 번씩 잡아당겼다. 소리를 지르고 유리창을 쾅쾅 두드렸다. 미친 사람처럼 주위를 둘러보았다. 어떡하지…… 돌멩이로 유리창을 깰까?

"조용히 해, 이 아줌마야!" 내가 닫힌 창문으로 입을 벙긋거렸다. "침착해! 그만!"

가엾은 머리나는 스테퍼니를 진정시키려고 애썼지만 소용없었다. 스테퍼니는 더위 속에서 지쳐갔다. 그녀는 잔뜩 겁에 질려 911에 전화를 걸겠다고 했다.

"기다려봐." 내가 말했다. "침착해."

내 눈에서 땀방울이 뚝뚝 떨어졌다. 하지만 닦을 수가 없었다. 나는 집중했다. 내 자리에서 왼쪽으로 몸을 옮겨 계기판 가운데 잠금해제 버튼에 가까이 다가갔다. 몸을 숙여 머리로 버튼을 으깨듯 눌렀다.

탈칵! 잠금장치가 풀렸다.

내가 "소시지처럼" 굴러서 떨어졌다며, 스테퍼니는 요즘도 그 이야기를 하면서 웃는다.

그날 일정을 마치고 집으로 돌아왔을 때 스테퍼니가 또 나를 차 안에 가두었다. 그리고 처음처럼 또다시 어쩔 줄 몰라했다.

최근에 그런 실수가 또 있었는데 이번에 냉정함을 잃은 것은 나였다.

내 왼쪽 엄지가 부러졌다. 누군가가 내 엄지가 나와 있는 줄 모르고 나를 돌아 눕히다가 실수로 꺾은 것이다. 내가 누워서 쉬는데 우리집 개 그레이시가 27킬로그램의 무게로 그 엄지를 밟았다. 나는 눈물이 났다.

스테퍼니가 나를 위로하려 했다. 하지만 나는 그 무게를 치우려고 내가 얼마나 손을 움직이고 싶었는지 그것조차 말할 수 없었고, 그래서 몹시 속이 상했다.

우리는 손길로 누군가에 대해 많은 것을 알 수 있다. 지금은 많은 사람들이 나를 입히고 씻기고 데리고 다니면서 만진다.

나는 끊임없이 말한다. "조심해요. 천천히. 내 엄지를 잊지 마요……" 혹은 내 다리나 뒤집혀 있는 내 신체를 잊지 말라고 당부한다.

하지만 스테퍼니에게는 끊임없이 반대로 말한다. 더 박박 긁어줘, 더 힘껏 눌러줘, 더 세게 당겨줘. 그녀의 손길은 너무 부드럽다.

그녀는 내 헝클어진 머리도 마치 수술을 하는 것처럼 섬세하게 만져준다. "그냥 빗을 확 끌어내리란 말이야!"

"널 아프게 하긴 싫어! 진심이야?"

"언니, 아프면 내가 그런 말을 안 하겠지."

그녀는 내 얼굴에서 머리카락을 치울 때마다 내 머리를 쓰다듬는다.

그녀가 말한다. "너를 위해서라면 뭐든 해줄 수 있어." 그리고 나는 그녀를 믿는다.

나는 그녀를 신뢰한다.

내 아이들은 그녀를 몹시 따른다. "안녕, 알사탕들아!" 그녀는 내 아이들을 볼 때마다 반색한다.

머리나는 어쩌다 머리 앞쪽을 금색으로 염색해놓고 스테퍼니에게 바로잡아달라고 부탁했다.

웨슬리는 나를 포함하여 어떤 인간 존재보다 스테퍼니의 무릎에 더 오래 앉아 있다. "이모 집에 가서 자도 돼요?" 웨슬리는 종종 이렇게 묻는다.

존을 빼면 지구상에서 내 자식들을 키워줄 거라는 절대적인 믿음을 주는 유일한 사람이 스테퍼니다.

그런 사람을 나의 언니로 정해준 것이 신의 섭리 아니겠는가.

마음이 정말 평화롭다.

정말 좋은 스테퍼니, 언니는 세상에서 가장 멋진 선물이야.

누구든 자기가 사랑하는 것은
아무리 작은 것이라도 기록해두어야 한다.
(내 아이폰에서 찾은 2012년 3월의 글)

죽이게 섹시한 4인치 굽 하이힐

하이힐을 신을 때의 섹시한 느낌

그레이시가 내 얼굴을 핥을 때

집에서 소리지르는 사람이 없을 때

스타벅스 차이 티 라떼 스키니

프리지어의 향기와 색깔

라벤더색 일몰

일몰은 전부 다

난초의 기품

차갑고 맛좋은 화이트와인

그 와인을 같이 마실 사람

와인을 마신 후의 알딸딸한 느낌

향긋한 비누 냄새를 뿜는 건조기 구멍 옆에 앉아 있는 것

튀기지 않고 찐 중국 만두와 작은 녹색 양파를 넣은 간장 소스

아이싱을 아름답게 입힌, 겉보기처럼 맛도 좋은 케이크

친구가 써준 손편지

다리 달린 욕조에서 하는 스팀 목욕

우리집 개가 심장 고동이 느껴질 만큼 내 옆에 바짝 붙어 누워 있을 때

내 아이들이 그렇게 누워 있을 때

아침에 깨자마자 마시는 커피 한 잔. 크림과 설탕을 넣어서.

〈Clair de Lune〉. 이 곡을 들으면 언니가 떠오르니까.

마사지하는 여자가 내 발과 종아리를 문질러줄 때 보이는 내 발톱 페디큐어

스프링클러가 만들어낸 안개비에서 무지개를 볼 때

누가 내 머리를 대신 긁어줄 때

선물

4월

April

파노스

2009년 늦가을 의사들이 내 몸에 일어난 문제를 알아내려고 헤맬 때 내 마음은 다른 측면을 둘러보기 시작했다. 어떻게든 내 신체적 문제의 원인으로 ALS 이외의 것을 찾아보려는 시도였다.

생모 엘런에게는 아무 문제가 없으니 별 도움이 되지 않았다.

그렇다면 생부가 남는다.

엘런은 두번째 보낸 편지에서 그의 이름을 알려주었다. 닥터 파노스 켈라리스. 그리고 다음 문장에서 그가 죽었다는 소식을 소문으로 들었다고 했다.

죽었다.

죽었다, 죽었다, 죽었다.

죽었다.

나는 그 가능성에 대해서는 생각조차 해보지 않았다.

제길! 그에 대해 알아볼 기회가 그 한 문장으로 사라져버렸다.

우리가 어째서 지금과 같이 되었는지 그에게 물어볼 기회가.

"나는 당신의 일부예요. 당신도 나의 일부예요"라고 말할 기회가.

나는 화가 치밀었고, 엘런의 인격이 의심스러웠다. 그녀는 생부와 나, 우리를 떨어뜨려놓았다. 서로의 존재도 알 수 없도록. 내게 연락한 것이 그가 죽었기 때문일까? 그와 그의 가족과 부닥쳐야 할 일을 피할 수 있기 때문에?

좋게 생각해줄 수가 없었다. 생부를 잃었다. 가슴이 아팠다.

잃어버린 사실에 초점을 맞추지 마, 나는 혼잣말을 했다. 기회에 초점을 맞춰야 해. 그가 어떤 남자였는지 알아볼 기회.

닥터 파노스 켈라리스. 닥터 파노스 켈-라-리스. 나는 몇 주 동안 그의 이름을 몇 번이나 되뇌었다.

내가 자랄 때 어머니가 늘 말해준 대로 그는 의사였다. 하지만 나는 어머니의 말을 전적으로 믿었던 적이 없었다. 티는 여러 면에서 과장이 심했다. 예컨대 나는 프랑스어를 한 학기 배웠는데, 부알라! 스테퍼니와 나는 프랑스어가 유창했다.

하지만 생부는 정말로 의사였다.

게다가, 세상에, 그는 정말로 그리스인이었다.

내가 어느 민족인지 모른다는 것, 그것이 내 어린 시절의 문제였다. 까마귀 같은 머리의 그리스 미인 어머니에게 종잡을 수 없는 내 외모는 골칫거리였다.

그리스어 수업을 얼마나 받든, 앙증맞은 그리스 의상을 입고 그리스 전통춤을 얼마나 추든 그런 것은 소용이 없다. 집중력이 흐트러질 때마다 내 귀를 꼬집었던 성질 나쁜 카라다라스 선생님에게 그리스어를 아무리 많이 배워도 시어도러 '티' 다미아노스를 만족시킬 수는 없었다. 나는 그 부분에는 그냥 관심을 꺼버렸다.

최근에 어느 친구에게 어머니와 나의 이런 관계에 대해 이야기를 한 적이 있다. 나는 그런 상황을 오래전에 받아들였지만 옆에 앉아 있던 스테퍼니가 느닷없이 울음을 터뜨렸다.

"절대 그렇지 않아." 그녀는 어머니가 트집을 잡은 것에 대해 이렇게 말했다. "절대 그렇지 않아. 넌 언제나 아주 예뻤어."

"예쁘다, 안 예쁘다가 아니라." 나는 시원찮은 발음으로 애써 천천히 또박또박 말했다. "내가 그리스인이라고 생각하지 않았다는 말이야."

이제 내 아버지의 이름을 알았다. 파노스 켈라리스. 여지없는 그리스인이다.

나는 구글에서 검색을 했다.

켈라리스는 외과 의사였다.

오!

그는 처음에 미네소타에서 최고로 알아주는 메이오 클리닉에서 일했고, 이어서 플로리다로 옮겨갔다.

오!

그는 같은 분야에 있는 의사들을 위해 세미나 교재를 썼다.

오!

플로리다 잭슨빌에서 발행되는 신문에 실린 그의 부고에는 그가 소아비뇨기과에서 세계적으로 이름난 개척자로 묘사되어 있었다.

나는 대번에 내가 훨씬 똑똑해진 것 같았다.

바라건대 이것이 사실이면 좋겠다고 생각했다.

기자인 나는 죽은 사람을 마음속에서 만들어낼 수 있다는 것을 알았다. 그의 삶에 대해 알아본다. 그가 어떤 사람이었는지 규정한다. 가슴속에서 감정을 만들어낸다. 파노스는 죽었지만 완전히 사라진 것은 아니다. 그가 남긴 유산 속에서 그를 다시 만들어낼 수 있었다.

나는 그의 부고가 실린 신문사에 그의 사진을 요청했다. 모든 것이 그렇듯 그 사진도 무늬 없는 황색 서류봉투에 넣어진 채 도착했다. 다음날 나는 공원에서 점심을 먹으며 봉투를 열어보았다.

사진을 들고 회색 머리 남자를 물끄러미 쳐다보았다.

나를 낳아준 부모의 얼굴을 처음 대면하는 이런 순간에 나는 펑펑 울지 않았다. "엄마!"라든가 "아빠!" 하고 울부짖는 본능적인 분출은 없었다. 오히려 나는 침착하게 뜯어보았다. 그들의 얼굴에서 내 얼굴을 조금씩 찾아냈다.

파노스의 눈부터 시작했다. 깊이 들어간 우리의 눈, 그것 때문에 내 눈은 검은 아이섀도를 바르면 너구리처럼 보인다.

숱이 많고 꼬챙이처럼 직선으로 뻗은 그의 눈썹을 바라보았다. 우리의 눈썹. 왁스로 눈썹을 뽑을 때마다 나는 베트남 여자에게 "되도록 아치 모양으로요"라고 부탁했고, 그러면 그녀는 "노력하고 있어요! 노력하고 있다고요!"라고 말했다. 그녀가 없었다면 나는 이마에 커다란 일자 애벌레를 붙이고 다녔을 것이다.

우리의 둥글둥글한 뺨을 바라보았다. 어머니가 늘 트집을 잡았던 뺨이었다.

끝부분이 살짝 알전구처럼 생긴 우리의 코를 보고 나는 빙긋 웃었다. 똑바로 쳐다보면 그렇게 이상하지 않다. 하지만 낮은 각도에서 보면 통통한 버섯같이 보인다. 2010년에 우리집에 새로 데려온 그레이시와 내가 처음 만나는 장면이 신문에 대문짝만하게 실렸다. 그레이시가 내 얼굴을 핥을 때 내가 고개를 살짝 든 사진이었는데, 맙소사, 내 코가 엄청나게 커 보였다.

사진 속에서, 다행스럽게도, 파노스는 나를 똑바로 쳐다보고 있었다.

나는 생각했다. 잘생긴 분이었구나.

그 순간 문득 깨달았다.

어른이 된 뒤로 나는 남자를 볼 때 대체로 내가 끌리는지 아닌지를 생각했다. 내가 은발을 좋아한 지는 제법 오래되었다.

나는 생각했다. 어이쿠! 그가 잘생겼다고 생각하면 곤란해. 널 낳아준 아버지잖아.

흠흠. 좋다. 그렇다면 기품이 있다. 파노스는 기품 있어 보였다.

거의 평생 나는 마스 집안의 자식 여섯의 얼굴을 보았고, 그중에서 내 친구 낸시의 얼굴을 가장 많이 보았다. 나는 그들의 비슷한 생김새가 놀라웠다. 그들이 어떻게 닮았는지도 기억한다. 누가 아버지의 눈, 어머니의 광대뼈를 가졌는지, 누가 턱우물이 있는지도.

거의 평생 나는 아름다운 어머니와 잘생긴 아버지의 얼굴을 보고 살았지만 그들의 얼굴에서 내 얼굴을 발견할 수는 없었다.

하지만 파노스의 얼굴에서는 내가 보였다.

나 자신이, 그런 인상적인 남자의 얼굴에. 그 순간 내가 모든 것을 알고 싶었던 한 남자의 얼굴에. 나는 그가 사진에서 살아 나와 내게, 그 자신은 끝내 몰랐던 그의 딸에게 말을 걸어주길 바랐다.

나는 최선을 다해 파노스를 다시 만들어내기 시작했다. 그의 부고에서 나는 그가 바버라는 여자와 결혼했다는 것을 알아냈다. 자식들에 대한 언급은 없었다.

맙소사! 나는 생각했다. 이 모든 일이 그가 결혼한 뒤에 일어났으면 어쩌지?

완벽한 삶을 살아가는 의사의 아름다운 아내를 그려보았다. 그 속에 내가 불쑥 끼어들어 그와 함께한 평생의 기억을 더럽히는 것이다.

안 돼, 그런 짓은 하지 마.

생모가 나를 가졌을 때 그가 로체스터에 있는 메이오 클리닉에서 근무하고 있었기 때문에 나는 미네소타에서 결혼증명서를 찾아보았다.

없었다.

나는 그가 마지막으로 살았던 플로리다 잭슨빌의 공문서를 조사해 법원 기록을 찾아냈다.

플로리다는 정보공개법에 있어 미국에서 선도적인 위치에 있다. 소송, 체포 경위서, 이혼, 심지어 유언장까지 공개 영역에 들어간다.

내 영역이다. 법원 출입 기자로서 나는 오랫동안 이 기록을 이용해왔다.

나는 파노스의 공중 기록을 찾았다. 그의 재산에 대한 소송이 진행 중이었다. 사망증명서는 있었지만 사망 원인에 대한 기록은 없었다.

그리고 유언장이 첨부되어 있었는데, 세 명의 수탁자가 있었다. 로버트 업데일리언, 술라 에코노미테스, 스텔리오스 이아누.

대체 이 이름들은 어떻게 발음하는 거지? 나는 생각했다. 이들은 또 어디에서 찾아야 하지?

구글 검색을 하자 이름 하나가 금세 나왔다. 키프로스에 스텔리오스 이아누 재단이 있었다. 파노스는 대부분의 재산을 장애 아동에게 남겼다. 멋지다. 그냥 장애 아동이 아니라 키프로스에 사는 장애 아동에게.

생부는 그리스계 키프로스 태생이었다.

나는 책상으로 지구본을 가져와 한 바퀴 빙 돌려보았다. 키프로스, 지중해에 있는 작은 섬, 터키의 남쪽이며 시리아와 레바논의 서쪽.

키프로스라니. 정말 뜻밖이었다.

정말 멋졌다.

나는 내가 그리스계 키프로스 태생에만 영향을 미치는 원인 모를 질병에 걸렸을지 모른다고 생각했다. 유대인은 테이색스병에, 흑인은 겸상적혈구성빈혈에 잘 걸린다. 어쩌면 키프로스—인구는 대략 백사십만 명—사람들이 특히 잘 걸리는 병이 있을지도 모른다.

나는 파노스의 법원 문서에 이름이 있던 변호사들 중 잭슨빌에 있는 변호사에게 편지를 썼다. 답장이 없었다. 그래서 전화를 걸었다.

"파노스 씨의 변호사셨나요?" 내가 물었다.

"아닙니다. 저는 그 변호사들 중 한 명을 위해 일하는 변호사입니다." 그가 대답했다.

맙소사.

나는 그 변호사에게, 내가 파노스의 딸인데 그는 내 존재를 알지 못했고 지금은 그의 병력을 물어볼 목적으로 그의 재산 수탁자나 친척과 연락을 취하고 싶다고 했다.

변호사는 "물론이죠!"라고 선뜻 대답하더니 나를 완전히 물먹였다.

막다른 길이었다.

내 유능한 친구 낸시가 다시 나섰다.

알겠지만 낸시는 어떤 친구든 절대 잊어버리지 않는다. 게다가 너그럽고 잘 돕는 성격이어서 이런 일을 자연스레 떠맡는다. 말하자면 낸시는 우리 둘이 이십 년 전에 알았던 한 남자를 떠올렸을 뿐 아니라 그에게 도움을 요청하는 것도 아무렇지 않게 생각했다.

"조지에게 전화를 해봐!" 낸시가 말했다.

조지 사이칼리데스. 플로리다 대학교에서 저널리즘을 같이 공부한 대학원생이었다. 국제 학생이었는데—까맣게 잊고 있었다!—키프로스 출신이었다.

나는 조지를 찾아냈고, 조금 아는 그리스어를 기억 속에서 꺼내 먼지를 털어낸 뒤 그에게 전화를 걸었다.

"야수! 티 카니스?* 오, 조지. 네게 해주고 싶은 이야기가 있어!"

조지는 열중해서 들었다. "정말이야? 정말이야?" 그가 반복해서 물었다.

나는 그에게 부탁이 있다고 했다. 키프로스에 있을 것으로 추정되는 두 명의 수탁자 술라 에코노미데스와 스텔리오스 이아누에게 연락해줄 수 있겠느냐고.

"물론이지, 수전. 물론이야."

나는 그에게 술라와 스텔리오스를 찾아 그들이 영어를 할 수 있는지 그것만 알아봐달라고 했다. 그러면 내가 직접 연락할 수 있다.

며칠 뒤 조지가 전화를 걸어왔다. 스텔리오스는 죽었지만 술라는 살아 있다고 했다. 술라는 파노스의 사촌이었다. "술라에게 다 말했어!" 조지가 즐겁게 말했다.

그래, 조지가 술라에게 메이오 클리닉에서 일하던 간호사가 여자

---

* 그리스어로 '안녕! 어떻게 지내?'라는 뜻.

아기를 낳았다는 말을 하는데…… 술라가 끼어들었다. "파노스에게 딸이 있어요?"

"너를 정말 만나고 싶대!" 조지가 말했다.

오래된 좋은 친구 조지. 그렇게 해서 문이 열렸다!

나는 술라에게 이메일을 보내면서 내 원인 모를 병을 강조하고 그저 의학적인 정보만 원한다고 썼다. 조지가 내게 주소를 알려줘서 나는 그녀에게 가족사진을 보냈다. 술라가 내 생김새를 똑똑히 볼 수 있게 얼굴이 크게 나온 사진으로.

술라는 사진 한 장을 보고 기절할 정도로 놀랐다.

내 사진이 아니라 담갈색 눈동자의 코코아 원두 같은 내 귀여운 아들 사진을 보고. 제 아빠를 빼닮은 파란 눈의 나머지 아이들과 달리, 나처럼 까무잡잡한 내 아들을 보고.

내 아들 오브리가 내 생부와 똑같이 생겼다.

삼 주 뒤 2010년 2월 19일에 나는 런던에 사는 술라의 딸 알리나로부터 술라가 보낸 이메일을 받았다. 그녀는 이렇게 썼다.

"조지의 전화를 받고 나서 나는 그날이 크리스마스라도 되는 것처럼 전혀 생각지도 못했던 선물을 받은 것 같았어요. 진심으로 반가워요. 내 가족으로는 딸 둘(알리나와 마니아)과 손녀 둘(페드라와 아나스타시아), 그리고 아브람(사위)이 있어요. 나한테 파노스의 사진이 많아요. 특히 어떤 사진(여섯 살 무렵이었는데)은 수전 양과 똑같이 생겼어요! 귀가 완전히 똑같아요! 어서 빨리 만나보고 싶어요."

알리나는 간단히 덧붙였다. "엄마가 쓴 모든 내용이 이곳에 사는 우리 모두의 진심이에요. :-)"

조지가 없었다면 가능했을까? 모를 일이다.

어쨌거나 조지의 노력에 감사하는 마음은 이루 말할 수 없다.

2010년 4월 나는 키프로스에 갔다. 내가 술라와 이메일을 주고받은 지 두 달도 되지 않았을 때였다. 그때로부터 다섯 달이 지나지 않아 나는 법원 명령을 신청해 건강상의 이유로 내 입양문서를 확인했고, 파노스 켈라리스가 내 아버지로 공식적으로 기록된 것을 알아냈다. 내 왼손이 죽어가는 것을 알아챈 뒤 채 여덟 달이 지나기도 전에 떠난 여행이었다.

낭비할 시간이 없었다.

나는 알고 싶었다.

이 책이 내가 ALS 때문에 떠난 여정들에 대해 쓴 것이라면 이 여정이 맨 처음이다. 내 생부의 과거 속으로 들어갔다가 그의 친척들의 현재로 옮겨가는 여정.

앞서 나는 엘런의 사진을 처음 본 순간 태양을 쳐다보는 것 같았다고 했다. 나라는 개인의 태양. 쳐다보는 순간 눈이 부시고 멀어버리는.

키프로스도 그럴 것이다.

나는 생부를 찾을 생각은 해보지도 않았다. 단 한 번도. 이제 운명이 이끄는 대로 나는 비행기에 올라탔고 아이슬란드 화산 폭발이 일어나기 직전의 유럽을 가로질러 날아갔다.* 내가 모르는 사람들을 만나기 위한 여행. 그들이 오랫동안 존경해온 고인이 된 한 남자의 합법적이지 않은 딸인 나를 소개하기 위해. 나 자신의 삶을 쓰고 그의 삶을 다시 쓰기 위해.

내 머리는 그 사실을 받아들이지 못했고 내 가슴은 더욱 그랬다. 나를 꼬집어줄 사람이, 비현실적인 상황을 지켜보고 그것이 사실이라고 말해줄 사람이 필요했다. 늘 그랬듯 그 사람은 낸시였다.

홍보와 섭외의 전문가 낸시. 그녀라면 훌륭한 기자가 됐을 것이다. 낸시는 뭐든 아주 정확히 기억한다. 모든 세부 사항을, 모든 약점을 기억한다. 그녀가 하는 이야기 속에는 대부분의 사람들은 잊어버리는 세세한 묘사가 넘친다.

구글 지도에 담을 거리를 찍으려고 360도로 회전하는 카메라를 장착한 차를 아는가?

낸시는 머릿속에서 그렇게 한다.

낸시는 우리가 키프로스에서 지낸 나날을 기자처럼 소상히 기억

---

* 2010년 4월 14일 아이슬란드에서 일어난 화산 폭발로 화산재가 유럽을 뒤덮고 유럽 항공이 마비되었다.

했다. 병원 진찰실에서 공기청정제가 뿜던 액체, 어느 사촌의 야한 농담. 그녀는 그 모든 것에 주목했다.

그녀 덕분에 나도 세세한 것을 살피고 주의를 집중할 수 있었다. 죽었는지 살았는지는 몰라도 결코 시들지 않았던 자주색 꽃. 수블라키에 들어간 양념. 건조한 지중해 공기의 톡 쏘는 짭조름한 냄새.

파노스의 가족을 만나자 나는 정신이 하나도 없었다. 낸시가 나를 대신해 대화를 이끌어갔고, 내가 감동에 겨워 말을 하지 못하면 나 대신 말도 해주었다. 내가 미처 생각지 못했던 선물까지 챙겨 왔다.

낸시는 내가 키프로스의 아름다움을 볼 수 있게 도와주었다. 따뜻한 날씨. 테라스가 딸린 건물과 바위가 많은 풍경이 있는, 우리 꿈속의 지중해처럼 상쾌하고 화창한 날씨. 플로리다의 후텁지근한 울창함과는 다른 건조한 열대 오아시스.

하지만 세련된 곳이었다. 오렌지나무. 종려나무. 부겐빌레아. 천년의 세월 동안 이 섬에 터전을 잡았던 십여 개의 문화가 만들어낸 공예품.

또한 그곳은 교차로였다. 술라의 사위 아브람은 "중동의 구명보트"라고 표현했다. 오래된 장소. 파고 또 파도 늘 새로운 것이 나오는 땅.

조지에게 정말로 고맙다. 그가 이 여행 전체를 준비해주었고 매일의 일정을 잡아 우리에게 보내주었다. 술라와 다른 친척들을 만날 약속도 잡아주었다. 우리에게 언제 어디로 가야 할지 정확히 일러주었고 그의 집에서 머물게 해주었다.

"낸시와 수진을 환영해요." 우리가 도착하자 조지의 여덟 살 된 아들 스텔리오스가 만든, 내 이름을 잘못 쓴 현수막이 높이 걸려 있었다.

조지의 집은 키프로스의 수도 니코시아의 외곽에 있었다. 황금색 밀밭의 한복판에 세워진 현대식 흰색 건물이었다. 내게는 그것이 키프로스의 색깔이다. 흰색과 황금색. 태양처럼.

그리고 지중해 같은 푸른색. 푸른색은 참으로 다양하다.

우리는 저녁으로 바다에서 갓 잡아올린 생선을 먹고 와인을 마셨다. 조지는 우리가 처음 이메일을 주고받았을 때 그가 했던 농담처럼 "나이가 들어 머리가 빠진 것 말고는…… 여전히 플로리다 대학교에서 만났던 가장 눈부시고 쾌활하고 잘생긴 남자"였다. 우리는 생선 요리를 다 먹은 뒤에도 한참 동안 와인을 마시면서 조지와 그의 아내 이율라와 함께 밤새 이야기를 나누었다.

저녁을 먹은 뒤 조지는 파노스 친척들을 그린 방대한 가계도를 꺼냈다. 거기에는 그가 찾을 수 있었던 사람들이 모두 들어가 있었다. 종이 여섯 장을 테이프로 붙인 것이었다. 그는 직접 대화해본 사람들의 이름을 읊으며 그들에 대해 자세히 알려주었다. 가계도에는 예순 명이 넘는 이름이 있었지만 그날 밤에는 육백 명은 되는 것처럼 느껴졌다.

나를 포함하여.

페트리데스, 조르지아데스, 미카엘리데스 같은 그리스 이름으로 갈라져나간 가계도의 어느 짧은 가지 끝에 내가 있었다. 이데스와 이오스와 이스로 끝나는 이름 사이에, 제인처럼 단순한 내 이름 '수전 스펜서'가.

나는 더없이 기뻤다.

하지만 그날 밤 나는 마음속으로 그 가계도를 곰곰이 생각해보았다. 궁금했다. 내가 정말 그들 중 하나일까?

파노스는 자식도, 직계가족도 없었다. 나를 제외하면. 하지만 그리스 문화에서 흔히 그렇듯 그는 친척 어른들, 사촌들과 친하게 지냈다. 그가 어린 시절부터 줄곧 가장 친하게 지냈던 사람은 아마 사촌 술라였을 것이다.

술라는 이메일에서 나를 생각지도 못했던 선물이라고 하면서 내게 다정하게 대했다. 하지만 나는 어쩔 수 없이 궁금했다. 그녀가 그 선물을 실제로 열어볼 때도 그만큼 좋아할까? 나를 실제로 만나면 어떤 생각을 할까?

생부가 남기고 간 모습에 내가 부응할까?

다음날 우리는 니코시아의 중심부로 들어갔다. 대조를 이루는 것들로 가득한 도시였다. 높이 솟은 건물들 근처에 고대의 벽으로 둘러싸인 구역이 있었다. 바다에서 제법 떨어진 언덕에 산뜻한 지중해식 건축물이 있었다. 중동의 영향을 강하게 받은 유럽풍이었다. 나른하지만 살아 있고, 붐비지만 아담하고, 익숙하지만 편안하게 이국적이었다.

술라의 집은 번잡한 거리의 현대식 아파트 건물에 있었다. 나는 그 거리의 이름을 보고 빙긋 웃었다. 애티커스 스트리트. 사실 웨슬리의 진짜 이름은 애티커스다. 웨슬리는 가운데 이름이고.

우리는 개인 엘리베이터를 타고 술라의 집으로 올라갔다. 그 집에 이미 가봤던 조지가 문이 열리면 바로 집이 나온다고 말해주었다.

술라는 남편을 잃고 혼자 살았다. 술라의 남편은 죽지 않았다면 키프로스의 대통령이 되었을지도 모른다고 자식들이 말했다. 애도의 뜻으로 머리에서 발끝까지 검은색 옷을 입은 145센티미터의 구부정한 바부시카*를 얼마간 기대하며 나도 예의를 갖추어 검은색 옷을 입었다.

술라가 문을 열어주었는데, 청바지와 티셔츠 차림이었다.

"안녕! 어서 와요! 온종일 어찌나 들떠 있었는지!" 그녀가 말했다.

우리는 환한 햇살이 비치는 탁 트인 그녀의 집으로 들어갔다. 스테인드글라스 램프와 고풍스러운 가구들이 있었고 빌트인 진열장에는 작은 수집품과 공예품이 가득했다. 그녀의 딸 알리나가 그린 아이콘화도 산뜻하고 발랄한 파란색 액자에 끼워져 있었다.

귀족의 집이었지만 더없이 편안했다.

꼭 술라처럼.

---

* 할머니를 뜻하는 그리스어.

우리는 밖으로 나가 테라스에 앉았다. 나는 우리 주변에 늘어선 건물들, 여기저기 들어선 아파트 건물과 저 너머 언덕을 유심히 쳐다보았다. 술라는 내 얼굴을 유심히 쳐다보았다. 미묘한 눈빛으로. 파노스의 얼굴을 찾아서. 예의바른 시선과 빤히 쳐다보는 시선 사이에 있는 그런 시선으로.

그녀가 근처 레스토랑에서 수블라키를 배달시켰다. 수블라키는 토마토와 오이가 든 화사한 샐러드와 함께 왔다. (미국에도 이게 있어야 한다. 수블라키 배달차는 어디에 있는 거지?) 우리는 저녁 내내 음식을 먹고 이야기를 나누었다.

술라는 부유하고 교육을 잘 받은 자그마한 여인이었다. 푸짐하게 먹고 몸무게를 재면 45킬로그램쯤 나갈까. 영어가 완벽해서 대화에 무리가 없었다. 푸근하고 사려 깊었다. 길에서 보는 여느 여자처럼 편안했고, 상류층이었지만 화장을 하지 않았다. 속물 같은 분위기도 전혀 없었다.

그녀가 사촌오빠 파노스를 사랑하고 존경한다는 사실은 대번에 알 수 있었고 틈틈이 드러났다. 그녀가 사랑한 파노스가 환자들에게 어찌나 다정했는지. 어찌나 충직하고 친절했는지. 어찌나 아이들을 사랑했는지.

술라는 손짓을 많이 사용했는데, 그녀의 제스처는 그녀의 말처럼 많은 것을 보여주었다. 이를테면 "그건 말이지……" 하고 말할 때 그녀는 자기도 모르게 손을 흔들고 어깨를 으쓱하고 눈을 감고 숨을 깊이 들이마셔 뭔가 신성한 이야기를 하고 있다는 표시를 한다.

"파노스에게 딸이 있었다니……" 그녀는 이 말을 할 때도 똑같은 제스처를 했다.

그녀는 2002년에 파노스가 갑자기 세상을 떠났을 때 그들이 얼마나 슬퍼했는지 말했다. 그는 술라의 첫 손녀가 태어나는 걸 보려고 비행기로 키프로스까지 날아왔다. 그 이후 그는 앓아누웠고 다시 일어나지 못했다.

술라는 그들의 삶에 내가 갑자기 나타난 것이 그의 일부가 살아 돌아온 것처럼 느껴진다고 했다. 선물. "크리스마스 같은." 그녀는 또다시 그 말을 하면서 똑같은 제스처를 했다.

술라가 내게 파노스의 사진을 보여주었다. 이십대인 그가 이탈리아의 어느 카페에 앉아 있는 사진이었는데 옆모습이 꼭 나 같았다. 그의 아이 때 사진은 삐죽 튀어나온 귀와 눈이 꼭 오브리였다.

그는 두려움이 없었다.

술라는 그 말을 반복했다. 파노스는 두려움이 없었다고.

그는 누구든 도우려고 했다. 어디든 가려고 했다. 어떤 도전이든 받아들이려고 했다.

몇 달 뒤에는 파노스와 가장 친했던 친구 로버트 업데일리언이 파노스는 보이지 않는 저 먼 바다까지 헤엄쳐 가곤 했다고 말해주었다. 로버트도 똑같은 말을 했다. 두려움이 없었다고.

나는 그 말을 내 영혼에 새겼다. 두려움이 없는 기질이 내 유전자에 있었다.

얼마 후 술라의 딸 마니아가 왔다. 마니아는 같은 아파트 건물에 살았다. 나처럼 두 딸을 가진 엄마였다. 나중에 딸들도 만나보았는데 이름이 아나스타시아와 페드라였다. 아나스타시아는 그리스식으로 우아하게 발음한다. 아-나-스타-시-아.

한 시간이 지나자 마니아의 남편 아브람—그에 대한 내 생각은 한결같이 그가 수완가라는 것이다—이 와인 한 병을 들고 나타났다.

아브람은 처음 며칠 동안은 말수가 적었지만 그뒤부터는 쉬지 않고 떠들어댔다. 나중에 그는 내가 갑자기 나타나서 몹시 당황했다고 했다. 자신에게도 존재를 모르는 딸이 있으면 어쩌나 하는 생각 때문에. "대학 때부터 따지면 말이죠."

그래서 내가 말하는 것이다. 수완가라고.

아브람은 비즈니스 엔지니어다. 그는 이메일 서명에 이렇게 써놓았다. "비즈니스 엔지니어링은 산업 및 환경 경영, 혁신 경영, 기업가 정신, 마케팅 엔지니어링, 서비스 경영, 오퍼레이션 리서치, 글로벌 전략과 리더십, 경영과학, 사업 경영, 자금, 경제, 수학, 사회과학(윤리와 법)을 포함합니다."

아브람은 당당하게 자신이 각 분야의 전문가라고 말할 것이다.

그는 키프로스에 전기자동차를 들여온 것이 자신이라고 말했다. 어느 날 내가 그의 앞에서 레드불을 주문하자 이렇게 말했다. "내가 레드불을 키프로스에 들여왔어요!"

그들 모두처럼 아브람도 파노스를 흠모했다. "그는 믿어지지 않을 만큼 합리적인 사람이었어요." 아브람은 그 첫날 저녁에 그렇게 말했다. "몹쓸 인간은 절대 아니었어요."

그가 남은 와인을 마시고 또 한 병을 가지러 갔다. 술라는 파노스에 대해 말하면서 계속 사진을 보여주었다. 술이 돌자 대화는 자꾸 그리스어로 흘러갔다. 어린 시절 카라다라스 선생님이 토요일마다 내 귀를 꼬집었음에도 불구하고 나는 한마디도 알아들을 수 없었다. 러시아 사람들이 이탈리어를 하는 것처럼 들렸다.

그래도 나는 집에 있는 것처럼 편안했다.

마침내 술라가 오십 년도 더 된 옛날 가족사진을 보여주었는데, 파노스의 부모님과 친척 어른들을 포함하여 스무 명은 되는 사람들이 함께 찍은 사진이었다. 나는 기자 수첩을 꺼내고 그들의 이름을 하나씩 물었다.

어떤 이름은 이오스로 끝났고, 어떤 이름은 이데스로 끝났다.

"이 신사분은 누구예요?" 내가 검은색 옷을 입은 다부지고 까무잡잡한 사람을 가리켰다.

"네 할머니가 되겠구나." 술라가 대답했다.

할머니 줄리아는 머리가 빼어났지만 외모는 별로였다고 술라는 설명했다. 콧수염이 난 여자였다고. 알리나가 말해주기로, 그런 사정 때문에 손주들은 줄리아를 무서워했다고 했다.

술라를 포함하여 우리는 그 이야기에 웃고 또 웃었다.

완벽했다. 가벼움과 무거움이 동시에 흘렀다.

⁂

다음날 아침 술라는 나를 친구인 의사에게 데려갔다. 그가 파노스의 사망을 선고한 사람이었다. 그 의사는 그때 부검을 하지는 않았지만 시들어가는 내 손을 설명할 만한 신경과적인 문제는 파노스에게 없었다고 말했다. 의사의 소견으로 파노스는 긴 비행 이후 혈관에 문제가 생겨—동맥류일 가능성이 높았다—사망했다.

휴! 나는 마음이 놓였다. 유전성 ALS일 가능성은 아직 없구나.

술라가 그 사실을 확인시켜주었다. 그녀의 집안에 알려진 유전적인 문제는 없다고.

사실 그녀와 파노스의 사촌 중에는 백 살이 된 제논도 있었다. 제논의 건강 상태는 아주 좋았다. 그도 의사여서 파노스가 의사의 길을 걷도록 도와주었다. 술라는 나와 낸시, 조지가 그를 만나볼 수 있게 주선했다.

사촌 나디아가 우리와 동행했다. 나디아는 술라와 비슷하다. 나이는 육십대고 체구는 자그마하고 취향은 고상하다. 하지만 성질이 급하고 야한 농담을 잘했다. 그리스어, 이탈리아어, 영어에 능통한 전문 통역가로 교황이 방문했을 때 통역 의뢰를 받았다. 하지만 거절했다. "나는 그 사람이 좋았던 적이 없거든요." 그녀가 말했다.

제논의 아파트로 가려면 짧은 계단을 올라가야 했다. 제논이 휠체어를 타야 해서 여러 해 동안 아파트 밖으로 나가보지 못했다는 사실에 우리는 마음이 괴로웠다.

제논은 거실에서 우리를 맞았다. 파자마 위에 푸른색 블레이저를 입고 있었다. 가슴에 있는 주머니에 청각 보조 장치가 삐져나와 있었다.

나이가 한참 어려 보이는 아내 이리니(겨우 팔십대였다)가 함께했다.

제논은 과거에 키프로스의 보건부 장관이었다. 그는 한때 마운트배튼 경과 함께 말라리아를 근절시키려 노력했던 이야기를 들려주었다. 자신의 두 아들이 의사라는 이야기도 해주었다. 세계를 돌아다니며 의학을 공부했던 이야기도 들려주었다.

그는 젊었을 때 장티푸스에 걸렸다. 장티푸스에! 제논이 한창 그 이야기를 하는데 말이 없던 이리니가 마침내 바락 소리를 질렀다. "수전은 파노스에 대해 알고 싶어서 왔어요."

"내일이 돼도 이야기가 안 끝날 거야." 이리니가 고개를 내두르며 말했다.

나와 낸시, 나디아는 그 말에 킥킥 웃었다.

그래도 제논은 꿋꿋하게 이야기를 계속했다. "전쟁이 터지기 전에는……"

조지가 공손하게 끼어들었다. "어떤 전쟁이오?"

제논이 잘 듣지 못해 조지는 소리를 질러야 했다. 그래서 나와 낸시와 나디아는 더 크게 킥킥거렸다. 조지는 질린 표정이었다.

나디아가 이리니에게 파노스의 사진이 있는지 물었다. 둘이 다른 방으로 가더니 액자에 넣은 사진을 잔뜩 가지고 나왔다.

"이리니의 아들들이야. 의사야!" 나디아가 눈동자를 굴리며 말했다.

웃는다. 미소가 번진다. 생부에 대해 많은 것을 알아내지는 못했지만 즐거운 오후였다. 그래도 아주 소중하고 흐뭇한 사실 하나는 알아냈다.

우리가 떠날 때 나는 키프로스의 풍습대로 허리를 숙여 제논의 양쪽 볼에 키스했다.

"아!" 노인이 웃으며 말했다. "꼭 파노스처럼 키스하는구나."

나는 옛날부터 그리스 음식을 좋아했다. 포도잎말이, 독특한 맛의 페타치즈, 로즈마리와 마늘에 푹 담근 잉크빛 검은색 올리브.

키프로스에서 나는 그리스 음식을 가장 잘 먹는 방법을 발견했다. 메제로 먹는 것이다. 메제는 '함께 나눈다'라는 뜻의 아랍어에서 유래한 말이다. 다양한 코스 요리를 한 테이블에서 다 같이 나눠 먹는 것인데 중동에서는 흔한 일이다. 끼니가 음식 이상이라는 사실을 일깨워준다.

여행 초반에 우리는 성질 급한 나디아의 배려로 해산물 메제를 함께했다. 하얀 리넨 보에 하얀 접시를 올리고 온갖 조개, 생선알, 문어, 성게, 크고 작은 생선에서 발라낸 살코기를 내왔다. 기쁨의 시간.

여행 막바지에는 벽을 적갈색으로 칠하고 짙은 갈색 테이블을 놓은 작은 선술집에서 술라의 대가족과 잊을 수 없는 고기 메제를 함께했다. 술라는 채식주의자였지만 우리에게 그런 선물을 베풀어주었다.

먼저 메추라기알과 아티초크 절임, 기름에 볶은 버섯, 후무스와 카포나타를 곁들인 따뜻한 피타 빵이 나왔다.

그리고 고기 요리가 하나씩 나왔다. 수블라키, 구운 닭고기, 온갖 종류의 돼지고기, 이어서 민트 리덕션 소스로 요리한 양고기. 시금치 파이. 노릇하게 구운 맛좋은 커스터드를 덮은 무사카. 브로스로 끓인 쿠스쿠스. 온갖 채소.

그리고 디저트는 시나몬 치즈 페이스트리와, 그릇 모양의 빵에 꿀을 듬뿍 넣고 피스타치오를 빻아서 잔뜩 넣은 것이었다.

우리는 코스가 시작될 때마다, 새 접시를 가져올 때마다, 한입 먹을 때마다 한참 음미했다. 그렇게 웃고 떠들며 한가로운 시간을 보냈다.

마침내 마지막으로 커피와 밤술을 마시러 밖으로 나갔다. 밤하늘은 맑았다. 세상은 가깝고 따뜻했다. 우리 사이에 그늘은 없었다.

마니아가 낸시에게 우리의 여행에 대해 무슨 말인가를 했다. 낸시가 울며 대답했다. "이런 여행은 다시는 할 수 없을 거예요."

내 병의 암울한 측면을 알지 못했던 아브람이 무슨 일인지 물었다. 나는 ALS에 걸린 것 같은데 사형선고 같은 거라며 울먹였다.

"하지만……" 내가 간신히 말했다. "어떤 일이 생기더라도 나는 운이 좋은 거예요. 여러분 모두를 만났으니까요. 내 아이들에게 말해줄 수 있어요. '너희는 유전 때문에 고통의 선고를 받지는 않을 거야.' 그리고 내 일부는 훌륭한 한 남자에게서 비롯했음을 알게 되었으니까요. 그리고 훌륭한 분들에게서요."

나는 나를 입양한 부모님에 대해 말했다. 나를 위해 희생한 분들. 내게 큰 기대를 걸고 내 곁을 지켜주고 지금의 나를 만들어준 분들.

나는 내가 세상에서 가장 행복한 사람 같다고 말했다.

정말 그랬다.

나는 죽어가겠지만 그날 밤—그 테라스에서 그들과 저녁을 먹은 후—삶의 완전한 경이를 경험했다.

도착할 때는 이방인이었지만 떠날 때는 새로운 가족을 얻었다.

나는 무섭지 않았다.

두렵지 않았다.

나는 그런 감정을 집까지 가져왔다. 고풍스러운 팔찌—술라가 준 선물로 나라도 똑같은 것을 샀을 것이다—와 파노스가 마지막 순간에 지니고 있던, 그가 아끼던 두 가지 소중한 물건인 묵주와 성 안드레아스 메달도 함께.

나는 그 메달을 오닉스에 박아넣었다. 그리고 그 목걸이를 자주 걸고 다닌다. 내 심장 가까운 곳에.

성경책

이 년이 지났지만 키프로스로 떠났던 여행은 아직도 내 영혼을 울린다. 친척들에게서 답은 얻지 못했지만 나는 평화를 얻었다. 내가 받아들여지는 느낌을 받았는데, 예전에는 좀처럼 느껴보지 못한 감정이었다.

파노스를 만났던 적은 없지만 그곳은 내 유산이 있는 땅이었다. 나의 두번째 고향.

나는 다시 그곳에 가고 싶었다. 존을 데려가 그곳을 소개해주고 그가 잘 알겠다며 나를 안심시키는 것을 듣고 싶었다. 언젠가 우리 아이들을 데려가서 친척들을 만나게 해주겠다고 약속하는 것을.

나는 술라와 그녀의 가족에게 감사하고 싶었다.

내가 시작한 것을 끝내고 내 생부가 어떤 남자였는지에 대해 더 많은 것을 알고 싶었다.

나는 봄에 그곳에 다시 가보고 싶었다. 스테퍼니와의 크루즈 여행이 3월이었다. 아이들이 방학을 하는 여름은 아이들에게 써야 했다. 그렇다면 나머지 두 달은 키프로스에 쓸 수 있다.

하지만 성질 급한 나디아가 암 진단을 받아 화학치료를 받고 있었다. 그리고 술라가 척추수술을 해서 긴 회복 기간이 필요했다. 여행은 6월로 미루어야 했다.

그런 것쯤이야. 내게는 아직 시간이 있었다.

그리고 돌아가기 전에 술라를 위해 해주고 싶은 중요한 일이 하나 있었다.

그녀에게 내가 받은 것만큼 소중한 선물을 하는 것.

키프로스에서 분명히 깨달은 것은 파노스의 가족이 파노스가 결혼했다가—이혼했다가—다시 결혼한 바버라라는 여자에게 어떤 애정도 없다는 것이었다.

바버라는 "응석받이 미국 공주"라고 그들은 입을 모았다. 바버라는 식당에서도 발끈 화를 내곤 했다. 파노스나 다른 누군가에게 화가 나면 아예 행사에 참석하지도 않았다.

그들은 그녀의 이름을 말할 때마다—유감스럽다는 듯—음절을 정확히 끊어 발음했다. 바-버-라. "바-버-라는 어려운 사람이었어요." 파노스의 조카사위 아브람이 말하면서 귀 옆에서 손가락을 빙빙 돌렸다.

술라가 말하기를 바-버-라가 그들에게 마지막으로 준 모욕은 파노스의 장례씩 때 키프로스로 가족 성경책을 가져와달라고 부탁했지만 가져오지 않은 것이었다.

"그 여자를 만났을 때 그 성경책이 보이거든 그냥 집어와!" 술라가 반쯤 농담으로 말했다. 나는 그 말이 잊히지 않았다.

술라에게 그 성경책을 가져다주기로 마음먹었다.

바-버-라를 만난다면. 그러니까 파노스가 그녀와 결혼하고 이혼하고 다시 결혼했다고? 굉장했다. 대단한 사랑이었을 것이다.

그래서 바-버-라에게, 그녀가 파노스와 마지막으로 살았던 플로리다 잭슨빌로 편지를 보냈다. 편지는 펴보지 않은 채 반송되었다. 막다른 골목이었다. 도움이 필요했다.

나는 팻 맥케너를 떠올렸다. 팻은 전국적으로 유명한 사설탐정으로 O.J. 심슨의 살인 사건 공판, 윌리엄 케네디 스미스의 강간 사건, 케이시 앤서니의 살인 사건 공판에서 피고측을 위해 일한 사람이다.

나는 십 년 전 크게 주목을 받지 못한 한 사건에서 팻을 알게 되었다. 팜비치에서 어떤 어머니가 잠든 아기를 집에 두고 근처 번화가인 워스 애비뉴로 선물을 찾으러 갔다.

그사이 두 살 된 아기가 일어나 뒷마당 수영장에 빠져 죽었다. 언론은 그녀에게 비난을 퍼부었는데, 한편으로는 외출의 성격 때문에 더 그랬다.

나는 엄마로서 그 여자가 아이를 두고 나갈 때 루이비통 가방을 사러 가든 우유 한 통을 사러 가든 그런 것은 중요하지 않다고 생각했다. 아기를 두고 나온 것. 그것이 죄였다.

그 사건이 마무리될 때 팻은 내 공정한 태도에 고마워했다.

그뒤로 나는 팻과 거의 연락을 주고받지 않았다. 하지만 우리는 페이스북 친구여서 나는 그에게 개인적인 메시지를 보냈다.

나는 그 일을 얼마나 극적으로 보이게 할지 고민했다. 그리고 생각했다. 그러지 못할 게 뭐야? 사실이 그런 걸.

나는 이렇게 썼다.

> 친애하는 팻에게,
>
> 찾을 사람이 있어서 도움을 받고 싶은데요. 죽어가는 사람의 소원이에요……

다음날 그가 집 앞에 나타나 돈을 받지 않고 일을 해주겠다고 했다. 나중에 말하길 "죽어가는 사람의 소원"이라는 부분은 눈에 띄지도 않았다고 했다. 그저 힘닿는 데까지 나를 돕고 싶었던 것이다.

팻은 매력적인 사람이다. 그는 사람들에게 말을 시켜 무언가를 캐내는 기술이 뛰어나다. 그는 쥐가 득시글한 상자에서 방금 빠져나온 고양이에게도 말을 시킬 수 있는 사람이다. 또한 그는 내가 아는 어떤 사람보다 더 맛깔나고 상스러운 화법을 구사한다.

"나도 불알 두 쪽밖에 안 남았었다니까요." 그는 타블로이드 신문이 그에게 O. J. 심슨 살인 사건에 대한 비밀을 넘겨주면 백만 달러를 주겠다고 꼬드겼을 때 자신이 완전히 거덜난 상태였다고 했다.

팻은 그 제안을 거절했다.

그는 더러운 속옷을 입고 컴퓨터 앞에 앉아 케이시 앤서니에 대해 이러쿵저러쿵 지껄이는 사람들에게 악감정을 느끼지는 않는다. 하지만 그의 표현 방식은 훨씬 상스럽다.

그렇다, 팻은 정말로 노골적이다.

"그 여자를 홀리거나 협박해서 가져와야겠군요." 내가 바버라에 대해 설명하자 팻이 말했다. "성경책을 주지 않으면 뒈지게 만들어야겠는데요."

하지만 그는 또한 정말로 다정하다.

팻이 바-버-라에게 처음 전화를 걸었을 때―데이터베이스를 검색해 전화번호를 알아내는 데 대략 오 분이 걸렸다―그는 내 건강에 대해 설명하면서 목이 메어 마음을 진정시키려고 내게서 몇 걸음 떨어져야 했다.

바버라에게 나라는 사람은 완전히 모르는 존재였다.

그리고 전혀 믿을 수 없는 존재였다.

파노스가 사망한 지 십 년이 지났지만 아직도 그의 재산 때문에 변호사들과 골치 아픈 법적 문제에 얽혀 있어서 그녀는 우리 전화도 그와 비슷한 것으로 오해했다.

"아닙니다." 팻이 말했다. "수전은 재산에는 전혀 관심이 없습니다. 파노스에 대한 정보와 그의 가족 성경책 외에는 아무것도 원하지 않아요. 부인이 그런 친절을 베풀어주신다면 말이지요."

그들은 전화를 끊었다. 곧 보호심이 강한 그녀의 오빠가 전화를 걸어왔는데 텍사스에 사는 나이가 지긋한 남자였다.

먼저 텍사스는 늘 반역의 기운이 감도는 독특한 주이고, 기회만 주어진다면 미국에서 분리될 가능성이 가장 높은 주라는 것을 이해해야 한다.

텍사스는 아주 넓어서 자체 전력망이 있다. 미국 전체에 세 개의 전력망이 있는데, 동부, 서부, 그리고 텍사스다.

그리고 이 사람의 성격은 특대형 텍사스 같았다. 한때 그는 처남 파노스도 고소한 전력이 있었다. 텍사스 사람들은 그만큼 드세다.

그가 팻과 내게 공격적으로 말했는데, 귀가 멍할 만큼 강한 텍사스 억양을 썼다. "당신들이 내 여동생을 괴롭힌다던데요." 그가 으르렁거렸다.

그는 바버라가 예전에 심장마비와 뇌졸중을 앓았다고 했다. "당신들이 내 동생을 죽이겠소. 내 친구가 검사장으로 출마하는데 내가 그 친구의 당선을 돕고 있어요. 그 친구 말이, 당신들은 살인 방조죄로 기소될 수도 있대요. 당신들이 기소든 고소든 그런 꼴을 당하지 않았으면 좋겠소."

어디 한번 해보자! 나는 생각했다.

그는 파노스는 1960년대 초에 사고를 당한 이후 불임이 되어 아이를 갖게 할 수 없다고 텍사스 억양으로 말했다. 파노스의 페니스가 잘려 우주로 날아갔다는 말까지 할 것 같았지만 그래도 나는 파노스가 내 생부라고 믿을 것이다. 그래서 나는 그의 위협에도 꿈쩍하지 않았다.

물론 팻도 마찬가지였다.

팻은 그의 성질을 건드리지 않으면서 사진과 기록을 보내줄 테니 그걸 받고 다시 한번 생각해달라고 부탁했다.

"염병할 촌뜨기 꼴통." 팻은 전화를 끊자 이런 말로 그를 욕했다.

며칠 뒤 호기심이 생긴 바버라가 전화를 걸어왔고, 팻은 그녀와 한참 통화를 하며 우리를 만나야 한다고 설득했다. 바버라는 내가 파노스의 딸이라는 것을 믿지 않았지만 성경책이 내게 위로가 된다면 기꺼이 주겠다고 했다.

얼마 지나지 않아 나는 팻과 낸시와 함께 비행기를 타고 얼마 전 그녀가 이사했다는 테네시 주 녹스빌로 갔다. 휠체어를 타고 하는 여행은 이번이 처음이었다. 또하나의 획기적인 일이었다.

낸시와 내가 이 미지의 여인에 대해 주고받은 농담이 떠올랐다. 우리는 온통 검은색 옷을 입고 그 집에 침입해 성경책을 훔쳐오는 장면을 상상하며 웃었는데, 그렇게 하면 도덕적 의미의 죄와 범죄를 저지르면서 동시에 사랑의 행위까지 한꺼번에 하는 셈이었다.

나는 고마운 마음이 들어, 우리가 바버라에 대해 들은 그 모든 험담을 어떻게 마음속에서 지울지 생각했다. 그녀는 우리에게 친절히 대해주었다.

그날 오후 바버라가 우리 호텔로 왔다. 그녀의 가정부가 커다란 초록색 메르세데스로 그녀를 호텔로 데려왔다. 팻이 호텔 안까지 그녀를 부축했다. 그녀는 우아한 지팡이를 짚고 있었는데, 그것이 그녀가 적어도 칠십대는 되었다는 걸 알려주는 유일한 표시였다.

머리는 짙은 갈색이어서 크리스털 같은 푸른색 눈이 돋보였다. 피부에는 잡티 하나 없었다. 그녀에게서 장미꽃 향기가 났다.

"만나서 반가워요." 그녀가 내 옆에 앉아 거의 생명을 잃은 내 손을 잡으며 말했다. "비행기 타는 건 괜찮았어요?"

그녀의 다른 손에는 성경책이 들려 있었다.

그녀가 파노스에 대해 말할 때 그 푸른 눈이 커지며 꿈같은 눈빛을 띠었다. "그이와 나, 우리는 하나였어요."

바버라는 정말로 아름다운 여인이었다.

그리고 굉장히 정중했다. 내게 꼬치꼬치 캐묻지도, 나를 빤히 쳐다보지도 않았다. 그녀가 우리를 저녁식사에 초대했다. 그녀가 레스토랑에서 특정한 자리를 요구하고 메뉴를 쳐다보지도 않고 주문하는 것을 보고 그녀가 특별 손님인 것을 알았다.

나는 오로지 자신의 남자라고 생각했던 사람이 그렇지 않았다는 것을 알게 되어 그녀가 얼마나 힘들었을까 생각했다. 그녀는 아는 사람이 전혀 없는 녹스빌로 이사했고, 그 생각을 하니 기분이 묘하고 슬펐다. 그녀에게 미안했다.

그날 밤 그녀가 내게 성경책을 주었다.

나는 호텔로 돌아와 낸시와 팻과 함께 성경책을 확인해보았다. 낸시가 대뜸 말했다. "이건 가족 성경책 같아 보이지 않는데!"

낸시가 그녀 가족의 성경책에 대해 설명했는데, 자체 받침대가 있고 세월의 탓으로 책장이 나달나달해진 엄청나게 두꺼운 독일어판이라고 했다.

바버라가 준 성경책은 쓰지 않은 새책 같았다. 나무로 된 표지에 그리스정교회 십자가가 새겨져 있는 표준 규격의 영어판이었다. 발행일을 확인했다. 1957년.

팻이 호텔 근처에서 종교서적 서점을 봤다고 했다. "사기당한 거야!" 팻이 결론을 내렸다. "염병할 촌뜨기 꼴통!" 그는 그녀를 돼지게 만들어주겠다며 또다시 벼르기 시작했다.

"진정해요, 친구들. 내일 그녀의 집으로 찾아가 다시 이야기해보면 되잖아요." 내가 말했다.

낸시가 가족 성경책에 대한 정보를 더 알아내려고 키프로스의 친척들에게 문자를 보냈다. 새벽이 되기 전에 내 아이폰이 울렸다. 술라였다. 낸시가 그녀와 통화했다.

내가 깨어 뒤척이는데 낸시가 성경책에 대해 물어보는 소리가 들렸다. 그리고 낸시가 말했다. "네??? 모른다고요?"

결론부터 말하면, 술라는 어린 시절 이후로 그 성경책을 보지 못했다. 그것을 알아볼 수 있는 유일한 사람은 제논이라고 했다. 이 년 전에 만난 백 살 된 사촌.

"아직 살아 계세요?" 낸시가 불쑥 물었다.

팻이 대화에 끼어들어서 우리는 그에게 좋은 소식과 나쁜 소식을 모두 알려주었다. 그 성경책의 진위 여부를 확인할 수 있는 사람이 아직 존재한다는 것이 좋은 소식. 그 사람을 그렇게…… 믿을 수는 없다는 것이 나쁜 소식.

"내가 이 문제를 해결해보죠. 진실을 아는 사람이 지금 백두 살이라고 했나요?" 팻이 말했다.

"넵!" 우리가 웃으며 말했다.

우리는 그날 바버라의 집으로 가면 진짜 가족 성경책을 샅샅이 찾아보기로 맹세했다.

우리는 노스쇼어 브라스리라는 근사한 곳에서 바버라와 점심을 먹었다. 그 식사를 떠올리면 두 가지가 생각난다. (1) 아이스크림. 그곳에서 직접 만든 것. 캐러멜 라임 맛. 여태 먹어본 것 중 최고였다. (2) 바버라에 대한 돌파구.

점심을 먹으면서 나는 내 생모에 대한 이야기를 꺼냈다. 바버라는 너무 정중해서인지 아니면 불안해서인지 아무 질문도 하지 않았다. 그녀가 파노스와 함께했던 시기나 그들이…… 음…… 결혼한 뒤에 내가 생긴 것인지에 대한 확신이 단박에 들지는 않았다.

나는 대화를 그들의 만남에 대한 이야기로 이끌었다. 바버라는 파노스가 근무하는 병원의 환자였다. 그들이 결혼한 시기는 언제였을까. 1967년.

휴!!!!

내가 생기고 훨씬 뒤의 일이었다.

나는 바버라에게 그 임신은, 그러니까 내가 생긴 것은 파노스가 그녀를 만나기 전의 일이라는 것을 알아달라고 했다. "이 모든 일은 두 분이 함께해온 시간을 훼손하지 않아요." 내가 말했다. 그녀의 푸른 눈이 알겠다는 눈빛과 안도감으로 커졌다.

우리는 그녀의 집으로 갔다. 녹스빌의 부자들이 사는 교외에 있었는데, 미국의 표준에 비해서도 엄청나게 큰 집이었다. 그 집에서 그녀는 혼자 살았다.

바버라가 비틀비틀 계단을 올라 으리으리한 앞문으로 갔다. 팻이 우리 둘을 부축해 들어갔다. 그는 그곳에서 지낸 기간 내내 큰 도움을 주었다. 나는 휠체어를 탔다 내렸다 했고, 어쨌거나 그것을 끌고 다니는 것은 그의 몫이었다. 어느 날 그가 휠체어를 들어 차 트렁크에 집어넣으면서 끙끙거리는 소리가 들렸다. "똥꼬가 빠지겠구나!" 그가 유쾌하게 말했다.

그는 마음만 먹으면 완벽한 신사였다. 바버라 앞에서는 상스러운 말을 삼갈 줄 알았다. 그녀는 그런 말을 재미있어하기에는 (나와는 달리) 더없이 고상한 숙녀였다.

바버라의 집은 바로크 스타일로 꾸며져 있었고, 시선을 끄는 황금색 장식과 멋진 가구가 많았다. 바버라처럼 격식이 느껴졌다. 그녀는 작은 개 세 마리를 키웠다. 개들이 캉캉 짖는 소리가 온 집안에 울려 퍼졌다.

우리는 자리에 앉았다. 나는 파노스의 글씨체를 본 적이 없다는 것을 깨달았다.

당신은 누군가의 글씨체로 그 사람에 대해 무언가를 말할 수 있는가? 나는 할 수 있다.

나는 바버라에게 그가 그녀에게 써 보낸 편지를 보여줄 수 있는지 물었다. 그것이 얼마나 뻔뻔스러운 요구였는지 지금 생각하면 몸이 움츠러든다. 그들의 가장 은밀한 대화를 보여달라고 한 것이다.

물론 편지를 보지는 못했다.

하지만 오! 내가 본 것들이란.

바버라는 파노스가 메이오 클리닉에서 일할 때 이룬 업적이 실린 신문 기사를 가져왔다. 환자들의 이야기. 그가 받은 상들. 그가 저술한 책들과 도움을 준 자선단체들.

우리는 사방이 모두 유리창으로 되어 있는 호화로운 거실에 앉아 그 기사들을 읽었다. 아주 양지바른 곳이라 나는 햇빛에 눈을 찌푸렸다.

문득 바버라가 말을 멈추었다. 나는 고개를 들었다. 그녀가 나를 빤히 쳐다보고 있었다.

"꼭 파노스처럼 눈을 찌푸리네요." 바버라가 말했다.

그 순간, 그녀는 믿었다.

그녀는 파노스의 것이었던 오래된 성화 몇 점을 가져왔다. 그것을 내 앞에 내려놓았다. "마음에 드는 걸로 가져가요." 그녀의 말에 나는 하나를 골랐다.

그녀는 파노스가 만지작거리던, 금으로 만든 걱정염주[*]도 주었다. 파노스가 죽었을 때 주머니에서 발견된 지폐를 끼우는 금 클립도 주었는데, 아직 유로가 들어 있었다. 세어보지는 않았다. 수백 유로일지 모르지만 절대 쓰지 않을 것이다.

팻과 낸시가 성경책에 대해 물었다. 바버라는 그것이 자신이 가진 유일한 것이라고 했다.

낸시는 넓은 집을 돌아다녔다. 키프로스의 친척들에게 다른 물건에 대해 물어봤을 때, 그들은 파노스의 소장품 중 그가 아끼던 유명한 그리스 화가의 바다 풍경 그림에 대해 말했다. 낸시는 그 그림을 찾으려고 혈안이 되어 있었다.

바버라는 최근에 이 집으로 이사를 왔다. 아직 박스에서 꺼내지 않은 짐도 있었고, 걸지 않은 그림도 있었다. 낸시가 바다 그림 하나를 보았는데 너무 조잡해서 파노스의 영혼을 울렸을 것 같지는 않았다.

---

[*] 그리스나 키프로스에서 시간을 보낼 때 손으로 만지작거리는 염주 비슷한 것.

낸시는 또다른 바다 그림을 발견했다. 색깔과 느낌으로 보아 지중해를 그린 것이었고, 그녀가 그것을 바버라와 내게 가져왔다. 낸시는 그런 사람이다. 세련되고 전문적인 내 좋은 친구. 그녀는 늘 한 걸음 더 밀어붙였다. 더 탐험하라고, 더 찾아보라고 나를 떠밀었다. 더 물어보라고. 더 애쓰라고.

맞았다. 그 그림이 파노스가 아끼던 그림이었다. 바버라가 그것을 내게 주었다.

그녀는 아주 친절했다. 우리가 떠날 때 그녀가 내게 키스해주었는데 장미꽃 향기가 났다. 틀림없이 지난 시절의 사랑을 그리워하며 하루하루를 보낼 그녀를 그 큰 집에 두고 오면서 나는 안쓰러운 마음이 들었다.

파노스의 친척들은 그가 그녀와 결혼하고 이혼하고 또 결혼한 것을 미친 짓이라고 생각했다. 파노스의 가장 친한 친구 로버트 업데일리언도 바버라를 전혀 좋아하지 않아서 파노스가 그녀를 환자로 생각하고 도우려고 했을 거라고 믿는다.

하지만 나는 더 많은 것이 있었다는 걸 안다. 다른 사람들은 그녀의 아름다움을 보지 못했지만 나는 보았다.

그가 그녀에게 그만큼의 인내심을 보였다는 것은 아주 특별한 일이다.

나는 그들이 왜 아이를 낳지 않았는지 모른다. 내가 아무리 뻔뻔하다 해도 차마 묻지 못할 것이 있다. 그들은 아이가 없었다. 지금 바버라는 혼자다.

어쩌면 그래서 그녀는 나를 '의붓딸'이라고 부르며 그토록 많은 이야기를 해주었을 것이다.

그녀가 준 그림은 지금 내가 이따금 자는 방에 걸려 있다. 아버지는 아무것도 묻지 않고 그림을 그 자리에 걸어주었다.

대양을 그린 그림. 푸른색과 초록색 파도가 밀려오고 그 위에 하얀 물거품이 부서진다. 수면 위에 햇살이 반짝인다.

나는 종종 잠들기 전 마지막으로 그 그림을 보곤 한다.

치키 오두막

5월

M a y

나만의 장소

여러 가지 면에서 나는 아버지 톰과 서먹서먹하다. 내 어린 시절 내내 아버지는 일주일에 육 일, 하루에 열 시간씩 제약회사에서 일했다. 일요일에는 교회에 갔다. 우리를 위해 일한다는 건 알았지만 그래도 아버지가 그리웠다.

저녁 아홉시나 열시에 진입로로 들어오는 아버지 차의 헤드라이트를 보려고 나는 잠들지 않고 누워 있곤 했다. 아버지가 돌아오기를 기다리다가 현관에 켜둔 야간등 옆에서 잠든 적도 많았다.

아버지가 무화과나무의 가지를 치고 나서 나더러 그걸 치우라고 하면 나는 그게 그렇게 좋았다. 마당에서 하는 일은 우리가 같이 하는 몇 안 되는 일 중 하나였기 때문이다.

나는 아이로서 아버지를 숭배했다. 아버지는 내게 늘 다정했다.

하지만 어른이 되자 우리는 서로 점점 더 멀어지는 것 같았다. 아버지가 말을 하지 않았기 때문에 그 거리는 정말로 좁혀볼 수가 없었다. 어머니가 아프기 전 이십오 년 동안 아버지가 내게 전화한 횟수가 채 다섯 번도 되지 않는 것 같다. 겨우 1마일 떨어진 곳에 살면서도 아버지는 내게 같이 점심을 먹자거나 영화를 보자는 말을 하지 않았다.

하지만 아버지는 한결같이 다정했다. 내가 직장에 다닐 때도 내 아이들을 데려왔고, 내가 아파서 운전을 하지 못하는 지금도 내 아이들을 데려온다. 아버지는 내가 해야 하는 일을 대신 하러 다닌다. 손주들에게 스쿠터도 태워준다.

아버지는 재주가 뛰어난 핸디맨이다. 뭐든 만들고 고치고, 그러면서도 그럴 수 있어서 행복하다고 늘 우리를 안심시킨다. 아버지는 손주들에게 야전침대도 만들어주었다. 내게는 책장을 만들어주었다. 방마다 크라운몰딩 시공도 해주었다.

그것이 아버지의 사랑의 언어였음을 나는 이제야 깨닫는다. 말하지 않고 행동으로 보여주는 것.

건강했을 때 집을 돌아다니다보면 널브러진 아이들의 옷, 부엌 개수대에 놓인 지저분한 접시들, 샤워실 수챗구멍에 끼인 머리카락이 보였다.

아, 뭐, 사는 게 다 그렇지, 나는 그렇게 생각했다.

하지만 병에 걸리자 더 큰 것들이 보이기 시작했다. 작은 것들이지만 더 크게 보였는지도 모른다.

홈통의 벗겨진 페인트 같은 것. '펑!' 활기를 얻어야 할 칙칙한 벽들. 샤피 마커로 그려놓은 꼬마 그림을 포함해 그동안 아이들이 함부로 다뤄 낡은 식탁(세탁한 옷을 놓는 장소가 되었다).

나는 아버지에게 전화를 걸었다.

"식사하는 공간에 빌트인 벤치를 만들어주세요. 수납공간도 함께요." 내가 말했다. "그리고 아! 반대쪽 벽에는 TV 같은 걸 놓는 곳을 만들고요."

"그러자. 그림을 그려서 다오."

"그런데 먼저 천장에 페인트를 칠해야겠어요."

"누가?"

내가 말한 천장은 높이가 12피트였고, 나무판자와 긴 목재를 끼워 맞춘 형태였다. 롤러나 스프레이로는 안 되고 붓을 써야 했다.

"당연히 아빠죠! 아빠보다 더 잘하는 사람은 없어요!"

그래서 아버지가 그 일을 했다. 흔쾌히. 일흔세 살의 나이에 사다리 맨 위에 올라서서 며칠 동안 머리를 뒤로 젖힌 채 내가 소리를 질러대는 색깔대로 천장에 페인트를 칠했다.

"긴 목재는 아주 하얀 색깔로요! 판자는 하얗게, 하얗게요!"

우리는 시들어가는 내 손이나 대답이 아닌 질문으로 끝나는 의사의 진찰에 대해서는 아무 이야기도 하지 않았다. 내 병에 대해서만큼은 서로 어색한 침묵을 지켰다. 6월에 내가 진단을 받은 뒤에도 아버지는 내게 위로를 건네거나 기운을 북돋우는 말을 하지 않았다. 아버지는 내가 아프다는 사실을 결코 인정하지 않았다.

하지만 아버지는 천장을 하얀색으로 멋지게 칠해주었다.

페인트칠 하나가 분위기를 얼마나 바꾸는지, 참 재미있다.

진단을 받은 뒤 나와 존은 전문가를 고용해 집을 황갈색으로 칠하고 산호색으로 포인트를 주었다. 나중에 아버지가 이글거리는 플로리다의 뙤약볕 속에서 수영장 옆쪽으로 만든 프렌치도어를 짙은 감청색으로 칠해주었다.

나는 오래전에 박제한 돛새치 두 마리를 박제사에게 보내 새로 손보았다. 한 마리는 길이가 6피트인데 어머니와 아버지가 1962년에 잡은 것이었다. 다른 한 마리는 이웃집 쓰레기 더미에서 건진 것이었다.

우리는 그 푸른 문 옆에 돛새치를 걸었다. '펑!'

그때 내가 한 일이 무엇이었는지 이제는 알겠다. 나는 둥지를 만들고 있었다. 꿈의 집을 만들고 있었다. 내 남은 나날을 보내고 싶은 집. 남편과 자식들에게 남겨주고 싶은 집.

플로리다 남부의 선선한 겨울 날씨가 시작되자 나는 바깥에서 많은 시간을 보내기 시작했다. 글쓰기, 여행과 프로젝트 계획 세우기, 담배 피우기. 할 일이 날마다 늘어나는 것 같았다. TV와 트럼펫 연습하는 소리와 아이들이 다투는 왁자지껄한 소리를 피해 지내면서.

나는 몇 달 동안 수영장 시멘트 덱의 캔버스 차양 아래 놓은 접이

의자에 앉아 우리의 아름다운 마당을 바라보았다. 날마다 망고가 조금씩 토실토실해지는 것을 바라보았다. 종려나무의 다양한 종류에 감탄했다.

그것은 내 부모님의 따뜻한 마음을 보여주는 한 부분이었다. 친구이자 옛 이웃인 바트는 식물학자이자 묘목장 주인이자 조경사다. 예전에 그가 우리집 앞마당 전체를 무료로 꾸며주었다. 이유는?

"당신과 당신 부모님에게 뭔가 해드리고 싶어서요. 그분들이 저한테 참 잘해주셨거든요." 바트가 말했다.

내 병에 대해 알게 된 그는 뒷마당도 꾸며주겠다고 했다. 바트가 나를 그의 묘목장으로 데려갔고, 우리는 수천 달러는 나갈 큰 나무를 여러 그루 골랐다.

트라이앵글 종려나무, 코코넛 종려나무, 스핀들 종려나무, 바나나 종려나무, 보틀 종려나무도 있었다. 줄기가 하나짜리, 두 개짜리, 세 개짜리인 종려나무도 있었다. 상을 받은 진귀한 관목 종려나무도 있었는데, 그는 그것을 아주 자랑스러워했다. 그 나무의 이름은 기억나지 않지만 선물을 준 그의 따스한 마음은 잊을 수가 없다.

(방금 찾아보았다. 난장이 팔메토 종려나무. 고마워요, 바트!)

그는 우리가 수영장 덱과 마당 가장자리에 그 나무들을 심는 것을 도와주었다. 나는 날마다 차양 아래 앉아 그 풍경을 즐겼다. 삶을 즐겼다.

그것이 남부 플로리다의 아름다움 중 하나다. 반바지를 입고 바깥에서 종려나무에 둘러싸여 앉아 있는 것.

그렇게 있다보면 시멘트 덱에서 올라오는 열기와 차양 위에 고인 열기로 후끈해졌다. 그늘에 있어도 이지베이크 오븐 안에 앉아 있는 것 같았다.

아주 더웠던 어느 날에는 우리집 너른 잔디밭에서 신기루까지 보았다. 시원한 오아시스. 어쩌면 페르골라*나 덮개로 가린 포치였을지도. 아니면…… 내 머릿속은 계속 탐색해나갔고 마침내…… 치키오두막에 이르렀다.

다른 말로 하면 티키오두막.

벽이 없어 공기가 통하고, 종려나무 잎사귀로 덮인 높은 지붕이 있는. 플로리다의 미코수키 인디언이 치키오두막을 짓고 살았다. 높은 지붕은 방수가 되고 열을 흡수하지 않아 시원한 그늘을 드리운다.

많은 사람들이 치키오두막 아래 바를 만든다. 나는 티크가구와 쿠션 좋은 소파, 테이블, 베개, 양초, 오토만을 놓은, 앉을 수 있는 널찍하고 편안한 공간을 그려보았다. 그곳에 존과 내가 친구들을 불러모아 삶을 즐긴다.

우리 아이들과 아이들의 친구들이 우리의 코밑이 아니라 멀찍이 보이는 곳에서 어우러져 논다.

나는 존에게 치키오두막을 만들고 싶다고 넌지시 말했다.

---

* 덩굴식물이 타고 올라가도록 정원에 만들어놓은 천장이 있는 구조물.

"안 돼. 나는 마당이 탁 트인 게 좋아." 그가 말했다.

나는 그를 들볶기 시작했다. "여보, 이 접이의자는 불편하단 말이야!"

"여보, 바깥은 더워!"

"우리 뒷마당이 휴가지가 된다고 생각해봐."

그는 꿈쩍도 하지 않았다.

돈에 대한 걱정은 물론이고 그 일을 벌이면 그의 일이 더 많아질 터였다. 그는 안 그래도 일이 많았다.

"견적을 뽑아보는 건 괜찮잖아. 내가 다 알아서 할게. 약속해." 내가 말했다.

그때가 5월 초였다. 아이패드로 작업하는 것도 거의 불가능할 때였다. 내 손은 쉽게 지쳐서 큰 키보드는 쓸 수 없었다. 터치스크린 위로 손가락과 손바닥이 질질 끌렸다.

나는 표적으로 삼은 글자를 맞힐 수 있기를 바라면서 부들거리는 곱은 손가락을 명사수처럼 날렸다.

아이폰아, 반가워!

아이폰의 작은 터치스크린 키보드는 완벽했다. 아직 오른쪽 엄지는 제법 쓸 만했다. 엄지를 아이폰에 대고 당신이 문자메시지를 보낼 때와 같은 방식으로 나는 십만 글자를 찍었다. 그런 방식으로 나는 이 책의 거의 전부를 썼다.

그 엄지로 공사업자를 찾고 치키오두막 견적을 냈다.

견적은 적당했다. 감당할 만한 액수였다. 나는 그 일을 전속력으로 진행했다. 존의 승낙을 받을 때까지 기다리지 않는 바람에 그는 화가 났다.

"결정에는 제발 나도 포함시켜줘." 그가 직장에서 문자를 보냈다.

"그럴게. 미안해."

존은 모든 것에 동의했지만 한 가지만큼은 완강했다. 치키오두막은 마당 뒤쪽으로, 우리 땅의 경계에 친 울타리와 가까운 곳에 지으라는 것, 마당 한복판에는 시선을 방해하는 것이 없도록 하라는 것이었다.

"그럴게." 내가 말했다.

친구들이 허가를 받는 것과 공사업자와 계약하는 것을 도와주었다.

우리는 웨스트팜비치 한복판에 있는 아담하고 깔끔한 교외에 산다. 레이크클라크쇼어스라는 지역이다. 이곳에는 좋은 집도 많고 어디에 무엇을 지으면 되고 안 되는지에 대한 법 규정도 많다.

나는 법 집행자들을 '법 도당'이라고 부르지만 규칙은 더 좋은 지역사회—주변 공간이 널찍한 큰 집들—를 만든다. 레이크클라크에서는 사유지의 경계와 너무 가까운 곳에 뭔가를 짓는 것은 금지다. 존이 치키오두막을 지어도 좋다고 한 곳을 포함하여.

우리는 특례신청을 해야 했는데, 그러려면 두 달이 더 걸리고 돈도 몇백 달러 더 들어갔다. 내 삶의 스톱워치는 이미 작동하고 있었다. "제발, 존, 마당 한복판에 짓게 해줘. 잔디 깎을 곳이 줄었다고 생각하면 되잖아. 제발."

"그렇게 해." 그가 물러섰다.

치키오두막은 가로 14피트 세로 16피트 크기로 지었다. 먼저 콘크리트를 3피트 깊이로 뚫어 기둥 네 개를 박았다. 그 위에 삼나무 목재로 얼개를 만들어 올렸다.

그리고 트럭으로 종려나무 잎사귀를 잔뜩 실어왔다. 수천 장의 잎사귀. 사발 종려나무 잎사귀는 찢어지지 않고 방수도 된다. 커다란 부채 모양 잎사귀는 접어도 괜찮고 스테이플러로 이어 붙일 수도 있다. 모두 열두 겹으로 만들었다.

내 눈앞에 신기루가 살아왔다.

나는 아이폰을 두드려 티크가구를 구입했다. 소파 두 개와 의자 두 개. "내 능력을 다 발휘해도 당신 엄지 하나만큼 손실을 일으키지는 못하겠는데." 존이 말했다.

다음에는 친구들의 도움을 받아 포목점에 가서 치키오두막에 완벽하게 어울리는 소파 천과 베개를 샀다. 때마침 망고버블이라는 이름의 산뜻한 오렌지색 선브렐라 방수천이 세일중이었다. 완벽했다!

우리는 오두막에 전기를 설치했다. 천장 선풍기와 전등, 음악이 없다면 오두막이 무슨 소용이겠는가?

"케이블 TV도 놓자." 이제 그 오아시스에 신이 난 존이 말했다.

한 친구가 케이블에 대해 듣고 27인치 평면 TV를 가져왔다. "오두막에 주는 선물이야." 밸이 말했다.

그 TV를 설치할 시간도 없이 다른 친구 데이비드가 케이블 선 꽂는 자리가 빈 것을 보고 34인치 평면 TV를 가져왔다.

와우.

나는 크기와 색깔을 신중히 골라 모노그램 베개를 주문했다. "소파 팔걸이에 머리를 댈 수 있을 만큼 커야 해!" 친구들에게 편안한 높이를 측정해달라고 하면서 내가 강력하게 말했다.

오두막 아래에는 휠체어가 다닐 수 있도록 널찍하고 판판한 길을 내고 포석을 깔았다. 롤스로이스급 모기 퇴치 장치도 구입했다.

오두막을 더없이 편안하게 만들 만한 것은 뭐든 했다.

부지불식중에 규정에 대해 걱정하다 더 그렇게 되었다. 마당 한복판에 오두막을 세웠기 때문에 사방에서 바람이 솔솔 불어왔다.

오두막이 완성된 뒤 처음으로 거기 앉았을 때, 바람에 나뭇잎이 사각거리는 소리, 수영장 폭포 소리, 바람에 잘랑거리는 풍경 소리가 들려왔다. 나는 여기서 영원히 살아도 좋겠다고 생각했다.

바깥 날씨가 아무리 뜨거워도 종려나무 잎사귀 아래는 서늘하다. 비가 아무리 세차게 퍼부어도 여기는 끄떡없다. 집안이나 내 머릿속이 아무리 시끄러워도 오두막은 고요하다.

존이 지붕을 빙 둘러 작은 알전구를 줄줄이 매달았다. 밤이면 그 전구가 은은한 불빛으로 우리의 삶을 밝혀준다. TV는 놓지 않았다. 그 대신 친구들을 부른다. 와인을 딴다. 편안하게 쉰다. 웃는다.

나는 날마다, 종종 하루종일 치키오두막에 앉아 있다. 아이들과 같이. 친구들과 같이. 대개는 혼자.

웨슬리가 그림을 보여주러 온다. "엄마, 이것 봐요. 내가 색칠했어요." 피글렛을 정교하게 그린 그림이다. 음영을 넣은 것은 전에 없던 일이다. 아이는 대체로 펜과 마커로 그림을 그리고 실수한 적이 없다.

"잘 그렸는데, 웨슬리." 아이가 가버리기 전에 내가 말한다.

나는 그레이시가 뛰어오르고 망고나무 사이로 달리는 것을 지켜본다. 그레이시는 덤불 속으로 사라져 도마뱀을 쫓는다. 내 눈에 보이는 것은 그레이시가 흔드는 하얀 꼬리뿐이다. 아마 이렇게 생각하고 있을 것이다. "유후! 나는 여기 있지! 즐거운 한때를 보내는 중이야!"

그레이시가 도마뱀을 물었다가 놓자 도마뱀이 허둥지둥 달아난다. 그레이시가 또다시 도마뱀을 문다. 도마뱀이 더는 도망가지 않자 그레이시는 어리둥절한지 머리를 갸웃하며 귀를 쫑긋 세운다.

바람이 산들산들 분다. 나비가 사뿐 내려앉는다. 내가 글을 쓰고 있는데 그레이시가 달려와 내 발치에 가만히 엎드린다.

나는 아침에 일찍 일어난다. 예전과는 달라진 생활이다. 존이 내가 좋아하는 의자로 나를 데려다주고 나가면 나는 아이폰과 함께 남아 손가락을 두드린다.

모기가 달라붙으면 문자를 보낸다. "도와줘! 스프레이 모기약!"

화장실에 가고 싶으면 문자를 보낸다. "냄새나는 피클.* 안으로 데려다줘!"

존은 소파에 누워 내 옆에서 낮잠을 자는 버릇이 생겼다. 커다란 파란색 베개를 팔걸이에 올려놓고 머리를 누인 뒤 몸을 쭉 뻗는다.

"수전, 이 오두막은 정말 최고의 아이디어야!" 어느 저녁 그가 미소 띤 얼굴로 말했다.

"진심이야. 완벽해. 줄곧 이 자리에 있었던 것 같아. 고마워." 일분 뒤 그가 이렇게 중얼거리더니 잠 속으로 빠져들었다.

---

* 대변을 가리키는 속어.

망고파티

6월 초 나는 치키오두막의 완성을 기념하고 우리를 도와준 사람들에게 감사하는 뜻으로 망고파티를 열었다. 친구들이 우리 망고나무에서 딴 망고 수백 개를 가져가 그것으로 요리를 하고 파티에 다시 가져왔다.

나는 백스물다섯 명을 초대했다. 온 사람은 대략 백 명이었다. 모두 내게 도움을 준 사람들이다. 음식을 만들어주거나 스크랩북에 넣을 사진을 찾아주거나 나와 함께 여러 가지 일을 처리해준 사람들, 내게 아이패드를 사주려고 돈을 모은 사람들, 아이들을 돌봐주거나 재정적인 도움을 준 사람들.

우리집을 장애인이 지낼 수 있는 곳으로 만들어준 공사업자도 왔다. 사설탐정 팻 맥케너도 왔다. 〈팜비치 포스트〉에서 함께 일한 기자들과 사진작가들도 몰려왔다.

신문사의 발행인도 참석해서 그가 처음으로 큰 역할을 맡았을 때 내가 자신감을 주었다며 고맙다고 했다. 예전에 신문사에서 작문 코치로 일했던 메리도 오클라호마에서 차를 몰고 왔다. 트레이시는 십자가 팔찌를 주며 나를 위해 기도한다고 말했다.

이웃집의 은퇴한 입담 좋은 육십대 어른인 글렌은 울먹이며 말했다. "정말 유감이에요, 수전." 그의 아내 브리짓도 눈물을 글썽거렸다.

웨슬리가 종종 그들의 집으로 가서 놀아달라고 하면 그들은 기꺼이 놀아준다. 웨슬리가 뻔질나게 드나들며 그 집 수영장 옆에 있는 나신상에 대해 질문을 퍼붓는 통에 브리짓은 결국 그 나신상에 얌전한 사롱을 입혀주어야 했다.

마땅히 파티에 와야 할 사람들이다.

존과 나는 최선을 다했다. 텐트와 테이블을 빌렸다. 수영장과 수영장 폭포와 치키오두막 주변에 티키 횃불을 놓았다. 한 친구가 둥근 코르크판에 손수 장식용 초를 붙여 가지고 왔다. 우리는 그 초를 수영장 물에 띄웠다.

"뒷마당이 〈트로피컬 리빙〉 잡지에 나오는 풍경 같은데요." 한 손님이 말했다.

우리는 바깥에서 칠면조고기와 돼지고기를 구웠다. 마르가리타와 피나콜라다 슬러시 기계를 가져왔고 한 배 가득한 해적들을 거나하게 먹일 만큼 술도 넉넉히 준비했다.

파티 도중 어느 어벙한 사람이 피나콜라다 기계의 손잡이를 밀지 않고 당겨버렸다. 코코넛 혼합물이 소방 호스에서 나오는 것처럼 근처에 있던 손님들을 향해 뿜어졌다.

완벽했다. 나는 추억에 남을 순간을 사랑한다!

친구들이 요리를 여든다섯 가지나 만들어왔다. 물론 죄다 망고 요리로. 망고 케사디야, 망고 슬로, 망고 업사이드다운케이크, 망고와 히카마 샐러드, 망고 블랙빈 샐러드, 망고 살사와 처트니 소스, 망고 새우, 망고 코블러, 그 밖에도 훨씬 많은 망고 요리들. 크리스마스 만찬으로 명성을 얻은 식도락가 친구 잰이 하사관 역할을 맡아 축제를 준비하고 음식을 진열해주었다.

이제 우리 모두 뒷마당에 모였다. 나와 몇 명은 치키오두막에 앉았다. 나머지는 대나무와 티크 의자, 혹은 열대풍 테이블보를 덮은 테이블에 앉았다. 수영장에 떠 있는 불빛, 활활 타오르는 티키 횃불, 싱싱한 꽃과 접시에 담긴 음식들과 손에 든 술잔들, 흘러나오는 음악.

그리고 비가 왔다.

그랬다. 보슬비가 한 시간은 족히 내려 만물이 비에 젖었고, 숙녀들의 머리가 곱슬곱슬해졌다. 서커스 천막 같은 풍경 위로 습기가 안개처럼 드리웠다.

손님들 중 론이라는 남자는 오십이 넘은 전직 기자로 우리는 그를 '투덜이 사촌'이라는 애칭으로 불렀다. 론은 불평쟁이다.

비가 오는 동안 론은 사람들을 헤치며 내게 다급히 다가와 이야기를 쏟아냈다. "굉장해요, 수전. 정말 굉장해요. 비까지 내리잖아요."

사람들은 파티 천막과 치키오두막 아래로 옮겨와 무리 지어 도란 거렸다. 이따금 몇 년 동안 만나지 못한 사람들이 부둥켜안으며 꺅꺅 거리기도 했다.

몇 년 전 신문사에서 감원이 있었다. 많은 사람들이 기업인수 당시 회사를 떠났다. 그사이 그 사람들이 이렇게 많이 모인 파티는 없었다. "아마 두 번 다시 이렇게 모일 수는 없을 거예요." 한 직원이 나중에 이런 글을 보내왔다.

손님들이 페이스북에 "마법 같은 저녁!" "스펜-웬의 승리"라는 칭찬을 쏟아냈다. 나는 빙긋 웃었다.

나는 파티에서 사람들과 어울리지 않았다. 집안에 풍성하게 차려진 음식을 구경하지도 않았다. 그저 내 의자를 지키고 있었다.

나는 존이 내 겨드랑이 밑을 받치고 아장거리는 아기를 잡듯 가만히 잡아주어야만 걸을 수 있었다. 사람들에게 그런 모습을 보이고 싶지 않았다.

그것이 자존심이다.

나는 또한 망고를 한 입도 먹지 않았다. 약해진 손으로는 두 살 된 아기처럼 먹는 게 고작인데, 먹으면서 말하면 목에 걸릴 게 뻔했다.

차라리 올리브를 가득 담은 그릇을 내 옆에 두었다. 올리브는 (1) 맛있다, (2) 집고 씹고 삼키기 쉽다, (3) 고지방 미뇽 같다─노력에 비해 결과가 좋다, (4) 남편이 아장거리는 아기 같은 나를 욕실로 느릿느릿 데려가는 횟수를 줄여줄 만큼 짜다.

아주 오래전 갓 태어난 딸아이를 품에 안고 비행기에 탔을 때 좌석 앞에 달린 쟁반을 내려놓고 음식을 먹을 수 없는 나 자신이 안쓰러웠던 때가 떠올랐다. 그사이 내 어린아이들이 음식 때문에 말썽을 일으킬 때, 울거나 싸거나 진을 빼놓거나 음식물을 흘리거나 싸울 때 그런 감정이 물밀듯이 되살아왔다.

파티를 준비하는 과정에서 나는 친구들과 어울려 먹지 못할 때 내 기분이 어떨지 궁금했다. 이미 걷고 말하기가 힘들었기 때문에 흥겹게 마시고 취하는 분위기에 흠뻑 젖어들 수 없을 때 내 기분이 어떨지 궁금했던 것이다.

아름다운 여인들이 하이힐을 신고 거리를 활보할 때 내 기분이 어떨지 또한 궁금했다. 하이힐을 신으면 나는 언제나 섹시해진 기분이 들었다. 나는 여자야, 나를 소리지르게 만들어봐, 하는 기분. 나는 하이힐을 사랑했다.

하지만 넘어져서 쇄골을 다친 뒤에 하이힐을 처분하기 시작했다. "발 치수가 어떻게 돼요?" 내게 친절을 베푼 사람들에게 물었다.

하지만 새로운 깨달음을 얻은 뒤에는 주지 않았다. 언젠가 휠체어를 타면 신을 수 있을 거야. 아이참!

그래서 파티가 열린 밤 앞서 말한 모든 것에 대한 내 기분은 어땠을까? 하이힐에 대해서는? 술은? 음식은? 여든다섯 가지 요리는! 예전 같았으면 아무도 보지 않을 때까지 기다렸다가 맛을 보려고 포크를 찔렀을 것이다.

내 기분이 어땠느냐고?

나는 한마디도 하지 않고 그 자리를 빠져나갔다.

열시 삼십분쯤, 파티가 활기를 띠고 음악이 쩌렁거리고 사람들이 시끌벅적 웃어젖히는 시간에 존이 처음으로 나를 부축해 욕실로 데려갔다.

더는 말할 수도, 걸을 수도 없을 정도로 피곤해서 나는 그에게 침대에 눕혀달라고 부탁했다.

침실 바로 옆에 스테레오가 있었다. 스퀴즈가 부른 추억의 노래 〈Black Coffee in Bed〉가 흘러나왔다. 나는 눕자마자 잠이 들었다. 더없이 행복하게.

진정한 승리였다.

다음날 평화롭고 조용한 분위기에서 나는 문득 오클라호마에서 온 메리가 건넨 작은 쇼핑백이 생각났다. "선물이에요. 나중에 풀어봐요." 그녀가 말했다.

나는 그것을 의자 옆에 놓고 까맣게 잊고 있었다.

다음날 아침 존이 물었다. "누가 무당벌레를 줬어?"

나는 메리라는 것을 알았다.

그 시절에 메리와 나는 친한 사이는 아니었지만 나는 그녀를 매우 존경했다. 그녀가 은퇴했을 때 나는 그녀에게 무당벌레가 그려진 카드를 보냈다.

내가 진단을 받은 뒤 메리는 내게 개인수표 한 장을 보내면서, 자기는 무당벌레—그녀가 말한 대로라면 무당벌레의 '축복'—를 아주 좋아해서 그 카드를 아직도 부엌 창가에 걸어놓았다고 했다.

나는 그녀에게 무당벌레가 내게도 특별한 의미가 있다고 설명하는 감사카드를 보냈다.

아니, 나는 무당벌레 식탁매트나 무당벌레 수건이나 무당벌레 소금통, 후추통 같은 것은 가지고 있지 않다. 사실 우리집에는 무당벌레가 하나도 없다. 그저 내 영혼에 새겨진 무당벌레에 대한 기억이 있을 뿐이다.

우리의 조카 찰리가 신경모세포종이라는 희귀한 소아암을 앓았다. 찰리는 일곱 살에 죽었다. 아이는 부모—존의 여동생 캐런과 그녀의 남편 버니—에 의해 펜실베이니아 주 예수회 성당 옆에 있는 묘지에 묻혔다. 높이 드리운 호박색과 금색 잎사귀 아래, 신부님들과 수녀님들 무덤 사이에.

아이의 조부모, 친척 어른들, 사촌들, 어린아이들이 그곳에 왔다. 어느 누구도 무슨 말을 해야 할지 몰랐다. 우리 모두 흰색 관을 둘러싸고 마비된 듯 서 있었다.

그 위에 무당벌레가 떼로 내려앉았고 어린아이들이 그것을 잡으려고 웃으며 달려갔다.

나는 그것을 하느님이 찰리를 반기는 신호로 보았다. 그리고 아이들의 웃음 속에서 하느님은 삶이 흘러간다는 것을 다시금 일깨워주었다.

나는 메리의 선물을 꺼내면서 그 순간을 생각했다. 열면 작은 상자가 나오는, 날개 가장자리에 라인석을 두른 진홍색과 검은색의 작은 에나멜 무당벌레.

이제 거대한 파티 천막은 걷었다. 접시를 치웠다. 아이스쿨러도 비웠다. 슬러시 기계와 맥주 통은 반환했다.

작은 무당벌레는 내 서랍장 위에 놓여 있다.

그리고 삶은 흘러간다.

내 마음속으로 떠난 여행

5월~6월

M a y

J u n e

스크랩북 만들기

　사진들. 내게는 아이들, 함께 떠난 여행, 우리의 삶을 담은 사진이 수천 장 있다. 수천 장이나.

　당신은 그런 사진을 다람쥐처럼 전부 한 공간에 차곡차곡 모아두는 사람을 아는가? 날짜와 장소를 일일이 표시해서?

　당연히 나는 그런 사람이 아니다.

　내게 디지털 사진은 재난이요, 인화된 사진은 재앙이다. 사진을 구두상자에 던져넣고 내팽개쳐둔 것이 천만 년 전이다. 서랍 속에는 용량이 넘친 디지털 포토카드가 가득하고, 아이포토에 닥치는 대로 사진을 내려받았다. 나는 일에서든 생활에서든 신속한 사람이기 때문에 그런 것들은 두 번 쳐다보지도 않고 뚝딱 치워버린다.

　십삼 년 동안 엄마로 살면서 나는 어느 아이에게도 사진첩을 만들

어주지 않았다. 아이들의 한 살 때 사진도 죄다 구두상자 안에 어질
러져 있거나 초고속 정보통신망을 따라 흩어져 있다.

아, 창피해라!

병에 걸린 뒤 나는 밤마다 생각에 잠겨 누워 있곤 했다. 이를 어쩌
지. 그 사진을 찾을 수 있는 사람은 나밖에 없고, 그것을 정리해서 라
벨을 붙일 수 있는 사람도 더더욱 나밖에 없다. 아이들의 사진첩을
만들 수 있는 사람은 아무도 없다. 오직 나밖에는.

당장 해야 한다.

지금 당장, 수전, 아직 할 수 있을 때.

나는 진단을 받은 뒤 여행과 더불어 '사진첩 만들기'도 버킷리스
트에 올려두었다. 세상 밖으로 나가는 여행이 아닌, 나 자신의 삶을
되돌아보는 여행.

아이들 한 명 한 명을 위한, 각각을 주인공으로 한 개인 사진첩.

원하는 사람 누구에게든 보여줄 내 삶을 담은 슬라이드 쇼.

우리에 대한 이야기. 이 책으로 만들어진 이야기. 당신이 지금 들
고 있는 것은 내가 아이들에게 주는 선물이다. 내가 떠난 뒤에도 아
이들이 엄마를 간직해주었으면 하는 내 바람이다.

나는 가을에, 웨슬리의 생일날 동물원에 다녀온 직후에 스크랩북
을 만들기 시작했다. 맨 처음에 할 일은? 존과 내가 (그리고 우리 친
구들, 심지어 꼬마들이) 찍은 사진을 일일이 넘겨보는 것이었다.

아이를 키우려면 마을 하나가 필요하다*는 말을 들어봤을 것이다.

맞는 말이다. 사진첩 세 개를 만드는 데 나의 마을이 필요했다.

내 손과 팔이 아주 약해져서 나는 사진 뭉치를 집을 수도, 상자 하나를 옮길 수도 없었다. 그래서 친구들에게 도움을 요청했다. 어머니가 입원해 있고 내가 여행을 계획하는 동안 사람들이 날마다 우리집으로 와서 내가 지켜보는 가운데 내가 소리지르는 대로 상자들을 훑어나갔다.

세 아이가 모두 나온 멋진 사진이 있으면 석 장이 필요했다. 두 아이가 나온 사진은 두 장이 필요했다.

친구들은 두 아들의 아기 때 사진을 구분하지 못했다. "그건 오브리야!" 나는 같은 말을 자꾸 반복해야 하는 것에 짜증이 나서 불쑥불쑥 쏘아붙였다.

내가 생각한 최종 결과물을 반복해서 설명하는 것은 짜증나는 일이었다. 아이 하나마다 각각의 중요한 순간들이 담긴 사진첩 하나씩. 한 살 때, 다달이 커가는 기적 같은 성장의 순간들에, 생일 때, 명절 때, 학교행사 때, 그렇게 계속 이어져나갔다.

우리는 페이지 각각에 사진을 담을 봉투를 만들어 날짜를 기록하고 라벨을 붙였다. 스크랩북에 사진을 붙이려면 전문가를 고용해야 했다. 나로서는 손가락을 쓰며 이 작은 사진들을 가지고 작업하는 것이 육체적으로 불가능했다. 사진을 배치하고 세부적인 작업을 해줄

---

* 아이를 키우려면 지역사회 전체의 협조가 필요하다는 뜻.

사람이 필요했다. 그 사람에게 청사진을 알려주고 핵심 자료를 넘겨주면 작업을 해줄 것이다.

내 아이들이 평생 간직할, 표지를 금색으로 양각한 큼직하고 우아한 가죽 장정의 사진첩을 마음속에 그려보았다.

사진을 고르고 라벨을 붙이는 데 몇 달이 걸렸다. 웃고 떠들고 잡담하는 사교행사 같았다. 지난날을 되살면서 지금을 사는 것이다.

처음에 나는 다섯 살 된 사랑스러운 오브리의 사진에서 눈을 떼지 못했다. 발가벗고 수영장 안에 들어간 포동포동한 오브리는 작은 부처 같았다.

아주 토실토실해서 바지 단추도 채울 수 없었던 웨슬리.

젖을 빨며 미소를 띤 채 파란 눈동자로 나를 올려다보던 머리나.

어머니가 병 때문에 몸져누운 동안 나는 더디게 그 일을 해나갔다. 유콘 여행 중에도 그 사진이 그대로 쌓여 있었다.

크리스마스가 지나자 지금 속도로 하다가는 죽기 전에 끝내지 못하겠다는 생각이 들었다.

나는 박차를 가했다. 누군가가 도와주러 오면 그들이 자리에 앉기도 전에 바닥부터 가리켰다. "여기 있는 사진들을 다 펼쳐놓으면 내가 고를 거야."

그들은 사진들을 천천히 늘어놓으면서 이런저런 질문을 했다.

"다음으로 넘어가." 나는 애써 예의를 갖추며 말했다.

그렇게 몇 주가 지나갔다. 기억을 되짚어갔다. 예전에 찍은 디지털 사진을 출력했다. 잉크 카트리지를 홀랑홀랑 써 없앴다.

"맙소사, 이해는 끝이 없네!" 낸시가 머리나가 태어난 해인 1997년을 정리하며 말했다.

어쩌나! 맏딸 머리나의 사진은 아주 많았지만 아이가 하나씩 태어나면서 사진의 개수도 현저히 줄었다. 나는 사진의 개수도 공평하게 조절하기 시작했다.

드디어 끝냈다. 이제 사진이 다 준비되었고, 내가 무엇을 원하는지도 정확히 알았다. 검은색 바탕에 사진을 예술적으로 배치하고 날짜를 써넣는 것이다.

나는 스크랩북을 만들어줄 사람을 수소문했다. 내 아이들의 보물을 자기 보물처럼 다루어줄 사람. 변호사인 친구가 캐럴이라는 여자를 추천했다.

먼저 설명이 필요한데, 미국에서 스크랩북은 완전한 사업이다. 스크랩북 재료를 파는, 경기장만큼 커다란 가게들이 있는데, 그중에서 마이클스가 가장 유명하다. 엄청나게 많은 종류의 특수종이, 테두리, 스탬프, 가위를 판다. 줄줄이 놓인 판매대마다 상상도 못할 온갖 종류의 정교한 스티커를 판다. 헛간에서 꿀벌까지, 높은 빌딩에서 바다 풍경까지.

모-든-것-을.

스크랩북 작업자는 '테마' 페이지를 만드는 것에 자부심을 가지고 있기 때문이다. 바탕에도. 디자인에도.

내가 이 사실을 깨달은 것은 캐럴이 샘플을 들고 찾아왔을 때였다. 내 발음이 시원찮았기 때문에 친구 미시가 와서 캐럴과의 대화를 도와주었다. 나는 미시에게 깔끔하고 세련된 디자인을 원한다는 사실을 강조하라고 일렀다.

캐럴은 스크랩북 만들기에 열정을 가진 예순 안팎의 다정다감한 숙녀였다. 그녀는 장식이 많으면 많을수록 더 좋다고 생각했다!

그녀가 내게 한복판에 검은색과 노란색의 호박벌 옷을 입은 아이 사진이 있는 테마 페이지를 보여주었다. 바탕은 금색과 노란색 줄무늬였다. 사진의 테두리는 검은색과 노란색 가리비 무늬였고, 호박벌 스티커들이 여기저기 붕붕거렸다. 아이가 어디 있는지 찾기도 어려웠다.

7월 4일 독립기념일 샘플 페이지는 더욱 야단스러웠다. 빨간색과 흰색, 파란색 옷을 입은 사람들 사진을 빨간색과 흰색, 파란색 테두리로 둘러쌌고, 여기저기서 불꽃이 터지고 성조기가 펄럭였다.

쳐다만 봐도 머리가 살짝 지끈거렸다. 캐럴과 나는 앤디 워홀과 클로드 모네처럼 취향이 달랐다. 물론 나는 모네다.

"사진 자체에 아름다움이 있어요. 무늬 없는 까만 종이를 써서 사진만 부각되게 하면 좋겠어요." 내가 말했다.

캐럴은 충격을 받은 것 같았다.

"색깔 없이요?"

나는 무뚝뚝하게 가차없이 포고령을 내렸다. "마이클스에는 발도 들여놓지 마세요."

나는 스크랩북에서 깃발이든 호박벌이든 그 어떤 것도 보고 싶지 않다고 했다.

그녀의 얼굴에서 핏기가 싹 가셨다. "그런 식으로는 해본 적이 없는데요. 몇 가지도 쓰면 안 된다는 게 진심이에요?"

그녀는 검은색 거미줄이 그려진 오렌지색 바탕종이를 꺼냈다. "헬러윈 페이지는 어떨까요?"

디자인에 대한 캐럴의 생각을 고치는 것도 일이라면 일이었다. 그런데 왜 그때 그 자리에서 그녀를 쫓아버리지 않았을까?

그녀에게서 중요한 것을 보았기 때문이다. 그녀가 자기 손주들에 대한 이야기를 쏟아내던 방식, 내 아이들의 사진을 한 장씩 쳐다볼 때마다 오오, 아아, 하며 감탄하던 방식을.

나는 그녀가 내 아이들을 있는 그대로 보물처럼 다루어주리라는 걸 알았다.

몇 시간 후 캐럴은 미시의 격려를 받으며 웨슬리와 오브리의 어린 시절을 겨드랑이에 끼고 떠났다.

몇 달 뒤(헝가리와 크루즈 여행을 다녀왔고 치키오두막 짓는 것을 지켜봤다. 캐럴은 수술을 받았다) 나는 캐럴의 연락을 받았다. 그녀는 완성된 두 아들의 스크랩북을 보여주고 머리나의 사진을 가져가겠다고 했다.

우리는 약속을 잡았다. 다음 며칠 동안 스테퍼니가 머리나의 사진

준비를 끝내는 걸 도와주었다. 나는 그때 지난 몇 달 동안 내가 아무 감정 없이 이 작업을 해온 것을 깨달았다. "오오" "아아" 하던 감탄사를 멈추고 감정을 억눌렀던 것이다.

내 앞에 내 첫아이가 있었다. 태어난 지 이틀, 두 달, 두 해. 아주 사랑스럽고 즐거워 보였다. 십대인 지금과는 전혀 다르지만 한편으로 똑같은 그 아이가.

"이걸 하다 내가 죽겠어." 내가 말했지만 발음이 너무 시원찮아 스테퍼니는 알아듣지 못했다.

"미안해. 뭐라고 했어? 안정이 필요하다고?"

"아무것도 아니야."

캐럴이 왔다. 우리는 치키오두막에 앉았다. 그녀는 까다로운 내가 그녀의 결과물을 좋아할지 궁금해하면서 불안해했다. 땀도 약간 흘렸다.

"오늘 아침에 딸한테 전화해서 행운을 빌어달라고 했어요!" 캐럴이 걱정스러운 듯 조용히 웃으며 말했다.

43킬로그램밖에 되지 않는 장애가 있는 여자가 그토록 위협적인 존재라니, 신기하다.

하지만 나는 이유를 안다. 캐럴은 나를 실망시키고 싶지 않았던 것이다.

캐럴이 완성된 수십 장의 페이지를 롤러백에서 꺼냈다. 페이지마다 원래 사진을 넣었던 봉투를 끼워놓았다. 거기에는 사진을 정리하는 데 도움을 준 여러 친구들의 이름이 손글씨로 쓰여 있었고, 나는 그것을 보자 흐뭇했다.

검은색 바탕의 페이지마다 색깔이 조금씩 들어가 있었다. 캐럴은 사진마다 인물을 보완해주는 색깔을 테두리로 썼지만 매우 아껴 써서 인물을 압도하지 않았다. 라벨은 예쁘게 자른 글자로 깔끔하게 만들었다.

모든 페이지가 아주 멋졌다. "마음에 쏙 들어요." 내가 말했다.

캐럴이 한숨을 쉬었다. "마음이 놓이네요."

이제 작업이 끝났다. 더는 사진을 정리할 필요도 없다. 나는 내 삶의 남은 나날을 완성된 스크랩북을 넘겨보며 지낼 것이다.

내 아이들의 어린 시절을 되살 것이고, 언젠가는 아이들도 그러길 바란다. 아이들이 스크랩북을 들고 자신들의 모습이 얼마나 아름다웠는지를 보았으면 좋겠다.

그리고 자신들의 엄마가 얼마나 자신들을 사랑했는지를.

냄새나는 피클

6월 11일 월요일, 망고파티가 끝나고 이틀 뒤인 그날 나는 결국 남편에게 내 뒤를 닦아달라고 했다.

그리고 그날 누군가가 내게 책을 출판하자고 제안했다.

삶은 그렇게 재미나다. 그렇게 완벽하다.

나는 늘 그렇듯 냄새나는 피클을 썼지만 더는 손을 돌려 어뢰를 발사할 때처럼 정확하게 뒤를 닦을 수 없다는 사실을 깨달았다. 그나마 움직이던 내 오른팔이 그 각도로는 움직여지지 않았다. 휴지를 반듯이 펼 수도 없을 만큼 손이 접혀버렸다.

"여보! 도와줘!"

가엾은 존. 우리는 이날이 올 것을 알고 진작부터 냄새나는 피클에 대한 규약을 논의했다. "내가 그걸 쳐다보지 않아도 된다면 좋아." 존이 말했다. "나를 부르기 전에 물만 내려줘."

"로저."*

그래서 내가 물을 내렸고, 그가 들어왔다.

내가 머리를 숙이자 그도 허리를 숙였다. 그의 몸이 거의 내 머리에 닿았다.

"미안해." 그가 숨을 참으며 간신히 버텼다.

그는 닦고 닦고 또 닦았다. 결국 내가 발끈했다. "그만하면 됐어. 내 엉덩이야. 내가 알아!"

그 순간 우리는 절망할 수도 있었다. 하지만 나는 절망은 하지 않겠다고 맹세했다. 그리고 우리에게는 훨씬 좋은 일이 있었다. 내 이메일을 확인하는 것이다.

나는 진단을 받은 뒤로 계속 글을 써왔다. 사실 나는 평생 글쟁이로 살았지만 진단을 받은 뒤부터는 나 자신에 대해 썼다. 내가 해낸 것, 해내지 못한 것, 기쁘게 살고 기쁘게 죽으려는 내 노력에 대해. 나는 일 년이라는 굉장한 시간을 통해 바라본 나 자신의 이야기를 쓰고 있었다.

크리스마스에 〈팜비치 포스트〉에 낸시와 함께 다녀온 유콘 여행에 대한 글이 실렸다. 5월에는 존과 헝가리에 다녀온 이야기가 실렸다. 나는 기자 인생을 통틀어 최고의 반응을 받았다. 사람들이 격려

---

* 무선 교신에서 상대방의 말을 알아들었다는 뜻으로 하는 말.

하는 글을 써주었다. 어떤 사람은 십칠 년 동안 울지 않았는데 내 여행에 대한 글을 읽고 울었다고 했다.

가엾은 존. 여자들은 헝가리 여행에서 그가 했던 말에 감동을 쏟아냈다. "부담이 아니야. 내가 아무리 잘해준다고 해도 이렇게밖에 못하는걸."

"사실이 그런걸." 그가 슬프게 말했다.

그리고 만사가 그렇듯 그 소동도 가라앉았다. 나는 치키오두막과 친구들에게 돌아가 여행 계획을 세우고 머리나가 펼치는 십대의 드라마에 웃었다.

그러던 어느 날 예전에 같이 일했던 찰스 패시가 전화를 걸어왔다. 그는 내 글을 잘 읽었다며 자신이 운영하는 〈월스트리트 저널〉 블로그에 내 글을 올리고 싶다고 했다. 인쇄해서 싣는 것이 아니라 신문사 웹사이트에 긴 글을 올린다는 말이었다.

나는 찰스에게 내가 지금 쓰는 내용을 책으로 출판하고 싶어한다는 말도 넣어달라고 부탁했다.

다음날 한 에이전트가 전화를 걸어왔다. 그는 친구에게 그 블로그에 대해 전해 들었고, 그 친구는 또다른 친구에게 전해 들었고…… 대충 상황이 그려질 것이다.

한 시간 뒤에도 나는 그 에이전트와 통화를 하고 있었다. 우리는 이야기를 나누었다. 나는 그가 마음에 들었다. 설명은 그만해도 돼요.

평생 에이전트로 일해온 피터가 책의 출판에 대해 본격적인 설명을 시작했다. 설명은 그만해도 돼요. 피터! 설명은 됐어요.

"나는 말도 제대로 할 수 없어요. 제대로 걷지도 못해요. 자세한 내용은 신경쓸 수도 없어요. 이 일을 맡아줘요. 그렇게 추진해요." 내가 말했다.

다음에는 ABC와 디즈니의 프로듀서들이 컨퍼런스콜을 걸어왔다. 내가 아는, 사이먼 & 슈스터의 고문변호사로 일했던 뉴욕 시 변호사도 함께 했다.

통화를 위해 스테퍼니가 대기하면서 내 시원찮은 말을 정확히 전달해주었다. "나 대신 말할 때는 욕을 많이 섞어서 내가 디즈니 만화영화 소재가 아니란 걸 확실히 알게 해줘." 나는 그녀에게 미리 말해두었다.

곧 큰 출판사에서 제의가 들어왔다. 가슴이 두근거렸다. 피터는 더 좋은 조건을 찾도록 노력해보겠다고 했다.

"그렇게 해요!" 내가 말했다.

그날은 금요일이었다. 나는 다음날 열릴 망고파티를 준비해야 했다. 추억을 만들어야 했다.

"이번 건 엄청나요." 월요일 아침 내가 변기에 앉아 있을 때 피터가 이메일을 보내왔다. "큰 제의가 있을 거예요."

나는 냄새나는 피클을 처리한 후 전화기로 달려갔다. 옳지, 옳지, 존이 내 겨드랑이 밑을 부축하며 한 걸음씩 천천히 치키오두막으로 데려갔고, 수영장에서 내려가는 까다로운 계단에서 한참 쉬었다. 하지만 내 마음속은 뛰어갔다.

남겨진 메시지는 없었다.

"될 일은 돼." 나는 혼잣말을 했다. "예정된 일은 예정된 대로 되고."

나는 아이폰을 내려놓았다. 그리고 수영장 계단에 스테퍼니와 함께 앉았다. 웨슬리와 시간을 보냈다. 손님 침대에 누워 쉬었고, 음식을 몇 입 먹고―씹을 수 있는 것만―〈로 앤 오더〉를 보았다.

전화기를 둔 곳으로 돌아갔을 때 뉴욕에서 전화가 여러 통 걸려와 있었다. '빅 오퍼!!! 어디 계세요?'라는 제목의 이메일들도 와 있었다.

"담배에 불 좀 붙여줘요!" 내가 가사도우미 이베트에게 말했다.

심호흡 먼저.

그리고 피터에게 전화를 걸었다.

"지금 앉아 있어요?" 피터가 물었다.

나는 경황이 없어서 재치 있는 대답은 생각도 하지 못했다. "네, 난 설 수가 없잖아요."

그가 그 제의에 대해 말했다. 큰 제의였다. 나중에 신문(하물며 내가 사랑하는 〈팜비치 포스트〉도 포함하여)에 보도된 만큼 크지는 않았지만 내 아이들을 대학에 보낼 만큼은 컸다. 존이 원한다면 직장을 그만두고 학교로 돌아가 의사보조사가 되는 공부를 할 만큼은. 내가 가족을 잘살게 만들어주고 떠날 만큼은.

"그 제의를 받아들여야 할 것 같아요." 피터가 말했다.

"틀림없이 나를 자랑스러워하게 될 거예요." 내가 말했다. "해낼 자신 있어요. 죽는 날까지 쓸 거예요."

존에게 그 소식을 전하자 그의 얼굴에 갈등이 엿보였다. 그가 무슨 생각을 하는지 알 것 같았다. 그는 말로, 눈으로 이 말을 백 번은 했을 것이다. "당신이 내 행복을 바라는 거 알아. 내가 행복해지는 게 당신에게 필요한 일인 것도 알아. 하지만 난 그냥 슬퍼."

그는 갈등했다. 내 병이 출판으로 이어졌다. 경제적 자유와 내 삶을 맞바꾼 것이다. 지독한 거래다.

"난 그냥 당신이 건강했으면 좋겠어."

"알아."

"돈보다는 당신이야."

"하지만 그렇게는 안 되잖아." 내가 말했다. "이건 최악의 시나리오에서 나올 수 있는 최선의 결과야. 당신에게 주는 내 선물이야."

그날 밤 나는 남편 옆에 누워 세상사의 음과 양에 대해 새삼 감탄했다. 그것은 거래가 아니었다. 그것은 삶이었다.

수치심으로 시작했던 하루가 굉장한 끝을 맞았다.

완벽하다.

내 철인삼종경기

다음날 나는 하루종일 글을 썼다.

스크랩북을 만들 때부터 내 속도가 느려진 것을 대번에 알아챘다. 나는 내 삶을 이리저리 돌아보며, 행복의 순간을 넘나들며 시간을 보냈고 그런 것들을 떠오르는 대로 써내려갔다. 아마 책의 10퍼센트쯤 썼을 것이다. 이 속도로는 원고를 완성하고 출판사와 의견을 조율할 시간이 몇 달밖에 없다.

나는 심호흡을 했다.

철인삼종경기를 해야 했다.

하지만 걱정은 하지 않았다.

나는 어른이 된 뒤로 이런 것에 충분히 길들여져 있었다. 인류애의 표류물을 찾아 팜비치 카운티 법정 맨 앞줄에 앉아 단숨에 기사를 휘갈겨댔으니까.

십대 폭력배가 종신형을 선고받는 기사는 너무 자주 썼다. 어떤 경우에는 부모도 오지 않았다. 음주 운전자 때문에 깔려 죽은 희생자에 대한 기사도 썼다. 희생자의 가족이 어찌나 서럽게 우는지 관람석이 들썩거렸다. 아내를 없애려고 살인청부업자를 고용한 남편도 있었고, 그 반대의 경우도 있었다.

이따금 무분별한 범죄를 보면 화가 났다. 이따금 사회에서 방치된 범죄자를 보면 비난받을 대상이 사회라는 생각도 들었다. 이따금 아주 잔인한 범죄를 보면 밤에 집으로 돌아가 아이들을 꼭 끌어안고 우리가 무사한 것에 대해 신에게 감사했다.

때로는 전혀 다른 성격의 기사도 썼다. 주 대법원 판사 바버라 파리엔테는 유방암에 걸렸으면서도 머리카락이 다 빠진 채 판사석에 나올 만큼 열심히 일해서, 나는 그녀를 소개하는 기사도 썼다.

여성 노숙자 에인절 글로리아 곤살레스에 대한 긴 기사를 쓴 적도 있다. 그녀는 혼자 법을 공부해서 연방법원에 항고소송을 했고 자신에게 내려진 퇴거 명령을 뒤엎었다. 이전 판결에 인종차별적 요소가 있었다는 것이 그 근거였다.

"보통 이런 일은 절대 일어나지 않아요." 나는 그녀에게 단도직입적으로 말했다. "당신은 정말 특별해요."

하지만 기자로서 가장 뿌듯했던 순간은 살인자 네 명을 추적해, 검사장이 그를 포함해 관련자 누구도 알려지는 걸 원치 않던 이야기를 하도록 만든 것이었다.

그 사건은 헤더 그로스먼이라는 아름다운 금발 여자를 살해하려는 계획에서 시작되었다. 전남편 론 새뮤얼스는 원하는 것은 늘 손에 넣어야 하는 과대망상증 사업가였다. 그는 헤더가 자식들의 양육권을 가져가자 그녀를 살려두지 않기로 했다.

론이 어린 세 자식을 사랑하지 않은 것은 아니었다고 론과 재혼한 아내가 나중에 증언했다. 그저 아이들의 양육비를 주기 싫다는 것이 이유였다.

그래서 론은 코카인 중독자 친구를 찾아갔고, 그 친구가 코카인 거래상을 찾아갔다. 그 거래상이 "아내를 죽이려고" 코카인 중독자 두 명을 고용했다. 1997년 10월 14일에 그들 중 한 명—로저 러니언—은 고성능 라이플총을 장전하고는 헤더와 재혼한 남편이 탄 차가 신호등 앞에 서 있을 때 그녀의 두개골 바로 아래를 쏘았다.

헤더는 목숨은 건졌지만 사지가 마비되었다.

론 새뮤얼스는 결국 체포되었고 살인미수로 재판을 받았다. 그는 2006년 10월에 유죄판결을 받아 종신형을 선고받았다. 나머지 공모자 넷은 처벌받지 않았다. 그들은 증언을 하는 대가로 면책되었다.

나는 법정에서 몇 주 동안 헤더 그로스먼 근처에 앉았다. 그녀는 혼자 휠체어를 타고 왔고 머리는 머리 받침대에 영원히 얹혀 있었다. 눈물이 흘러 귓속으로 들어갔고 그녀 대신 기계가 숨을 쉬었다. 쉬-쉬-쉬-쉬이. 기계는 혹, 혹 끊임없이 공기를 뿜었다.

나도 곧 그 느낌을 알게 될 것이다.

하지만 내 경우는 병 때문이다. 헤더 그로스먼은 총에 맞았다. 남자 넷이 작당을 했다. 그중 한 명이 그녀의 머리에 총알을 박았다.

그들이 꼭 풀려나야 했는가?

검사장 대변인이 내게 말했다. "수전, 이 사건에는 기삿거리가 없어요." 그리고 이런 말도 했다. "어느 방송국에서도 이 문제를 다루지 않았어요." 이 문제를 다룬다면 검사장을 "엿 먹일" 뿐이라고.

기자로서 그런 말을 들으면 좋은 기삿거리를 찾았다는 뜻이다.

그래서 나는 그 사건을 다시 조사했고 그들의 유죄를 밝혀 기소시킬 증거를 찾아냈다. 나는 총을 쏜 로저 러니언의 증언을 읽으면서 그가 론 새뮤얼이 시켜서 했다는 말을 분명히 하지 않았다는 것을 알아냈다. 그럼에도 그는 사전에 면책되어 처벌받지 않고 풀려났다.

나는 살인자일 수도 있는 그들을 추적했다.

공범 한 명이 "내가 해본 것 중 최고"의 면책협상을 벌였다고 내게 말했던 플로리다 할리우드에 있는 생명보험사로. 디어필드비치에 있는 어느 사무실로. 마이애미 북부 캐럴시티에 있는 간이숙박시설로.

나는 비행기로 인디애나폴리스까지 가서 차를 운전하여 로저 러니언이 사는 인디애나의 작은 마을까지 찾아갔다. 그의 집은 옥수수농장 가장자리에 있는 시골 고속도로 변에 있었다.

나는 그를 인터뷰할 목적으로 그의 집 앞에 섰다. 그의 집 마당에 있던 야생 칠면조가 나를 쫓아왔다. 안에서 소리가 들렸지만 그는 문을 열어주지 않았다.

나는 지역 경찰서 서장과 러니언의 가석방 집행관과 이야기를 해보았다. 러니언은 교통법규 위반으로 보호관찰을 받는 중이었다. 두 사람 다 그가 플로리다에서 총을 쏘아 사람을 죽이려고 한 사실을 모르고 있었다.

나는 독자들이 범죄와 관련된 제도의 이면을 이해할 수 있도록 그 사건에 대한 기사를 쓰는 것이 중요하다고 생각했다. 정의란 얼마나 복잡한 것이며 또 그 영향이 얼마나 멀리까지 미치는지 독자들에게 알리는 것이 중요하게 느껴졌다.

하지만 너무 사적인 감정이 개입된 느낌도 있었다.

내가 그 이야기를 좋아한 것은 헤더 그로스먼을 좋아했기 때문이었다. 총격 사건으로 불구가 된 후 그녀가 보여준 삶에 대한 의지가 내게 깊은 감동을 주었다. 자식들을 키우겠다는 불굴의 정신이 내게 깊은 인상을 남겼다. 몸을 쓸 수 없게 되었지만 휠체어를 탄 그녀는 정말 아름답고 강해 보였다.

그녀는 혼자 호흡할 수 없었다. 혼자 살아갈 수 없었다. 하지만 그녀는 미즈 휠체어 아메리카에 출전했다. 그녀에게는 여자로서의 힘이 있었다.

나는 치키오두막에 앉아 힘에 대해 쓰자고 혼잣말을 했다. 병에 대해 쓰지 말자고. 기쁨에 대해 쓰자고.

몇 달 전 헤더의 사건에 대한 다큐멘터리를 보다가 나는 깜짝 놀랐다. 충격 사건 이후 오랜 세월이 지나 헤더는 그녀를 수술해준 응급실 의사를 찾아갔다. 의사는 그 당시에 그녀가 자기 목숨을 살리지 말아달라고 간청했었다는 이야기를 들려주었다.

헤더는 기억하지 못했다. 그녀는 십 년도 더 지나 그때 일을 회상하며 울었고 그녀의 자식들은 어른이 다 되어 있었다. "그때 의사선생님이 제 말을 들어주지 않아서 얼마나 다행인지 몰라요!" 그녀가 울먹였다.

솔직해지자, 나는 혼잣말을 했다.

우리는 절망에 빠질 수 있다. 헤더 그로스먼처럼. 나처럼. 비극이 일어났을 때 우리가 끌어내는 것은 이것, 불굴의 정신이다. 중요한 것은 그것이다.

6월이 되자 나는 아이패드를 사용할 수 없게 되었다. 글자판이 너무 커서 오른손을 이리저리 옮기다보면 금세 피곤해졌다.

나는 대신 아이폰 '노트' 기능을 이용해 책을 쓰기로 했다. 존과 스테퍼니, 심지어 오브리나 머리나도 내 주변에 있다가 내 쓸모없는 왼손에 아이폰을 쥐여줄 수 있었고, 내 곱은 손은 세런디피티, 뜻밖의 기쁨처럼 아이폰을 놓는 완벽한 거치대가 되어주었다. 나는 내가 움직일 수 있는 유일한 손가락인 오른손 엄지로 글자를 하나씩 톡! 톡! 쳤다.

터치스크린 글자판이 나오기 전인 오 년 전이었다면 책을 쓰는 것은 불가능했을 것이다. 나는 이메일 서명 부분에 "테크놀로지를 선사한 신에게 감사합니다"라는 말을 덧붙였다.

나는 톡, 톡 계속 쳐나갔다.

나는 하루에 한 장章씩 끝내겠다는 결심을 다지며 일찍 일어났다. 주말에도 썼다. 사랑하는 사람들과 여행하는 동안에도 썼다. 어느 시점에는 내가 얼마나 쇠약해져가는지 깨닫고 한 달에 마흔 장章을 쓰기로 다짐했다(편집자가 일부는 삭제했고 일부는 합했다). 그 한 달 동안 중요한 여행을 두 번 떠났지만 나는 해냈다.

그것이 소망의 힘이다.

사람들이 내 주변에 오면 나는 내 손에서 아이폰을 가져가(내가 건네는 것은 불가능하다) 가장 최근에 쓴 부분을 소리 내어 읽어달라고 부탁했다(나는 이제 소리 내어 읽는 것이 불가능하다). 아이폰에서 한 번에 보이는 단어 수는 스물에서 서른 사이. 내가 듣고 싶은 것은 운율이나 글의 흐름이었다.

마음에 드는 부분은 여러 사람에게 읽어달라고 했다. 나는 그들을 안아줄 수 없었다. 그들과 함께 식사를 하러 갈 수도, 해변으로 갈 수도 없었다. 마당을 산책할 수도 없었고, 몇 분 이상 대화를 할 수도 없었다.

치키오두막의 시원한 그늘에서 그들이 이렇게 글을 읽어주는 것이 내게는 대화였다. 나는 글로 쓴 단어들로 내 가족, 내 친구들과 대화했고, 그렇게 옛 순간들을 되살았다.

존을 만난 것. 자식들을 낳은 것. 내 품에 보듬어 안았던 평화.

이따금 한 단어, 혹은 특별한 표현이 나를 미소 짓게 했다.

이따금 내가 좋아하는 부분이 곧 나올 거라는 기대감에 살며시 웃었다.

(내가 사진 속의 남자에 대해 물었을 때 술라가 지은 미소처럼. "네 할머니가 되겠구나.")

글을 쓸 때 다른 사람들이 옆에 있으면 나는 좌절감이 들었다. 예컨대 낸시가 그녀의 아이폰에 빠르게 글을 입력하는 것을 지켜보며 내 느린 속도—한 글자 한 글자 누르는 내 노력—에 대해 생각할 때 그랬다.

하지만 이 책을 쓰는 것은 고된 일이 아니었다. 그해에 내가 떠났던 모든 여행처럼 나는 이 책을 쓰면서 기쁨을 느꼈다. 그것이 나를 살아 있게 했다.

내 삶에 일어난 온갖 좋은 일처럼 나는 이 일을 끝내고 싶지 않았다.

이 일에 본격적으로 착수한 지 세 달이 지나 9월 중순에 초고의 마지막 글자를 찍었을 때 나는 내가 이룬 것이 믿어지지 않았다.

등뒤에 손가락 아홉 개를 묶고 간신히 몸을 이끌어 정상으로 올라간 기분이었다.

나는 그 순간을 좀더 즐겼고, 철인삼종경기는 완수되었다.

치키오두막에 앉아 내 맞은편에 있는 존을 바라보았다. 웃음이 나올 거라고 생각했다. 꿈이 실현되었으니 환하게 웃을 거라고.

하지만 나는 울었다.

그리고 최선을 다해 입을 벌려 말했다. "이제 뭘 하지?"

놓아 보내기

5월~6월

M a y

J u n e

수영

오늘은 6월 21일, 하지다. 이 책에서는 오늘이 아니다. 무슨 말인
가 하면 지금 이 순간 나는 연중 낮이 가장 긴 날의 햇볕 속에서 치키
오두막에 앉아 한 손가락으로 이 문장을 쓴다. 내가 좋아하는 날들
중 하루.

나는 플로리다에서 나고 자란 태양의 자식이고, 이곳에서 태양은
우리 삶의 샤프롱*이다. 내 피부색은 커피 원두처럼 까무잡잡하다.
그리스의 선물(고마워요, 파노스)이다. 그래서 나는 늘 태양을 한껏
즐긴다.

나를 레스토랑으로 데려가면 햇볕 좋은 자리를 고른다. 나를 피넛

---

* 젊은 여자가 사교장에 나갈 때 따라가서 보살펴주는 사람.

섬 근처 캠핑장으로 데려가면 물이 허리까지 닿는 수정같이 맑은 바닷물 속에 서 있거나 물고기에게 먹이를 먹이거나 후미진 곳에서 스노클링을 하거나 해우海牛를 찾으며 한가로이 시간을 보낼 것이다.

손에 개 사료용 비스킷을 올려놓으면 작은 물고기들이 곧바로 먹어치운다는 것을 아는가?

나는 예전에 스쿠버다이버였는데, 내가 경험한 가장 멋진 것 중 하나는 수심 60피트에서 수면을 올려다보는 것, 화살처럼 물속을 통과하는 은빛 햇살을 쳐다보는 것이었다. 햇볕이 좋은 날이면 그 깊이에서는 수면이 수은처럼 보인다.

파도가 넘실넘실 밀려와 조개들을 흔들어놓을 때 나는 가까운 바다에 떠 있곤 했다. 물속에서 가만히 귀를 기울이고 있으면 조개들이 부딪치는 소리가 들린다. 즐겁다.

친구와 나는 물속에서 서로의 어깨 위에 올라서서 앞으로 구르곤 했다. 한번은 그러다 무릎에 눈이 맞아 시퍼렇게 멍이 들기도 했다.

그랬다. 나는 매일이라도, 하루종일이라도 햇볕을 쬐고 수영할 수 있었다. 내 샤프롱인 태양은 내가 움직이는 대로 따라 움직이며 내 어깨와 등을 태웠다. 자외선 차단제는 바르지 않았다.

"난 전생에 파충류였을 거야." 피부를 태우며 이렇게 말했다.

나는 가무잡잡한 대학 수영선수였던 존이 스피도 수영복을 입은 모습에 반했다. 짙은 색 레이밴 선글라스를 낀 채 나는 자유영을 하며 유연하게 물살을 헤치는 그를 눈으로 좇았다. 근육이 발달한 그의 팔―그는 농담처럼 그것을 "총"이라고 부른다―이 물을 튀기지도 않으며 물속을 갈랐다.

(존의 전형적인 농담. "동물병원에 가야겠어." "왜?" 그가 팔을 구부린다. "이 비단뱀이 아프다네.")

나 역시 시합에 출전하는 수영선수였다. 대단하지는 않았다. 괜찮은 정도. 그래서 존과 나는 수영장에서 함께 운동하곤 했다.

"좋아, 전력 질주다." 그가 지시를 내린다.

나는 재닛 에번스보다 더 빨리 풍차처럼 팔을 휘젓는다고 확신하며 전속력으로 나아간다. 재닛 에번스는 자기 길을 열심히 파서 1980년대 후반과 1990년대 초반에 무수히 많은 금메달을 거머쥔 자그마한 체구의 여자다. 그러면 존이 말한다. "아니. 전력 질주를 하자니까."

"그러고 있다니까."

"정말로?"

나는 지금 이 햇볕 좋은 하지에 뒷마당 수영장을 쳐다보며 그때 일을 떠올린다. 최근에 나는 친구들과 함께 우리집 수영장 근처에서 맥주를 마시다가 나를 물속에 넣어달라고 부탁했다. 두 사람―존과 스테퍼니처럼 노련하지 않다면 두 사람이 필요하다―이 나를 부축해 수영장 계단으로 데려갔다. 나는 물속에 반쯤 몸을 담그고 앉아 빨대로 맥주를 빨아 마셨다.

그렇게 앉으니 친구들을 등지게 되어서, 나는 물에 엎드려 친구들

쪽을 쳐다보려고 했다.

몸을 뒤집자 얼굴이 물에 잠겨 입안으로 물이 들어왔다. 수영을 배우는 아이처럼 콧속이 홧홧했다. 충격이었다. 입을 벌리자 물이 더 많이 들어왔다.

머리를 들어올릴 힘도 없었다.

친구들이 내가 첨벙거리는 소리를 들었다. 손 네 개가 나를 붙잡아 올렸다.

"괜찮아." 내가 말했다.

다시 계단으로 가서 그들에게 등을 보이며 앉았다. 나는 더이상 수영을 할 수 없다는 사실을 깨달았다.

나는 그것을 입 밖으로 내뱉지 않았고, 미안하다는 말을 폭포수처럼 늘어놓지 않으려 애썼다. 홀로 이 사실과 싸웠다.

그뒤로 누구에게도 내 가설을 시험하기 위해 나를 수영장 안으로 데려가달라는 부탁을 한 적이 없다. 내 진짜 마음은, 알고 싶지 않다는 것이다. 사라졌다면 사라진 것이다. 내가 할 수 있는 것은 없다. 부적 목걸이의 기운이 빠져나가는 것처럼 슬그머니 사라졌다.

그러니 내가 뭘 어쩌겠는가? 더는 할 수 없는 것을 동경하며 시들어간다? 내가 좋아했던 것을 동경하며?

그럴 수는 없다.

그것은 미친 사람이 되는 길이다. 당신이 결코 가질 수 없는 것을 원하는 것은.

"내 마음은 내가 다스린다. 내가 어떻게 느낄지는 내가 선택한다." 나는 늘 혼자 되뇐다.

지난 몇 년 동안 내가 줄기차게 연습해온 것이 이것이다. 놓아 보내는 법.

나는 비크람 요가 센터에 다니면서 38도의 방에서 꾸준히 요가를 했다. 후끈한 열기는 근육을 늘여주는 데 좋을 뿐 아니라 마음도 늘여주었다.

요가는 야단법석 같은 현대 생활에서 벗어날 수 있는 내 안식처였다. 무거운 불안과 걱정을 끌어안고 비크람 센터로 들어가 구십 분 동안 열심히 요가를 하고 나면 걱정에 쓸 기운도 없이 풀어진 근육과 깨끗이 청소된 마음으로 걸어나올 수 있었다.

내가 더는 왼손으로 무언가를 붙잡을 수 없다는 것을 깨달았을 때 나는 그 상실을 받아들이려 하지 않았다. 나는 운동장갑을 끼고 계속 요가를 했다. 그러다 왼손의 손가락이 가지런히 놓이지 않는 것을 알아차렸다.

손을 머리 위로 들어올렸더니 꼭 크리스마스트리 꼭대기에 매단 별 같았다.

나는 신경과 의사를 찾아가서도 요가를 했다. 왼쪽 발목을 잡고 다리를 위로, 더 위로 들어올려 활처럼 섰다. 비크람 요가에서 가장 어려운 자세 중 하나. 성공했다. 되잖아요, 난 ALS 환자가 아니에요, 나는 버텼다.

하지만 슬프게도 여섯 달 뒤에 나는 요가를 할 수 없게 되었다.

그로부터 일 년 뒤 나는 쇼핑을 갔다가 우연히 본 것에 대해 말하는 것처럼 아무렇지 않게 존에게 말했다. "내가 이제 점프할 수 없는 거 알아?"

이웃집 여자가 이제 그녀의 아이들을 내 차에 태워 다니지 않았으면 좋겠다고 말했을 때 나는 잔뜩 골이 났다. 몇 시간 뒤에도 분이 풀리지 않아 존에게 그 말을 했다. 그가 대답했다. "수전, 당신이 우리 아이들을 태우는 것도 좋은 것 같지는 않아."

그때는 그 말이 가슴 아팠다.

두 달 뒤 나는 사랑하는 BMW를 운전하다가 길가에 차를 댄 채, 눈물을 흘리거나 한바탕 야단을 떨지도 않고 스테퍼니에게 말했다. "이제 운전은 그만해야 할까봐. 운전대를 잡기가 힘들어."

받아들인다.

자제한다.

살인자 너새니얼 브라질을 기억하는가? 2000년에 교실 앞에서 선생님을 총으로 쏘았을 때 그는 7학년이었다. 그 사건은 우리집에서 몇 마일 떨어진 곳에서 일어났다. 나는 감시카메라 테이프를 처음 본 기자였고, 그것은 내 기자 인생에서 가장 큰 특종 중 하나가 되었다.

십 년 뒤 나는 수감중인 브라질을 인터뷰했다. "교도소는 나쁜 장소가 아니에요." 그가 내게 말했다. "벌을 받는 것처럼 느껴지지도 않아요."

나는 〈팜비치 포스트〉에 그 이야기를 실었고, 사람들은 혐오감을 표현했다. 그의 그런 태도는 그가 얼마나 냉혹한 범죄자인지 보여주는 '증거'라고 했다.

나는 그의 태도를 '생존'이라고 불렀다. 너새니얼 브라질은 생존하기 위해 자신의 환경을 새롭게 창조해야 했다. 교도소는 나쁜 장소가 아니라고 자기 자신을 납득시켰다.

그러니 평생 수영을 하고 살았지만 수영하지 못하게 된 것이 그리 나쁠 것도 없다.

오브리의 생일

닷새 전, 2012년 6월 18일은 내 아들의 생일이었다. 멈춰야 하는 날. 깊이 생각하고 자랑스러워해야 하는 날. 내 아들 오브리는 열한 살이 되었다.

오브리가 태어난 날! 그 기억이 생생하다! 나는 만삭이었다. 사실 예정일을 넘겼다. 예정일은 6월 14일이었지만 의사에게 제왕절개를 보류해달라고 부탁했다. 나는 하지인 6월 21일에 아이를 낳고 싶었다. 아이의 생일파티가 연중 낮이 가장 긴 날의 저녁까지 이어져 햇살이 아이를 행복하게 만들어주는 장면을 그려보았다.

6월 18일에 나는 법원에서 온종일 기사를 썼다. 그리고 집으로 돌아가 누워 쉬는데 세 살 된 머리나가 침대에서 쿵쿵 뛰었다.

"그만해!" 존이 소리를 버럭 질렀다. "엄마가 다치겠어."

나는 일어서서 오줌을 누러 욕실로 갔고 물이 쫙 빠져나가는 느낌을 받았다. 존과 나는 허리를 굽혀 변기로 빠져나온 액체를 쳐다보았다. 그랬다. 변기 안을 들여다보며 우리의 미래를 점쳤다.

"양수가 터진 것 같아?" 그가 물었다.

"아니야, 그래서는 안 돼."

나는 아기의 탄생에 대해 미리 세워둔 계획이 있었기 때문에 지금 일어나는 일을 내 맘대로 바꾸어 해석했다. 아니, 내 다리 사이에 흘러내린 액체는 누가 뭐래도 요실금 때문이야. 그런데 변기 안에 있는 끈적거리는 액체는, 오, 그것은 다른 것이었다.

나는 하지에 태어날 아기를 꿈꾸며 다시 침대에 누웠다.

그리고 진통이 시작되었다.

머리나는 보고타에서 스쿨버스를 빌려 타고 제왕절개를 해서 낳았다. 진통은 없었고, 복부가 쥐여 짜이는 듯한 경험도 없었다.

이 세상에 빨리 감기 버튼을 눌러 당신을 당장에 현실로 데려오는 것이 한 가지 있다면 바로 쥐여 짜이는 듯한 산통이다. 그리고 발이 먼저 나오고 의사가 잔뜩 웅크린 어린 영혼을 끄집어내는 끔찍한 골반위분만 장면에 대한 상상.

우리는 지체 없이 병원으로 달려갔다.

존과 나는 몇 달 동안 아기의 이름에 대해 의견이 분분했다. 존은…… 음, 존이 어떤 이름을 원했는지는 기억나지 않지만 아무튼 오브리라는 이름에는 시큰둥했다.

"여자애 이름 같잖아." 존이 계속 반대했다. "사람들이 오드리라고 생각할 거야."

얼마 후 나도 그 이름을 입 밖에 꺼내지 않았다. 하지만 마음에서 놓지는 않았다. 내게는 중요한 일이었다.

오브리는 내 사촌오빠의 이름이었다. 정확한 이름은 오브리 모츠 4세. 사촌 오브리는 중증 혈우병을 앓았다. 그의 피는 제대로 응고되지 않았다. 세게 부딪히면 내출혈을 일으켰다.

한번은 그가 우리와 함께 보트를 타러 갔다가 결국 뇌출혈로 입원했다. 내 생각에, 부모님이 자식을 낳지 않기로 결심한 이유는 오브리였다.

오브리 모츠는 피를 응고시키려고 평생 혈액제제를 사용했다. 헌혈한 피에 대해 HIV 검사를 실시하기 전인 1990년대 초반의 어느 시점에 그는 감염된 피를 수혈 받았다. 1999년 그는 AIDS로 사망했다. 그의 나이 서른아홉이었다.

나는 사촌 오브리를 좋아했다. 그는 지적이고 재미있고 친절했으며—내게는 거대한 존재였다—불평은 전혀 하지 않았다. 몸이 약했음에도 성을 내지 않았다.

삶은 그에게 두 번 큰 타격을 입혔다. 한 번은 만성질환으로, 또 한번은 치명적인 병으로. 하지만 오브리는 기쁘게, 자기연민 없이 살았다. 그는 대학에 갔고, 여행을 했고, 결혼도 했다. 그는 살아냈다.

그가 죽은 뒤 나는 종종 그에 대해 생각했다. 나는 아직 그를 생각한다. 날마다 그를 닮으려고 노력한다. 나는 4세대를 이어져내려온 그의 이름이 그와 함께 죽지 않기를 바랐다. 그에 대한 기억을 영예롭게 만들고 싶었다.

그래서 수술대에 올라가 배가 절개되는 순간까지 기다렸다. 토할 뻔한 순간—마취제 때문에—이 지난 뒤에 나는 그 이름을 다시 꺼냈다.

"부탁이야. 오브리로 하자."

그 순간 존이 그러자는 말 외에 달리 뭐라고 하겠는가?

그 대가로 세번째 아이의 이름은 존이 짓기로 했다. 그는 애티커스라는 이름을 골랐는데, 그가 좋아하는 책인 『앵무새 죽이기』에 등장하는 애티커스 핀치에서 딴 것이다. 우리는 웨슬리를 그 이름으로 부르지는 않는다.

아기 오브리를 데리고 도서관으로 처음 외출했을 때 어느 엄마가 "오브리" 하고 불렀다. 그러자 그 여자의 딸이 아장아장 걸어갔다. 어라!

그리고 오브리의 첫번째 생일날 베이커리에서 도착한 케이크에는 프로스팅으로 크게 이렇게 쓰여 있었다. "오드리의 생일을 축하해요!"

그래도 나는 내 아들 이름을 오브리로 지어서 기쁘다. 대를 물려 쓰는 이름에는 가치가 있으니까. 연속성이 있다. 추억이 있다. 나는 내 아들 오브리에게 같은 이름을 썼던 사람에 대해 말해준다. 엄마의 사촌 오브리는 한 번도 불평한 적이 없었다고 이야기한다. 사실을 말하면, 내 아들 오브리의 가장 부정적인 특성이—안타깝게도 우리 모두 그런 특성이 있다—바로 불평쟁이라는 것이다.

엊그제 내가 오브리에게 네가 태어난 정확한 시각인 저녁 일곱시가 되어야 커다란 생일선물을 주겠다고 하자 오브리가 눈을 내리깔며 말했다. "아! 난 아직 열한 살이 아니었죠."

세 아이 중 내가 가장 걱정하는 아이가 오브리다.

동생 웨슬리는 아스퍼거 때문에 고립된 생활을 하지만 애정을 갈구하지 않고 다행스럽게도 내가 곧 죽는다는 사실을 모른다. 웨슬리의 가장 큰 관심사는 우리가 밖으로 나갈 때 내 휠체어를 미는 사람이 자기였으면 하는 것이다.

누나 머리나는 남자애들, 친구들, 패션, 고등학교 생활 등 관심거리가 아주 많다.

그리고 오브리가 있다. 그 아이는 중간이다. 특별 관리가 필요한 동생과 지금 그를 29킬로그램 무게의 눈엣가시로 보는 십대 누나 사이에 끼인 아이. 가장 섬세하고 감수성이 예민한 아이.

올해 학부모 간담회에서 아이의 선생님이 말해주었다. "오브리는 속이 어른이에요." 그 말을 듣자 가슴이 아팠다. 속이 어른이라는 말은 지혜롭다는 뜻이다. 주변에서 어떤 일이 일어나는지 다 알 만큼 지혜롭다는 뜻이다.

내 상태에 대해 직접적으로 물어본 첫번째 (지금까지는 유일한)

아이도 오브리였다.

　나를 망설임 없이 도와준 아이도 오브리였다. 오브리는 휘청거리는 내가 균형을 잡을 수 있게 내 손을 제 목에 올리고 내 옆에서 걸었다.

　오브리는 종종 뒷문으로 고개를 빠끔 내밀고 치키오두막에 눌러앉아 글을 쓰는 내게 소리를 질러 확인한다. "괜찮아요, 엄마?"

　아마도 이것이 이 아이의 어른스러운 측면일 것이다. 아니면 오브리가 아주 불쌍한 처지에 빠진 나를 본 적이 있어서 그럴지도 모른다.

　유콘에서 돌아오고 몇 주 뒤 내가 그애를 데리러 학교에 갔을 때처럼. 직장을 그만둔 뒤 내가 소중하게 여기는 새로운 기회였다. 그날 나는 일찍 도착해서 화장실을 쓰려고 학교 건물 안으로 들어갔다. 좀 낡은 복도를 걸어가다 그만 미끄러져 쿵 자빠지고 말았다.

　나는 일어설 수가 없어 딱정벌레처럼 꿈틀거렸다. 어쩔 줄 몰라하면서.

　때마침 오브리와 다른 아이 하나가 그리로 지나갔다.

　"엄마!" 오브리가 내게 달려왔다. 다른 아이가 쳐다보는지는 아랑곳하지 않고.

　나는 처음으로 아이가 이런 나를 창피하게 여길 수도 있겠다고 생각했다.

　다른 사내아이는 가버렸고, 오브리는 내 겨드랑이 밑을 잡아 나를 끌어당겨 일으켜세우려고 했다.

"잠깐, 잠깐! 천천히." 내가 말했다. "숨 좀 돌리고."

아이의 담갈색 눈동자가 동그래지기에 내가 말했다. "걱정 마. 엄마는 괜찮아. 다시 해볼까?"

아이는 다시 힘을 주었고, 거의 내 위로 엎어질 뻔했다. 내가 웃자 아이도 다시 시작했다.

"그렇지. 땅을 짚을 수 있게 내 몸을 뒤집고 문까지 기어가는 걸 도와줘. 그러면 손잡이를 잡을 수 있을 거야."

문에 도착하자 나는 아이에게 바지 뒤쪽 위를 잡고 끌어당기라고 했다. "그렇지. 힘껏 잡아당겨!"

작전 성공. 나는 일어섰다. 나는 화장실에 갔다가 아들의 부축을 받아 학교 밖으로 나왔다. 넘어지지 않게 팔을 아이의 목에 감고서.

며칠 후 내가 오브리와 함께 학교에서 나오는데 어떤 여자가 불쑥 다가와 물었다. "어떻게 된 거예요?"

오브리가 옆에 있지 않았다면 나는 아마 이렇게 대답했을 것이다. "당신 얼굴은 어떻게 된 거예요?"

그녀의 말은 가슴 아팠다. 내가 어떻게 보였길래 그런 질문을 했을까?

나는 곧 오브리와 웨슬리의 선생님들에게 이메일을 보냈다. 그들은 내가 휘청거리고 어눌하게 말하는 것을 눈치챘을 것이다. 그들이 오해하는 건 바라지 않았다. 나는 알코올 문제가 아니라 병이 있다고 썼다.

나는 아이들을 데리러 학교에 가는 것을 그만두었다. 그 일은 아버지의 몫이 되었다. 부탁할 것이 하나 더 늘었다. 내가 할 수 없는 것도 하나 더 늘었다.

그것이 그렇게 아쉬울 거라는 생각은 미처 하지 못했다.

여섯 달이 지난 지금 나는 오브리를 또 한번 실망시킨 건 아닌지 걱정스럽다.

나는 생일이 되면 늘 야단법석을 떨었다. 생일 전날 존과 함께 플로리다풍 방—열대 소굴이나 마찬가지다—의 한복판에 매달린 상들리에서 벽의 네 귀퉁이까지 두세 가지 색깔의 종이테이프를 매단다. 눈을 뜬 아이는 색색으로 늘어뜨린 장식을 본다.

올해 나는 파티 분위기에 흠뻑 취할 수가 없었다. 그리고 존에게 오브리의 생일을 알려주는 것을 잊고 말았다.

눈을 뜬 오브리를 맞이한 것은 전날과 똑같은 집이었다.

하지만 케이크는 아직 가능했다. 나는 언제나 특별한 케이크를 구입했다. 실크 같은 퐁당을 씌운 케이크나 가나슈를 발라 반짝거리는 케이크를 샀다. 아니면 내가 직접 만들었는데 화려하지는 않았지만 노력을 적게 들인 것은 아니었다.

작년에는 내가 직접 구운 케이크를 월턴 아이싱 도구를 사용해 화려하게 꾸몄다.

그때는 워터파크에 가서 작열하는 플로리다의 태양 아래에서 생일파티를 했다.

점심때가 되자 케이크 장식이 땀처럼 흘러내렸다. 오브리와 열 살짜리 아이들은 결국 케이크를 숟가락으로 떠먹어야 했다.

올해 나는 케이크를 준비하지 못했다. 그래서 스테퍼니가 집에 와서 오브리를 식료품가게로 데려갔다. 오브리는 스머프 케이크를 골랐다. 그렇다, 스머프. 파란색 아이싱의 수호자. 내가 그레이시와 낮잠을 잘 때 스테퍼니가 오브리에게 저녁으로 스테이크를 만들어주었다.

저녁에 우리는 다 같이 모여 케이크를 먹고 선물을 열어보았다. 나는 며칠 전에 아이폰을 신형으로 바꾸었기 때문에 쓰던 것을 포장해 오브리에게 선물로 주었다. 머리나는 열한 살 생일 때 새 휴대전화를 받았는데 값싼 모델이었다. 오브리의 것이 누나 것보다 훨씬 좋은 것이니 쓰던 것이어도 괜찮다고 생각했다.

우리는 〈생일 축하합니다〉 노래를 불렀고 파란색 케이크를 먹었다. 그 덕분에 모두의 입술이 치아노제 환자처럼 파랗게 변했다.

오브리가 원래 포장 박스에 넣어준 전화기를 꺼내보았다. 무척 좋아했다. 곧바로 모두의 전화번호를 저장하고 문자를 보냈다.

흠. 아직 불평이 없어? 어쩌면 전통을 그리워하는 것은 나뿐인가보다.

한 시간쯤 뒤에 오브리가 치키오두막에 있는 나를 찾아왔다. "엄마, 여기 흠집이 있어요. 이거 엄마가 쓰던 거예요?"

"응."

"누나 전화기는 쓰던 게 아니잖아요."

"머리나 건 아이폰이 아니잖아. 불평은 그만."

아이는 심드렁하게 집으로 들어가 문자를 보냈다. "고맙습니다."

다음날 친구의 집에 놀러간 오브리에게서 문자가 왔다. "괜찮아요?"

"응." 내가 답했다.

그러자 아이가 문자를 보냈다. "Eye-heart-u."*

"나도 Eye-heart-u, 아들."

---

* '사랑해'라는 뜻의 'I ♥ You'를 같은 발음 혹은 뜻이 다른 말로 표현한 것.

고마운 손들

　사랑스러운 그레이시, 금색 눈동자의 우리 아기.

　고맙게도 내 아이들이 정상적인 생활을 해나가는 동안 그레이시는 내게 문제가 생긴 것을 알아챘다. 그해 봄 내가 둥지를 틀고 지낸 긴 시간 동안 그레이시는 점점 안달을 내다 마침내 내 비키니 상의의 끈을 씹어 먹었다. 이전에 구두를 씹어 먹은 적은 있었지만(보들보들한 이탈리아산 가죽을 선호한다) 옷을 건드린 적은 없었다.

　나는 모유 때문에 얼룩이 생긴 셔츠를 내 아기들의 요람에 넣어두곤 했다. 그 냄새가 아이들을 편안하게 해주는 것 같았다. 나는 그레이시가 내 옷을 씹어 먹는 것도 어쩌면 같은 이유에서일지 모른다고 생각했다.

　그런 것쯤이야. 수영복 따위 아깝지도 않았다.

나는 그레이시의 그런 행동을 고마워하는 쪽을 선택했다. 그레이시가, 그런 장난이 나를 위로해주었으니까. 치키오두막에서 그레이시는 종종 내 유일한 친구였다. 대개는 내 발치에 엎드려 있었다. 도마뱀을 쫓거나 다람쥐를 보고 뛰어다니기도 했는데, 그런 모습 또한 보기 좋았다.

내가 오후에 낮잠을 자고 있으면 그레이시가 침대로 뛰어올라 내 얼굴을 핥는다. 나도 안다. 우웩. 하지만 나는 그런 행동마저 사랑했다.

이따금 그레이시는 내가 머리를 누인 베개 주위에 엎드려 긴 혀로 내 얼굴을 핥아내렸다. 어떤 때는 내 얼굴 전체를 핥으려고 내 가슴 위에 엎드렸다.

탁! 탁! 그레이시가 나를 핥을 때마다 꼬리가 매트리스를 때리는데 언제 끝날지 알 수가 없다. 27킬로그램의 무게 때문에 나는 숨쉬기가 힘들다.

"도와줘!" 내가 소리를 지르면 그레이시의 혀가 내 벌어진 입안으로 쑥 들어왔다.

우웨에에에에엑! 내게도 기준은 있다.

한번은 그레이시가 신이 나서 더 잘 핥으려고 앞발을 내 목에 얹었다. 그러자 나는 정말로 숨을 쉴 수가 없었고, 허약한 몸으로는 그레이시를 밀어낼 힘도 없었다.

"도와줘!" 나는 소리를 꽥 질렀다. "도와줘!"

오브리가 급하게 달려왔다. "그레이시! 엄마를 죽일 참이야?" 아이가 목줄을 잡아 그레이시를 내게서 떼어냈다.

오브리는 방에서 나가 늘 하던 일과로 돌아갔다. 그레이시가 다시 침대로 뛰어올랐다.

"저리 가! 저리 가!" 결국은 내가 포기하고 그레이시가 엎드려 있게 그냥 두었다.

날마다 이른 저녁에, 대체로 아이들이 잠들기 전에 존은 나를 한 걸음 한 걸음 침실로 데려간다.

그가 내 옷을 하나씩 벗긴다.

나를 변기에 앉혀준다.

내 이를 닦아준다.

나를 침대에 눕힌다.

"더 필요한 게 있어?"

"그냥 그레이시만 데려와줘." 내가 말한다.

그레이시가 침대로 뛰어올라 나와 함께 눕는다. 베개 주변에 엎드려 내 얼굴을 혀로 핥는다. 나는 웨슬리를 생각하고, 그레이시가 웨슬리에게도 똑같이 한다는 사실을 떠올린다. 그레이시는 우리 둘을 재워준다.

한번은 한밤중에 다른 침실들에서 멀리 떨어진 북쪽 끝에 있는 손님방에서 혼자 깨어났다.

화장실에 가야 했는데 침대에서 내려오려면 도움이 필요했다. 나는 어둠 속에서 소리를 질렀다. "누구 없어! 누구 없어!"

대답이 없었다.

시끄러운 에어컨 소리가 조용해지기를 기다렸다가 다시 소리를 질렀다. "누구 없어! 누구 없어!" 내 가느다란 목소리가 높아지자 방광에 압박이 느껴졌다.

대답이 없었다. 아무도 일어나지 않았다.

"누구 없어! 누구 없어! 도와줘! 도와줘!"

그때 웨슬리의 침대에서 자고 있던 그레이시가 내 방으로 들어왔다. 그레이시는 머리를 갸우뚱한 채 무슨 일이냐는 듯 나를 쳐다보았다. 그러더니 머리나의 침실 바로 밖에서 컹컹 짖어댔다.

머리나가 잠에서 깨어나 존을 내게 보냈다.

"명견 래시 같아!" 내가 변기에 앉아 말했다.

그레이시는 나를 쫓아다녔는데 가장 그러지 말아야 할 순간에도 내 발밑에서 거치적거릴 때가 많았다. 예컨대 존이 나를 부축해 화장실에 갈 때.

"급해! 급해!" 내가 사고를 내지 않으려 애쓰면서 말했다.

그레이시가 방해가 되는 곳에 서 있다가 우리 둘을 따라 좁은 화장실로 날째게 들어왔다.

"그레이시! 나가!" 존이 짜증을 내며 소리를 질렀다.

27킬로그램이나 나가는 우리 아가씨는 일어서려고 애쓰는 내 위로 올라타거나 옆을 휙 스치며 달려가는 등 몇 번이나 나를 쓰러뜨릴 뻔했다.

"개를 없애야겠어." 어느 날 존이 화가 나서 말했다.

"내가 죽기 전에는 안 돼." 내가 말했다.

그레이시는 아이들이 수영장 안으로 점프하면 날뛰며 짖어댄다. 나무 사이로 뛰어들어가고 나무껍질을 잡아 뜯는다. 그래서 어떤 나무들에는 철망을 감아야 했다.

하지만 그레이시가 수영장에 뛰어드는 일은 없다. 딱 한 번을 제외하고는.

존이 오브리를 돌고래에 태웠을 때였다. 오브리에게 엄마 아빠의 위신을 세우는 것은 오로지 존의 몫이었다. 존은 깊이 잠수해서 나아갔다. 존과 오브리는 바닥을 따라 미끄러지듯 나아갔는데 물속에 있는 시간이 유난히 길었다. 그레이시는 그들이 물에 빠져 죽는다고 생각했던 모양이다.

그레이시가 물속으로 뛰어들어 그들에게 헤엄쳐 갔다.

그때 존과 오브리가 수면 위로 올라왔고, 그러자 그레이시는 곧바로 물 밖으로 나왔다.

명견 래시!

가엾은 존. 아이들의 아버지. 아이들을 돌보는 사람. 개를 산책시키는 사람. 고달픈 영혼. 존은 아침마다 소파에 묻은 발자국을 닦아내며 몹쓸 개라고 구시렁거린다.

병든 아내를 감정적으로 내팽개치는 남편이 있다는 말을 들은 적이 있다. 존은 아니다. 그는 나만큼 내 고통을 느끼고, 내가 할 수 없게 된 그 모든 사소한 동작들에 대해 나만큼 실망하는 것 같다. 변기에서 일어나거나 발을 드는 일 같은 것.

이제는 존이 나 대신 그 일들을 해주어야 한다.

그도 도움을 받는다. 진심으로 말하는데, 혼자 신발을 신을 수 없다면 도움을 청하는 것을 부끄러워하지 말라. 내 친구 제인 스미스는 〈팜비치 포스트〉에서 내 은퇴파티를 준비하면서 WhatFriendsDo. com 사이트를 이용해, 도움을 주겠다는 사람들의 전체 스케줄을 짰다.

하지만 그레이시의 경우가 그렇듯 이따금 그런 도움 때문에 존은 더 힘들어했다. 하루종일 친구들이 우리집을 들락날락하지만—심부름을 해주고 식사를 가져다주고—나는 그들에게 내가 원하는 것을 알려주기도, 심지어 감사의 뜻을 전하기도 쉽지 않다.

그중 한 가지로, 나는 의자에서 일어날 수도 없다. 다행히 우리는 집의 문을 열어놓고 지낸다. 온종일 문을 잠그지 않아서 우리집에는 이웃 꼬마들, 친척들, 지나가는 자선가들까지 불쑥불쑥 들어온다.

나는 뒷마당 치키오두막에서 지내는 때가 많으니 그것은 참으로 다행한 일이었다. 문을 열어주고 싶어도 나는 그럴 수가 없다. 손잡이도 돌릴 수가 없다. 사람들이 내 옆에 앉아 있어도 즐겁게 대화를 나눌 수가 없다. 내 둔한 혀로는 너무 힘들다. 너무 고되다.

나는 존에게 요리용 마르살라 와인을 넉넉히 사오라고 했다. 우리에게 음식을 만들어준 사람들에게 내가 좋아하는 레시피—마르살라 와인을 써야 하는 슈림프 오나시스—를 알려주고 싶었다.

"레시피를 바꾸어놓는 비밀 재료가 이거랍니다. 마르살라 와인. 당신의 친절이 내 하루를 바꾸어놓은 것처럼요." 나는 존에게 감사 카드에 이 내용을 넣어달라고 했다.

그에게는 벅찬 일이었다. 퇴근해서 아이들을 쫓아다니고, 먹을 것을 가져오는 사람들(대부분 그는 얼굴도 알지 못하는 사람들이었다)을 맞아주고, 그들에게 와인을 건네야 했지만, 그는 종종 와인을 어디에 뒀는지 잊어버렸고 어떤 내용을 써야 하는지도 기억하지 못했다.

그러는 동안에도 내가 그에게 화장실에 가고 싶다고 문자를 보내면 그는 나를 화장실로 데려가야 했다…… 당장에.

그리고 하느님이 사랑하는 웨슬리, 그애는 내내 큰 소리로 말하지만, 대화를 하는 것이 아니라 그저 제 마음에 떠오른 것을 반복해서 말할 뿐이다.

"그레이시의 사진을 찍어도 돼요? 도마뱀 좋아해요? 내가 그린 그림책 봤어요? 미운 오리 새끼를 그린 거예요. 봐요, 오리가 울어요. 하지만 여기 보세요, 엄마 오리가 새끼 오리를 찾아서 이제 새끼 오리는 행복해요."

감탄스러운 가사도우미 이베트에게 감사한다. 웨슬리는 이베트를 좋아했다. 둘은 피글렛과 〈릴로와 스티치〉에 대해 몇 시간이고 이야기를 나눌 수 있었다. 웨슬리가 그 영화를 내리 열 번은 봤던 것 같다.

사실 영화를 본 것은 아니었다. 신청한 채널에서 나온 영화 광고를 본 것이었다. 웨슬리는 그 광고를 백 번은 보았고, 마침내 어느 밤 스테퍼니가 그 영화를 빌려 왔다.

즐겁다.

한편 음식이 쌓여갔다. 모두 마음이 넉넉해서 8인분을 가져왔다. 하지만 머리나는 종종 친구들과 놀러 나갔다. 오브리와 웨슬리는 입맛이 까다로웠다. 그리고 내 식욕은 옛날에 비해 절반으로 줄었다. 어쩌면 더 줄었을 것이다.

그러고 나면 존이 남았다. 그 남자는 먹기야 하겠지만 7인분에 내가 남긴 절반까지 먹지는 못한다.

"사람들한테 고맙지만 지금은 괜찮다고 말해." 사람들이 음식을 자꾸 가져오는 문제에 대해 의논할 때 존이 말했다.

"당신이 말해." 내가 짜증을 냈다. "난 말도 제대로 못하잖아."

좌절감이 결국 폭발했다. 당연히 나는 좌절한다. ALS에 걸렸다고 마음까지 어떻게 되는 건 아니다. 이따금 성질도 부린다.

선물로 준비한 와인을 넣어줄 마땅한 봉지가 없다는 것을 깨달은 순간처럼.

그때 존은 그레이시를 쫓다가 멈춰 서서 나를 쳐다보았다. "약 안 먹었어?"

처음 신경과에 찾아갔을 때 나는 항우울제를 처방해달라고 했다. 하루에 렉사프로 10밀리그램을 처방받았는데 그것이 최소한의 복용량이었다. 내가 진단을 받은 후 의사는 복용량을 20밀리그램으로 늘렸다. 우리는 그것을 '행복의 약'이라고 불렀다.

"안 먹었어." 내가 방금 어떤 일이 있었는지 깨달으며 말했다.

존은 로드러너*처럼 부리나케 약품 캐비닛으로 달려갔다.

그가 내 혀 안쪽에 초크 같은 알약을 넣어주었다. 늘 그렇듯 약은 혀에 들러붙은 채 녹았고, 구역질이 났다. 나는 약을 삼킬 근육이 없었다.

자꾸만 쓴 물이 올라왔다.

나는 존에게 물컵을 가까이 대달라고 했다. 손을 쓰지 않고도 입 안에 빨대를 넣을 수 있을 만큼 정말 가까이. 내가 물을 마실 수 있는 유일한 방법.

나를 행복하게 만들어줄 쓰디쓴 약을 삼킬 수 있는 유일한 방법.

최근에는 액상 렉사프로로 바꾸어 알약을 삼킬 필요는 없어졌다. 쓴 맛이 덜하지는 않지만 기분만 좋아질 수 있다면 마늘로 양치질도 할 수 있을 것 같다.

우울을 받아들이는 것은 흠이 있다는 말인가? 분노와 절망의 순간을 받아들이는 것도? 그렇다면 나는 그것을 무시하는 쪽을 선택한다. 내 마음은 건강하니까.

---

* 워너브라더스에서 제작한 만화영화의 주인공으로, 빠르게 달리는 새를 모델로 했으며, 와일리 코요테에게 끊임없이 쫓기면서 전속력으로 도망친다.

그것은 마라톤과 비슷하다. 훈련을 받아도 마라톤은 대단히 힘들다. 하지만 끝까지 버틸 수 있다.

우울증 약을 먹더라도 ALS에 걸리면 비탄에 빠진다. 하지만 나는 끝까지 버틸 수 있다.

지금은 우울한 기분이 찾아오는 횟수가 줄었다. 진단을 받은 뒤로. 진단을 받아들인 뒤로. 우울은 나비가 치키오두막 주변 관목에 내려앉는 것처럼 그렇게 가만히 내려앉는다. 나는 나비의 팔랑이는 날개를 지켜보며 그 정교한 무늬에 감탄한다. 잠시 그 무게를 느끼지만, 그것은 어느새 날아간다.

그런 슬픔에는 아름다움이 있다. 그것을 보면서 나는 내가 살아 있음을 안다.

그리고 그것을 나는 아직 생각한다.

호스피스

어머니가 입원했을 때의 몇 달이 내 머릿속을 떠나지 않았다. 밤에 나는 병실에 누워 잠들지 않은 채 바라보고 생각하고 느꼈다. 간호사가 약물과 혈압 등을 확인하는 모습을 지켜보았다. 주사액 방울이 빙그르르 돌며 떨어지는 소리를 들었고, 한밤중에 경보기가 울리는 소리도 들었다. 영양분을 공급하는 튜브에 들어가는 액체 냄새도 맡았는데 우유처럼 보이는 물질은 특유의 냄새가 났다.

포트로스트* 냄새는 아니었다.

아버지는 하루에 서너 번씩 병실에 들렀다. 아버지는 어머니의 좌절과 혼란이 타들어가는 냄새를 견뎠다. 어머니의 두려움도 견뎠다.

---

* 야채를 넣은 쇠고기 찜.

한번은 어머니가 아버지에게 몹시 짜증을 부렸는데, 그때 아버지는 절대적인 보살핌을 주었을 뿐 어떤 잘못도 하지 않았다. 어머니는 TV도 보지 않으려 했다.

아버지는 아주 예민해져서 나는 아버지가 언제 폭발할지 걱정이 되었다. 그리고 아버지는 어머니가 무엇을 바라는지에 대해 제대로 알지도 못한 채 삶의 종말과 관련된 문제들을 처리해야 했다.

그런 장면, 그런 순간, 그런 냄새 들은 내게 끝까지 남아 있을 것이다. 다음 몇 달 동안 나는 그 장면, 그 순간, 그 냄새 들을 반복해서 살아냈다. 그것은 내 어깨에 잠시 내려앉았다가 어느새 날아가버리는 우울한 나비가 아니었다. 그것은 자기연민이 아니었다.

병원에서 본 것 덕분에 나는 나 자신을 분명하게 볼 수 있었다. 나는 사랑하는 사람들에게 이런 과정을 겪게 하지 않겠다고 맹세했다. 나는 존이 의료 개입을 계속할지 멈출지에 대해 고민하는 것을 원하지 않았다. 언제 끝날지 모르는 입원으로 가족을 지치게 만들고 싶지 않았다.

죽어야 한다면 최선을 다해 우아하게 죽겠다고 결심했다.

나는 존이 내 소망을 이해할 수 있도록 그 말을 반복했다. 내 소망 중 가장 중요한 것이 병원에서 시들고 싶지 않다는 것이었다.

어머니의 병과는 달리 ALS는 회복에 대한 희망이 없었다.

나는 필요한 법적 서류를 작성했다. 입원을 하지 않는다. 인공호흡기를 쓰지 않는다. 인공 영양분을 공급받지 않는다. 죽음이 코앞에 다가왔을 때 생명을 연장하는 어떤 조치도 하지 않는다.

그것이 내게는 더 쉬웠다.

내 가족에게도 더 쉬웠다.

포기하지 않되, 받아들이는 것.

그 정신을 호스피스보다 더 존중해주는 곳이 있을까? 호스피스는 일시적인 간호 서비스를 제공한다. 죽어가는 사람을 치료하는 대신 위로한다.

"여기 등록해줘!" 내가 존에게 말했다.

아니, 내 힘으로 가능할 때 직접 등록해야겠다고 생각했다. 말을 못하게 되기 전에 내 소망을 내가 선택한 단어로 직접 말해야겠다고.

나는 팜비치 카운티 호스피스에 연락했다. 호스피스 접수 간호사가 우리집에 왔다. 친구가 아이들을 영화관에 데려갔다. 스테퍼니와 그녀의 남편 돈이 존과 나와 함께 있어주었다. 우리는 레드와인을 한 병 땄다.

"내가 하려는 게 맞는 거겠지?" 내가 스테퍼니와 돈에게 물었다.

호흡치료사인 두 사람은 병원에서 일했다. 돈은 중증 환자들이 인공호흡기를 달고 생명을 유지하도록 도와주는 일을 했다. 사랑하는 사람이 회복될 가능성이 현실적으로 사라진 뒤에도 남은 가족이 그 사람을 떠나보내지 못하는 경우를 그는 종종 보았다.

"물론이지. 그러는 게 맞아." 돈이 말했다.

스테퍼니는 병원에서 죽어가는 환자들을 보았다. "정말 어쩔 수 없을 때나 병원에서 죽지." 그녀가 말했다.

호흡치료사로 일하면서 스테퍼니는 열 번 정도 죽어가는 환자의 손을 잡고 그 곁을 지켰다. 그녀 말고 지켜줄 사람이 없었기 때문이다. "난 누구도 그 순간만큼은 혼자가 아니면 좋겠어." 그녀가 말했다.

호스피스 직원은 카리브 해 억양을 쓰는 활달한 여성이었다. 이름은 기억나지 않지만 아주 마음에 들었다. 그녀는 죽음에 대해 덤덤했고 감상적인 기색은 조금도 없었다.

우리가 그녀에게 와인을 건네면서 계속 웃었던 것이 기억난다. 우리는 두번째 병을 땄다. "괜찮아요." 그녀가 말했다. "하지만 집에 돌아가면 꼭 맛을 볼게요!"

내 기분은 어땠느냐고?

좋았다. 가족에게 선물을 주는 것 같았다. 당연히 슬펐다. 하지만 좋았다.

호스피스 간호사는 서류를 완성하느라 우리집에 몇 시간 동안 머물렀다(우리가 이런저런 이야기로 그녀를 곁길로 빠지게 했다). 서류가 엄청 많았다. 모두 열다섯 부였고 각각 서명이 필요했다. 그녀는 내 상태에 대해 하나씩 질문했다.

한 가지 질문은 몸무게가 줄어든 것에 대해서였다.

나는 식욕이 거의 없다고 말했다. 그랬다. 삼킬 수는 있었다. 하지만 음식을 만들어 내게 먹이는 것이 다른 이에게 짐이 되는 것 같아 먹고 싶은 욕구가 사라졌다. 나는 보통 하루에 한 끼만 먹었다.

"자연스러운 현상이에요." 그녀가 말했다. "저도 가족들에게 늘 말하는걸요. 죽음을 앞둔 사람들은 많이 먹지 않는다고. 그들의 몸이 그만큼 필요로 하지 않으니까요."

아! 알겠다. 지극히 자연스러운 일이었다.

나는 입원하지 않겠다는 점을 특히 강조했다.

그녀는 이따금 불가피하게 매우 고통스럽고 불편한 상태를 감당해야 하는 상황이 생긴다고 했다. 그런 상황이라면 어디로 가고 싶은지 그녀가 내게 물었다.

어머니가 입원했던 병원의 부속 건물에서 호스피스 병동을 본 적이 있었다. 불빛이 흐릿한 그곳의 통로에는 따스한 황갈색이 칠해져 있었다. 그 순간 나는 오래전에 들었던 말이 떠올랐다. 소중한 내용이라 잊지 않고 있었다. 웨스트팜비치의 호스피스 케어센터 본부에는 환자들이 애완동물을 데려가도 괜찮다는 내용이었다.

"사실이에요?" 내가 물었다.

"네."

"그렇다면 그리로 가고 싶어요."

그레이시가 아이들과 함께 찾아올 수 있었다. 그런 어둠의 순간에 그레이시가 함께 있어준다면 기분이 굉장히 좋을 것 같았다. 그레이시가 꼬리를 흔들면 최면에 걸릴 것 같았다. 그레이시는 한결같은 기쁨의 원천이다.

간호사가 집에 보관할 DNR*이 필요하냐고 물었다. 내 목숨을 구하지 말라는 것을 구체적으로 밝힌 지시. 응급상황에서 긴급 의료 종사자들이 내게 달려오면 존은 DNR만 보여주면 된다. 나는 이미 그 내용이 새겨진 팔찌를 주문했다. 물론 14캐럿 금으로. 내 얼굴에 미소가 떠오른다.

호스피스 간호사는 열한시를 넘겨서까지 있었다. 아이들이 집으로 돌아왔다. 나는 그녀를 얼른 돌려보냈다. 우리는 DNR 지시—의사의 서명이 있는 밝은 노란색 종이—를 서랍에 넣었다. 언제라도 꺼낼 수 있지만 공개적으로 보이지는 않도록.

호스피스에 등록한 뒤로 간호사들과 간호조무사들이 수시로 들락거렸다. 그들은 금방 왔다 금방 간다. 혈압과 체온 등을 확인하고, 음식물을 가져오고 가져간다. 나는 그들에게 우리집에 올 때는 호스피스 신분증 카드를 숨겨서 아이들이 질문하는 일이 없게 해달라고 부탁했다. 또한 가급적 아이들이 학교에 가 있을 때 와달라고 부탁했다.

나는 목욕할 때 도움이 필요했다. 약해진 손과 다리로는 비누칠을 할 수 없었고 머리에 거품을 낼 수도 없었다. 샤워할 때는 미끄러워 가만히 있을 수도 없었다.

존이 늘 나를 도와주었지만 아직 풀타임으로 직장에 다녔고 사내아이 둘을 목욕시키는 것도 그의 몫이었다.

당신은 탈의실에서 옷을 다 벗고 알몸으로 자신만만하게 수다를

---

* 'Do not resuscitate'의 약자로, 심폐소생술을 하지 않겠다는 뜻.

떠는 여학생들을 아는가?

그렇다. 나는 그런 아이가 아니었다.

거의 평생 나는 선택된 소수 앞에서만 비키니를 입었다. 나는 뻔뻔하지 않다.

하지만 몸이 끈적거리고 냄새가 나자 낯선 사람이 내 몸을 씻기는데 동의했다.

우리집에 발이 달려 일반 욕조보다 높은 욕조가 있는데, 그것이 뜻밖에 도움이 되었다. 호스피스 간호조무사가 내 옷을 벗기고 나를 들어올려 거품이 부글거리고 따뜻한 물을 채운 욕조에 집어넣었다.

간호조무사는 편안하고 활발하고 자신감이 넘쳤다. 나는 그녀의 방문을 기다리기 시작했다. 그녀가 내 두피를 마사지하고—천국 같았다!—나를 목욕수건으로 씻기고 깨끗한 옷으로 갈아입혔다.

예전에는 느껴보지 못한 여자끼리의 교감을 느꼈다. 한 여자가 다른 여자를 씻겨준다. 천천히, 부드럽게. 성적인 느낌은 전혀 없이. 이따금 대화도 나눈다. 머리카락 뿌리에는 컨디셔너를 묻히면 안 된다거나, 뼈가 튀어나온 자리는 면도날에 베일 수 있다거나, 살이 접히는 보들보들한 부분은 문질러 씻어야 한다는 것 같은 비밀을 공유한다.

그런 작은 것들을 나눈다.

담당 의사가 곧 내 상태에 대해 알게 되었다. 나는 걸을 때는 도움을 받지만 먹을 때는 혼자 먹는다. 의사가 나를 보러 오겠다고 했다.

"호스피스를 이용할 만큼 아프진 않네요." 의사가 내게 말했다.

나는 의사에게 그녀의 판단을 이해하며 존중한다고 했다. 나는 호스피스가 죽음의 문턱에 있는 사람들만을 위한 것은 아니라고 들었다. 그래서 등록했던 것이다. 하지만 그 건물에는 아직 들어가보지도 못했다. 아직은 바깥에서, 햇볕 속에서 걷는다.

호스피스는 나를 받아들인 지 삼 주 만에 나를 쫓아냈다.

스테퍼니는 몹시 기뻐했다.

"마침내 좋은 일이 일어나네!" 그녀가 말했다.

장례식

당신의 장례식에 대해 생각해보았는가? 생각해봤을 것이다!

모든 사람이 자신의 장례식을 치르겠지만 한 번뿐이다. 살아서 장례식에 대해 더 무슨 말을 하겠는가?

병에 걸리기 한참 전에 나는 내 장례식에 대해 생각해보았다. 오, 검은색 리무진이 줄지어 행진하는 극적인 장면이어야 한다. 나는 리무진이라면 껌벅 죽는다. 맛좋은 카나페와 샴페인이 있어야 하고, 눈물도 흘려야 한다.

그리고 사진이 있어야 한다. 포스터보드에 압정으로 꽂은 것이 아니라, 전문가가 준비한 것으로. 어울리는 음악을 튼다. 멀티미디어 프레젠테이션을 한다.

어머니는 장례식에만 다녀오면 사람들이 몇 명이나 왔는지 꼭 한

마디 했다. "뒤에 두 줄만 빼고 꽉 찼더라. 천 명은 될 거야." 어머니가 한바탕 늘어놓는다. 그것이 사람의 가치를 측정하는 바로미터라도 되는 것처럼.

그러니 내 장례식에도 사람들이 올 것이다. 그것도 많은 사람들이. 부모님은 친구들이 많았고, 언니 스테퍼니도 그랬다. 그렇다. 사람들이 가득 모여들 것이다.

하지만 병에 걸린 뒤에 나는 걱정을 덜 하게 되었다. 리무진 행렬? 그것이 어디로 갈까? 하물며 누가 그 안에 탈까?

장례식은 살아 있는 사람들을 위한 것이라고 나는 끊임없이 되뇌었다. 그리고 인간에게 일어날 수 있는 최악의 일은 먼저 죽는 자식을 보는 것이라고 믿는다. 그래서 내 장례식은 부모님이 다니는 교회에서 해야 했다. 수백 명의 친구분들이 부모님을 사랑으로 감싸줄 것이다.

하지만 나는 침례교 신자가 아니다.

내게도 믿음은 있다. 신은 우리 각자의 마음속에 존재한다는 믿음.

하지만 종교는 우리를 갈라놓는다. 과학은 비행기를 만들지만 종교는 비행기를 마천루에 꽂아버린다.

믿음에 대한 책 중에 나는 벤저민 호프가 쓴 『푸의 도』를 좋아한다. 곰돌이 푸의 단순한 시각으로 도교의 교리를 설명한다. 다음은 호프의 책에 나오는 내용이다.

"토끼는 똑똑해." 푸가 생각에 잠긴 채 말했다.

"맞아." 피글렛이 말했다. "토끼는 똑똑해."

"그리고 머리가 좋아."

"맞아." 피글렛이 말했다. "토끼는 머리가 좋아."

한참 침묵이 흘렀다.

"그래서 토끼는 아무것도 이해하지 못하는 것 같아." 푸가 말했다.

호프는 노력을 최소한으로 기울이기를 연습하는 조용한 곰 푸를 통해 도교에서 부분적으로는 우주의 자연적인 질서를 거스르지 않음으로써 마음의 평화와 힘을 얻는 방법을 설명한다.

"그건 종교가 아니잖아요!" 침례교 신자들은 말할 것이다.

내가 도교를 좋아하는 이유가 정확히 그것이다.

그러니 나는 침례교 신자의 눈에는 이교도였다. 교회에서 장례식을 하려고 하는 죽어가는 이교도.

그것도 그냥 평범한 장례식이 아닌, 모든 종교에 대한 내 초종교적인 존중을 반영하는 장례식. 나는 랍비, 이맘, 스님, 신부님이 모두 참석하기를 바랐다. 그들 각각이 죽음 뒤에 어떤 일이 벌어지는지에 대한 각자의 믿음을 설명해주기를 바랐다.

나는 바로 그것, 완전히 열린 장례식을 부탁하기 위해 제일침례교 목사님인 지미 스크로긴스를 집으로 초대했다. 목사님에게는 신성한 교회에서 맥주파티를 열어달라는 것만큼이나 터무니없는 요구였다.

먼저 아버지에게 이야기했다. 아버지는 깜짝 놀랐지만 내게는 한 마디도 하지 않았다. 그저 당신은 나와 생각이 다르다는 것만 스크로긴스 목사님에게 전달했다. 스크로긴스 목사님이 우리집에 와서 처음 한 말이 이것이었다. "아버님은 그게 좋은 생각이라고 여기지 않으시던데요."

나는 존경하는 마음으로 그에게 부탁했다. "랍비, 이맘, 스님, 신부님이 제 장례식에 와서 목사님과 같이 장례식을 집전해도 괜찮을까요?"

스크로긴스 목사님은 카리스마가 있는 젊은 성직자로, 하느님을 섬기고 예수님의 말씀을 나누는 일에 헌신하는 존경스럽고 거룩한 분이었다. 신앙심이 깊은 사람. 그가 내 눈을 들여다보며 말했다.

"수전, 원한다면 무지개 연합*을 만들어 당신에 대한 개인적인 추억을 말하게 할 수도 있지만 믿음에 대해서는 안 돼요."

그는 자기라면 모스크에서 설교하게 해달라는 요청은 하지 않겠다고 했는데, 그것은 이맘을 존중하기 때문이라고 했다. "존중한다면 그런 부탁은 어렵겠지요."

그가 걱정하는 말투로 정중하게 말했다. 그러면서도 단호하게.

나는 이해했다. 씁쓸하지 않았다. 그의 교회, 그의 규칙이다.

---

* 소수 정당 연합.

나는 그에게 와주어서 고맙다고 했다.

어쨌거나 아버지가 동의하지 않는다면 그래서는 안 된다. 나는 장례식이 살아 있는 사람들을 위한 것임을 잊고 끊임없이 '나, 나, 나'를 주장하려 했다. 부모님이 그들의 삶에서 최악일 수 있는 날에 들을 수 있는 가장 위안이 되는 메시지는 수십 년 동안 그들이 들어온 것, 그들이 믿는 것이어야 한다.

내가 믿는 것이 아니라.

뭐든 지나치게 생각하지는 마, 나는 혼자 되뇐다. 푸가 돼야 해.

장례식은 간소하게 한다. 말은 몇 마디만. 나를 돕겠다고 자청한 멀티미디어 담당 동료 기자인 그웬 베리와 내가 함께 준비한, 내 삶을 보여주는 사진과 음악이 곁들여진 슬라이드 쇼. 친구 몇 명, 그리고 내 가족만 참석한다. 그러는 것이 존에게 가장 편할 것이다. 그는 주목받는 것을 좋아하지 않으니까.

어쨌거나 그는 지각할 것이다. 웃음이 나온다. 내 남편 존.

그는 그날 세 아이에게 좋은 옷을 입히느라 씨름하며 아침 시간을 보낼 것이다. 존, 아이들한테 반바지를 입혀줘! 아이들이 즐길 수 있는 것을 즐기게 해줘. 아이들―내 아이들―에게 좋은 것이면 뭐든. 그게 내 부탁이야.

그날이 올 때까지 나는 도교의 방식대로 살아갈 것이다. 평화롭게, 원하는 것이나 믿음에 대해 소란 피우지 않고. 지금 이 순간을 살아갈 것이다.

노자의 말처럼.

　가진 것에 만족하라. 있는 그대로에 기뻐하라.
　부족한 것이 없음을 깨달을 때 온 세상이 당신의 것이다.

　아이폰에서 눈을 떼고 뒷마당을 쳐다본다. 나는 아직 여기에 있다. 바로 이 순간에. 나는 오브리에게 문자를 보낸다. "와줄래?"
　나는 내가 무엇을 원하는지 아이에게 말하지 않는다. 아이를 안아주고 싶다고. 더 정확하게 말하면, 내가 아이를 잘 안아줄 수 없기 때문에 아이가 나를 안아줬으면 좋겠다고.
　만족하라. 기뻐하라. 세상이 당신의 것이다.
　원하면 그렇게 말하세요, 스크로긴스 목사님. 아니라고 생각되면 하지 마세요. 그런 건 중요하지 않으니까요. 스스로 옳다고 느끼는 것을 하세요.
　그리고 내 시신을 과학에 기증한다.
　과학, 내가 믿는 것에.

키프로스

6월~7월

June

July

두려움 없이

우리가 키프로스에 도착한 것은 6월 말, 기온이 38도까지 올라갔을 때였다. 몹시 더운 날씨였지만 지중해의 영혼을 가진 내게는 편안했다.

처음 이곳에 온 것은 찾기 위해서였다. 의학적 설명을, 또한 역사를 찾으려 노력했다. 연결된 것들을 찾으려 애썼다.

이번 여행은 좀더 여유가 있었다. 나는 이미 내가 누구인지 알았고, 내 과거와 미래도 알았다. 이번에는 그저 친척들과 시간을 보내고 싶었다. 이곳 문화에 따라 살고 싶었다. 내 기억 속에 남은 색깔들에 흠뻑 젖어서. 흰색 건물들, 초록색 종려나무와 과일나무, 빨간색, 흰색, 오렌지색 부겐빌레아와 후크시아의 갈라진 꽃잎들.

이번에는 낸시와 존을 데려왔다. 나는 존이 이 땅과 이곳 사람들의 가치를 나만큼 알아주기를 바랐다. 그 연결성이 나와 함께 죽어버리지 않기를 바랐다.

생모 엘런도 함께 왔다. 엘런이 같이 와서 자신의 행동을 해명하고 싶다고 했다. 파노스의 친척들이 심문할지도 모르는 자리에 자진 출두하는 것이다.

그녀는 파노스에게 어떤 감정도 느끼지 않았다. 임신 사실을 알고서도 그에게 한마디도 하지 않았다. 하지만 그녀가 심리적인 앙금을 풀고 싶어한다는 것을 나는 깨달았다. 내 존재를 그에게 말하지 않기로 결심한 것에 대해 고백하고 싶어한다는 것을.

나는 한때 그녀가 비겁해서 나를 자신과―연장선상에서 파노스와―떼어놓은 게 아닐까 의심했다. 이제 나는 그녀가 애쓴 것을, 그리고 그녀가 강하다는 것을 알았다.

두려움 없이!

우리는 공항에 내려 그리스 지배를 받는 쪽 니코시아에 있는 힐튼 호텔로 갔다. 벨벳 천을 씌운 카우치와 베란다, 넓은 수영장이 있는 호화로운 호텔이었다.

우리 방에는 파노스의 친척들이 보내온 선물들이 있었다. 오래된 소장본 『피터팬』―술라는 옛날 것을 좋아한다―이 있었다. 보석, 초콜릿, 키프로스에 관한 책도 있었다. 술라의 아홉 살 된 손녀 페드라가 나비를 그리고 '환영해요'라고 쓴 예쁜 카드도 있었다.

나는 금세 집에 온 것처럼 편안해졌다.

그리고 응석받이가 된 느낌이었다. 술라의 사위인 수완가 아브람(레드불을 키프로스로 들여온 그 사람!)이 힐튼 호텔의 매니저를 알았다. 부알라! 나는 VIP 층에 있는 휠체어를 쓸 수 있는 방을 받았다.

"멋진데, 응?" 존이 말했다.

"네Neh." 내가 대답했다.

그리스어로 '네'는 '그렇다'는 뜻이다. 물론 나는 곧바로 내 가여운 남편에게 그 단어를 쓰기 시작했다.

"욕실을 쓸 거야?" 그가 묻는다.

"네."

"노No?"

"네!"

"그만 좀 해!"

내가 좋아하는 또다른 그리스어 단어는 '오케이'라는 뜻의 '엔닥시' 혹은 줄여서 '독스'였다.

"독스." 내가 이렇게 대답하면 존이 눈을 흘긴다.

미국에서 같이 온 사람들 중 누구 하나가 옛날에 유행하던 "정말 죄다 그리스어야"*라는 농담을 한다. 나는 그럴 때마다 눈을 흘긴다.

내가 키프로스에 처음 간 것은 불과 이 년 전이다. 그때는 니코시아 곳곳을 느릿느릿 돌아다녔다. 엘리베이터를 타고 술라의 집 테라

---

* It's all Greek to me. 관용어로 '하나도 모르겠다'라는 뜻.

스까지 올라갔다. 계단을 올라 백 살이 넘은 제논의 아파트에도 갔다. 조지의 집에도 갔다. 유서 깊은 상점가에도 갔다.

한번은 조지가 우리를 피그트리 베이라는 이름의 해변으로 데려갔다. 물은 차가웠지만 나는 지중해에서 수영하는 기회를 놓치고 싶지 않았다. 그래서 낸시(차가운 물을 싫어하는 겁쟁이 낸시는 마지못해)와 함께 200야드 남짓 떨어진 곳에 떠 있는 플랫폼까지 헤엄쳐 갔다. 나는 도움을 받지 않고 그 위로 올라갈 수 있었다. 한동안 그 위에 누워 온갖 색깔 속에 흠뻑 젖은 채 선탠을 했다. 그곳을 떠나고 싶지 않았다.

이번에 나는 호텔에 고립되었다. 너무 약해져 걸을 수가 없었고, 내 몸 속에 감금된 꼴이라 혼자 수영도 할 수 없었다.

그런 것쯤이야. 힐튼 호텔에는 수영장이 내려다보이는, 차양이 쳐진 테라스가 있었는데 아치형 구조물과 테이블이 딸려 있었다. 지중해가 보이는 아름다운 장소. 나의 장소, 친척들이 나를 보러 오는 곳이었다.

그들은 나를 찾아왔고, 우리는 키프로스에서 많은 밤을 보냈다. 기대할 것도, 정해진 일정도 없는 아름다운 만남의 자리였다. 음료수와 음식이 넘쳐나는, 우리 열 명이 비집고 앉아 함께하는 시간.

이번에 내 마음을 사로잡은 것은 아이들, 페드라와 아나스타시아였다.

이제 나는 내가 어린아이들을 놀라게 하는 존재가 아닌지 불안하다. 내 휠체어는 커다란 바퀴가 달린데다 온통 검은색이다. 나는 일어서거나 놀 수 없어서 앉은 채로 어눌하게 말하거나 가르릉거리기만 한다. 한번은 내가 어떤 아이를 쳐다봤는데 그 아이가 고개를 돌리더니 제 엄마 다리 사이에 얼굴을 묻어버렸다. 그 나이였다면 나라도 무서웠을 것이다.

하지만 페드라와 아나스타시아는 그러지 않았다. 그들에게 내 휠체어는 장난감이었다. 휠체어가 비어 있으면 아이들이 서로 밀어주며 돌아다녔다. 존이 아이들과 함께 휠체어를 밀며 놀았다. 어느 밤 저녁을 먹을 때 아나스타시아가 존의 무릎에 앉았다.

내 옛 가족과 새 가족, 그들이 다 함께.

파노스만 빼고. 나는 그의 영혼을 다시 한번 불러내야 한다. 그가 내게 올 수 없으니 내가 그에게 가야 한다.

햇살이 맹렬히 쏟아지는 어느 정오 우리는 그의 무덤을 찾아갔다.

"모두 검은색 옷을 입고 있으니 기분이 이상하네." 엘런이 그리로 가는 길에 말했다.

"저는 일부러 이렇게 입었어요. 묘지에 가니까요." 내가 말했다.

"나는 그 생각을 못했어. 캘리포니아에서는 그러지 않거든."

우리는 꽃을 사려고 잠시 차를 세웠다. 낸시가 '불멸의 꽃'이라는 자주색 꽃을 골랐다. 죽었는지 살았는지, 아무튼 시들지 않아 그런 이름이 붙었다.

파노스는 니코시아 한복판에 있는 묘지의 가족 묘터에 묻혔다. 묘지가 오래되고 자리가 없어서 새로 죽은 사람들을 묻을 공간을 만들기 위해 오래된 관을 파내고 뼈를 자루에 담아 다시 묻었다.

오래된 장소였다. 사이프러스나무가 산 자들과 죽은 자들을 에워싼 채 자라는 조용한 장소였다.

처음 갔을 때 나는 무덤가에 혼자 서 있었다. 파노스 켈라리스. 1932~2002. 그리스어 알파벳으로 쓰인 이름만 겨우 읽었다. 우리끼리의 비밀 언어 같았다.

"내가 당신의 일부인 것이 자랑스러워요." 나는 마음속에서 전보를 쳤다. "당신을 만나지 못해서 슬퍼요."

이번에는 남편과 친척들과 친구와 함께 왔다. 낸시가 무덤에 불멸의 꽃을 놓았다. 나는 휠체어에서 일어났다. 폐가 되고 싶지 않았다. 존경과 힘을 보여주고 싶었다. 하얀 대리석 판에 뜨거운 햇살이 환하게 반사되어 나는 선글라스를 낀 채 눈살을 찌푸렸다.

우리의 가이드 알리나—우리가 왔다고 런던에서 찾아온 술라의 딸—가 묘지의 그리스정교회 사제에게 무덤에 축복을 내려달라고 부탁했다.

사제는 쏟아지는 햇살 속에서 나를 마주보며 섰다. 머리가 새하얀 그는 벌겋게 익은 얼굴로 땀을 흘리고 있었다. 발목까지 내려오는 파란색 로브*를 입었는데, 햇볕에 빛바랜 제의祭衣를 목에 둘러 늘어뜨

---

* 아래위가 붙어 하나로 된 길고 헐렁한 옷.

리고 있었다.

저런, 몹시 더운가보네, 나는 생각했다.

사제가 손에 든 향로에는 종이 달린 긴 사슬이 매달려 있었고, 그 끝에 있는 화려한 장식의 구 안에 재가 들어 있었다. 그는 단조로운 억양으로 그리스어로 된 기도문을 읊조렸고 나는 두 단어를 알아들었다. 그의 무덤덤한 표정으로 볼 때 그는 그 기도를 천 번은 되풀이한 것 같았다.

내가 알아들은 두 단어는 '파노스'와 '테오스'—신—였다.

날씨가 덥고 죽음의 분위기가 흘러 현기증이 났다.

생부의 무덤가에 서 있어도—날씨가 시원하건 덥건—그와 더 가까워지는 느낌이 들지 않아서 그만 가자고 했다.

나는 그가 사랑했던 태양의 그림에서, 그가 만지작거렸던 걱정염주에서, 그의 사진에서, 특히 나와 많이 닮았던 청년 시절 그의 모습에서 그를 더 많이 보았다.

내가 그를 더 가깝게 느낀 것은 그가 고향으로 여긴 땅에서였지, 그가 지금 누워 있는 대리석 무덤에서는 아니었다.

우리가 모두 그렇듯 파노스는 그가 두고 간 사람들 속에서 살았다. 그가 끝내 알지 못했던 후손들인 나와 내 자식들을 포함하여.

그날 밤 우리는 다 같이 내 친구 조지와 이율라의 아름다운 전원주택으로 갔다. 조지의 아들 스텔리오스는 지난번 봤을 때보다 30센티미터 더 자라, 잘생긴 청년이라는 미래의 모습에 한 걸음 더 가까워져 있었다.

아! 머리나가 언젠가 그를 좋아하게 되었으면.

마음씨 고운 조지와 이율라는 다음날 휴가를 떠나는데도 열다섯 명이나 되는 우리에게 저녁식사를 차려주었다.

우리는 주변에 펼쳐진 들판을 바라보며 바깥에 앉았다. 나는 조지에게 이제는 옛날처럼 술을 마실 수 없다고 했다. 내 발음이 정말 시원찮아서 한 잔만 마셔도 내 말을 전혀 못 알아들을 거라고. "하지만 대화가 끝나면 맘껏 마시자!"

키프로스 기자 몇 명이 찾아왔다. 다큐멘터리 감독이자 수완가인 조지의 친구들이었다. 전직 기자로서 나는 이 대하소설의 한복판으로 떨어져 상황을 이해하려고 애쓰는 그들에게 미안한 마음이 들었다.

"그들에게 질문을 하게 해요!" 내가 우리 무리를 조용히 시키며 말했다. 우리는 이미 별별 이야기를 그들에게 자세히 쏟아놓고 있었다.

저녁을 먹은 후 낸시가 준비해온 선물을 그들에게 나누어주었다. 가장 어린 일곱 살짜리 아나스타시아가 종알거렸다. "내 건 어디 있어요?"

나는 아이들을 사랑한다!

나는 선물을 딱 하나만 가져왔다. 파노스의 성경책. 그날 저녁, 내게 아직 힘이 있을 때 술라에게 그것을 주고 싶었다. 나는 울지 않고 말할 수가 없어서 내 아이폰에 하고 싶은 말을 써서 낸시에게 읽어달라고 했다. 낸시가 내 아이폰을 받아들자 나는 울기 시작했다. 홀쩍

거리는 소리가 어쩌나 시끄럽던지 얼굴을 보이지 않으려고 고개를 숙였다. 낸시가 글을 읽었다.

술라,

목소리가 약해지고 울지 않으려는 의지는 더욱 약해져 이렇게 글로 씁니다.

저는 생부 파노스 켈라리스가 어떤 사람인지 알게 되자마자 그가 죽었다는 것을 알았어요.

믿기 어려운 사연을 가진 생판 모르는 이방인이었던 저는 당신의 삶에 뛰어들어 그에 대한 온갖 질문을 던졌지요.

아무도 내 말을 믿지 않으면 어쩌나, 나를 좋아하지 않으면 어쩌나, 나를 돈이나 노리는 사람으로 생각하면 어쩌나, 나를 거부하면 어쩌나 두려웠어요.

하지만 당신은 오히려 친절함을 보여주고 많은 것을 나누어주셨어요.

지난번에 찾아왔을 때 우리는 그의 아내 바버라에 대해 많은 이야기를 나누었지요. 당신은 바버라가 파노스의 장례식 때 당신이 가져와달라고 부탁했던 가족 성경책을 가져오지 않아 속이 상했다고 말씀하셨어요.

"그녀를 만나면 그냥 집어와!" 농담 반 진담 반으로 말씀하셨지요.

바버라는 제 마음속에서 계속 호기심의 대상이었어요. 그녀의 못된 행동 때문이라기보다 내 아버지의 심장을 훔쳐간 미국 공주님이 누군지 보고 싶어서였어요.

나는 그녀를 만나 그가 어떤 사랑을 했는지 알고 싶었어요.

낸시가 팻이 도와준 이야기와 바버라의 반응에 대한 내용을 읽어 내려갔다.

어느 날 제가 거실 소파에 앉아 있다가 환한 햇살에 눈을 찌푸렸어요.

"꼭 파노스처럼 눈을 찌푸리네요." 그녀가 말했어요.

결국 바버라도 제 존재를 믿게 된 거예요. 그것이 제게 가족 성경책을 가져오는 것만큼 중요하지는 않았지만요.

이제 그 성경책을 드리려 합니다.

당신의 친절 덕분에 제 삶에 훨씬 더 많은 친절과 평화와 힘이 자라났어요. 당신이 파노스에 대해 알려준 사실이 제 마음에 절대적인 평화를 주었어요. 이 ALS가 유전적인 것이 아니라는 사실 말이에요. 덕분에 언젠가 내 아이들이 같은 병으로 고통받을까봐 걱정할 필요가 없어졌어요.

저는 파노스가 얼마나 두려움이 없는 사람이었는가에 대한 이야기가 좋아요. 그 이야기 덕분에 저는 지금 더 강한 사람이 된 것 같아요……

술라, 당신 덕분에 그의 인품이 제 마음에 젖어들었고, 제가 그의 일부인 것을 자랑스럽게 여기게 되었어요. 그래서 그를 만나지 못한 것이 슬펐어요. 오늘 저는 그의 성품에 대해 알게 되었고, 사진과 그의 소장품도 갖게 되었어요. 당신과 엘런에게 감사합니다.

제 마음속에서 그분은 아주 존경스러운 분이에요. 저세상에서 그를 만날 수 있기를 바랍니다.

저는 죽음이 두렵지 않아요. 저는 두려움이 없으니까요.

고맙습니다. 에프카리스토.

술라는 침묵에 빠져 어리둥절하게 앉아 있었다.

성질 급한 나디아가 성경책을 보여달라고 했다. "아니야, 이건 아닌 것 같아." 그녀가 보자마자 말했다.

아브람이 훑어보다가 팻과 낸시, 그리고 내가 놓친 것을 발견했다. 어떤 구절에 노란 형광색을 칠해놓았는데, 아내가 남편의 말에 어떻게 복종해야 하는지에 대한 내용이었다.

이런! 이건 바버라의 성경책이야!

"중요한 건 그 생각이네요." 내가 사람들에게 말했다.

모두 한바탕 웃었다. 그 순간 그 당혹스러움은 또다른 추억이 되었고, 치키오두막에서 와인을 나누며 공유할 또다른 이야깃거리가 되었다.

조지의 아들 스텔리오스가 피아노를 칠 테니 안으로 들어오라고 했다.

연주한 곡은 〈The Star-Spangled Banner〉. 아나스타시아가 옆에 서서 지휘를 했다. 나는 그 곡이 끝날 즈음 머리나를 스텔리오스에게 시집보낼 뻔했다. 머리나, 꼬드겨봐, 진심이야.

조지, 낸시, 나는 플로리다 대학교 대학원 저널리즘 과정에서 함께 공부했다. 낸시와 나는 조지가 TV 프로그램 제작 수업에서 만들었던 단편영화에 배우로도 출연했다.

조지는 그때 만든 영화를 찾아 우리에게 보여주었다. 이십 년 전 낸시의 모습이 등장했다. 유일하게 달라진 점은 그때 그녀의 머리가 세 배는 더 풍성했다는 것.

그리고 내 모습이 나왔다. 지금과는 아주 다른 내가. 머리는 풍성한 금발이었고, 얼굴은 지금처럼 홀쭉하지 않고 통통했다. 그리고 내 손.

비디오에는 내가 그리스식 샐러드를 만드는 장면이 담겨 있었다. 카메라가 토마토와 오이, 양파를 잡은 내 손을 확대해서 잡았다.

손가락은 민첩하고 가느다랬고, 아무것도 바르지 않은 손톱은 길쭉하고 매끈했다.

지금은 근육이 약해져 손가락이 곱았다. 혼자 손질을 못하니 손톱이 다듬어지지 않아 더러울 때도 많다.

어쩌지?

그런 섬광 같은 순간에 나는 어떡해야 하지? 내 장애가 내 머리 위로 번쩍 지나가는 순간엔?

그래도 남은 것에 감사하고, 그 안에서 살아야 한다.

내 손은 뼈만 남았지만 촉각은 아직 살아 있다. 잡을 수는 없지만 느낄 수는 있다. 나는 세상에 연결되어 있고, 그것만큼은 ALS도 빼앗아갈 수 없다.

내게는 키프로스에서 떠날 또 한번의 여행이 남아 있었다. 집으로 돌아가는 여정. 볼거리로 가득한 여행. 소리. 맛. 촉감. 내 감각을 즐겁게 해주는 여행.

감각은 영원히 나의 것이다.

터틀비치

내가 처음 키프로스에 갔을 때 술라는 1996년 즈음 그녀와 파노스가 함께 보냈던 특별한 날에 대해 말해주었다. 그때 두 사람은 키프로스 북부에서 보낸 어린 시절 그들이 함께 놀던 장소들을 찾아갔다. 먼저 파노스가 사랑한 해변으로, 그리고 수도원으로.

술라가 수도원에서 찍은 파노스의 사진을 보여주었다. 파노스는 아치형 구조물이 늘어선 옥외 통로에 서 있었다.

"저도 가보고 싶어요." 내가 말했다.

그것이 영혼을 불러내는 방법이기에. 그곳에 찾아가는 것이.

나는 그때 내 부탁이 어떤 파장을 불러올지 깨닫지 못했다.

키프로스는 1974년에 분리가 시작되었다. 그리스의 지배를 받는 땅과 터키의 지배를 받는 땅으로 갈라졌다. 심지어 수도 니코시아마

저 분리되었다. 동베를린과 서베를린이 엄격히 분리되었던 것처럼 오늘날의 니코시아도 그렇다.

그 섬에서 긴 역사를 보낸 그리스와 터키의 전쟁은 극렬했다. 두 나라 모두 군대를 파견했고 많은 사람이 죽었다. 수만 명이 넘는 사람들이 뿌리를 내리고 살던 고향에서 쫓겨났다.

키프로스인은 누구든, 심지어 그 이야기를 전해 듣기만 한 어린아이들조차 그 시절을 기억한다.

"어머니는 빨래를 널고 있었어요." 터키 친구 피라트가 그리스가 연속으로 폭탄을 투하하던 순간을 회상했다. "엄마는 플립플롭이 벗겨지는 것도 아랑곳하지 않고 도망을 갔는데, 아주 무서웠대요."

아브람은 터키 군대가 그의 집 근처에 왔을 때 열세 살이었다. 그와 세 형제, 그리고 부모는 가족 차에 타고 안전한 곳을 찾아 몇 시간 떨어진 어느 산맥의 소나무 숲으로 달아났다.

"아버지가 그랬어요. '오늘밤은 여기서 지낼 거다.' 그래서 내가 물었어요. '여기가 어디예요?'" 아브람이 말했다.

그들은 곧 집으로 돌아갈 수 있기를 바라며 한 달 동안 소나무 숲에서 지냈다.

하지만 영영 돌아갈 수 없었다.

유엔의 중재로 그린라인이라는 경계선이 그어졌다. 그리스인들은 남쪽, 키프로스 공화국으로. 터키인들은 북쪽, 자체 선포한 (국제적으로 인정받지 못한) 북부 키프로스 터키 공화국으로 이동했다. 아무도 그 두 지역을 넘나들 수 없었다.

섬은 분리되었다. 내가 나의 생부, 어떤 사람인지 알고 싶어 찾아 나선 그와 분리되어 지내온 것처럼.

파노스와 술라는 북쪽에서 내려온 그리스계 키프로스인이었다. 1996년에 그들은 어린 시절을 보낸 고향으로 이십 년 넘게 가보지 못한 상태였다. 파노스가 흔치 않은 기회를 얻었다.

이름난 소아과 의사였던 파노스가 터키 장관의 아들을 살려낸 것이다. 장관은 고마워하며 파노스에게 보답을 해주겠다고 했다.

파노스는 술라와 함께 경계를 넘어 유년 시절의 장소에 가볼 수 있게 해달라고 부탁했다.

어느 날 그들에게 군대의 호위하에 가도 좋다는 허락이 떨어졌다. 분리는 그만큼 엄격했다.

내가 처음 키프로스에 왔던 2010년에는 긴장이 누그러진 상태였다. 그린라인은 그대로였지만 조지와 이율라는 나를 데리고 하루 동안 경계를 넘어가도 좋다는 허락을 받았다.

나는 그때 그것이 그들에게 얼마나 힘든 일이었는지 몰랐다. 그리스계 키프로스인에게 터키 쪽 키프로스로 가게 해달라고 하는 것은 쿠바 망명자에게 쿠바에 데려가달라고 하는 것과 비슷하다. 깊은 상실감이 자리잡고 있었다. 개인적이면서 문화적인 상실감이.

우리가 경계를 넘었을 때 이율라가 그녀의 감정을 짤막하게 속삭였다. "천 번의 한숨."

처음 갔을 때 우리는 이율라가 어린 시절을 보낸 파마구스타의 집, 지금은 터키 가족이 차지한 집을 스쳐지나갔다. 조지가 이율라의 기분을 풀어주려 했지만 그녀의 표정은 굳어 있었다. 그녀는 맹렬히 쏘아보기만 할 뿐 한마디도 하지 않았다.

우리는 황량한 풍경을 가로질러 1996년에 파노스가 술라와 함께 지나간 길을 따라 섬의 동쪽 해안으로 갔다. 그들에게 그랬던 것처럼 우리에게 주어진 시간도 얼마 되지 않았다. 내가 처음 이곳에 왔을 때 나는 그런 이야기는 모른 채 그저 일정에 하루를 끼워넣었을 뿐이었다.

이번 두번째 여행에서 나는 키프로스의 북부에 다시 가보겠다고 결심했다. 처음 여행 때와는 다르게 파노스가 사랑했던 장소들에 흠뻑 젖어보고 싶었다. 성 안드레아스 수도원. 내가 지금 목걸이로 만들어 걸고 있는 메달─파노스의 메달─은 그곳에서 온 것이다.

그리고 터틀비치. 술라는 파노스가 그곳에서 신발을 벗고 손을 머리 위로 든 채 기쁨에 겨워 빙글빙글 돌며 황금빛 모래사장에서 춤을 추었다고 했다.

파노스가 자란 카르파스 반도 동쪽은 구릉과 바위가 많은 충충하고 황량한 곳이다. 특히 터키군의 침공 이후에는 사는 사람도 얼마

없고 그리스 쪽 땅처럼 경작을 하지도 않는다. 외길을 달리고 또 달려도 바위와 관목과 갈색 들판과 검은딸기나무 말고는 보이는 것이 없었다.

그렇게 달리다보면 작은 만 위로 100피트 정도 솟아오른 곳이 나타나는데, 거기에서 내려다보면 사파이어 빛깔 푸른색 바다가 청록색으로 녹아든다.

굽이굽이 열두 번을 꺾어 다시 갈색 들판과 검은딸기나무와 만나 한참 달리다가 또 한번 꺾으면 더 큰 만이 나타난다. 그곳에서 사파이어 빛깔은 청록색이 되고, 청록색은 터키석색으로 변한다.

외진 곳에 다다르면 손으로 쓴 표지판이 우리가 도착했음을 알려준다. '하산의 터틀비치에서는 차가 달릴 수 있습니다.'

우리는 모랫길로 들어섰다. 그 길은 언덕 아래로 이어져 바닷가로 통했다. 절반쯤 내려와 유일한 건물인 야외 식당에 차를 댔다.

차에서 내려 엽서 같은 풍경 속으로 들어갔다.

날씨가 아주 맑아 40마일 떨어진 터키의 산들까지 다 보였다. 구름 한 점 없었다. 태양이 풍광 전체를 낱낱이 비추어 우리 앞에 펼쳐진 드넓은 지중해가 푸른빛으로 반짝거렸다.

바닷가에 서면 나는 종종 그 다채로운 빛깔에 감탄했다.

존과 함께 하와이의 벼랑 꼭대기에서 내려다본 태평양의 짙은 보라색.

낸시와 함께 바하마 위로 날아가면서 내려다본 바다는 푸른 유리

같이 얕고 잔잔했고 둘러보는 곳마다 아쿠아마린색이 온갖 색조로 펼쳐졌다.

대서양, 내 바다는 푸른색보다 녹색이 더 많이 감돈다. 내 생각에 녹색은 침실에는 좋지만 바다색으로는 아니다. 새파란 수영장에 하염없이 떠 있던 어린 시절의 기억에서 비롯한 견해랄까. 수영장에 녹색이 많으면 지저분하다는 뜻이다.

하지만 터틀비치에서 바라본 지중해 빛깔이란.

오, 그 빛깔이란!

네이비블루도 아니고 로열블루도 아니다. 사파이어블루. 청록색과 터키석색이 아롱거리는 보석. 금색으로 물든 해변 너머 저 멀리까지 펼쳐진 완벽한 스펙트럼.

나는 휠체어를 차 옆 나무 그늘에 세워달라고 부탁했다. 그저 가만히 앉아 그 장면을 마음에 새기고 싶었다.

파노스가 그곳을 왜 그렇게 좋아했는지 알 것 같았다. 나도 그곳이 좋았다.

내게 물은 모래가 깔린 축구장보다 더 움직이기 힘든 곳이었다. 나는 존에게 해변으로 내려가지 않고 그 자리에 있겠다고 했다.

하산(식당 매니저)과 존이 울퉁불퉁한 곳에서는 휠체어를 들어올리며 지붕이 있는 식당으로 나를 데려갔다. 우리는 태양을 피해 풍경과 하나가 되는 곳에 자리를 잡고 맥주와 케밥을 주문했다.

그 해변은 수천 명을 수용할 수 있을 것 같았다. 하지만 그곳에 있는 사람은 스무 명 남짓.

사람들은 나를 두고 수영을 하러 해변으로 내려갔다. 내가 차지한 전망 좋은 자리에서 그들은 모래밭의 알갱이처럼 보였다.

아이작 뉴턴의 말이 떠올랐다. 그는 자신을 "발견되지 않은 거대한 진리의 바다가 눈앞에 놓여 있는데" 바닷가에서 조개만 만지작거리며 노는 소년에 비유했다.

나는 이 위에서 내려다보이는 전망이 얼마나 멋진지 생각했다. 그 빛깔을, 드넓게 펼쳐진 바다를 보았다. 그리로 내려가 수영을 하고 모래밭에서 춤출 수 없어도 괜찮다고 생각하려고 열심히 노력했다.

그것이 내가 날마다 조금씩 더 배우는 비밀이다. 내가 가질 수 없거나 할 수 없는 것을 원하지 않는 것.

욕망을 버려라. 그것은 고통을 버리는 것이다.

수영을 하러 갔던 존과 낸시가 돌아왔다. "물은 어땠어?" 내가 물었다.

"완벽해!" 존이 말했다. 잔잔하고 깨끗하고 따뜻하고.

존이 바닷속 풍경은 지루했다고, 모래밖에 없었다고 했다. 물고기도, 연체동물도, 심지어 바위도 없었다고.

낸시는 물속의 빛에 대해 떠들어댔다. 푸른색과 노란색 유리로 된 만화경 같은 빛.

관점. 모든 것이 관점의 차이다.

우리는 맥주와 케밥을 더 먹었다. 그리고 마침내, 늦은 오후에 마지못해 그곳을 떠나 터키 쪽에 있는 호텔로 돌아왔다. 돌아오는 길에는 가끔 웃음이 터질 때를 제외하면 대체로 침묵을 지켰다.

냇시가 운전석이 오른쪽에 있는 밴을 몰았는데 (키프로스는 오랫동안 영국령이었어서 여전히 영국에서처럼 운전한다) 무의식적으로 방향지시기가 운전대 왼쪽에 있다고 생각했다. 냇시가 그걸 켤 때마다 와이퍼가 움직였다.

와이퍼가 먼지 낀 유리를 쓱쓱 닦았다. "알았어, 집중할게!" 냇시가 말했다. "다시는 그러지 않을 거야."

하지만 운전하는 내내 그랬다.

살포시 안개가 끼었다. 바다는 푸른색을 잃고 점점 검은색으로 변해갔다. 해가 바다 저만치에서 저물며 아주 강렬한 빛을 비추자 빛이 물과 만나는 수평선에서 태양이 파도를 빛 속으로 끌어당긴 듯 혹 같은 모양이 나타났다.

저녁 안개는 산을 회청색으로 물들였다. 한번은 작은 청회색 물고기 여섯 마리가 쪼르르 헤엄쳐 가는 것을 보았는데, 뒤따르는 물고기들의 색깔이 앞서간 물고기들에 비해 점점 옅어졌다. 저마다 앞서간 물고기들의 그림자인 것처럼.

어느 특별한 사람의 발자국을 찾아 나선 특별한 하루는 이 특별한 장면으로 끝났다.

성 안드레아스

성 안드레아스 수도원은 지중해로 이어지는 곳 위에 있었다. 아포스톨로스 안드레아스. 역사적인 장소다. 성 안드레아스의 치유력을 얻고자 하는 그리스정교회 신자들의 순례지다.

작가 콜린 서브런의 책 『키프로스로 떠난 여행』에는 그 수도원이 1191년부터 그 자리에 있었다고 쓰여 있다. 지금은 그 근처에 15세기에 지어진 예배당이 있다. 전해내려오는 이야기에 따르면 성 안드레아스가 바닷가에 내려서자 그의 발밑에서 물이 솟았다고 한다.

서브런이 책을 썼던 1972년에는 수도원 주변 넓은 터에 들어선 오두막들이 수백 명씩 찾아오는 순례자들을 수용했다. "성 안드레아스는 위대한 기적을 이룬 사람이며, 이곳은 키프로스의 루르드*다."

서브런은 사람들이 축복과 기적을 바라며 그곳으로 몰려드는 것을 사육제 같다고 묘사했다. 그는 그곳에서 숱한 세례식이 "세례를 받겠다는 확고한 의지"로 거행되는 장면과 신자들이 자식을 안아올려 그곳의 성화聖畵에 키스하게 하는 장면도 목격했다.

파노스가 어린 시절에 경험한 성 안드레아스 수도원도 꼭 그랬을 것이다. 그가 사랑했고 되찾고 싶어했던 기억.

하지만 1996년의 성 안드레아스는 파노스가 어렸을 때 알던 수도원이 아니었다. 1974년 터키군의 침공으로 키프로스 동부에서 그리스 주민이 내쫓겼을 때 교회에도 불똥이 튀었다. 오늘날 카르파스 지역의 마을을 찾아가면 교회 지붕에는 식물이 무성하게 자라고 성역은 고양이와 비둘기 똥으로 뒤덮인 광경을 보게 될 것이다.

지금은 새로운 주민들을 위해 환하게 빛나는 모스크들이 지어져 마을의 집들 사이로 뾰족탑들이 솟아 있었다.

성 안드레아스 수도원도 다르지 않았다. 허물어진 벽과 방치된 탓에 구멍이 숭숭 뚫린 고대의 돌들이 드러났다. 순례자의 숙소였던 오두막은 잔해로 가득했다. 우리가 찾아간 날에는 야생 고양이들과 비쩍 마른 개들, 야생 당나귀 두 마리가 유일한 순례자였다.

"여태 본 고양이들 중에 가장 우울해 보이네요." 술라의 딸 알리나가 말했다.

파노스가 사진을 찍었던 아치형 통로는 방치되어 있었다. 회반죽

---

* 프랑스 서남부에 있는 가톨릭 순례지로 치유의 샘이 있다.

이 떨어져나갔다. 페인트칠이 벗겨졌다. 내 생부가 서 있을 때는 행복한 장소 같아 보였는데, 지금은 황폐한 장소로 변해 있었다.

하지만 나는 미소를 지었다. 여기, 그가 사랑한 이 장소에서 그를 느낄 수 있었기에.

신자들이 떼 지어 찾아온 수도원을 상상해보았다. 사제가 기도문을 읊조리며 향이 타는 종 달린 구를 흔들면 파노스도 신자들 사이에서 금색 성상聖像에 키스한다.

파노스가 내게 굿나잇 키스를 해줄 때 기분 좋은 향냄새가 풍겨오는 상상을 했다.

그런 방법으로 영혼을 불러낸다.

그런 방법으로 우리를 갈라놓은 거리를 좁힌다.

수도원이 폐허가 되었어도 성 안드레아스 수도원의 성수는 아직 흐르고 있었다. 계단을 한참 내려가면 바닷가 근처에 샘이 있었다.

나는 존에게 성수가 흐르는 곳으로 데려가달라고 했다. 그는 나를 안고 거친 숨을 토하며 계단을 내려갔고 반들반들 닳은 돌계단에서 미끄러지지 않으려고 조심했다.

2010년 처음 키프로스에 왔을 때도 나는 성 안드레아스 수도원에 왔었다. 우리가 도착한 것은 늦은 오후였다. 파노스가 사진을 찍었던 자리에서 사진을 찍고 샘까지 내려갔다 돌아올 시간밖에 없었다.

해가 서쪽으로 떨어질 무렵 나는 파노스가 죽을 때 주머니에 넣고 있던 성 안드레아스 메달을 시들어가는 내 왼손에 쥐었다.

흐르는 시원한 물속에 메달을 잡은 손을 넣었다.

"하느님, 안녕하세요." 나는 기도했다. "제발 이 수수께끼를 풀어주세요. 제발 이 병이 ALS 말고 다른 것이게 해주세요. 아이들이 엄마를 잃지 않게 해주세요. 아이들은 잘못한 게 없어요."

나는 메달을 얹은 손바닥 위로 물이 흐르는 사진을 찍었다.

그리고 그곳에 가만히 서 있었다. 간절히 바라면서.

이 두번째 방문에서 나는 내가 기적이 일어나게 해달라고 기도할 거라고 생각했다.

그렇다, 나는 기적을 믿는다. 나는 수도원으로 가는 길에 그렇게 결론을 내렸다.

어머니만 봐도 알 수 있다. 어머니는 기적이었다. 죽음에 아주 가까이 갔지만 오늘 살아 있다.

그렇다, 나는 기적을 믿는다.

하지만 나는 기적을 기대하지 않았다.

내가 기적을 누릴 가치가 있다고 느끼지도 않았다.

어머니는 평생 신앙심이 깊은 신자였다. 나는 아니었다. 어머니는 늘 하느님을 생각했지만 나는 아니었다.

존이 한숨 돌리려고 성수가 흐르는 샘까지 스무 계단 남겨놓고 나를 내려놓았다. "이제 됐어." 내가 그에게 말했다. "더 내려가지 않아도 괜찮아."

내 뒤에서 보름달이 지중해 위로 떠올랐다. 나는 뒤돌아 그것을 쳐다볼 수조차 없었다.

키프로스에 온 뒤로 내 상태는 더욱 나빠졌다. 더는 돌아볼 수도 없었다. 오른손으로 물건을 쥘 수도 없었다. 버팀대를 하지 않고 왼발에 힘을 실었는데 처음으로 발이 완전히 꺾였다. 말하는 것이 어찌나 시원찮은지 말하는 것도 꺼려졌다.

"정말 슬퍼." 존과 함께 앉아 쇠락한 수도원을 올려다보며 나는 시원찮은 발음으로 말했다.

그가 시계를 쳐다보았다. "일곱시 사십분이야." 내 말을 잘못 알아듣고 대답한 것이다.

지중해 위로 달이 높이 떠올랐고 수도원도 어둠에 잠겨갔다. 알리나가 나를 데려가려고 자갈이 깔린 주차장을 가로질러 차를 몰았다. 자그락 자그락 자그락. 나는 존의 부축을 받아 천천히 차 있는 곳으로 걸어갔다. 아직 걸을 수 있다는 사실이 고마웠다.

우리는 지치고 허기진 배로 느지막이 테레사 호텔로 돌아왔다.

2010년에 우리는 파노스가 자란 그리스 마을인 얄루사 근처 해안을 지나다가 그 호텔을 발견했다. 접수대에 아무도 없어서 벨을 울렸다. 얼마 되지 않아 나이가 지긋한 남자가 달팽이를 들고 나타났다. 달팽이를 잡으러 나갔던 것이다.

여관 주인의 이름은 에르도안이었다. 그는 초등학교 교사였던 파노스의 아버지를 알았다.

"당신 친구의 할아버지는 키레니아 근처 카라바 태생이었어요."

에르도안이 나중에 어설픈 영어로 낸시에게 이메일을 보냈다. "그는 얄루사를 사랑했어요. 집을 빌려 계속 학생들을 가르쳤죠. 마을 사람들과도 잘 지냈어요. 마을 사람들이 담배를 만드는 걸 도와주었지요. 그들은 담배를 만들려고 큰 공장을 세웠어요. 나중에 그는 마을 사람에게 돈을 주기 위해 기구에서 일했어요. 얄루사 사람들은 그를 사랑했어요."

테레사 호텔은 흰색 플라스틱 가구와 알전구, 색깔이 어울리지 않는 침구가 있는, 별이 한 개도 없는 여관이다. 하지만 사방이 뻥 뚫린 레스토랑은 별 다섯 개짜리 장소인 바다가 내려다보이는 언덕 위에 서 있다.

지구의 이 작은 귀퉁이가 빛을 발한다.

우리는 실내가 소박해서 음식도 보통 수준 이하일 거라 생각하며 해산물 메제를 주문했다. 미안해요, 에르도안, 하지만 정말 그랬어요.

민소매 티셔츠 차림의 문신한 종업원이 요리를 가져왔다. 먼저 루비 같은 빨간 토마토와 오이를 썰어 만든 신선한 샐러드. 이어서 렌즈콩과 라이스 샐러드. 벌거휘트 샐러드. 신선한 후무스, 요구르트, 그리고 피타. 짭조름한 검은 올리브. 맥주.

그리고 주요리가 나오기 시작했다. 먼저 새우 잔뜩. 한 마리가 주먹만큼 컸고 더듬이는 접시 밖까지 말려나가 있었다. 신선한 오징어 튀김. 수북이 쌓인 작은 은색 생선. 테이블에 더 놓을 자리가 없었다.

우리는 접시들을 돌리며 먹고 또 먹었다. 존이 새우 껍질을 벗겨주었다. 키프로스에서 매 끼니를 존이 먹여주면서 우리의 식사 체계가 완전히 잡혔다. 그는 음식을 조금 떼어 내게 먹인 뒤 삼킬 때까지 기다리는 대신 내가 씹게 내버려두고 자기 몫을 먹는다. 다시 먹을 준비가 되면 내가 그를 부드럽게 친다.

톡, 톡, 톡. 즐겁게 음식을 먹으며 나는 계속 톡톡 쳤다.

잔뜩 먹었을 때 종업원이 생선과 랍스터 요리를 들고 나타났다.

톡, 톡, 톡!

식사는 수박과 자두로 끝났다. 우리는 술을 마시고 담배를 피우고 이야기를 나누었다.

우리는 두 명으로 구성된 키프로스 촬영팀을 고용해 북쪽으로 떠난 여행을 필름에 담았다. 음향 기술자 스텔라가 우리에게 같이 나누고 싶은 것이 있다고 했다. 노래를 불러주고 싶다고.

스텔라는 길고 가는 팔다리에 목이 높은 운동화를 신고 소년같이 머리를 자른 자그마한 젊은 여자다. 함께 어딘가에 갔을 때 어린아이로 오해를 받기도 했다.

에르도안의 테라스에서 그녀는 눈을 감고 입을 벌리더니 반주 없이 노래를 불렀다. 그런 가냘픈 몸에서 나올 거라고는 믿을 수 없는 목소리로. 뱃사람 연인을 바다로 떠나보낸 어느 여인에 대한 그리스 노래를 완벽한 음정으로 불렀다.

나는 한마디도 알아듣지 못했다. 하지만 영원히 들으라고 해도 들을 수 있을 것 같았다.

카르파스의 노인

그날 이른 시각, 스텔라가 노래를 불렀던 그 하얀 플라스틱 의자에 사바스라는 이름의 또다른 특별한 남자가 앉아 있었다.

우리가 예약을 했을 때 에르도안이 이웃 마을에 파노스나 마을 선생님이었던 파노스의 아버지 페트로스를 아는 사람들이 있는지 찾아보겠다고 선뜻 제안했다.

"그리스 마을의 어르신인 카르파스의 노인이 그들을 알고 있었어요." 에르도안이 말했다. "그분을 오시라고 할게요."

우리가 수도원으로 떠나기 전에 여든두 살인 사바스가 나타났다. 그는 두꺼운 검은테 안경을 썼고 지팡이를 짚었다. 이는 윗니 하나뿐이었다.

"월요일에 이를 해넣을 거요." 그가 환하게 웃었다.

사바스는 터키 침공 이후에도 그가 살던 그리스 마을에 남기로 결심했다. 그는 그 지역의 외교관 역할을 훌륭히 해내면서 터키인과 어울리고 평화를 도모하고 마을에 구호물자를 공급하는 유엔 구호원들을 초대했다.

사바스는 그리스어, 터키어, 영국식 영어를 아주 잘했다. 정말 아주 잘해서 낸시의 daughter 발음을 고쳐주었다.

"아, 그렇지. 자네는 미국인이지." 그가 빙그레 웃었다.

사바스는 파노스와 함께 학교를 다녔다. 나는 파노스가 학급에서 장난꾸러기였는지 물어보았다. 나는 장난꾸러기였다. 시곗바늘을 돌려놓고, 포니테일로 묶은 여자애들의 머리를 자르고. 그리고 이건 낸시가 좋아하던 건데, 수학 시간에 연필을 콧구멍에 집어넣고 대롱거렸다.

"아니, 아니야. 파노스는 착한 학생이었어. 아버지가 선생님이었으니까." 사바스가 말했다.

사바스는 내 할아버지 페트로스와 할머니 율리아도 알았다. 기억나는가. 율리아는 사진에서 내가 남자로 착각했던 콧수염이 난 여인이다.

"수전이 파노스와 닮았어요?" 낸시가 사바스에게 물었다.

"꼭 제 할머니처럼 보이는데." 그가 말했다.

낸시와 나는 웃음을 터뜨렸다. 낸시가 한 방 터뜨리려고 더 캐물었다.

"예뻤나요?"

"음…… 숙녀였지." 사바스가 냉큼 대답했다.

낸시와 나는 웃음을 참을 수가 없었다. 알리나는 어린 시절에 콧수염 난 율리아를 무서워했던 일을 회상하며 가만히 웃었다.

나는 자신의 고향에서 망명자가 된 사바스의 삶에 흥미를 느껴 화제를 바꾸었다.

에르도안은 사바스가 말하려 하지 않는 것이 한 가지 있다고 미리 알려주었다. 전쟁에서 자식을 잃어버렸다고 했다. 말 그대로 잃어버렸다. 죽었는지 살았는지 몰라도, 그의 아들은 영영 돌아오지 않았다.

사바스는 백 명이던 그리스 마을의 인구가 지금은 예순여덟 명으로 줄었다고 했다. 가장 젊은 주민이 마흔두 살인데, 마침내 결혼에 성공했으나 자식은 낳지 못한다고 했다.

나는 사바스에게 이곳에 남아 행복한지 물었다.

"백만 퍼센트 행복하지." 그가 말했다.

그는 마을 인구가 줄어드는 것을 지켜보았고 아들을 잃어버렸지만 쓰라림도, 미움도, 비난도 표현하지 않았다.

나는 그런 자세를 결코 잊지 않을 것이다.

고마워요, 카르파스의 노인. 고마워요.

나는 당신의 모습을 간직한 채 실재하는 땅이자 내 마음의 장소인 키프로스를 떠납니다.

뉴욕

7월

July

카다시안

내 딸 머리나에게는 쿠바계 미국인 친구가 있다. 나는 그 친구의 어머니인 앨릭스의 갖가지 믿음에 대해 전해 들으면서 우스워 죽을 뻔했다.

이를테면 앨릭스는 휴대전화로 통화를 하다가 충전지가 다되면 암에 걸린다고 믿는다. 또 젖은 머리로 자면 폐렴에 걸린단다. 잎사귀가 떠 있는 수영장에서 수영하면 끔찍한 질병에 걸린단다.

머리나는 몇 년째 채식을 하는데—내 선택이 아니라 머리나의 선택이다—앨릭스는 그 사실에 경악한다. 그러면 머리나의 임신 가능성이 손상될 거라고 확신하기 때문이다.

"나중에 내 질 안에 요구르트를 넣어야 할 거랬어요." 머리나가 말했다.

머리나와 친구 리지는 리지의 퀸사이즈 침대에서 함께 자면 안 되는데, 그들이 "동성애자"가 될 수 있기 때문이었다. 머리나는 손가락으로 허공에 따옴표를 그리며 말했다.

어느 아침 리지의 아버지가 그들이 침대에서 함께 자고 있는 것을 보았다. "리지 아빠가 우리한테 키스했는지 물었어요." 머리나는 이 말을 하면서 무슨 개소리냐는 듯 얼굴을 찡그렸다.

그리고 이 말을 할 때는 머리나의 눈이 커지고 정말 끔찍하다는 표정이 떠올랐다. "리지에게 집 청소를 모조리 시켰어요."

여기 웬델의 집에서 언쟁의 가장 주된 원인은 미스 머리나에게서 깔끔함이라고는 조금도 찾아볼 수 없다는 사실이다.

머리나의 침대와 욕실은 종종 여장 남자 강도들이 서랍을 샅샅이 뒤지고, 옷이란 옷은 죄다 입어보고, 화장품 뚜껑도 일일이 다 열어보고, 이까지 닦고, 세면대에 뱉은 침을 그대로 두고, 다리미로 화장대까지 그을린 뒤에 떠난 것처럼 보인다.

내가 걷고 야단을 칠 수 있었을 때는—이제 나는 시끄럽게 들릴 만큼 소리를 지를 수도 없다—종종 머리나의 방으로 급습하듯 들어가 흩어진 옷가지를 집어올리며 소리를 지르곤 했다. "이 옷은 정리 정돈을 잘하는 아이에게 줘버릴 거야!"

"소리 좀 그만 질러요!"라고 소리를 지르는 아이들 앞에 서 있던 내 모습이 또렷이 기억난다.

이제는 그럴 수가 없다.

지금 나는 더 여려졌는데, 이것은 루게릭병이 준 또하나의 긍정적인 측면이다. 치키오두막에 눌러앉은 나는 머리나의 방이 뒤죽박죽인 것은 볼 수도 없고, 그저 참선하는 마음으로 자연과는 싸울 수 없다는 사실에 대해 명상한다. 십대 소녀의 어지르는 습관과도 싸울 수 없다.

그리고 지금 내게 일어나고 있는 일과도 싸울 수 없다. ALS에는 치료법이 없다.

(하지만 그것은 말도 안 된다. 루게릭의 그 유명한 연설 이후 칠십삼 년이 지났는데 아직 아무 성과가 없다니. 어처구니없다! 한번 보자. 전화가 내게 말을 한다. 화성에 있는 차를 원격 조정한다. 하지만 아직도 신경이 살아 있게 만드는 방법은 알아내지 못했다.)

"일어날 일은 일어나게 마련이야." 나는 혼잣말을 한다.

존이 소리를 지르며 들어온다. "머리나가 방을 저 꼴로 해놨는데 해변에 가도 된다고 허락하다니 어떻게 된 거야!"

"자연과는 싸우지 마." 내가 차분하게 대답한다.

"수전! 비위생적이야!"

나는 양육에서 그 부분은 단념했다. 아이들이 더 좋고 더 깨끗하고 위생적인 사람이 되게끔 잔소리를 해대는 부분. 나는 헝가리와 키프로스로 여행을 떠날 수는 있지만 내 발로 내 딸의 방에 걸어들어가 더러운 셔츠를 주우라고 말할 수는 없다.

나는 가엾은 남편의 어깨에 그 일까지 얹어주었다.

존, 이전에는 누구 못지않게 침착한 성격이었던 그가 지금은 아이들에게 포장지를 치우라고, 옷과 그릇을 치우라고, 식기세척기에서 그릇을 꺼내라고 시키면서 거의 날마다 녹초가 된다.

아이들이 소파에 버린 파이버바 포장 껍질 때문에 "소파에서 먹지 말라고 했잖아"로 시작되는 십오 분 동안의 난리법석이 일어난다.

오늘 아침에 존은 냄비를 두드려 오브리를 깨우더니 얼른 일어나 포장 껍질을 치우라고 시켰다.

가엾은 존. 나는 예전에는 내가 해버리고 말았던 일을 아이들에게 시키기가 싫어서 아무리 어질러져 있어도 그냥 내버려둔다. 이제 그가 규율가가 된다. 방으로 들어가―이제 나는 걸을 수 없으니까―그러지 말라고 야단치는 부모가.

"머리나가 엄마 역할을 해야 한다고 느끼지 않게 해줘." 나는 존에게 항상 말한다.

다행히 머리나는 열네 살이다. 다른 행성에서 살고 있다는 말이다. 그애는 종종 친구들과 놀러 다니느라 너무 바빠서 나를 생각할 겨를조차 없다.

대부분의 시간 동안 딸아이는 화성에서 원격 조종 차를 타고 있을 것이다.

요전날 저녁에 머리나가 방으로 불쑥 들어와 TV 채널을 돌려 리얼리티 쇼 〈카다시안 따라잡기〉를 봐도 되느냐고 물었을 때 나는 그 사실을 새삼 깨달았다. "그럼." 나는 그애와 뭔가 나누고 싶은 간절한 마음에 그렇게 대답했다.

나는 〈로 앤 오더〉나 〈프로즌 플래닛〉, 또는 〈마이 빅 팻 집시 웨딩〉을 더 좋아한다. 〈마이 빅 팻 집시 웨딩〉을 보면 그 집단의 젊은 여자들이 얼마나 매춘부처럼 옷을 입는지에 놀라게 된다. 적어도 천박하고 야한 일면을 보여주는 이점이 있다. 하지만 카다시안은?

머리나는 이름이 죄다 K로 시작하는 화려한 여자들과 그들의 무력한 배우자들이 싸우는 것을, K들이 서로의 페라리를 숨기는 장난을 하는 것을, 엄마인 K가 잘되는 사업 때문에 아이들에게 요리해줄 짬도 없이 바쁘게 지내며 그들의 저택을 분주히 드나드는 것을, 한편 K가 자식들을 스포츠카에 태우고 가면서 가운뎃손가락을 올리고 다른 운전자들에게 욕을 해대는 것을 홀린 듯 집중해서 본다.

머리나는 여기에 홀딱 빠졌다.

"도대체 이 프로그램을 왜 보고 싶어?" 내가 물었다.

"안 좋아할 이유가 없잖아요?" 아이가 대답했다.

"어떤 점이 좋은데? 뭐가 좋아? 엄마도 이해할 수 있게 해줘."

"어쩜, 엄마는 정말 귀여워요."

그렇다. 머리나는 이 방 저 방 다니면서 제 머리를 염색하거나 내 옷장을 습격할 때, 두 살짜리 아기처럼 의자에 앉아 쟁반에 놓인 음식을 먹으려고 애쓰는 내 옆을 지나갈 때 종종 나더러 귀엽다고 한다.

"엄마는 정말정말정말 귀여워요." 머리나가 말한다.

그러면 내 영혼이 빙긋 웃는다.

내가 딸아이에게 귀여운 존재라니, 기쁘다.

"널 여행에 데려가고 싶어." 내가 아이에게 말한다. 내가 떠난 뒤에도 오래오래 기억할 그런 여행. 며칠만이라도 딸아이의 세계에 들어갈 수 있기를. 하지만 그런 말은 하지 않는다.

"어디로 가고 싶어?"

아이의 눈이 커진다. 그리고 방긋 웃는다. "캘리포니아 칼라바사스로요. 카다시안 가족을 만나러요."

아이의 말은 농담이 아니다.

몇 년 전 수용소에 어린 아들과 함께 갇힌 남자에 대한 영화 〈인생은 아름다워〉를 보았다. 그 남자는 공포를 유머와 판타지로 덮어 아이의 경험을 재창조한다. 정신력으로 공포를 덮은 것이다.

내가 ALS에 대해 매일 노력하는 것도 그것이다. 우리는 아이들 옆에서는 내 병명을 말하지 않았다. 구글로 검색하면 공포가 바로 곁으로 올 테니까.

일찍이 심리치료사가 존과 내게 아이들과는 내 병에 대한 이야기를 하지 말라고 충고했다. 그의 말이, 아이들은 스스로 준비가 되었을 때 물어본다는 것이다.

머리나는 좀처럼 물어본 적이 없었다.

나는 내가 옳게 행동하는 것이기를 바라고 바라고 또 바란다. 내가 아이들을 위해 해야 하는 일을 하고 있는 것이라고. 나는 언젠가 그것이 역효과를 낳을까봐, 내 병에 대해 혹은 젊은 나이에 죽는다는 사실이 내게 가르쳐준 것에 대해 우리가 함께 이야기를 나누지 않은 것 때문에 머리나가 속상해할까봐 걱정이다.

나는 그러지 않기를 바란다.

머리나는 겨우 열네 살이다. 그리고 완벽히 자기 자신이다.

나는 인간의 행동을 예언하는 데 서툴기 짝이 없다. 인간이 이탈리아식 이름을 붙인 커피 한 잔에 오 달러나 지불할 거라고는 생각도 하지 못했다. 혹은 쏟아지는 햇볕 아래 빙빙 도는 자동차 경주를 지켜보며 엄청난 돈을 낼 거라고는. 혹은 〈카다시안 따라잡기〉 같은 프로그램을 볼 거라고는.

하지만 이것만큼은 안다. 적어도 안다고 생각한다. 내가 더 강해질수록 내 아이들도 더 강해진다는 것.

웨슬리는 자기가 학교에서 그러는 것처럼 내가 쟁반에 식사를 하는 것이 아주 멋지다고 생각한다.

웨슬리도 아스퍼거 때문에 보호를 받는다.

"엄마, 엄마 쟁반 써도 돼요?" 아이가 묻는다.

"물론 되지." 내가 대답한다.

아이가 내 옆에 앉는다. "이거 멋져요." 아이가 말한다.

아이는 내가 올리브를 집어 천천히 입으로 가져가는 것을 뚫어져라 쳐다본다.

"엄마는 〈릴로와 스티치〉 좋아해요?" 아이가 묻는다.

나는 아주 천천히 씹으면서 아이를 쳐다본다. 아이가 방긋 웃는다. 그래, 내 아들, 정말로 아주 멋진데.

그리고 머리나는?

엄마는 당장에라도 너를 캘리포니아 칼라바사스에 데려가고 싶구
나, 사랑하는 딸. 하지만 카다시안 가족에게 무작정 걸어갈 수는 없
어, 아직 걸을 수 있다 해도.

머리나의 여행

　　뉴욕 여행은 미용실에서 미용사가 내 머리를 염색해주는 동안 순
식간에 계획되었다.

　　케리는 그냥 미용사가 아니라 내 친구다. 우리는 십 년 전에 서로
알게 되었다. 우리 딸들은 유치원 때부터 좋은 친구다. 우리 아들들
은 카풀을 해서 학교에 다녔다.

　　우리가 처음 만났을 때 그녀는 남편과 이혼한 상태였다. 그녀는
곧 여자친구 팸과 결혼한다.

　　팸은 미생물학자다. 사근사근하고 자상한 성격의 과학자로, 세균
배양 접시를 다루는 것만큼 사람들과도 잘 지낸다. 케리는 그녀를 알
게 된 후 달로 날아갈 만큼 행복해했다. 내게 그런 말을 할 필요는 없
는데도 아마 백 번은 했을 것이다.

그 사실은 내 머리에 염색약을 발라주는 그녀의 탄력적인 동작만으로도 충분히 알 수 있다.

케리는 끌어안기를 좋아하는 사람이다. 정이 많아서 누구든 끌어안고, 우리집 가사도우미 이베트가 와도 안아준다. 그녀가 행복할 때는 말이다.

내 회색 머리가 염색되기를 기다리는 동안 케리는 다가오는 결혼식에 대해 시시콜콜 늘어놓았다.

결혼식은 동성 간 결혼이 합법적인 뉴욕에서 한다. 케리의 드레스는 아주 연한 파란색이고 팸의 드레스는 검은색이다. 피로연은 뉴저지 주 해컨색에 있는 팸의 여동생 집에서 한다. 컵케이크는 '케이크 보스'에 수국 모양으로 주문했다. 수국이 나비처럼 보이기 때문이다. 돌아가신 케리의 어머니가 나비를 좋아했다.

떠나보낸 사랑하는 사람들을 추억하기 위해 여러 가지 다른 계획도 세웠다. 그들은 부케에도 떠나간 영혼들을 추억하는 의미를 담을 것이다. 할아버지가 늘 만지작거리던 동전들, 할머니가 옛날 드레스를 잘라 만든 꽃들, 숨진 아기의 작은 사진, 어느 날 케리가 죽은 오빠를 몹시 그리워하다 해변에서 찾은, 연한 파란색 눈물 모양의 유리 조각.

내가 케리였다면 완벽한 부케에 대한 생각에 정신이 팔려 있었을 것이다. 줄기를 짧게 자른 자주색 장미를 어울리는 색깔의 리본으로 묶겠다는 생각에. 하지만 여기 케리와 팸, 그들의 주요 관심사는 떠나간 사람들을 그들의 손에 꼭 쥐는 것이었다.

나는 깊은 감동을 받아 결혼식에 직접 가보기로 했다.

그리고 지난해에 머리나가 뉴욕으로 떠나는 수학여행을 몹시 가고 싶어했던 것이 생각났다. 나는 성적을 올리면 가도 좋다고 약속했다. 머리나는 그건 거의 불가능하다고 결론 내렸다.

"뉴욕에 가고 싶어?" 그날 밤 내가 머리나에게 물었다. "케리가 뉴욕에서 결혼한대."

"당연하죠." 머리나가 말했다.

"또 가고 싶은 곳 있어?"

머리나가 방긋 웃었다. 내 딸이라서 하는 말이 아니라, 머리나는 세상에서 가장 어여쁜 미소를 짓는다. 칼라바사스에 갈 사람은 없어? "아니요, 엄마. 뉴욕이 좋아요."

"쇼핑도 할 거야."

"정말요!" 이제 머리나는 신이 났다.

"브로드웨이 공연도 보러 갈 거야. 트럼펫 연주를 하는 공연으로. 그리고…… 클라인펠드에도 갈까?"

머리나와 나는 〈세이 예스 투 더 드레스〉라는 프로그램을 좋아했다. 시샘 많은 예비신부들이 유명한 웨딩숍인 클라인펠드에서 드레스를 입어보는 내용으로 패션, 드라마, 가족 이야기를 한데 버무렸다. 나는 머리나에게 여러 번 말했다. "아가야, 언젠가 우리도 네 웨딩드레스를 맞추러 클라인펠드에 갈 거야."

그리고 나는 약속을 어기지 않는다.

적어도 의미가 있는 약속은.

"좋아요." 머리나가 말했다.

"드레스를 입어볼 수 있을 거야."

"엄마!!! 난 아직 열네 살이에요."

지난 주말에 머리나는 8학년 댄스파티에 갔다. 파티에는 처음 가보는 거였다. 그애는 몇 시간, 또 몇 시간을 드레스, 귀걸이, 구두, 어울리는 색조의 파운데이션을 찾아 돌아다녔고, 어울리는 색조의 립스틱을 찾으러 두번째 쇼핑을 하러 갔다. 과연 내 딸이다!

머리나는 정말 멋져 보였다. 성숙하면서도 앳되게. 난생처음 하이힐을 신고 갓 태어난 조랑말처럼 걸었다. 다리가 몸에 비해 너무 길어 불안해 보였다. 청춘의 모습, 수줍은 미소.

머리나는 아직 고등학교에 가지도 않았는데 내가 웨딩드레스 이야기를 꺼낸 것이다.

"그냥 재미로, 머리나. 그 가게에 가보고 싶지 않았어?"

"그런 것 같아요." 아이가 시큰둥하게 말했다. "그러면 옷을 살 수도 있겠네요."

"당연하지."

나는 그 순간 내가 생각한 것을 말하지 않았다. 너는 지금 출발점에 서 있다고. 너는 네가 원하는 어떤 사람이라도 될 수 있다고.

나는 그애가 성장하여 어떤 여자가 될지 보지 못할 것이다. 그애가 졸업하는 것도 보지 못할 것이고, 졸업 연주회에도 가보지 못할 것이다. 그애를 댄스파티에 데려갈 데이트 상대도 만나보지 못할 것이다.

나는 내가 그것을 얼마나 원하는지 아이에게 말하지 않았다. 클라인펠드에 간다. 내 딸이 드레싱룸에서 하얀 실크 드레스를 입고 나오는 것을 지켜보고, 십 년 뒤 결혼식을 올리기 직전 신부대기실에 앉은 내 아이를 상상한다. 나는 결코 함께하지 못할 그 순간을.

어떤 기대도 갖지 말라고, 나는 혼잣말을 했다.

너 때문에 머리나의 삶을 어떻게 하려 들지 말라고.

뉴욕에 가면 모든 것을 자연스럽게 흘러가게 둘 거라고, 나는 다짐했다. 머리나가 입어보고 싶다고 하는 만큼만, 딱 그만큼만 드레스를 입혀보자. 한 벌도 입지 않겠다고 하면 그렇게 하자. 나는 아무것도 요구하지 않을 것이다. 어떤 기대도 갖지 않을 것이다. 내 딸이 원하지 않는 것을 억지로 시키지 않을 것이다.

나는 오래전에, 진단을 받았을 때 내가 억지로 할 수 있는 것은 없다는 걸 깨달았다. 참선하는 마음을 가져, 수전. 일어날 일은 일어나게 마련이야.

드레스를 사지는 않을 것이다. 어떤 기자가 머리나와 내가 웨딩드레스를 사러 뉴욕에 간다고 썼지만 그 말은 사실이 아니다.

그 기자도 참! 제정신이라면, 결혼식까지 적어도 십 년은 남았는데 드레스를 구입할 여자가 어디 있겠는가. 어느 엄마가 딸에게 그런 것을 강요하겠는가. 패션은 바뀐다. 시대는 변한다.

나는 그저 추억을 만들고 싶었을 뿐이다.

나는 내 딸의 결혼식 날 아름다운 딸의 모습을 보고 싶었다. 딸아이가 어떤 여자로 자랄지 짐작이라도 하고 싶었다.

아마 나는 울 것이다. 엄마들은 운다, 그렇지 않은가? 하지만 나는 또한 웃을 것이다. 내가 머리나 곁에 있을 테니까. 머리나의 행복한 모습을 상상할 테니까.

그것이 내가 만들고 싶은 추억이다.

하나밖에 없는 내 딸이 결혼식 날 나를 생각할 때, 바라건대, 내가 그애에게 "정말 예쁘구나, 우리 딸"이라고 말하며 지은 미소를 떠올려주었으면 좋겠다.

"엄마는 정말 귀여워요." 머리나의 말에 나는 다시 현재의 순간으로 돌아왔다. "물론 클라인펠드에 갈 수 있어요."

딸아이는 하나로 묶은 내 머리에서 빠져나온 머리카락 한 올을 귀 뒤로 넘겨주었다. 내가 더는 할 수 없는 일. 머리카락 때문에 코가 간지러워도 할 수 없는 일.

머리나는 십대끼리 끌어안듯 나를 안아주었다. 나는 곱은 손가락으로 내 딸을 토닥였다.

한순간, 그렇게 완벽한 한순간.

머리나는 그애만의 어여쁜 미소를 지으며 벌떡 일어섰다. "용돈 좀 주실래요? 케이시가 아이스크림 먹자고 해서요."

"물론이지, 아가. 가방에서 지갑을 꺼내줄래?"

아이가 지갑을 꺼내왔다.

"뉴욕." 나는 아이가 뒷주머니에 이십 달러를 찔러넣을 때 웃으며 말했다. "거스름돈은 가져와."

"어쩜, 엄마." 머리나가 말했다. "엄마는 정말 귀여워요."

그리고 밖으로 나갔다.

문신

어쩌다 문신에 대한 이야기가 나왔는지 모르겠다. 나는 문신을 해본 적이 없었다. 원한 적도 없었다.

우리는 치키오두막에 모여 있었다. 스테퍼니, 존. 친구 몇 명. 그리고 머리나.

치키오두막에서 이런저런 이야기를 나눈다. 할 이야기가 참 많다. 이뇨작용을 느끼는 것처럼 말이 술술 나온다.

그래서 아마 내가 농담을 했던 것 같다. 우리는 TLC 방송에 나오는 클라인펠드에 갈 거라고. NY잉크에도 가볼까? 브루클린에 있는, 역시 TLC 방송에 나오는 문신가게에.

아무렴, 케이블 없이 살아온 사람들에 비해 우리는 당연히 TV의 영향을 받았다.

"여기에 할 거야." 내가 웃으며 말했다.

"어디요, 엄마? 허벅지에요?"

으악. 나는 어딘지 가리키려고 허리를 구부릴 수도 없다.

"아니, 발목에. 뭐라고 새기냐 하면……" 나는 혀가 잘 움직이지 않아 말을 멈추었다. 어려운 발음을 하려면 어쩔 수 없다. "세런디피티."

"그게 무슨 뜻이에요?" 머리나가 물었다.

세런디피티. 행운. 뜻밖의 기쁨을 발견하는 소질.

"찾아봐." 내가 말했다.

"아이, 엄마." 머리나가 눈을 흘기며 말했다. "난 뭘 찾아보지 않잖아요. 아시면서."

유튜브에서 미친 척 엉덩이춤을 추는 네 친구 케이시만 찾아보지, 나는 생각했다. 금발 가발을 쓰고, 그렇지?

나는 그 대화에 크게 신경쓰지 않았는데 며칠 뒤 머리나가 내 의자로 오더니 종종 그러듯 팔걸이에 앉았다. 그리고 내 머리카락 한 올을 부드럽게 귀 뒤로 넘겨주었다. 나는 그 순간을 사랑한다.

"뉴욕에 가서 정말로 문신을 하고 싶어요." 머리나가 말했다.

오, 맙소사. 내가 뭘 한 거지.

"발목에 푸른색 수레국화를 새기고 싶어요."

아이는 방긋 웃었지만 진지했다.

"왜? 사랑하는 딸?"

"ALS의 상징이거든요."

머리나가 찾아본 것 같았다. 그리고 알고 있었다.

당연히 안다. 영리한 아이니까. 알지 못하게 내가 막을 수는 없다. 머리나는 내 병명을 안다. 내 미래를 안다. 치료법이 없다는 것을, 끝이 다가왔다는 것을 안다.

그리고 나를 가까이 두고 싶어한다. 나를 자기와 함께, 피부에 영원히 두고 싶어한다.

내 마음이 움직였다. 정말로 넘어갔다.

존이 이성적인 목소리로 말할 때까지. "문신은 안 돼, 수전. 맙소사. 머리나는 열네 살이야."

같은 편이 되어주기

메리어트 마르퀴스는 타임스스퀘어에 있는 큰 호텔이다. 지구상에 사파이어 빛깔 바다와 텅 빈 모래사장이 있는 터틀비치와 정반대인 장소가 있다면 그곳이 바로 타임스스퀘어다.

어디로 가든 사람들이 북적거린다. 길에서도 그렇다. 여기서는 차가 다닐 수 없다.

머리 위로 높은 건물이 우뚝우뚝 서 있다. 가게들은 모두 30피트 높이에 전등을 켜놓은 것 같다. 신년 이브 볼은 전자 조각판을 이어 붙여 만든 것이다. 경찰서가 도로 한복판에 있다.

만화 캐릭터 복장을 한 사람들이 아이들과 사진을 찍어주는 대가로 동전을 구걸하는 이야기는 했던가?

메리어트 마르퀴스 호텔 정문으로 가려면 짧은 터널을 지나고 네

줄로 늘어선 택시 사이를 가로질러야 한다. 호텔 안에는 사리를 입은 사람부터 카우보이모자를 쓴 사람까지 온갖 복장을 한 사람들이 돌아다닌다. 8층 로비까지 올라가는 엘리베이터들이 늘어섰고, 로비에 들어서면 한가운데에 40층 높이의 아트리움이 펼쳐진다.

한복판에는 유리로 된 원형 엘리베이터가 올라갔다 내려왔다 사람들을 휙휙 실어 나른다. 엘리베이터는 압축 공기 튜브처럼 보인다. 엄마가 은행의 서비스 창구 앞에 차를 세우고 개인수표를 집어넣는 그런 튜브. 그러고 나면 나는 막대사탕을 받는다.

영화에서 옛날 우편물실에 있는 그런 튜브.

나는 그것을 좋아했다.

유엔에서 인턴을 했던 1988년 여름 이후로 나는 뉴욕에 오지 않았다. 그때 나는 고양이만큼 덩치 큰 쥐들이 돌아다니는 여성 전용 기숙사 마사워싱턴에서 지내면서 욕실 없는 방을 썼다.

나는 그해 여름을 즐겼다. 유엔에서 열심히 일했다. 뉴욕을 걸어다녔다. 세계 각지에서 온 인턴들과 친구가 되었다. 그들의 고향 음식을 먹으려고 함께 지하철을 타고 퀸스로, 멀리 신기한 브루클린으로 돌아다녔다.

지금 나는 다른 시선으로 뉴욕을 바라본다. 휠체어를 탔기 때문에 2피트 아래에서 보기도 했지만 가게마다 넋을 놓고 바라보는 딸아이를 가진 엄마의 시선으로.

플로리다에서 꼬박 세 시간을 날아온 공포에서 벗어나지 못한 채 우리 옆에서 느릿느릿 걸어오는 스테퍼니는 말할 것도 없다.

우리는 출판사의 요청으로 일정을 하루 늘렸다. 나는 처음에 망설였다. 이번은 머리나의 여행이기를 바랐다. 하지만 뉴욕에 있는 출판사가 우리에게 하루치 숙박비와 비행기표를 바꾸는 비용을 대주겠다고 했다. 머리나가 말했다. "마다할 이유가 없잖아요!"

그래서 맨 먼저 간 곳은 시내 건너편에 있는 출판사. 거기에서 인터뷰를 했다.

내가 일하는 동안 머리나는 "게이 아빠 둘" 즉 내 에이전트 피터와 그의 친구와 함께 잠시 관광을 했다. (우리끼리만 아는 농담. 둘다 이성애자이고 결혼도 했다.) 그들은 플라자 호텔—머리나는 그들에게 "웨슬리가 엘로이즈*를 아주아주아주 좋아했어요"라고 말했다—센트럴파크, 유니클로에 갔다. 머리나는 그곳이 쇼핑하기에 참특이한 장소라고 말했다.

그리고 나는 〈피플〉 지 에디터와의 인터뷰가 잡혀 있었다. 참 친절한 여자였다. 나중에 우리는 유명한 아이스크림가게인 세런디피티에 찾아갔다. 계단이 가팔랐고 휠체어로는 이동할 수 없었다. 나는 바깥에 앉아 햇볕을 즐기며 글을 썼고 머리나와 스테퍼니는 가게로 들어갔다. 지나가던 사람이 내게 일 달러를 주었다.

---

* 케이 톰슨이 쓴 그림책의 주인공. 여섯 살 소녀 엘로이즈는 뉴욕 플라자 호텔 꼭대기 층에서 생활한다.

머리나와 스테퍼니가 내게 프로즌 핫초콜릿을 가져다주었다. 세런디피티 스페셜 메뉴. 나는 햇볕 속에서 그것을 마셨다. 완벽했다.

호텔로 돌아가 머리나에게 신용카드를 주었다. 머리나는 타임스스퀘어에 쇼핑을 하러 갔다. 그렇다. 나는 머리나 혼자 뉴욕에서 쇼핑을 하라고 내보냈다. 헬리콥터로 감시하는 부모는 될 수 없다. 자식과 세상을 믿어야 한다.

바로 지난주에 머리나와 머리나의 친구가 다리에서 우리 지역 호수로 뛰어내렸다. 기껏해야 10피트밖에 안 되는 높이지만 어떤 부모는 자식을 아예 그리로 가지도 못하게 한다.

내가 누구라고 말리겠는가? 지금껏 나는 다리에서 뛰어내려본 적이 없었나? 있었다. 말 그대로 내가 십대였을 때 뛰어내렸다. 솔직히, 바로 그 다리에서 뛰어내렸다.

헝가리에 갔을 때는 또 어땠는가. 콜롬비아에 갔을 때는. 존과 충동적으로 결혼했을 때는. 생모에게서 온 편지를 뜯어보았을 때는.

하지만 악어는 어쩐다? 플로리다 수로에는 항상 악어가 있다. 그렇지 않은가? 아니, 악어가 있을 가능성이 있다는 것이다. 가능성이 있다고 두려워할 수는 없다.

존도 지난해에 바로 그 호수로 뛰어내렸다. 우리가 스테퍼니 집의 뒷마당에 있는데 머리나의 교정기가 입에서 빠져나와 물속에 떨어졌다. 존과 머리나는 수초가 무성한 물속을 삼십 분 동안 뒤지고 다녔다. 존처럼 신중한 사람이 그 물에서 돌아다녀도 안전하다고 생각했다면 내가 어찌 내 딸이 즐거움을 조금 누리는 것을 막겠는가?

(어쨌거나 그들은 수초 속에 묻힌 교정기를 찾아냈다.)

"카드를 잘 가지고 다녀야 해." 머리나가 문밖으로 사뿐 나가기 전에 내가 한 말은 그것뿐이었다. 그애가 길을 잃지는 않을까, 돈을 흥청망청 쓰지는 않을까, 위험한 짓을 하지는 않을까 그런 걱정은 하지 않았다.

소매치기에 대한 걱정도 하지 않았다. 내 걱정은 오로지 청바지가 너무 꽉 끼어 주머니에 넣은 신용카드가 공중으로 날아가버리지 않을까 하는 것뿐이었다.

어쩌다가 몸에 붙는 옷이 그토록 유행하게 되었을까?

머리나는 그날 저녁 파티 시간에 맞춰 돌아왔다. 피터가 메리어트 마르퀴스 호텔 40몇 층에 있는 회전 레스토랑에서 열어준 환영파티 였다. 출판사 사람들과 피터가 일하는 에이전시 사람들이 왔다. 〈월 스트리트 저널〉 블로그에 내 글을 실어준 친구 찰스 패시도 왔다. 피 터에게 그 기사를 보여준 변호사 데이비드 스미스도 왔다. 내 삶을 영화로 만들고 싶어하는 영화 관계자 두 명도 왔다.

"당신을 만나려고 로스앤젤레스에서 왔대요." 피터가 나중에 내 게 이 말을 하는데 깊은 인상을 받은 표정이 역력했다.

나는 파티가 끝난 뒤 곧바로 누웠다. 무슨 일이든 십오 분 이상 걸 리는 일을 하면, 더욱이 그것이 온 힘을 쏟아야 하는 일이라면, 나는 피로해진다. 변기에 앉아 있는 것만으로도 그렇다.

내가 마지막으로 기억하는 것은 머리나가 호텔방 창가에 서서 타임스스퀘어 불빛을 내려다보는 모습이었다.

다음날 눈을 떴을 때 모든 것이 똑같아 보였다. 도시는 정녕 잠들지 않는 것 같았다. 그저 흘러가고 또 흘러갔다.

우리도 따라 흘러갔다. 아침을 먹으러. 머리나를 위해 더 많은 쇼핑을 하러.

낮 열두시에 록펠러센터에서 팸과 케리의 결혼식이 있었다. 우리는 그 시간에 맞춰 그곳까지 여덟 블록을 걸어가기로 했다. 스테퍼니가 내 휠체어를 밀어주었다.

우리는 목적지까지 느긋이 휠체어를 밀고 가도 될 만큼 일찍 출발했다. 묘하게 가라앉은 색조의 갈색 마천루들을 쳐다보았다. 지금은 여름이라 테이블을 잔뜩 내놓은 유명한 아이스링크도 쳐다보았다. 전 세계 국기가 적어도 백 개는 걸려 있었다.

그리고 경사로 없이 열다섯 개의 계단을 올라가야 했다. 스테퍼니가 나를 한 계단씩 부축해주었고 머리나가 내 휠체어를 맡았다. 맨 위 계단에 이르렀을 때 우리는 결혼식 하객 복장을 한 채 땀을 뻘뻘 흘리고 있었다. 몇 주 전 스테퍼니가 함께 골라준 소매 없는 검은색과 흰색 드레스를 입은 나까지 땀을 흘렸다.

"가자. 시간이 다 됐어." 내가 말했다.

결혼식은 록펠러센터 꼭대기 층에 있는 전망대에서 열렸다. 문밖의 보행자 통로에는 실제로 레드카펫이 깔려 있었다. 하객들은 안에 모여 있었다.

신부들이 도착했다. 두 사람은 모두에게 일일이 키스했다. 선물을 건넸다. 한 여자가 능숙하게 우리를 특별한 복도로 안내한 뒤 줄 서 있는 관광객들을 빙 돌아 엘리베이터로 데려갔다.

엘리베이터는 아수라장이었다. 스무 명 남짓한 사람들을 태우고 공중으로 빨려가듯 올라갔는데 어찌나 빠른지 귀가 멍했다. 천장에 는 요란한 음악 소리와 함께 빠르게 움직이는 영상이 번쩍거렸다.

유압 제동장치의 쉬익 소리가 나며 엘리베이터가 도착했다. 음악 과 영상도 멈추었다. 하객들이 줄지어 내렸다.

"저기 봐." 스테퍼니가 소곤거리며 위를 가리켰다.

그곳에, 엘리베이터 천장에 무당벌레가 있었다. 야단스러운 영상 때문에 무당벌레가 보이지 않았던 것이다.

나는 조카 찰리의 장례식을, 무당벌레가 관 위에 내려앉던 순간을 생각했다. 그 여름날을 생각했다. 우리집 침실 탁자에 놓인 앙증맞은 선물을 생각했다.

"저건 행운이야. 축복이라고." 스테퍼니가 말했다.

"저기 또 한 마리가 있어요." 엘리베이터에서 내릴 때 머리나가 말했다.

우리는 맨해튼의 한복판에서, 67층에서, 무당벌레들에 둘러싸여 있었다. 축복.

스테퍼니가 내 휠체어를 밀어 전망 발코니로 나갔다. 그 높이에서 내려다본 뉴욕은 수백만 명이 숨어 있는 레고랜드 같았다.

이 글을 읽는 몇 분만큼은 동성 간 결혼에 대한 당신의 견해는 밀어놓기를 부탁한다. 결혼식장에는 이 결혼을 찬성하지 않는다는 뜻을 노골적으로 밝힌 한 여자―팸의 친척―가 벌써 와 있었다.

이것은 윤리나 성경에 대한 것이 아니다. 내 오랜 친구 케리에 대한 것이다. 당신을 위해서라면 언제나 함께 있어줄 여자. 내가 알기로 오랫동안 관계 때문에 힘들어한 여자. 자식들을 위해 희생하고 열심히 일하지만 개인적인 삶에서는 기쁨을 찾지 못했던 싱글맘.

팸을 만나기 전까지는.

"바로 이거야, 케리." 내가 그녀에게 말했다. "이게 네가 기다리던 기쁨이야. 그리고 넌 이걸 누릴 자격이 있어."

"알아, 하지만 포기할 뻔했어." 그녀가 울었다.

나는 머리나 때문에 결혼식에 오고 싶었다. 머리나가 결혼할 때는 내가 없을 테니까. 하지만 나는 그애가 누구와 결혼하든―남자든 여자든, 피부색이 까맣든 빨갛든 자주색이든 갈색이든―내가 그애의 편이라는 것을 알아주면 좋겠다. 그 사람이 내 딸을 행복하게 해주고 내 딸에게 잘해주는 한 나는 그애의 편이다.

그리고 나는 케리를 위해 결혼식에 오고 싶었다.

케리는 로비에서 내게 선물을 주었다. 누가 케리 아니랄까봐. 선물을 받아야 할 날에 선물을 주는 사람이 케리다. 신부들을 기다리면서 나는 선물을 펴보았다. '세런디피티Serendipity'라고 새겨진 목걸이였다. 케리와 팸은 내가 좋아하는 단어를 그들의 것으로 가져가 썼다.

나는 그 목걸이를 술라가 키프로스에서 준 성 안드레아스 펜던트와 함께 목에 걸었다. 내 생부 파노스가 숨진 날 주머니에 넣고 있던 것.

신부들이 등장했다. 케리의 연한 푸른색 드레스는 그녀의 푸른 눈동자를 더욱 돋보이게 했다. 팸은 내가 그녀를 만난 뒤 처음으로 과학자 안경을 벗고 크고 아름다운 갈색 눈을 보여주었다.

나는 그들이 서로의 얼굴을 비껴 저 아래 도시를 바라보길 바랐다. 저 모든 레고타워들에는 수백만 명의 사람들이 있다. 저 수백만 명 중에 당신의 영혼을 밝혀줄 단 한 사람을 찾은 것은 엄청난 축복—세런디피티—임을 그들이 다시금 떠올리기를 바랐다.

하지만 케리와 팸은 벌써 그것을 느끼고 있었다.

그들의 말에서 알 수 있었다. 그들의 얼굴에 떠오른 기쁨에서 알 수 있었다.

"이제 두 사람의 혼인을 선포합니다" 목사님의 선포에 팸이 눈물을 흘리며 들릴락 말락 한 소리로 "내가 이 말을 들을 거라고는 생각도 못했어요"라고 말했을 때 알 수 있었다.

클라인펠드

우리가 클라인펠드 웨딩숍에 간 것에 대한 이야기는 열네 살 된 딸아이에 초점을 맞추지 않고는 이해할 수 없다.

키워드는 열네 살이다.

뉴욕으로 가는 비행기에서 머리나는 최근에 다녀온 중학교 합주부 여행에 대해 말해주었다. 합주부 단원 한 명이 그래놀라바를 씹어 멀미봉투에 뱉고 오렌지주스를 섞어 정말로 토한 것처럼 만들었다. 머리나는 그것을 아주 재미있어했다.

우리가 타임스스퀘어에 있는 호텔 앞에 이르자 머리나는 맞은편에 좋아하는 옷가게가 있는 것을 발견했다. "어쩜 좋아! 3층 건물이에요!"

어느 저녁 우리는 피자 박스를 들고 호텔로 돌아가 엘리베이터에 탔다. 마침 엘리베이터에 탄 부부도 피자를 들고 있어서 우리는 함께 피자에 대한 이야기를 나누었다.

"아이참, 정말 어색했어요!" 우리가 엘리베이터에서 내리자 머리나가 그 피자 대화에 대해 말했다.

웨딩드레스를 입혀보려고 내가 화려한 웨딩숍에 데려가는 아이가 바로 이 아이다.

어린아이.

그런 것을 어색해하는, 어여쁜 아이.

나는 몇 달 전에 클라인펠드에 방문 예약을 해두었다. 사정을 간곡히 설명하고, 운영자들을 설득하고, 비록 드레스는 사지 않겠지만 이 특별한 피팅을 허락해달라고 납득시켰다.

그 날짜가 다가오자 나는 머리나에게 흥분되는지 물었다. "네." 머리나가 높은 목소리로 대답했다. 머리나는 정말로 확신이 들지 않을 때 그런 목소리를 낸다.

"당연하죠, 엄마." 딸아이가 어깨를 으쓱하며 말했다.

하지만 머리나는 문신가게에 대해서 계속 떠들어댔다.

그랬다. 머리나는 내키지 않는 만 달러짜리 웨딩드레스를 입어보는 것보다 엄마가 ALS와 싸우는 것을 상징하는 수레국화를 발목에 새기는 걸 더 하고 싶어했다(거의 성공할 뻔했지만).

어색해하는, 어여쁜 아이.

금요일 아침은 클라인펠드에 가는 날이었다. 스테퍼니와 머리나는 스물다섯 블록 떨어진 곳까지 우리를 데려다줄 차를 예약해두었다. 부축을 받으면 휠체어에서 내려 일반 차에도 탈 수 있었지만 굳이 휠체어 리프트가 달린 장애인용 밴을 불렀다.

전기로 작동하는 문이 열리고 경사로가 내려왔다. 운전사는 내가 탄 휠체어를 밀어올려 한니발 렉터*처럼 나를 끈으로 묶은 뒤 경사로를 올리고 문을 닫았다.

"너를 유기견 보호소에 데려가는 것 같아!" 스테퍼니가 웃음을 터뜨렸다.

나도 웃었다.

한번 울음이 터지면 결코 멈출 수 없으리란 것을 나는 알았다.

차를 타고 가는 동안 머리나가 뒷좌석에 앉은 나를 계속 돌아보았다. "괜찮아요, 엄마?"

"괜찮아." 내가 말했다.

클라인펠드에 다다르자 나는 짐짝처럼 부려졌다. 우리는 휠체어를 밀며 북적거리는 지저분한 도시의 보도—머리 위로 공사장 발판이 보이고 마리화나 냄새가 뚜렷한—를 지나 꿈속으로 들어갔다.

10피트 높이의 꽃 장식. 하얀 쇠창살로 난간을 만든 로미오와 줄리엣의 발코니. 아이보리색 드레스와 함께 전시된 검은색 턱시도, 머리 없는 신부와 신랑.

---

* 〈양들의 침묵〉의 등장인물.

450

"와우!" 내가 감탄했다.

나는 새로 산 검은색 옷을 입었는데, 여기 오기 전에 스테퍼니와 함께 산 옷 네 벌 중 하나였다. 머리나는 짧은 청바지와 소매 없는 셔츠에 운동화를 신었다. 머리나는 이곳이 지구상에서 자기가 있고 싶은 마지막 장소인 것처럼 가슴에 두 손을 포개 올렸다.

"TV에서 본 것 기억나니?"라는 질문에도 고개를 조금 끄덕인 것이 전부였다.

친절한 클라인펠드 직원들이 우리를 쇼룸으로 안내했다. 스테퍼니는 내 휠체어를 밀었고, 머리나는 내 옆을 지켰다. 직원들이 능숙한 투어 가이드처럼 이 방 저 방을 가리키며 전시된 드레스들의 디자이너 이름을 댔다. 알리타 그레이엄, 파니나 토네. 드레스가 줄줄이 전시되어 있었다. 눈부신 드레스. 반짝거리는 귀금속 장식이 달린 화려한 드레스. 다이애나 공주의 드레스도 소박한 드레스로 만들어버릴 튤 클라우드 드레스.

머리나는 한마디도 하지 않았다.

우리는 모퉁이를 돌아 드레싱룸으로 갔다. 흰색 살롱. 드레스 수백 벌이 손상 방지용 비닐을 둘러쓴 채 보관된 유명한 장소. 방송에서 보면, 피팅룸에서 제 엄마와 다투며 어쩔 줄 몰라하는 시샘 많은 신부를 위해 랜디가 '그 한 벌'을 골라오려고 휘리릭 달려가는 바로 그 장소.

TV에서 볼 때 보관실은 반짝거리는 즐거움이 가득한 스모르가스

보드*였다. 실제로 가서 보니 눈부시게 화려한 옷장 같았다. 그날 아침 클라인펠드는 훨씬 작아 보였다.

그리고 드레스는 성에서 열리는 결혼식에서 키가 240센티미터인 동화 속 신부들이 입는 것처럼 커 보였다. 스펜서-웬델 여자들의 키는 겨우 150센티미터를 넘는다.

머리나와 나는 압도되었다.

"입어볼래?" 내가 머리나의 손을 잡으며 또렷하지 않은 발음으로 말했다. 우리는 날아다니는 드레스들로 가득한 공간에서 드레스 밑단을 올려다보며 서 있었다. 이곳은 별도 보관실이라고 했다. 다음 블록까지 쭉 이어지는 드레스 컨베이어벨트.

"좋아요." 머리나가 꽥꽥거리며 말했다.

"네가 좋아하는 스타일을 말해줘. 실루엣을 골라."

"실루엣을 골라"는 드레스 모양을 고르라는 말이다. 넓게 퍼지는 댄스파티 드레스, 일자 드레스, A라인 드레스.

머리나는 묵묵히 서 있었다.

그애를 여기 데려온 것이 잘못이라는 생각이 들었다. 아이에게 어른의 경험을 억지로 시키는 것은 잘못이다. 내가 울어버리면 천 배는 더 나빠진다는 것도 알았다. 그래서 나는 꾹 참았다.

머리나가 조용히 드레싱룸으로 들어갔고, 나는 결혼식 날의 내 딸

---

* 바이킹들이 여러 곳에서 포획한 음식을 한자리에 모아놓고 먹던 데서 유래한 뷔페.

452

을 상상하지 않으려고 애썼다.

머리나를 품에 안은 아기로 생각하지 않으려고 애썼다. 언젠가 제 아기를 품에 안을 머리나에 대한 상상도 애써 밀어냈다.

나는 제 엄마의 계획 때문에 난처해하는 지금 이 순간의 머리나도 생각하지 않으려고 애썼다. 이해할 수 없고 아직 이해해서도 안 되는 것들 때문에 난처해하는 머리나를.

오히려 나는 스테퍼니에게 웨딩드레스에 대한 조언을 쏟아냈다.

나는 유언장에 머리나의 드레스에 쓸 돈을 남겨놓았다. 스테퍼니가 머리나를 다시 클라인펠드에 데려와 드레스를 사주겠다고 약속했다. 그 자체로 터무니없고, 흐뭇하고, 소중하다.

스테퍼니가 즐겨 찾는 옷가게는 '후치 마마'라는 곳인데, 작은 폴리에스테르 선드레스와 비닐 스틸레토 구두가 전부 합쳐 9.99달러인 곳이다.

우리가 출판사에 갔을 때 나는 스테퍼니에게 이렇게 말해야 했다. "좀 가려. 덜 파인 옷을 입으라고." 스테퍼니는 종종 풍만한 가슴을 그런 식으로 폴리에스테르 드레스에 쑤셔넣기 때문에 나는 그녀의 옷 고르는 안목이 걱정이다.

머리나를 위해 일생에서 가장 세련되고 호화로운 드레스를 골라 달라고 내가 부탁할 사람이 바로 이 여자다.

슬퍼라. 나는 그때쯤에는 끈 없는 끔찍하고 야단스러운 드레스가 중국으로 아웃소싱되기를 바란다. 그런 옷을 입은 여자들은 미식축구의 라인배커처럼 보인다.

"너무 하얀 색은 안 돼!" 나는 스테퍼니에게 말했다. "아이보리로. 튤이 너무 많아도 안 돼. 레이스를 고려해봐."

머리나는 A라인 드레스를 골랐다. A라는 글자처럼 밑단이 퍼지는 드레스. 더 정확히 말하면 클라인펠드 직원들이 골라주었다. 머리나는 어리둥절해서 고개만 겨우 끄덕였다.

"드레스를 고를 때는 황족이 됐다고 생각해야 해." 드레싱룸 밖에서 기다리면서 내가 스테퍼니에게 조언했다. "케이트 왕세손비를 생각해봐. 세련되고 우아하잖아. 긴 소매도 고려해봐. 드레스를 좀더 격식 있어 보이게 하거든."

머리나가 나왔다.

끈 없는 드레스. 밑단이 퍼진 드레스. 거대한 컵케이크 한복판에 세워진 열네 살 소녀처럼 보였다. 쿼터백을 막을 준비를 마친 것 같은 모습.

"풍성한 건 싫어요." 아이가 말했다.

과연 내 딸이다!

"긴 소매 드레스는 어때?" 내가 물었다.

나는 클라인펠드 직원들에게 내가 언제나 좋아했던 드레스는 영화 〈브레이킹 던〉에서 벨라가 입었던 것이라고 말했다. 몸매를 드러내는 실크 드레스인데, 등쪽을 비치는 레이스로 처리했다. 긴 소매는 끝부분을 레이스로 처리해 손등까지 내려오게 했다.

직원들이 벨라와 케이트 왕세손비가 입은 것과 비슷한 드레스를 가져왔다. 긴 레이스 소매와 엠파이어 네크라인, 허리에 맞게 주름을 잡은 웨이스트, 길게 끌리는 보드라운 실크 스커트.

머리나가 드레싱룸으로 들어갔다. 나는 '그날이 오면'에 대한 조언을 늘어놓으며 스테퍼니에게 마음의 짐을 지웠다. "그날이 오면 이런 걸 골라." "그날이 오면 이렇게 해." 내 마음은 그 드레싱룸에 가 있었기 때문에 내가 무슨 조언을 했는지는 기억나지 않는다.

문이 열렸다. 머리나가 나타났다. 30센티미터는 더 커 보였고 십 년은 더 성숙해 보였다.

머리나가 훗날 어떤 아름다운 숙녀로 자랄지 또렷하게 보였다.

나는 그저 바라만 보았다.

그 섬광 같은 순간, 당신이 놓치게 될 것 때문에 머릿속이 아뜩해질 때 당신은 어떻게 하겠는가? 당신이 살아서는 절대 보지 못할 한 순간을 훔쳐봤을 때.

나는 고개를 떨구었다. 숨을 쉬어, 혼잣말을 했다.

그리고 고개를 들었다. 빙긋이 웃었고, 머리나도 따라 웃었다. 나는 혀를 말하기 좋은 위치로 옮겼다.

"난 그게 좋아." 내가 말했다.

머리나는 대체로 십대 특유의 구부정한 자세로 다니지만 그 드레스를 입은 아이는 자세도 바르고 키도 컸고 찬란했다.

"정말 예쁘구나." 내가 말했지만 목소리는 작았고 혀는 협조적이

지 않았다. 머리나가 내 말을 들었는지 모르겠다. 내 발음은 흐려졌고 나는 눈물과 싸웠다.

우리는 사진을 찍었다.

계속 나아갔다.

추억을 만들었다.

머리나는 드레스를 돌려주고 다시 짧은 청바지와 운동화로 돌아왔다. 우리는 휠체어를 밀며 재단실과 턱시도실, 수십 명의 여자들이 재봉틀 앞에 구부정하게 앉아 있는 커다란 지하실을 조용히 둘러보았다.

내 주변에는 머리나가 꼭 들었으면 하는 말을 해줄 사람들이 아주 많았다. 그애가 내게 얼마나 특별한지.

나는 언제나 그애의 영혼 속에 함께 있을 거라고.

언제나.

하지만 클라인펠드는 그런 대화를 하기 적당한 장소가 아니었다. 두 명의 직원이 베일에 대해 조언하며 우리 주위를 돌아다니는 곳에서는 곤란했다. 드레스를 고르는 데 혈안이 된 신부들이 한 무리의 사람들을 끌고 돌아다니는 곳에서는. 사람들이 우리 옆을 우르르 지나 탈의실로 들어가는 곳에서는.

처음에 클라인펠드는 드레스를 입어보는 우리의 계획을 듣고 망설였다. 죽을병에 걸린 엄마들이 몰려오지 않을까 걱정한 것이다. 하지만 걱정할 것 없다. 클라인펠드는 딸이 평생 기억했으면 하는 말을 해줄 만한 장소는 아니었다.

아마도 그것이 최선일 것이다.

머리나는 어리니까.

같이 있어주는 엄마에게, 자기를 보호해줄 엄마에게 의지하는 어린아이.

그들은 나를 짐승우리 같은 휠체어와 함께 장애인용 밴에 다시 실었다. 스테퍼니가 또다시 유기견 보호소 농담을 했다. 나는 울음을 참으려고 계속 웃었다. 오, 사랑하는 언니, 내 가슴을 찢어놓지 마.

"돌아갈 때 피자 사 가도 돼요?" 머리나는 그 말뿐이었다.

"물론이지." 내가 대답했다.

그날 밤 잠을 자는데 머리나가 내 옆에 와서 누웠다.

"엄마는 정말 귀여워요." 스테퍼니가 머리나의 말을 들었다.

머리나가 내게 키스했다.

다음날 일어났을 때 내 딸이 내 옆에서 잠들어 있었다.

영원히

뉴욕에서의 마지막 밤은 우리 셋만의 밤이었다. 머리나와 스테퍼니, 그리고 나.

그 여행에서 머리나와 내 병이나 죽음에 대한 이야기를 나누지는 않았다. 피자에 대한 짧은 잡담이 어색하다고 생각하는 아이에게 그럴 수는 없었다. 뉴욕에서 새로 산 옷을 들고 몹시 신이 난 아이에게 그럴 수는 없었다.

"세일을 하고 있었는데 엑스트라 스몰 사이즈가 딱 한 장 남아 있었어요!" 아이는 호텔 옆에 있는 것을 보고 반색했던 3층짜리 가게에서 구입한 까만 미니스커트에 대해 꽥꽥거렸다.

안 된다. 이 아이와 깊은 대화를 할 수는 없다. 더욱이 내가 무슨 말을 할 수 있겠는가?

그래서 그 마지막날 저녁에 우리는 굳이 말이 필요 없는 일을 했다. 우리가 말하지 않아도 되는 일. 우리는 브로드웨이 공연을 보러 갔다. 〈위키드〉.

이 뮤지컬은 『오즈의 마법사』의 한 부분을 딴 것으로, 착한 마녀 글린다와 못된 초록마녀가 우정을 나눈 뒷이야기다. 날아다니는 원숭이들, 화려한 의상, 심금을 울리는 노래를 부른 초록색 피부의 주연배우까지, 굉장했다. 나는 머리나 옆에 앉았다. 내 곱은 손을 머리나의 손에 얹고 우리 앞에 놓인 어두운 침묵과 화려한 뮤지컬에 감사했다.

나는 뉴욕에서 딱 한 번, 누군가가 내게 아이들에 대해 말해달라고 했을 때 울었다. 나는 클라인펠드에서 머리나가 드레스를 입은 것을 보고도 울지 않았다. 결혼식장에서도 울지 않았다. 내가 장애인용 밴에서 짐짝처럼 부려졌을 때도 울지 않았다.

머리나가 어두운 극장에서 내게 몸을 기대고 노래를 따라 부르기 시작할 때까지도. 〈영원히For Good〉*라는 노래를. 마녀들이 하프와 호른 반주에 맞춰 서로에게 작별의 노래를 불렀다.

"아마 그럴 거예요.
우리는 다시 만나지 못하겠죠.

---

* 한국에는 〈널 만났기에〉라는 제목으로 소개되었다.

이 생애에는 말이에요."

머리나가 조용히 노래했다.
나는 가슴이 벅차고 눈물이 차올랐다.

"그러니 헤어지기 전에 말할게요.
내 많은 부분은
당신에게 배운 것들로 이루어져 있어요.
당신은 나와 함께 있을 거예요.
내 가슴에 남은 손자국처럼."

나는 내 아이를 보았다. 내 어린 딸을. 그리고 천천히 손을 올려
눈물을 닦았다. 내 옆에서 머리나도 눈물을 닦았다.
공연이 끝나고 나는 머리나에게 왜 울었는지 물었다.
"엄마가 울어서요."
그랬구나, 나는 생각했다. 이제 이 이야기는 그만.

캡티바 섬

8월

August

사자의 발

내 아들 오브리는 자기만을 위한 특별한 여행으로 플로리다 사니벨 섬에 가고 싶어했다. 몇 년 전 이웃에 사는 사브라와 그 집 아이들과 함께 그곳에 다녀왔었다. 오브리는 그곳을 좋아했다.

사니벨 섬과 이웃한 캡티바 섬은 플로리다 서쪽 바다에 있는 길고 평평한 장벽 같은 섬들이다. 조개와 일몰로 유명하다.

잊지 말아야 할 것은, 모든 해변에 조개가 있는 것은 아니라는 것이다. 내가 사는 동쪽 해안에는 대개 조수가 남기고 간 1인치 남짓한 얇은 띠 같은 것과 부서진 파편밖에 없다. 사니벨 섬과 캡티바 섬이 멕시코의 걸프 만과 이룬 각도 덕분에 그곳 바닷가에는 수백만 마리의 조개가 떠밀려온다.

탐구자의 꿈.

그리고 이 섬들에 가려면 팜비치에서 서쪽으로 세 시간만 운전하면 된다. 플로리다 내륙의 늪지대만 가로지르면 금방이다. 가까운 세상, 익숙한 세상, 그럼에도 불구하고 분리되어 있어 특별한 곳.

멋지다. 완벽하다.

나는 계획에 착수했다.

오브리와 함께 치키오두막에 앉아 웹사이트를 뒤졌다. 오브리는 캡티바 섬의 해변 바로 옆에 있는 열 명이 잘 수 있는 집을 골랐다. 3층 높이였다. "엘리베이터도 있어요, 엄마. 엄마가 타고 다니면 되겠어요."

우리는 8월 하순에 일주일 동안 그곳에 머물 것이고, 존과 나머지 아이들, 낸시와 그 집 아이들, 스테퍼니와 그녀의 가족이 번갈아 찾아올 것이다. 하지만 처음 사흘은 나와 오브리만 있을 것이다.

그리고 나를 돌봐주러 스테퍼니가 따라올 것이다.

내 마음속에는 아이에게 심어주고 싶은 기억이 확실했다.

어렸을 때 스테퍼니와 나는 『사자의 발』에 푹 빠져 살았다. 그 책을 읽자마자 ─ 둘 다 4학년일 때 ─ 좋아하게 되었다.

우리는 학대가 심한 고아원에서 더 나은 삶을 찾아 도망친 남매 닉과 페니를 사랑했다. 그들은 십대 소년 벤을 만나는데, 벤의 아버지는 전쟁에서 행방불명되었다. 벤은 사니벨 섬과 캡티바 섬 근처에서 발견되는 희귀한 조개인 사자의 발만 찾으면 행방불명된 아버지가 돌아올 거라고 믿었다.

아이들은 그 작은 조개를 찾아 벤의 아버지의 배를 타고 몰래 떠난다. 그들은 플로리다 남부를 떠돌며 악어와 싸우고, 맹그로브 숲에 숨고, 추격자들을 지혜롭게 따돌리고, 단단한 우정을 맺는다. 교훈을 얻으며 평생의 모험을 한다.

오랫동안 나는 페니와 닉처럼, 심지어 벤처럼 되고 싶었다. 몰래 달아나 내가 살면서 놓쳐버린 것을 찾고 싶었다.

나는 다섯 개의 '마디'가 전부 파손되지 않고 말짱한 사자의 발을 가지고 있었다. 마디는 조개의 불거진 부분을 말하는데 진짜 사자 발과 비슷하게 생겼다. 나는 십대 때 받은 그 조개를, 아이들을 키우고 여행을 하고 직장생활을 하면서도 줄곧 간직했다. 내가 아끼는 보물 중 하나다.

사자의 발을 처음 봤을 때 그 모양이 독특하지 않아서 더 좋았다. 바다에 있는 일반적인 조개처럼 기본적인 부채 모양이었지만 갈색이 더 짙었다.

하지만 진짜 사자의 발은 가리비의 한 종에서만 나온다.

크기는 주먹만하다. 불거진 부분이 아주 높고 굴곡이 커서 꼭 발톱처럼 보인다. 자세히 들여다보면 갈색이 아니라 수십 가지 색조의 오렌지색이고, 나선형을 그리다 희미해지는, 혹은 줄무늬를 이루는, 혹은 오렌지색과 섞여 황토색이 되는 자주색 띠가 있다. 흘끗 보면 놓치지만 바라볼수록 더욱 아름답다. 조개 하나하나마다 자기만의 이야기가 있다.

나는 사자의 발을 캡티바 섬으로 가져가기로 했다.

오브리와 함께 그 책을 읽고 난 뒤 어른스러운 내 아들을 해변으로 데려갈 것이다. 이런 상황을 머릿속에 그려보았다. 해질녘 하늘이 내가 좋아하는 사파이어색, 망고색, 자홍색으로 물들 때 우리가 사자의 발 이야기를 하는 것이다.

"어머, 이것 봐, 사자의 발이 있네." 스테퍼니가 미리 묻어놓은 내 사자의 발이 모래사장에 삐죽 나와 있다.

오브리가 웃을 것이다. 그리고 말한다. "여기요, 엄마가 가져요." 하지만 나는 이렇게 말한다. "아니, 아니, 아니야. 그건 네 거야, 내 아들. 네가 찾았잖아, 닉과 페니처럼. 평생 간직하렴."

Eye-heart-u, 아들.

Eye-heart-u, 저도요.

물론 지금까지 이 책을 읽었다면 당신도 예상했던 결과가 나오는 일은 드물다는 것을 알 것이다. 북극광은 볼 수 없었고 스테퍼니는 크루즈에서 토했다. 파노스의 성경책, 심지어 클라인펠드 웨딩숍까지 어느 것 하나 계획대로 되지 않았다.

그럼에도 불구하고 완벽한 추억이 되었다.

기대를 하지 않았기 때문에. 교훈이란 게 있어야 한다면 그것이 교훈 같다. 삶을 오는 그대로 받아들여라. 열심히 노력하되 그대로 받아들여라. 세상을 억지로 당신의 꿈에 맞추지 마라.

현실이 더 낫다.

그래서 내가 오브리를 위해 계획한 많은 것들이 뜻대로 되지 않았을 때 나는 안달복달하지 않았다.

"네 엄마가 사자의 발을 가지고 있대!" 엘런이 오브리에게 말해버렸다. 이런. 놀래주려는 계획이 틀어졌다. 이를 어쩌나?

부모님이 친구분들에게 사자의 발에 대해 말했더니 그들이 친절하게도 인터넷에서 사자의 발을 사주었다. 어머니가 활짝 웃으며 오브리에게 그것을 주었다. 그것은 진짜 사자의 발이 아니었지만 오브리는 그렇다고 생각했다. 이를 어쩌나!

게다가 오브리는 그 책을 그다지 읽고 싶어하지 않았다.

스테퍼니는 여름의 절반을 집에서 오브리를 쫓아다녔다. "알사탕 줄게, 읽고 싶지 않아? 이모가 좋아하는 책이야! 게다가 사니벨 섬 이야기야!"

"안 읽어요." 아이가 말했다.

내가 오브리와 함께 읽기로 결심했다. 하지만 내 발음은 또렷하지 않았고 오브리는 앉아서 엄마에게 책을 읽어주는 것에는 관심이 없었다.

그런 것쯤이야.

진짜 심각한 문제는 우리가 캡티바 섬의 숙소에 도착했을 때 일어났다. 해변. 나는 네 달 전부터 계획을 세웠다. 그때만 해도 나는 오브리와 함께 걸을 수 있었다. 아주 멀리는 아니지만, 충분히 멀리.

하지만 지금 나는 키프로스와 뉴욕에 갔다 오느라 몹시 지친데다

ALS도 네 달 더 진행되어 도움을 받지 않으면 걸을 수 없었다. 특히
발이 푹푹 빠지는 모래밭에서는.

가질 수 없는 것을 동경하지 마라, 나는 생각했다. 그것은 미련한
바보가 되는 길이니까.

나는 돌아섰다. 숙소로 들어갔다. 가구는 적당했고, 지붕이 있는
야외 수영장과 자쿠지, 발코니, 침실 다섯 개, 나선형 계단이 있었다.
오브리가 떠나지 않겠다고 할 만큼 호화롭고 멋진 숙소였다.

"침실마다 평면 TV가 있어요!" 오브리는 신이 나서 떠들어댔다.

오브리는 2파운드짜리 젤리벨리 젤리빈 통을 보고 몹시 좋아했다.
젤리벨리는 버터 팝콘, 솜사탕, 카푸치노, 플럼 등 여러 맛이 있다.
오브리가 색깔이 잘 어울리는 젤리빈 두 개를 꺼내 스테퍼니와 내게
보여주면 우리는 그 맛을 추측한다. 오브리가 맛의 가이드를 맡았다.

"아니! 아니에요! 그건 석류 맛이에요!" 아이가 말한다.

오브리에 대해 간단히 말하면, 요전날 밤에 오브리는 존이 곧 대
학에 간다고 하자 걱정을 드러냈다. "아빠, 놀림만 당할 텐데요. 어
린 학생들이 아빠를 놀리고 바지를 끌어내릴 거예요."

오브리가 올해 이름난 예술중학교에 입학 허가를 받았을 때 아이
는 합격하지 못한 합주부 친구에게는 말하지 않겠다고 했다. 그 친구
의 마음에 상처를 주고 싶지 않다는 것이었다.

오브리는 나와 함께 있는 조용한 순간을 좋아했다. 하지만 사흘씩
이나? 내가 알기로 오브리는 북적거리는 것을 좋아한다. 그래서 나는

낸시와 그녀의 아이들 리엄과 데빈을 초대했다. 그들이 이리로 왔다.

"엘리베이터가 있어요! 집안에요!" 활발한 데빈이 외쳤다.

"그래, 수전을 위한 거야." 낸시가 말했다.

이제 이 엘리베이터는 축복이자 저주가 될 운명에 처했다. 층마다 엘리베이터 문 두 개가 있었는데 둘 다 잘 닫혀야만 엘리베이터가 작동했다. 문제는 그 문들이 뻑뻑해서 잘 움직이지 않는다는 것이었다.

옷장 크기의 엘리베이터에는 기껏해야 휠체어와 두 사람이 들어갔다. 게다가 내부가 아주 후텁지근해서 관리인이 우리더러 통풍이 되게 문을 열어놓으라고 부탁했다. 비상전화나 경보기는 없었고 와이어도 하나뿐이었다. 문은 종종 꿈쩍하지 않았는데, 그럴 때는 문 위에 난 구멍에 쇠막대기를 밀어넣으면 열리게 되어 있었다. 그러기로 되어 있다는 말이다.

아니나 다를까, 문은 닫히자마자 꿈쩍하지 않았다. 나를 태워야 하는 상황이면 열리지 않았다. 엘리베이터를 작동시키려면 낸시와 스테퍼니가 아래위층을 뛰어다니며 모든 문이 잘 닫혔는지 일일이 확인해야 했다.

결국 그들은 나를 계단으로 실어 날랐다.

스테퍼니가 내 겨드랑이 밑을 잡고 낸시가 내 발을 잡았다. 43킬로그램짜리 감자 자루를 상상하면 된다. 이제 그들은 끙끙거리며 두 개 층을 이동해야 했다.

낸시는 더 빠르게 움직이려고 가벼운 쪽을 잡고 싶어했다. 스테퍼니는 더 무거운 쪽을 잡았다. 뜻대로 되지 않았다. 내 엉덩이는 계속 바닥에 툭툭 부딪혔다. 그들은 최선을 다해 조심조심 옮겼지만 내가 원하는 만큼은 아니었다.

그래서 나는 3층 침실 발코니에 앉아 글을 쓰며 옆에서 사각거리는 종려나무 소리를 듣고 있는 게 행복했다. 발코니는 내 지휘본부였다. 또한 내가 혼자 있는 공간이었다. 나는 이런 상태가 점점 편안해졌다.

아이들이 집을 탐험하며 돌아다니는 동안 나는 발코니에 앉아 있었다. 아이들은 방마다 TV를 켰다. 낸시와 스테퍼니와 함께 해변으로 갔다. 2파운드짜리 통에 든 젤리벨리 젤리빈을 모조리 먹어치웠다.

나는 오브리에게 나를 강요할 생각이 없었다. 억지로 내 옆에 두지 않을 것이다. 오브리는 가까이에 있었다. 오브리는 즐겁게 놀았다. 그것으로 충분했다.

나는 저녁에 라운지로 내려갔다. 오브리가 스테이크를 좋아해서 고기를 재워두었다가 그릴에 구웠다. 낸시는 가스 그릴을 켜다가 자기 몸에까지 불을 붙일 뻔했다.

저녁을 먹으며 우리는 테이블 토픽 게임을 했다. 숙소에서 발견한 게임이었다. 카드에 대화하고 싶은 질문이 적혀 있었다. "만나고 싶은 유명인이 있다면 누구일까요?" 버락 오바마. "당신은 해변을 더 좋아합니까, 산을 더 좋아합니까?" 물론 해변. (스테퍼니와 나는 그 게임을 우리 부모님과 해보기로 했다. 부모님을 더 잘 알기 위해.)

모두에게 해당하는 질문 하나. "당신은 죽으면 유해를 어디에 묻고 싶습니까?"

어른스러운 내 아들이 말했다. "부모님 무덤에."

게임은 계속되었다. 아이들은 아이스크림을 먹으러 갔다.

나는 혼자 침대에 누워 울다 잠이 들었다.

"얼른, 알사탕 줄게! 책 읽자!" 다음날 아침 스테퍼니가 외쳤다. 스테퍼니는 기회가 날 때마다 아이들에게 『사자의 밥』을 읽어주고 있었다. 낸시의 아이들인 리엄과 데빈은 그 책에 흥미를 보였다. 오브리도 조금씩 흥미를 보였다.

나는 존에게 문자를 보냈다. "이리 와줘." 이것이 파티라면 모두 여기에 모이면 좋을 것 같았다.

그날 아침 낸시의 여동생 샐리와 폴 부부가 우리를 데리고 보트를 타러 갔다. 나는 예전에 보트를 타러 가자고 했던 친구들이 더는 나를 부르지 않아서 의기소침해져 있었다. 우리는 보트 뒤쪽에 앉아 잡담을 나누고 햇볕을 쬐고 짭조름한 공기를 즐겼다. 물 위를 날아가듯 달려갔지만 잔잔하게 느껴졌다. 샐리와 폴 덕분에 그날 나는, 그리고 오브리는 최고의 날을 보냈다.

존이 웨슬리, 머리나, 머리나의 친구 리지와 함께 도착했다. 집안

분위기가 달라졌다. 오브리와 머리나가 다투기 시작했다. 머리나는 틈만 나면 리지와 함께 사라졌다. 웨슬리는 골프 카트(숙소에 있던 것)를 몰다가 창고 벽을 박았다.

나는 발코니에, 그 아수라장 위에 머물렀다. 소용돌이처럼 올라오는 소음을 내버려둔 채. 때때로 아이가 질문을 가지고 올라왔다. 웨슬리에게서 떨어져 있으려는 오브리. 혹은 누군가 어른이 올라와 내 옆에 앉거나 내게 괜찮은지 물어보았다.

나는 참선하는 마음이 되었다. 이 책에 들어갈 우주 셔틀에 대한 장(章)을 쓰면서 손가락을 두드렸다. 구름이 하늘을 달려가는 것을 지켜보면서.

"이 책이 없었다면 나는 뭘 했을까?" 한번은 내가 스테퍼니에게 물었다.

이 책이 없었다면 나도 저 아래 아이들과, 친구들과 함께 있고 싶어했을 텐데. 결국 무엇인가를 바라는 것이 가장 어려운 부분이다.

어느 오후 나는 누워서 휴식을 취하고 있었다. 존이 나를 부축해 킹사이즈 침대에 데려가 모로 눕혔다. 나는 그 자세를 좋아한다. 다리 사이에 베개를 끼우면 뼈가 부딪치지 않아서 좋다. 그리고 나는 베개에 닿은 머리카락이 귀를 가리는 것을 싫어한다. 존은 이런 사소한 것들을 알고, 그 사소한 것들에 늘 신경을 써준다. 편안한 자세를 찾는 것이 내게는 더없는 행복이기 때문이다.

내가 포근한 거위털 이불을 덮고 누워 있는데 멀리서 웨슬리의 목소리가 들렸다.

"도와줘! 도와줘!"

침묵. 웨슬리가 또다시 소리를 질렀다.

"도와줘!"

나는 귀를 쫑긋 세우고 아래층에서 반응이 있는지 들었다. 누가 소리를 지르는 것이 들렸다. "오! 이런! 웨슬리가 엘리베이터에 갇혔어!"

나는 몸을 굴리려고 애썼다. 웨슬리를 구하려고.

어떡하지, 얼른 쇠막대기를 찾아야 할 텐데. 그걸로 열어야 할 텐데.

웨슬리는 계속 소리를 질러댔다. "열어줘! 열어줘!" 아이의 목소리는 더욱 커졌다.

멀리서 수런거리는 소리가 들려왔다. "괜찮아, 괜찮아. 우리가 꺼내줄게."

나 또한 꼼짝없이 혼자 갇혀 기다렸다. 어찌나 긴장했는지 원자가 움직이는 소리까지 들리는 것 같았다.

그때 웨슬리가 한 번도 들어보지 못한 소리로 서럽게 울기 시작했다. 총에 맞은 야생동물처럼 서럽게. 아이가 잔뜩 예민해져 있었다.

웨슬리 혼자 후텁지근한 엘리베이터에 갇혀 희박한 산소를 마시는 장면이 그려졌다.

나는 바닥으로 떨어져 침실 밖으로 기어나갈 생각에 몸을 침대 모서리로 조금씩 움직였다.

웨슬리는 서럽게 울었고 소리는 더욱 요란해졌다. 끝나지 않을 것 같았다.

빨개진 얼굴로 진땀을 흘리는 아이의 모습이, 공포에 질려 튀어나올 것 같은 아이의 파란색 눈이 그려졌다. 엘리베이터 벽이 아이를 향해 거리를 좁혀오는 것 같았다.

왜 소방서에 전화를 하지 않는 거지?

나는 전화를 걸 수 없었다. 나는 움직일 수 없었다. 나는 내 아이를 도와줄 수 없었다.

나는 패닉 상태가 되어 울기 시작했다. "도와줘! 도와줘!" 힘껏 소리를 질렀지만 내 목소리는 그다지 크지 않았다.

마침내 존이 침실로 달려와 침대 옆에 쓰러진 나를 발견했다. 나는 몸을 밀어 가까스로 매트리스에서 떨어지긴 했지만 일어설 수가 없었다. "무슨 일이야? 수전, 왜 그래?" 존이 말했다.

"얼른 911에 전화해!"

"왜?"

"당신 아들이 엘리베이터에 갇혔잖아."

"나왔어! 나왔어! 겁먹어서 우는 거야."

"정말이야? 거짓말 아니지?"

"아니야. 웨슬리는 괜찮아. 긴장했지만 괜찮아."

나중에 스테퍼니가 엘리베이터에서 구출된 뒤 웨슬리가 어떻게 의자에 몸을 던지며 누웠는지—그녀의 표현을 옮기면 "송어처럼 축

늘어졌어"—말해주었다. "갇혀 있을 때 더 조용했지." 스테퍼니가
말했다.

그날 밤 나는 또 한번 울다 잠이 들었다.

✦

캡티바 섬에서 보낸 마지막 며칠에는 스테퍼니의 가족이 합류했
다. 남편 돈과 아들 윌리엄과 스티븐, 그리고 그들의 여자친구인 크
리스티와 카미까지. 낮은 점점 길고 나른해졌다. 빈둥거리기, 수영하
기, 먹기, 웃기, 그냥 함께 있기.

늘 엄마에 대한 애정이 넘쳤던 스테퍼니의 아들들은 제 엄마가 있
는 자리에서도 여자친구들에게 공개적으로 애정을 표현했다. 참 보
기 좋았다. 존과 나는 결혼한 지 이십 년이 되었지만 아직도 우리 부
모님 앞에서 애정 표현을 하기가 쑥스럽다.

오브리는 우리가 자기 때문에 모인 것이 좋은 모양이었다. 오브리
가 다른 아이에게 이렇게 말하는 것을 들었다. "알지, 이건 내 여행
이야."

하지만 거만한 어조가 아니라 행복하게 말했다.

"음, 이건 제 여행이잖아요?" 오브리가 여행 막바지에 내게 말했
다. "제가 정말로 하고 싶은 게 있는데요."

장담하건대 사자의 발을 찾는 것은 아니다.

"패러세일링을 하고 싶어요."

오브리는 해변에서 패러세일링을 하는 것을 보았다. 보트 뒤쪽에 묶인 채 보트가 속도를 내면 30, 40피트 높이로 떠서 날아간다.

잊으면 안 될 것이, 오브리는 열한 살이라는 것.

"몇 살부터 탈 수 있대?" 아이들에게 그런 위험한 활동은 시키지 않을 거라고 확신하며 내가 물었다.

"여섯 살이면 된대요!" 오브리가 활짝 웃었다. "여섯 살만 되면 태워준대요."

"아! 네 동생한테는 절대 말하지 마!"

오브리는 나처럼 키가 작아서 키 제한 때문에 놀이기구를 타지 못할 때가 있다. 지난번에 시월드에 갔다 온 뒤 아이는 점점 영리해진다. 거기서는 롤러코스터를 타기에 키가 반 인치 모자랐다.

"키 제한은?" 나는 절반쯤은 키 제한이 있기를 바라는 마음으로 물었다.

"없어요!" 오브리가 신이 나서 말했다.

오브리는 생떼를 부리는 아이가 아니다. 정말 하고 싶어한다면 내가 말릴 사람이겠는가? 새로운 것을 하게 해. 나는 혼잣말을 했다. 삶을 체험하게 해. 패러세일링을 해봐. 칠리고추를 먹어봐. 낮은 다리에서 뛰어내려봐. 보이지도 않는 운하의 악어를 두려워하지 마. 가능성을 두려워하는 것은 살아가는 방법이 아니다.

오브리는 제 사촌과 함께 패러세일링을 하러 갔다. 윌은 열여덟 살이다. 번잡스럽게 나를 데리고 갔다가 아이가 제대로 경험을 하지 못할까봐 나는 구경하러 가지 않았다. 발코니에서는 당연히 보이지 않았지만 나는 자유롭게 날아가며 깔깔거리는 아이를 상상할 수 있었다.

오브리가 나 없이 날아올랐다는 사실이 대견했다.

오브리는 패러세일링을 아주 좋아했다. 십이 분 동안 바다 위를 날아다녔다. "아주 높이 올라갔어요! 해변에 있는 사람들이 이만한 크기로 보였어요." 아이는 엄지와 검지를 1인치만큼 벌렸다.

"으악! 겁은 안 났어?"

"아니요. 음…… 처음에는요. 완전 얼었어요."

윌이 안전띠를 조정해주자 오브리는 떨어지지 않을 것을 알고 편안해졌다.

그리고 경이로운 마음으로 주위를 둘러보았다.

해변을 따라, 저 멀리 푸른색으로 녹아드는 초록색 바다를 쳐다보았다. 저 멀리 매끈한 모래언덕을 쳐다보았다. 모래밭에 가득한 인간의 작은 형체들을 쳐다보았다.

그리고 오브리는 침묵에 귀를 기울였다.

"아주 조용했어요!" 오브리가 말했다. 하늘을 날아가는데 돛에 달린 천 조각 하나가 잘못되어 바람에 자꾸 팔락거렸다.

"그 소리만 빼면 조용했어요." 오브리가 말했다. "굉장했어요!"

끝내 오브리와 단둘이 보낼 조용한 시간은 없었다. 오브리에게 내 사자의 발을 선물할 기회도 없었다. 그 책의 마지막 몇 장章은 읽지 못한 채 여행이 끝났다.

그것이 최선이었다. 조개는 오브리에게 잘못된 선물이라는 것을 나는 뒤늦게야 깨달았다. 나는 아이와 할리우드 영화 같은 순간을 함께하겠다는 생각에 지나치게 몰두한 나머지 그 책에서 조개가 어떤 의미인지 잊고 있었다. 그것을 손에 넣는 행운을 얻으면 부모가 돌아올 거라는 의미.

나는 오브리에게 돌아가지 못한다. 적어도 내 육신은.

하지만 마음으로는 돌아갈 수 있기를 바란다. 오브리가 보고 느끼는 것 속에서. 우리가 만드는 추억 속에서.

너희의 가슴속에 있는 엄마를 찾아봐, 얘들아. 거기서 나를 느끼고 웃어봐. 내가 쇠락한 수도원에서 파노스를 느꼈던 것처럼.

일몰 속에서 엄마를 찾아봐.

나는 지금껏 아이들 앞에서 일몰과 마주할 때면 늘 감탄했다. "정말 멋지지 않아?" 감탄사를 쏟아냈다.

이제 아이들이 나처럼 한다.

"저기 봐!" 오브리가 얼마 전 황금색, 분홍색, 오렌지색으로 불타는 구름을 보며 말했다.

머리나는 언젠가 뉴욕에서 살고 싶다고 한다. 웨슬리는 돌고래 조련사가 되거나 바다거북을 돌보겠다고 한다. 아이들의 추억은 벌써 꽃으로 피어난다.

나는 아직 떠나지 않았다. 내게는 오늘이 있다. 내게는 더 줄 것이 남았다. 끝이 다가오지만 나는 절망하지 않는다.

내 아이들이 훌륭한 보살핌을 받을 것을 알기에 내 마음은 더없이 평화롭다. 존, 스테퍼니, 낸시가 아이들의 정원을 가꾸고 아이들의 영혼을 돌봐줄 것이다.

그들이 오브리를 키프로스에 데려가 아이와 아주 많이 닮은 친척들을 만나게 해주겠다고 약속했다. 그들이 머리나가 웨딩드레스를 고르는 것을 도와주겠다고 약속했다. 그들이 그림에 대한 웨슬리의 놀라운 재능을 키워줄 거라고 약속했다.

나는 당신을, 내 아이들을, 우리가 즐기고 발견한 추억 전부를 두고 간다.

나는 이 책을 두고 간다. 우리의 마법 같았던 일 년 동안 내가 쓴 이 책을. 쓸 수 있는 마지막 손가락 하나로 한 글자씩 톡, 톡 쳐서 쓴 이 책을.

M-A-R-I-N-A

A-U-B-R-E-Y

W-E-S-L-E-Y

G-O-O-D-B-Y-E 나의 사랑하는 사람들이여.

그 일이 끝났다고 울지 마라

그 일이 일어났음에 웃어라

닥터 수스

감사의 말

이 책에 등장한 사람들 외에도, 여러 사람들에게 감사의 마음을 전한다.

내게 세상을 펼쳐 보여준 사람들에게.

먼저 배움에 눈을 뜨게 해준 선생님들. 허펠 선생님, 사이너 선생님, 트로츠키 선생님 등 훌륭한 여러 선생님들께 감사한다. 노스캐롤라이나 대학교의 앤드루 스콧 교수님은 내게 유엔에서 인턴으로 일할 기회를 주어 세계를 바라보는 눈을 뜨게 해주었다.

〈팜비치 포스트〉에서 같이 일한 직장 동료들은 내게 글을 쓰고 조사를 하고 새로운 경험을 찾아 나설 수 있게 독려해주었다.

공저자 브렛 위터에게 진심으로 감사한다. 책이 제대로 구성되었다고 느껴질 때까지 거듭 수정해주었다.

그리고 파운드리 리터러리 에이전시에서 일하는 피터 맥기건에게도 감사한다. 그는 자판을 두드릴 수도 없는 내게 모험을 걸었다. 와우!

또한 파운드리 에이전시에서 일하는 스테퍼니 아부, 레이철 헥트, 그리고 맷 와이즈에게도 감사한다.

하퍼콜린스의 편집자인 클레어 바흐텔의 객관적인 평가는 이 책의 가치를 더욱 높여주었다.

또한 하퍼콜린스에서 일하는 레이철 엘린스키, 티나 안드레아디스, 리어 바시엘레프스키와 조너선 버넘에게도 감사한다.

유니버설 픽처스에서 판권을 샀으니 이 책이 영화로 제작될 텐데, 그것은 내가 상상할 수 있는 판타지를 넘어서는 일이었다. 그 일을 맡아줄 에이전트 브랜디 리버스와 프로듀서 스콧 스튜버, 알렉사 페이건에게 감사한다.

이 이야기로 혜택을 누린 모두가 ALS 연구에 기부하기를 바란다.

친절한 독자인 당신도 그래주기를.

내가 어린아이였을 때 어머니 티는 나를 지켜보며 글을 더 잘 써야 한다고 끊임없이 격려했다. 어머니는 평가만큼 격려도 아끼지 않는 분이었다.

어떤 어머니도 자식이 언젠가 책을 쓰리라는 사실을 알지는 못한다는 것을 나는 잘 안다.

고마워요. 엄마.

옮긴이 **정연희**

서울대학교 영어교육과를 졸업하고 미국 펜실베이니아 대학교에서 석사학위를 받았다. 전
문 번역가로 활동하고 있으며, 옮긴 책으로 『디어 라이프』 『헬프』 『비둘기 재앙』 『사랑의 묘약』
『인문학의 즐거움』 등이 있다.

안녕이라고 말할 때까지

1판 1쇄 2014년 5월 21일 | 1판 3쇄 2014년 6월 25일

지은이 수전 스펜서-웬델, 브렛 위터 | 옮긴이 정연희 | 펴낸이 강병선
기획 한문숙 박혜연 | 책임편집 윤정민 | 편집 홍유진 이현자 이진 | 독자모니터 조혜영
디자인 송윤형 이원경 | 저작권 한문숙 박혜연 김지영
마케팅 정민호 이미진 박보람 양서연 | 온라인마케팅 김희숙 김상만 한수진 이천희
제작 강신은 김동욱 임현식 | 제작처 영신사

펴낸곳 (주)문학동네
출판등록 1993년 10월 22일 제406-2003-000045호
주소 413-120 경기도 파주시 회동길 210
전자우편 editor@munhak.com | 대표전화 031) 955-8888 | 팩스 031) 955-8855
문의전화 031) 955-1927(마케팅) 031) 955-2634(편집)
문학동네카페 http://cafe.naver.com/mhdn | 트위터 @munhakdongne

ISBN 978-89-546-2469-5 03840

www.munhak.com